BASTEI LÜBBE

Über die Autorin:

Connie Mason ist eine amerikanische Bestsellerautorin, die sch früh ihre Leidenschaft fürs Lesen entdeckte. Ihren großen Trau selbst einen Roman zu schreiben, hat sie 1984 erfüllt. Seitdem l sie bereits über 30 historische Romane geschrieben. Sie wurde Jahre 1990 zur Erzählerin des Jahres der Zeitschrift Romantic Tim gewählt. Connie Mason lebt mit ihrem Mann Jerry in Clermo Florida. Sie hat drei Kinder und neun Enkel. In ihrer Freizeit li sie, tanzt, spielt Bridge und angelt mit ihrem Mann. Mehr Inform tionen zu Connie Mason finden Sie im Internet unter http://www.cc niemason.com.

CONNIE MASON

Der Rebell und die Schöne

Roman

Ins Deutsche übertragen
von Joachim Honnef

BASTEI
LÜBBE

BASTEI LÜBBE TASCHENBUCH
Band 18 281

1. Auflage: August 2001

Vollständige Taschenbuchausgabe

Titel der amerikanischen Originalausgabe: The Outlaws: Rafe

Titelillustration: Pino Daeni, Agentur Thomas Schlück GmbH
Umschlaggestaltung: Beate Stefer
Satz: KCS GmbH, Buchholz/Hamburg
Druck und Verarbeitung: 55955
Société Nouvelle Firmin-Didot,
Mesnil-sur-l'Estrée, Frankreich

ISBN 3-404-18281-2

Für meinen Mann Jerry. Mein Fels und mein Anker. In diesem Jahr feiern wir unseren 50. Hochzeitstag. Man sagte, die Ehe würde nicht lange bestehen, doch sie wird von Jahr zu Jahr besser. Auf die nächsten 50 Jahre!

1

Ordway, Colorado, 1868

Rafe Gentry schluckte, als er sich vorstellte, wie sich die Henkersschlinge um seinen Hals legen würde. Man würde ihn hängen! Der Lynchmob war bereits dabei, das Gefängnis zu stürmen, und der Sheriff tat wenig, um ihn zu stoppen. Verdammt! Er hätte nie gedacht, dass er mal an einem Strick baumeln würde.

Plötzlich ertönte vom Zelt der Baptistenprediger, das auf dem Platz der Stadt errichtet worden war, der faszinierende Gesang einer einzelnen Frauenstimme herüber. Diese Stimme begeisterte Rafe so sehr, dass er für einen Moment seinen Zorn vergaß. Nur ein Engel konnte so lieblich singen. Es war ein Kirchenlied, und der glockenhelle Klang der Stimme übertönte die wütenden Rufe der aufgeputschten Menge vor der Tür des Gefängnisses. Rafe verbannte die trüben Gedanken, um zuzuhören – und um sich die Ereignisse in Erinnerung zu rufen, die ihn an diesen traurigen Ort gebracht hatten.

Es war ein Wunder gewesen, dass er und seine Brüder, Jess und Sam, den Krieg überlebt hatten; ihr Vater war bereits in der ersten Schlacht gefallen. Alle vier Männer der Familie Gentry hatten sich der Armee der Konföderierten angeschlossen, obwohl zwanzigtausend Bürger von Kansas die Union unterstützt hatten. Die Familie war von Tennessee nach Kansas eingewandert, und ihre Sympathien hatten dem Süden gegolten. Jess war zu den Sanitätstruppen gegangen und hatte seine ärztliche Ausbildung genutzt, um Leben zu retten, während Rafe und Sam in der Kavallerie gedient hatten.

Nach dem Krieg war Rafe als Erster heimgekehrt. Jess und Sam waren erst Ende 1866 wieder aufgetaucht. Quantrills Raiders hatten 1863 ihre Felder zerstört und die Ernte vernichtet. Erschöpft vom Versuch, die Farm der Familie über Wasser zu halten, war ihre arme Mutter nur Wochen nach der Heimkehr ihrer Söhne gestorben. Rafe, Jess und Sam hatten es zwar geschafft, eine Ernte einzubringen, doch in den zwei darauf folgenden Jahren war ihre Hoffnung, Geld zu beschaffen, um Steuerschulden zu begleichen, von Dürre und Sandstürmen zunichte gemacht worden. Jess hatte sich in Dodge City als Arzt niedergelassen, doch niemand war in seine Praxis gekommen, um seine Dienste in Anspruch zu nehmen.

Als letzten Ausweg hatten sie versucht, bei der Bank in Dodge City einen Kredit aufzunehmen, um der Farm wieder auf die Beine zu helfen. Der Bankier Wingate, ein überzeugter Anhänger der Union, hatte den Kredit verweigert, ihnen jedoch einen Handel angeboten, durch den sie die Farm retten konnten, wenn einer von ihnen zu einem *kleinen Opfer* bereit war. Rafe musste trotz seiner ernsten Lage lachen, als er sich daran erinnerte, wie er und sein Bruder auf Wingates schockierenden Handel und dessen unvorgesehenen Ausgang reagiert hatten.

Wingate wollte ihnen den Kredit gewähren, wenn einer von ihnen dazu bereit war, seine schwangere Tochter zu heiraten. Das Angebot war empörend gewesen. Alle drei Brüder hatten zwar mit Delia Wingate geschäkert, doch keiner von ihnen hatte mit dem Mädchen geschlafen, und so hatten sie sich geweigert, sie zu heiraten. Nie im Traum hätten sie mit den Konsequenzen gerechnet, die dazu führten, dass sie flüchten mussten, um ihr Leben zu retten.

Als sie die Bank verließen, stürzte Wingate aus seinem Büro und schrie »Banküberfall«. Rafe erinnerte sich, wie er und seine Brüder sich umgedreht hatten, weil sie erwartet hatten, einen flüchtenden Bankräuber zu sehen. Stattdessen hatte Wingate auf sie gezeigt.

Bankräuber? Die Gentry-Brüder? Konföderierte Soldaten, ja, aber keine Banditen. Aber es war ihnen keine Zeit für Erklärungen geblieben. Aus den Augenwinkeln hatte Rafe den Sheriff und seinen Deputy zur Bank rennen sehen. Weil die Brüder befürchteten, dass die beiden »Sternträger« zuerst schießen und erst später Fragen stellen würden, waren sie Hals über Kopf aus der Stadt geritten. Sie waren zu ihrer Farm zurückgekehrt, um ihre Habe zu holen, hatten das wenige vorhandene Bargeld geteilt und waren nur Minuten vor dem Eintreffen des Verfolgertrupps geflüchtet. Kurze Zeit waren sie zusammen geritten und hatten sich dann getrennt, um die Verfolger zu verwirren.

Jesse war nach Norden geritten, Sam nach Süden und Rafe nach Westen. Vor der Trennung besiegelten sie einen feierlichen Pakt, sich von diesem Tag an in einem Jahr im Antlers Hotel in Denver zu treffen. Wenn einer von ihnen nicht auftauchen sollte, würden die anderen wissen, dass er tot war.

Rafe hasste den Gedanken, dass einer seiner Brüder nicht überleben würde, nachdem sie den Krieg mit nur ein paar unbedeutenden Verwundungen überstanden hatten; aber sie alle hatten die Abmachung akzeptiert.

Das Ereignis, das ihn in dieses Gefängnis gebracht hatte, war ein Postkutschenüberfall und die Ermordung von fünf unschuldigen Leuten. Er hatte gerade die Grenze nach Colorado überquert, als Schüsse gefallen waren. Ohne zu denken, hatte er einen seiner beiden Armeerevolver gezogen und war in Richtung der Schüsse galoppiert. Und so war er Zeuge geworden, wie ein paar Banditen das Vorhängeschloss der Geldkassette der Postkutsche aufgeschossen hatten.

Er hatte die Kerle verscheucht, bevor sie Zeit gehabt hatten, sich mit dem Geld aus dem Staub zu machen, aber alle drei Passagiere in der Kutsche waren ebenso tot gewesen wie der Fahrer und sein Begleiter. Cowboys einer nahen Ranch hatten Rafe vor der Geldkassette angetroffen, immer noch mit seinem Revolver in der Hand.

Niemand hatte ihm mehr zugehört, als die Leichen gefunden wurden, und er war im Gefängnis von Ordway, der nächstgelegenen Stadt, gelandet.

Die engelhafte Stimme sang nun ein anderes Kirchenlied, und Rafe ging zu dem schmalen vergitterten Fenster seiner Zelle und starrte durch die Dunkelheit zum Zelt der Erweckungsprediger, wo der Schein unzähliger Laternen die Nacht erhellte. Ihr Name war Schwester Angela. Er war ihr in Garden City, Kansas, begegnet, als er im General Store Proviant eingekauft hatte, bevor er die Grenze nach Colorado hatte überqueren wollen.

Rafe hatte den Proviant in seinen Satteltaschen verstaut, als er gesehen hatte, wie eine blonde Schönheit auf der Straße von ein paar betrunkenen Cowboys angepöbelt wurde. Es war ihm klar gewesen, dass es gefährlich für ihn war, die Aufmerksamkeit auf sich zu lenken, doch er hatte sich verpflichtet gefühlt einzugreifen. Er hatte mit den betrunkenen Cowboys kurzen Prozess gemacht, und Schwester Angela war ihm unermesslich dankbar gewesen. Er hätte sich mehr als Dankbarkeit gewünscht, doch durch ihre religiöse Berufung war sie für ihn tabu gewesen. Sie hatte ihn nach seinem Namen gefragt und ihn eingeladen, an diesem Abend die Erweckungsversammlung zu besuchen, doch in seiner Lage war er gezwungen gewesen abzulehnen.

Rafe wusste, dass es Schwester Angelas Stimme war,

die durch das vergitterte Fenster zu ihm schwebte, weil er zuvor mitbekommen hatte, wie der Sheriff seinem Deputy von der schönen Sängerin mit der Stimme eines Engels und einem ebensolchen Gesicht erzählt hatte. Wenn er nur noch eines hören konnte, bevor er seinem Schöpfer entgegentreten würde, dann wünschte er sich, dass es auf seinem Weg ins Jenseits Schwester Angelas liebliche Stimme sein würde.

Rafe wurde brutal aus seinen Gedanken gerissen, als die Tür des Gefängnisses aufgebrochen wurde.

2

Erschöpft nach den Strapazen der dreitägigen Erweckungsversammlung, sammelte Schwester Angela ihre Notenblätter und steckte sie in einen Umschlag. Die Besucher der Versammlung an diesem Abend waren bereits abgewandert, bald gefolgt von Reverend Conrad und Schwester Grace, seiner Frau. Angela wollte ebenfalls zu Bett gehen. Sie verstaute die Notenblätter, die während der vierstündigen Erweckungsversammlung benutzt worden waren. Nur noch eine Stadt blieb auf dem Terminplan, bevor der Reverend und seine Frau zu ihrem Standort Topeka zurückkehren würden.

Das Angebot von Reverend Conrad, ihn und seine Frau zu begleiten, war zu einem Zeitpunkt gekommen, an dem Angela unbedingt von Topeka hatte fortgehen wollen. Vor kurzem war ihre Mutter an Lungenentzündung gestorben, und sie war den abscheulichen Launen ihres Stiefvaters ausgeliefert gewesen. Vor ein paar Wochen war ein Brief ihres leiblichen Vaters, übermittelt von seinem Anwalt, bei ihr eingetroffen.

Angelas Eltern waren geschieden worden, als sie noch klein gewesen war, doch Simon Abbot war im Laufe der Jahre mit seiner einzigen Tochter in Kontakt geblieben. Die Goldmine, die ihr Vater gemeinsam mit einem Partner besaß, war der Grund für die Trennung ihrer Eltern gewesen. Angelas Mutter hatte es gehasst, in einem Minencamp in Colorado festzusitzen, aber ihr Vater hatte sich geweigert, die Mine aufzugeben, die zu jener Zeit keinerlei Gewinn abgeworfen hatte.

Angela war zehn gewesen, als ihre Mutter sie nach

Topeka zurückgebracht, eine Scheidung erwirkt und Desmond Kent geheiratet hatte, einen Mann, den Angela nicht ausstehen konnte. In den folgenden Jahren war Simon Abbot eine Partnerschaft eingegangen und auf eine Goldader gestoßen, die ihn reich gemacht hatte. Dann hatte Angela diesen letzten Brief von ihrem Vater erhalten. Laut Anwalt war Simon Abbot bei einem Unfall ums Leben gekommen, und sie hatte seinen Anteil an der Mine und all seine irdischen Güter geerbt.

Angela erinnerte sich an den Brief ihres Vaters, als hätte sie ihn gestern erhalten. Aus irgendeinem Grund hatte ihr Vater seinen Tod erwartet, und er hatte seine Tochter gebeten, auf keinen Fall seinem Partner zu vertrauen, sollte er plötzlich oder unter verdächtigen Umständen sterben. Kurz danach war ein Brief von Brady Baxter, dem Partner ihres Vaters, eingetroffen. Baxter hatte sie informiert, dass die Mine ausgebeutet sei, und er hatte ihr angeboten, ihren Anteil zu einem lächerlichen Preis für eine angeblich wertlose Mine zu kaufen.

Aber Angela hatte nicht vor, ihren Anteil an der Mine an Brady Baxter zu verkaufen, ohne zuvor ihren Besitz besichtigt zu haben. Sie missachtete die Autorität ihres Stiefvaters und plante, heimlich nach Colorado zu reisen, sobald die Vorbereitungen dafür getroffen werden konnten. Sie wollte sowohl Brady Baxter als auch die Mine überprüfen.

Prompt hatte Angelas Stiefvater einen Verlobten für seine Stieftochter bestimmt, und Angela wusste, dass sowohl er als auch Anson Chandler mehr an ihrer Erbschaft als an ihrer Zukunft interessiert waren. Entgegen ihren Wünschen waren Pläne für eine übereilte Hochzeit im Gange. Dann hörte Angela zufällig in der Kirche, die sie regelmäßig besuchte, dass ein Baptistenprediger das Wort Gottes in der Siedlungsgrenze verkünden wolle und dass Reverend Conrad und seine Frau,

Schwester Grace, eine Vorsängerin für den Chor suchten. Angela hatte sofort erkannt, dass dies ihre Chance war, nach Colorado zu entkommen.

Es war Angela nicht leicht gefallen zu lügen, doch sie hatte Reverend Conrad irgendwie davon überzeugt, dass sie für die Reise die Genehmigung ihres Stiefvaters hatte. Sie untermauerte die Lüge, indem sie einen Verlobten erfand, der sie in Pueblo erwartete, um sie zu heiraten. Danach würde sie zur Mine ihres Vaters in der Nähe von Canon City weiterreisen.

So hatte sie einiges von dem Geld, das ihr Vater ihr im Laufe der Jahre geschickt hatte, benutzt, um heimlich einen Wagen auszurüsten. Und Stunden vor ihrer Hochzeit verschwand sie heimlich und hinterließ weder ihrem Stiefvater noch ihrem Verlobten ein Wort der Erklärung. Ihr war klar, dass sie ihr auf die Schliche kommen würden, aber Angela hoffte, dass sie dafür eine Weile brauchen würden. Es blieben nur noch sechs Monate bis zu ihrem 21. Geburtstag – bis zu ihrer Volljährigkeit. Dann würde sie selbst über ihr Leben bestimmen und den oder die Mörder ihres Vaters verfolgen können, denn sie wusste in ihrem Herzen, dass sein Tod kein Unfall gewesen war.

Angela bemerkte plötzlich einen Tumult auf der Straße vor dem Zelt. Sie eilte hinaus und sah eine Menschenmenge, die sich vor dem Gefängnis versammelt hatte. Die Menge schien ständig anzuwachsen und noch näher zu dem Gebäude zu drängen. Einige der Männer hielten Fackeln; alle waren bewaffnet. Angela wollte auf einem Umweg zu ihrem Hotel gehen, als sie sah, wie ein Mann mit einem Strick um den Hals aus dem Gefängnis geschleift wurde.

Ein Lynchmob! Sie hatte gehört, dass solche Dinge im unzivilisierten Westen geschahen, jedoch nie gedacht, eine solche Selbstjustiz aus erster Hand mitzuerleben. Entsetzt beobachtete sie, wie der hilflose Mann auf ein Pferd gehoben zu einem Baum am Rande des Platzes geführt wurde.

Angela stockte der Atem, als sie sah, dass jemand ein Ende des Stricks über einen dicken Zweig oberhalb des Gefangenen schlang. Sie wollten ihn hängen! Was für Barbaren waren das nur?!

Als der zum Tode verdammte Mann den Kopf in ihre Richtung wandte, erschrak Angela zu Tode. Sie hatte ihn sofort erkannt. Der Mann mit der Schlinge um den Hals war derselbe, der sie vor den betrunkenen Cowboys in Garden City gerettet hatte!

Kräfte jenseits der Vernunft ließen Angela augenblicklich handeln. Sie hatte keine Ahnung, weshalb man Rafe Gentry aufhängen wollte, aber sie wusste, dass sie es nicht zulassen konnte.

»Was hat er getan?«, fragte Angela den ersten Mann, dem sie am Rande der Menge begegnete.

»Machen Sie sich um den keine Sorgen, Schwester Angela …«, sagte der Mann, der sie offenbar von der Erweckungsversammlung wiedererkannte. »Das ist ein Bandit. Er hat eine Postkutsche überfallen und fünf Leute umgelegt.«

Angela erschauerte. Ein Mörder? Nein, das war nicht möglich. Der zum Tode verdammte Mann mochte vieles sein, aber ein Mörder war er nicht. Rafe sah zu ihr, und ihre Blicke trafen sich. Die Zeit schien stillzustehen. Aber in dieser kurzen, scheinbaren Ewigkeit erfuhr Angela alles über Rafe Gentry, was sie wissen musste. Man brauchte nur den unerschütterlichen Blick seiner silbergrauen Augen zu sehen, um zu wissen, dass er ein harter Mann war, jedoch kein kaltblütiger Mörder.

Sie spürte den Moment, in dem er sich in sein Schicksal ergab, denn jede übrig gebliebene Spur von Emotion verschwand aus seinem Gesicht, und seine Schultern strafften sich; sein Blick glitt von ihr fort. Ein Aufschrei entrang sich Angelas Kehle, als sie sich durch die Menge schob.

»Hört auf! Ihr könnt ihn nicht hängen. Er hat es nicht getan!«

Der Mann, dessen Hand auf der Kruppe des Pferdes lag, starrte Angela verblüfft an.

»Sind Sie nicht eine von den reisenden Kirchenleuten?«

»Ich bin Schwester Angela. Sie dürfen diesen Mann nicht aufhängen!«

»Aber liebe Schwester Angela«, sagte der Mann, als wolle er ihr gut zureden. »Dies geht Sie nichts an.«

»Das Retten von Seelen geht mich sehr wohl etwas an«, fuhr Angela unbeirrt fort. »Und das Hängen eines unschuldigen Mannes ist gegen das Gesetz.«

Unruhiges Murmeln ging durch die Menge.

»Hat er einen ordentlichen Prozess bekommen?«, fragte Angela.

»Der braucht keinen Prozess!«, brüllte ein Mann aus der Menge. »Der Kutscher der Postkutsche und sein Begleitfahrer waren gute Männer; sie sind jetzt tot. Ebenso die Passagiere.«

»Er hat fünf Leute abgeknallt, Schwester«, erklärte der erste Mann mit wachsender Ungeduld. »Gehen Sie zur Seite. Dies wird kein schöner Anblick werden.«

»Nein, bitte!« Sie schluckte hart, atmete tief durch und sagte: »Rafe Gentry ist der Mann, den ich heiraten werde. Er kann nicht fünf Leute getötet haben. Er kam her, um sich mit mir zu treffen und nicht, um eine Kutsche zu überfallen.«

Rafe wandte seinen Kopf ruckartig zu Schwester Angela um und starrte sie verblüfft an. Wie, zum Teufel, kam sie dazu, sich als seine Verlobte auszugeben?

Sie wirkte zart, fast ätherisch im hellen Fackelschein, und ihr goldfarbenes Haar lag wie ein Heiligenschein um ihren Kopf. Ihr Gesicht war ein perfektes Oval, der

Mund war fein geschwungen, und die leicht schräg stehenden blauen Augen zeigten eine Spur von Sinnlichkeit und waren mit einer Intensität auf ihn gerichtet, die ihn überraschte.

»Wollen Sie sagen, dass Sie und dieser Mann heiraten werden, Schwester Angela?«, fragte der selbsternannte Henker ungläubig. Er kratzte sich an seinem dunklen Haarschopf, sichtlich verdutzt über die unvorhergesehene Entwicklung der Ereignisse.

»Genau das will ich sagen«, bekräftigte Angela. »Er sollte mich in Pueblo treffen, aber er hat sich offenbar entschieden, mich stattdessen in Ordway abzuholen.«

»Er wurde auf frischer Tat ertappt«, wandte der Mann ein.

Rafe war wie betäubt, als Schwester Angela ihre unergründlich blauen Augen auf ihn richtete und sagte: »Erzähl diesen Männern, was wirklich geschah, Darling.«

Bevor Rafe den Mund öffnen konnte, bahnte sich Sheriff Tattersal einen Weg durch den Mob. »Geht heim, ihr alle. Es gibt keine Hängeparty in meiner Stadt.« Er wandte sich an den Mann, der neben dem Pferd stand. »Lass den Richter und die Jury über seine Schuld oder Unschuld entscheiden, Pete.«

»Lass den Gefangenen sprechen«, gab Pete zurück und blickte den Sheriff finster an. »Vielleicht sagt Schwester Angela die Wahrheit – vielleicht auch nicht.«

Tattersal wusste angesichts der Überzahl der anderen offenbar, wann es angezeigt war, einen Rückzieher zu machen. »Also gut, hören wir uns an, was Mr Gentry zu sagen hat.«

»Ich rede viel besser ohne einen Strick um den Hals und ohne ein nervöses Pferd unter mir«, meinte Rafe.

»Nun quatsch schon, Mister«, grollte Pete. »Wir werden später entscheiden, ob es heute Abend das letzte Mal in deinem Leben sein wird.«

Rafe schickte Schwester Angela einen unergründlichen Blick zu, die silbergrauen Augen halb geschlossen. Er räusperte sich und erzählte, wie er auf die Banditen gestoßen war, bevor sie sich mit dem Geld aus der Kassette hatten davonmachen können.

»Da habt ihr's, ich habe es euch gesagt«, rief Schwester Angela. »Rafe könnte keiner Fliege etwas zuleide tun.«

Rafe unterdrückte ein Grinsen. Offenbar wusste Schwester Angela verdammt wenig über ihn, wenn sie das annahm. Plötzlich kam Unruhe in den Mob, und das Pferd unter ihm tänzelte nervös. Rafe versuchte, es mit Schenkeldruck zu parieren. Er stieß einen Seufzer der Erleichterung aus, als das Tier erzitterte und dann ruhig wurde.

»Alles, was ich euch gesagt habe, entspricht der Wahrheit«, beteuerte Rafe. »Ich habe mein Blei auf die Banditen verschossen, nicht auf die Passagiere oder den Fahrer.«

»Ist Schwester Angela deine zukünftige Braut?«, fragte Sheriff Tattersal.

Rafe blickte hinab auf den Engel mit dem süßen Gesicht, der aus irgendeinem unbekannten Grund gelogen hatte, um ihm das Leben zu retten, und er hätte am liebsten von einem Ohr bis zum anderen gegrinst. Stattdessen schaffte er es mühsam, eine ausdruckslose Miene zu behalten und zu sagen: »Schwester Angela hat keinen Grund zu lügen. Denkt darüber nach. Sie ist eine Erweckungspredigerin, eine Frau, die das Wort Gottes verbreitet. Wenn ich schuldig wäre, würde sie dann ihren Weg der Tugend verlassen und lügen?«

Pete blickte zu Schwester Angela und schaute dann fort, als schäme er sich, an ihr gezweifelt zu haben. Aber er wirkte immer noch nicht ganz überzeugt.

»Was geht hier vor?«

Die dröhnende Stimme gehörte zu Reverend Conrad, der die Erweckungsversammlung nach Ordway gebracht hatte. Rafe spannte sich unwillkürlich an, als er sah, wie sich der Reverend einen Weg durch die Menge bahnte. Er unterdrückte ein Aufstöhnen, überzeugt davon, dass das Eingreifen des Predigers sein Schicksal besiegeln würde. Die fanatischen Prediger, die er in der Vergangenheit gekannt hatte, hielten wenig von Diebstahl und Mord, obwohl Rafe keines von beidem begangen hatte.

Reverend Conrad sah Angela inmitten des Mobs stehen und eilte ihr zu Hilfe. »Schwester Angela, was ist los?«

»Gott sei Dank sind Sie hier!«, rief Angela. »Sie müssen diesen Pöbelhaufen zur Vernunft bringen. Sie wollen einen Unschuldigen hängen.«

Rafe versteifte sich, als der Reverend ihn mit hartem Blick fixierte. »Wie kommen Sie darauf, dass dieser Mann unschuldig ist, Schwester?«

Schwester Angela blickte ihn offen und ohne mit der Wimper zu zucken an. Rafe staunte über ihre Kühnheit. Sie log so lässig und leicht; hätte er es nicht besser gewusst, hätte er geglaubt, tatsächlich ihr Verlobter zu sein.

»Rafe Gentry ist mein Verlobter, Reverend Conrad. Er ist der Mann, den ich in Pueblo treffen und heiraten sollte. Wir wollten als Mann und Frau zu der Mine meines Vaters reisen. Ich hatte keine Ahnung, dass er sich entschlossen hatte, mich stattdessen in Ordway zu treffen. Rafe kann nicht die Kutsche überfallen und unschuldige Leute umgebracht haben. Es muss so geschehen sein, wie er es gesagt hat. Er stieß auf die Banditen und verjagte sie. Leider traf er zu spät ein, um die Passagiere und den Fahrer zu retten.«

Der Reverend wandte seine Aufmerksamkeit wieder Rafe zu. »Stimmt das, junger Mann?«

»Jawohl, Sir«, sagte Rafe, ohne zu zögern. Er konnte so leicht wie Schwester Angela lügen, wenn es um sein

Leben ging. »Ich hatte mich entschlossen, Angela schon in Ordway zu treffen statt in Pueblo.« Der Blick seiner silbergrauen Augen bohrte sich in Angelas Augen. »Wir waren so lange getrennt, und ich wurde ungeduldig und wollte sie unbedingt wiedersehen. Das ist der einzige Grund, weshalb ich zufällig auf der Straße war, als die Postkutsche überfallen wurde.«

»Ich kenne Rafe mein ganzes Leben lang«, fügte Angela hinzu. »Er könnte niemanden töten.«

»Das war's dann«, sagte Reverend Conrad gebieterisch. »Schwester Angela hat keinen erfindlichen Grund zu lügen. Offenbar haben Sie den falschen Mann geschnappt, Sheriff.«

Enttäuschung machte den Mob unruhig, und die Männer drängten vorwärts. Sie waren auf eine Hängeparty vorbereitet, und Rafes größte Befürchtung war, dass es ihnen schnuppe war, ob er unschuldig war, solange ihnen Unterhaltung geboten wurde.

Reverend Conrad musste zu dem gleichen Schluss gelangt sein, denn er wandte sich der Menge zu, hob die Hände und gebot Ruhe.

»Meine guten Leute«, psalmodierte er mit tiefer Stimme, die Respekt einflößte. »Wenn Schwester Angela sagt, dieser Mann ist unschuldig, dann reicht mir das. Wenn einer von euch ihr Wort anzweifeln will, soll er bitte vortreten und sich äußern.«

Rafe hielt den Atem an. Keiner rührte sich von der Stelle. Wer würde es wagen, in das Gesicht eines Engels zu blicken und ihn als Lügner zu bezeichnen? Selbst Sheriff Tattersal schien nicht bereit zu sein, Reverend Conrads und Schwester Angelas Worte anzuzweifeln.

»Ihr habt gehört, was der Reverend gesagt hat, Männer. Lasst Gentry gehen«, grollte er und entfernte den Strick von Rafes Hals.

Jemand befreite ihn von den Handfesseln und zog ihn vom Pferd. Rafe atmete zitternd durch und rieb sich den Nacken, wo die Haut vom Strick aufgescheuert war. Obwohl anscheinend niemand bereit war, Rafes Unschuld in Frage zu stellen, war die Menge immer noch unzufrieden und unruhig. Rafe bezweifelte, lebend aus der Stadt entkommen zu können, wenn er jetzt zu flüchten versuchte.

Aber wieder rettete ihn Reverend Conrad. Er schien die gereizte Stimmung zu spüren und suchte sofort eine Möglichkeit, die Gemüter zu beruhigen. Er warf einen Blick zu Angela, dann zu Rafe, und lächelte, als sei er soeben zu einer bemerkenswerten Entscheidung gelangt.

»Meine Freunde, ich weiß, ihr seid heute Abend mit der Erwartung gekommen, einen Mann hängen zu sehen. Aber ich habe etwas Passenderes im Sinn. Wir werden stattdessen eine Trauung erleben. Schwester Angela und ihr Verlobter hatten vor, in Pueblo zu heiraten. Da er sich entschieden hat, sie in Ordway zu treffen, wird es mir ein Vergnügen sein, die Zeremonie sofort zu vollziehen. Ihr alle seid ins Zelt der Erweckungsversammlung eingeladen, um die Hochzeit von Schwester Angela und ihrem jungen Bräutigam zu feiern.«

Ein Höllenlärm folgte. An Rafes Mundwinkel zuckte ein Muskel. Nur die Anspannung hielt ihn auf den Beinen. Aber wenn er nicht zugeben wollte, dass er gar nicht Angelas Verlobter war, blieb ihm nichts anderes übrig, als dem Vorschlag des guten Reverends zuzustimmen. Er warf einen Seitenblick auf den verschlagenen Engel und stellte mit Genugtuung fest, dass sie anscheinend ebenso benommen war wie er. Angespannt wartete er darauf, dass sie einen Einwand äußerte. Aber sie presste nur die Lippen zusammen und starrte ihn mit wildem Blick an. Glücklicherweise schien Reverend Conrad das nicht zu bemerken.

»Kommt mit, Kinder«, sagte er strahlend. Er wandte sich der Menge zu. »Jemand holt Schwester Grace. Dies erfordert Musik. Das Piano ist noch im Zelt, und sie kennt den Hochzeitsmarsch auswendig.«

»Tu was!«, zischte Rafe Angela zu. »Es sei denn, du willst einen Ehemann am Hals haben. Was ist mit deinem Verlobten, der in Pueblo auf dich wartet?«

»Ich will dich als Ehemann ebenso wenig, wie du mich als Frau willst«, zischte Angela zurück. »Aber wenn ich nicht die Wahrheit sagen und dich wieder unter den Galgenbaum schicken will, weiß ich nicht, was ich sagen soll.«

»Verdammt!«

Die Menge strömte vorwärts und riss Rafe und Angela mit zum Zelt. Die Stimmung war abrupt in eine ausgelassene Fröhlichkeit umgeschlagen. Aber Rafe wusste, dass sich die Lage sehr schnell wieder ändern konnte, und er war entschlossen, alles zu tun, was nötig war, um seinen Hals zu retten. Aber Heirat?

Angela starrte Rafe Gentry an. Obwohl ihr die Intuition sagte, dass er kein Killer war, blieb ein Rest von Zweifel. Wie konnte sie einen Mann heiraten, über den sie nichts wusste? Das Dilemma war anscheinend unüberwindlich. Entweder gab sie zu, dass Rafe nicht ihr Verlobter war, und ließ zu, dass er aufgehängt wurde; oder sie machte mit dieser Farce weiter, die von Minute zu Minute absonderlicher wurde. War er völlig unschuldig an den Verbrechen, die man ihm zur Last legte? Gott wusste, dass Rafe Gentry rau und hart genug aussah, um ein Killer zu sein. Aber schließlich hatte sie sich wegen des Ausdrucks seiner Augen entschieden, ihn zu retten. In diesen faszinierenden silbergrauen Augen war keine Grausamkeit zu lesen.

Die Menge schwoll an, und bald war das Zelt überfüllt. Rafe und Angela wurden mit dem Reverend in dem Gewühl bis nach vorne in die improvisierte Kirche geschoben. Schwester Grace, eilig herbeigeholt, saß am Piano und grinste von einem Ohr zum anderen.

»Und nun, Kinder«, kündigte Reverend Conrad an und wandte sich der Menge zu, »sollten wir anfangen.«

»Wir wollten eigentlich in Pueblo heiraten«, sagte Angela in einem letzten Versuch, dieser Farce zu entgehen. Ein Ehemann, selbst ein vorübergehender, hatte keinen Platz in ihrer Zukunft.

»Unsinn«, sagte der Reverend mit dröhnender Stimme, die keinen Widerspruch duldete. »Ich würde meine Pflicht vernachlässigen, wenn ich euch beide jungen Leute ohne Trauung fortschicken würde. Ich weiß, wie ungeduldig die Jugend heutzutage sein kann.« Er wandte sich an Rafe. »Hast du den Ring, mein Sohn?«

»Der ist … gleich hier«, sagte Rafe und schockierte Angela damit. Mit zitternden Fingern nahm er den Ehering seiner Mutter aus der Westentasche. Er hatte ihn genommen, als er und seine Brüder Geld und Habe geteilt hatten, bevor sie mit den Verfolgern im Nacken von der Farm geritten waren. Angela starrte auf den goldenen Ring, den er aus der Tasche genommen hatte, als sei er eine Schlange, die jeden Augenblick zubeißen konnte.

»Ausgezeichnet«, sagte Reverend Conrad. »Da du den Ring hast, mein Sohn, ist offensichtlich, dass du tatsächlich Angelas Verlobter bist.« Diese Bemerkung war an die immer noch skeptischen Mitglieder des Lynchmobs gerichtet.

»Fangen Sie endlich an, Reverend!«, rief jemand in der Menge.

Rafe murmelte einen deftigen Fluch.

Angela bekam das mit und teilte seine Meinung. Worauf ließ sie sich da ein? Jäh wurde ihr klar, dass das Opfer zu groß war, und sie holte Luft, um das Possenspiel zu beenden.

Irgendetwas an ihrem Verhalten musste Rafe gewarnt haben, denn er ergriff ihren Arm und zischte:

»Tu's nicht. Du hast dies angefangen, und du schuldest mir, es durchzuziehen.«

Angela starrte ihn an und schüttelte den Kopf. »Ich kann es nicht.«

Sein Griff wurde härter, und seine silbergrauen Augen glitzerten. »Du kannst es, und du willst es. Ich weiß, was du im Sinn hattest, als du eingegriffen hast, aber die Würfel sind gefallen. Du kannst jetzt nicht aussteigen.«

Sie spürte seine Verzweiflung und wusste, dass sie so groß wie ihre eigene war. Nie in ihren wildesten Träumen hätte sie sich vorgestellt, dass ihr unbesonnenes Handeln solche Folgen haben würde. Aber Rafe Gentry hatte Recht. Er hatte sie vor den betrunkenen Cowboys verteidigt; es war nur recht und billig, dass sie sich revanchierte. Es gab schließlich Möglichkeiten, eine Ehe zu beenden. Ihre Haltung straffte sich, und sie forderte den Reverend mit einem Nicken auf, mit der Zeremonie zu beginnen.

Schwester Grace spielte leise auf dem Piano, und der Reverend öffnete die Bibel. Rafe hörte gar nicht hin, als Conrad salbungsvoll sprach. Seine Gedanken jagten sich. Er fragte sich, wie lange es dauern würde, den Dreck von Ordway von seinen Stiefeln zu schütteln und Schwester Angela im Staub zurückzulassen. Diese absurde Ehe hatte ihm zwar das Leben gerettet, aber er hatte nicht vor, sie in Ehren zu halten. Warum Schwester Angela gelogen hatte, um ihn zu retten, ging ihn nichts an. Er hatte seine eigenen Pläne, seine eigenen Bedürfnisse, und zu denen gehörte keine Ehefrau.

Er musste an der richtigen Stelle geantwortet haben, denn auf einmal forderte der Reverend ihn auf, Angela den Ring an den Finger zu stecken.

Wieder konzentriert, griff er nach Angelas Hand und schob ihr den Ring auf den Finger. Er passte perfekt.

»Ich erkläre euch zu Mann und Frau. Du darfst die Braut küssen, mein Sohn«, sagte Reverend Conrad.

Rafe starrte auf Angelas Lippen. Sie waren fein geschwungen, voll und leicht feucht, als wären sie soeben mit der Zunge angefeuchtet worden. Er konnte die Menge im Hintergrund hören, die lauthals den Kuss verlangte. Sein Blick glitt aufwärts, zu ihren Augen, und er stellte verblüfft fest, dass sie weit geöffnet waren und leicht verschwommen blickten. Er umfasste ihr Kinn. Sie blinzelte. Er legte die Hand um ihren Nacken, unter den seidigen Heiligenschein ihres Haars. Mit sanftem, stetigem Druck zog er sie langsam zu sich heran.

Er hatte sich den Kuss als kurze Berührung der Lippen vorgestellt, als nichts so Dramatisches wie das, was folgte. Ihre Lippen waren weich, ihr Atem wie ein süßer Hauch. Er drückte den Mund auf ihren und verlor sich in Gefühlen, die völlig fremd für Rafe Gentry waren, einen Mann, der gern und oftmals ohne bindende Gefühle liebte.

Der Duft ihres Haars war berauschend. Kaum wahrnehmbar, doch erregend. Er vertiefte den Kuss, erzwang sich mit der Zunge Einlass in ihren Mund. Ihre zögernde, etwas atemlose Reaktion ermutigte ihn, und er stieß seine Zunge weiter vor, um ihren Mund zu erkunden. Er spürte ihren Schock, ihre Empörung, aber irgendein perverser Teufel trieb ihn dazu, sie weiter intensiv zu küssen, bis er das Räuspern des Reverends hörte. Erst dann nahm er das Gejohle und die Hochrufe im Zelt wahr.

Abrupt brach er den Kuss ab. Angela schwankte, wie aus dem Gleichgewicht geraten, und er stützte sie mit der Hand am Ellenbogen.

»Es war richtig von mir, euch auf der Stelle zu trauen«, sagte Reverend Conrad. »Besonders, nachdem wir Zeuge dieser ziemlich spektakulären Vorstellung geworden sind. Ich wünsche euch viel Glück und viele Kinder. Wenn Schwester Grace mir das Kirchenregister bringt, werden wir den Trauungsakt vor Gott und dem Gesetz schriftlich bestätigen.«

Schwester Angela murmelte etwas, das Rafe nicht verstand, als Schwester Grace Feder, Tintenfass und das Register holte – die Dinge, die sie auf jeder Reise mitnahmen. Reverend Conrad legte den Neuvermählten das Register vor.

Mit großem Widerstreben unterzeichnete Rafe als Erster und reichte das Buch dann Angela. Sie starrte lange auf die Seite, setzte jedoch schließlich ihren Namen darauf. Unterdessen bereitete Reverend Conrad die Heiratsurkunde vor, die sie als Beweis für ihre Eheschließung mitnehmen konnten.

»Verlasst ihr sofort die Stadt, oder reist ihr morgen mit uns weiter?«, fragte Conrad. »Wie ich hörte, reisen wir in dieselbe Richtung.«

»Ich weiß nicht, ob es klug ist, jetzt nach Pueblo zu reisen«, meinte Sheriff Tattersal, der sich zu der kleinen Gruppe gesellte. »Ich hatte vor, mit Ihnen zu sprechen, bevor Sie aufbrechen. Wir haben soeben die Information erhalten, dass abtrünnige Comanchen in diesem Gebiet Krawall machen. Niemand weiß, wo sie als nächstes ihr Unwesen treiben. Vielleicht ist es das Beste, jeder bleibt in Ordway, bis die Gefahr vorüber ist.«

»Indianer?«, hauchte Schwester Grace und drängte sich schutzsuchend an ihren Mann. Sie hielt eine Hand an die Kehle, und ihr faltiges Gesicht spiegelte Furcht wider. »Oh, Clarence, lass uns nach Topeka zurückkehren. Wir sind ohnehin fast am Ende unserer Rundreise.«

»Hm, vielleicht hast du Recht, meine Liebe. Danke für Ihren Rat, Sheriff, aber ich denke, wir werden morgen früh nach Topeka zurückkehren.« Er warf einen besorgten Blick zu Angela. »Vielleicht sollten Sie Ihre Pläne, westwärts zur Mine Ihres Vaters zu reisen, noch einmal überdenken, Schwester.«

Angela schüttelte heftig den Kopf, und ihre Locken flogen. »O nein, Reverend, das ist unmöglich. Ich bin überzeugt, dass … mein Mann und ich absolut sicher sein werden. Ich muss unbedingt nach Canon City und der Golden Angel.«

Rafe bedachte Angela mit einem scharfen Blick. Er hatte keine Ahnung, wovon sie sprach, und er war entschlossen, es bei der ersten Gelegenheit herauszufinden.

»Nun denn, Schwester«, sagte der Reverend, und es klang etwas zweifelnd. »Schwester Grace und ich werden um eine sichere Reise für Sie beten.«

»So wie ich für *Sie* beten werde«, erwiderte Angela.

»Die Stadt hat ein ausgezeichnetes Hotel«, sagte Tattersal.

»Ich nehme an, meine … Frau –«, Rafe würgte das Wort hervor, »– und ich werden sofort aufbrechen.« Er wollte keine Minute länger als nötig in Ordway bleiben.

»Einverstanden«, pflichtete ihm Angela bei.

»Ich hoffe, Sie machen keinen Fehler«, meinte der Reverend. »Komm, Grace, es ist spät.«

Rafe beobachtete beklommen, wie jeder ging. Er hatte keine Ahnung, was Angela vorhatte oder was ihr Reiseziel war. Eigentlich wusste er nichts über sie, abgesehen davon, dass sie hingebungsvoll Seelen rettete – der Frauentyp, von dem er sich für gewöhnlich fern hielt. Diese Frauen waren meistens steif und spröde und fühlten sich als Heilige, versuchten jede Seele zu bekehren, die ihnen begegnete. Nun, da hatte er Neuigkeiten für Schwester Angela. Er war nicht bereit, für seine Sünden zu büßen und sich bekehren zu lassen.

Darüber hinaus hatte er nicht vor, so lange hier kleben zu bleiben, dass Schwester Angela ihm mit ihrer Beterei auf die Nerven gehen konnte. Wenn Ordway hinter ihm lag, würde sie auf sich allein gestellt sein. Inzwischen machten vermutlich Steckbriefe mit seinem

Bild die Runde, und er musste Distanz zwischen sich und Kansas bringen.

Er dachte an seine Brüder Jess und Sam und betete stumm und schnell für ihre Sicherheit. Ihr Verständnis war so innig, wie es bei Brüdern nur sein konnte, und er hoffte, dass sie nicht die gleichen Probleme hatten wie er.

»Bist du bereit zum Aufbruch?«, fragte Angela und riss ihn aus seinen Gedanken. »Es ist mein Ernst, dass ich so schnell wie möglich in Canon City sein muss.«

»Ich bin bereit, wenn du es bist, *Frau*«, gab Rafe zurück.

»Du brauchst nicht sarkastisch zu sein«, schmollte Angela, als sie das Zelt verließ. »Ich habe dir nur deine Haut gerettet.«

»Und bei dem Handel einen Ehemann gewonnen«, erinnerte er sie und folgte ihr hinaus.

»Mein Wagen steht hinter dem Zelt. Wir brauchen nur die Pferde einzuspannen und loszufahren.« Sie ging voran zur Rückseite des Zeltes.

Rafe kochte vor Wut. Dachte sie tatsächlich, er würde mit ihr reisen? Diese Frau mochte verlockend schön und sexuell erregend sein, aber sie war nicht sein Typ. Und wenn er eine Ehefrau gewollt hätte, hätte er in Dodge bleiben und die Tochter des Bankiers heiraten können.

All dies behielt er für sich, als er die Pferde einspannte.

»Mein Pferd steht im Mietstall, und der Sheriff hat meine Waffen«, sagte Rafe. »Fahr nur los; ich werde dich einholen.«

Er wandte sich ab, bevor Angela etwas erwidern konnte, und verharrte abrupt, als der Sheriff in der Dunkelheit auftauchte, sein Pferd am Zügel führend.

»Ich dachte, ich erspare Ihnen die Mühe, Ihr Pferd zurückzufordern«, sagte Tattersal. »Ihre Eisen habe ich auch mitgebracht. Sie werden sie vielleicht brauchen.«

Rafe presste die Lippen zusammen. »Vielen Dank.« Er nahm die Revolver entgegen und schob sie in die leeren Halfter.

»Ihr beide könnt auf den Wagen steigen«, sagte Tattersal. »Ich binde Gentrys Pferd hinten an.«

»Verdammt, verdammt, dreimal verdammt!«, murmelte Rafe. Nichts lief so, wie er sich das vorgestellt hatte. Jetzt war er gezwungen, neben der verlockenden Kirchenfrau zu sitzen und nach ihr zu gieren, während sie unantastbar blieb.

»Hast du was gesagt?«, fragte Angela, als sie auf den ungefederten Sitz kletterte.

»Kein verdammtes Sterbenswörtchen«, erwiderte Rafe, kletterte neben sie und nahm die Zügel.

»Viel Glück«, rief Tattersal, als sich die Pferde in Bewegung setzten. »Das Missverständnis tut mir leid, Gentry. Ich verspreche Ihnen, dass wir die Kerle schnappen werden, die für die Morde verantwortlich sind.«

Beklommenes Schweigen herrschte, während der Mond höher stieg und die Pferde sich ihren Weg über die holprige Straße suchten. Angela fragte sich, was Rafe Gentry dachte. Sie hoffte, dass er nicht erwartete, seine ehelichen Rechte geltend machen zu können, nur weil sie von einem Prediger getraut worden waren.

Fremde. Das waren sie. Fremde, die keine Gemeinsamkeiten hatten. Welcher Teufel sie auch immer getrieben haben mochte, ihn als ihren Verlobten auszugeben, er hatte sie längst verlassen. Sie warf unter halb gesenkten Lidern einen verstohlenen Blick zu ihrem Bräutigam. Ein Streifen Mondschein fiel auf fest zusammengepresste Lippen, hohe Wangenknochen, silbergraue Augen mit langen, schwarzen Wimpern.

Seine Miene war ausdruckslos, doch Angela spürte, dass er verärgert war. Das konnte sie ihm nicht verdenken. Auch sie war verärgert. Nein, ›bestürzt‹ war wohl eine bessere Bezeichnung. Sie hatte nicht geahnt, dass ihr impulsives Handeln solche Konsequenzen haben würde.

Verheiratet. Guter Gott, ihr Stiefvater und Anson Chandler, der Mann, der sie heiraten und bei dem Handel eine Goldmine gewinnen wollte, würden fuchsteufelswild sein.

Angelas Unbehagen wuchs noch, als Rafe den Wagen zwischen eine Baumgruppe lenkte, die sie fast völlig von der Straße abschirmte.

»Warum halten wir?«, fragte sie.

»Der Platz ist so gut wie jeder andere zum Schlafen. Wenn ich mich nicht irre, höre ich das Plätschern von Wasser über Felsen in der Nähe.« Er sprang vom Wagen und ging um ihn herum, um ihr hinunterzuhelfen. »Ich werde mich um die Pferde kümmern, während du nach dem Bach Ausschau hältst. Hast du Hunger?«

»Nein, ich habe schon am frühen Abend etwas gegessen.«

»Ich auch. Wenn du vom Bach zurückkehrst, habe ich eine Menge Fragen, die beantwortet werden müssen.«

Angela bedachte ihn mit einem ärgerlichen Blick und verschwand im Wagen, um Handtuch und Seife zu holen. Dann machte sie sich auf die Suche nach dem Bach. Sie brauchte nicht lange zu suchen. Sie folgte einfach dem Plätschern des Wassers und stieß schon nach wenigen Schritten auf einen kleinen Wasserlauf. Sie ließ sich Zeit beim Waschen und legte sich ihre Antworten auf die Fragen zurecht, die Rafe sicherlich stellen würde. Er verdiente Antworten, nahm sie an, aber wie viel Wahrheit sollte sie ihm erzählen?

Ein Ast knackte hinter ihr, und sie fuhr herum. Sie entspannte sich etwas, als sie im Mondschein den Umriss von Rafes kräftigem Körper erkannte. Trotz der milden Nacht erschauerte sie. Alles an Rafe Gentry strahlte Stärke und Kraft aus.

Er wirkte auf Angela wie ein Raubtier auf Beutefang. Trotz seiner unbewegten Miene spürte sie die Spannung, von der er erfüllt war. Er trug seine beiden Revolver, als wären sie mit ihm verwachsen, und Angela hätte gewettet, dass er damit umzugehen verstand.

»Warum dauert es so lange? Weißt du nicht, dass es gefährlich ist, hier draußen allein herumzutrödeln? Nimm dein Handtuch und komm ins Bett, Mrs Gentry.«

Angela erstarrte. *Mrs Gentry*? Was erwartete er von ihr? Mit den Händen auf den Hüften, das Kinn trotzig vorgereckt, fuhr sie ihn an.

»Ich werde nie eine richtige Frau für dich sein, Rafe Gentry! Wenn du meinst, du könntest die Situation ausnutzen, dann muss ich das richtig stellen!«

»Lass *mich* erst mal etwas richtig stellen, Lady«, sagte Rafe grob. »Ich habe nie eine Frau gewollt und habe nicht vor, mein Leben zu komplizieren, indem ich mit einer Frau schlafe, die darauf aus ist, meine Seele zu retten. Ich will nur Antworten von dir. Es muss eine vernünftige Erklärung dafür geben, warum du einen wildfremden Mann geheiratet hast. Und versuche nicht, mir den Bären aufzubinden, du hast es getan, um mir das Leben zu retten.«

Angela hob ihr Kinn und schritt an ihm vorbei. »Undankbarer Kerl!«, murmelte sie im Vorübergehen.

3

Verlangen peinigte Rafe. Er konnte nur noch daran denken, wie sehr er sich danach sehnte, Angela zu küssen. Er rief sich die köstliche Weichheit und Wärme ihrer Lippen in Erinnerung und berührte seine eigenen mit der Fingerspitze. Er dachte an die süße Unschuld ihrer Reaktion, als er sie bei der Trauung geküsst hatte.

Wenn er der Typ gewesen wäre, der eine Frau ausnutzt, hätte er nicht gezögert, sich zu nehmen, was er begehrte. Vor dem Gesetz hatte er als Angelas Ehemann das Recht, mit ihr zu schlafen. Leider war es anscheinend fast ein Frevel, einen so reinen Engel auch nur anzurühren. Rafe hatte nie behauptet, ein Heiliger zu sein. Davon war er weit entfernt. Und er würde nicht ewig der überwältigenden Versuchung widerstehen können, die dieser Engel für ihn darstellte. Das Beste, was er für Schwester Angela tun konnte, war Distanz zwischen ihnen zu wahren. Und genau das hatte er vor, sobald er die Antworten hatte, die er suchte.

Er kniete sich ans Ufer des Baches, zog sein Hemd aus und klatschte sich Wasser übers Gesicht und den Oberkörper. Dann warf er das Hemd über seine Schulter und folgte Angela zurück zum Lagerplatz. Ein Kribbeln erfasste ihn, und er stöhnte unwillkürlich auf, als er Angelas schlanke Silhouette wie in einem Schattenspiel hinter der Segeltuchplane sah. Sie stand im Wagen, nur in Unterhemd und Unterröcken, vor dem Schein der Laterne und ahnte nicht, welch erregenden Anblick sie Rafe bot.

Als sie die Unterröcke auszog, prickelte es in Rafes

Lenden, und kalter Schweiß brach ihm aus. Dann erlosch die Laterne, und Rafe ließ seiner Phantasie freien Lauf. Er stellte sich vor, wie Angela das Unterhemd auszog und ihr Nachthemd über lange, nackte Beine und herrlich wohlgerundete Kurven streifte.

Das Verlangen wurde übermächtig, und seine Beine setzten sich wie aus eigenem Antrieb in Bewegung. Er begehrte diese engelhafte Nachtigall, und wie er sich jetzt fühlte, würde ihn nichts aufhalten. Zum Glück kehrte die Vernunft zurück, als er das Heck des Planwagens erreichte, und er blieb abrupt stehen. Was, zum Teufel, hatte er gedacht? Schwester Angela mochte seine Ehefrau sein, aber sie war nicht für ihn bestimmt. Außerdem hatte sie einen Verlobten, der in Pueblo auf sie wartete. Es war an der Zeit, dass sie ihm sagte, was los war.

Er verharrte hinter dem Wagen und rüttelte an der Heckklappe. »Angela, komm raus, wir müssen miteinander reden.«

»Hat es nicht bis morgen Zeit?«, kam ihre gedämpfte Antwort.

»Morgen früh bin ich vielleicht nicht mehr hier.«

Ihre Reaktion ließ nicht lange auf sich warten. Die Laterne ging flackernd an, und ein Kopf mit zerzaustem blondem Haar tauchte in der Öffnung am Heck auf. »Du willst weg?«

»Wir wissen beide, dass ich wegreiten werde. Ich will wissen, warum du mir das Leben gerettet hast. Das mit der Heirat brauchtest du nicht durchzuziehen, weißt du.« Er kniff misstrauisch die Augen zu Schlitzen zusammen. »Vielleicht irre ich mich, aber … vielleicht *wolltest* du einen Ehemann. Es fällt mir schwer zu glauben, dass du einfach eine Wohltäterin bist, die darauf aus ist, Seelen zu retten. Wenn das dein Motiv war, bin ich rettungslos verloren.«

Angela biss frustriert die Zähne aufeinander. »Ich bin

davon überzeugt, dass deine Seele das Retten nicht wert ist, Mr Gentry. Gute Nacht. Oder sollte ich sagen: lebe wohl?« Dann zog sie ihren Kopf aus der Öffnung zurück und schlug die Plane zu.

Zorn und Enttäuschung wurden übermächtig in Rafe. Er ließ sein Hemd herab, zog sich an der Heckklappe hoch und schwang sich durch die Öffnung auf den Wagen.

»Unser Gespräch ist noch nicht zu Ende, *Mrs Gentry*.«

Angela schnappte sich ihr Umhängetuch und zog es über ihr dünnes Nachthemd. »Raus!«

»Wenn es *mir* passt. Setz dich, Schwester, und erzähl mir, was dich dazu getrieben hat, mir das Leben zu retten. Nicht, dass ich undankbar wäre«, fügte er hinzu. »Nur verwirrt.«

Angela starrte auf Rafes nackte Brust, als hätte sie noch nie einen Mann in diesem Stadium der Entkleidung gesehen – was tatsächlich der Fall war. Sie wollte die Augen schließen, schaffte es jedoch nicht. Sie hätte nie gedacht, dass der Anblick eines männlichen Körpers so erregend sein konnte – bis sie Rafe Gentrys nackten Oberkörper gesehen hatte. Zungen von flackerndem Licht huschten über seine muskulöse Brust. Sie versuchte, sich auf sein Gesicht zu konzentrieren, doch eine unbekannte Macht zwang sie, den Blick über seinen Oberkörper hinab zu seinem flachen Bauch gleiten zu lassen.

Sie errötete und blickte wieder in sein Gesicht. Im schwachen Licht der Laterne konnte sie große, tief liegende Augen und kühn geschwungene Augenbrauen erkennen; dichtes Haar, lang und schwarz wie Tinte. Die Nase war gerade, das Kinn ausgeprägt und energisch.

Es war ein gut geschnittenes Gesicht – nicht ohne Charakter. Schmerzliche Erinnerungen verdunkelten seine silbergrauen Augen, und Angela nahm an, dass sich hinter seinem schiefen Lächeln eine nicht ganz einfache Vergangenheit verbarg. Ihr Gefühl sagte ihr, dass er zwar kein Killer war, aber Gewalt durchaus zu seinem Leben gehörte.

Sie beobachtete das Spiel des Laternenscheins in seinen Augen und verspürte ein Prickeln, als streichle etwas über ihre Wirbelsäule. So entnervend es auch war, Angela konnte nicht fortblicken. Es war der Klang seiner Stimme, der sie schließlich aus ihren Gedanken riss.

»Ist dir klar, dass wir in einer beschissenen Klemme stecken? Verzeih mir, Schwester, wenn ich deine empfindlichen Ohren beleidigt habe, aber ich kann kein anderes Wort finden, um unsere Lage zu beschreiben. Warum hast du zugelassen, dass uns der Prediger traut?«

»Und warum hast *du* es zugelassen?«

»Ich musste meine Haut retten, du nicht. Hölle, ich hätte allem zugestimmt, um zu überleben. Du hingegen hattest nichts zu gewinnen.«

Sie hob das Kinn. »Ich konnte nicht zulassen, dass ein unschuldiger Mann stirbt.«

Er blickte sie überrascht an. »Wie kommst du auf den Gedanken, dass ich unschuldig bin?«

Sie starrte auf seine nackte Brust und sah schnell wieder fort. »Würdest du bitte ein Hemd anziehen?«

Rafe grinste schief. »Stört dich mein Anblick?«

»Ja. Nein. Ich weiß es nicht. Es ist nicht richtig.«

»Hast du noch nie einen Mann mit nackter Brust gesehen?«

»Natürlich nicht«, erwiderte sie steif.

»Wir sind verheiratet, oder hast du das vergessen?«

Gewiss will er nicht … erwartet er nicht …, dachte Angela alarmiert. »Nur dem Namen nach, und so wird es bleiben, bis wir uns trennen.«

Er war zu nahe, füllte den engen Platz auf dem Wagen mit seiner mächtigen Anwesenheit und seinem einschüchternden Körper aus. Sie wich zurück, bis ihre Beine gegen die Pritsche hinter ihr stießen. Er trat aggressiv einen Schritt auf sie zu, bis er so nahe war, dass sie seinen warmen Atem über ihre Wange streichen spürte.

»Was willst du? Du kannst nicht … ich lasse dich nicht … Warum tust du das?«

»Bist du tatsächlich eine zimperliche, verklemmte heilige Frau, Angela? Oder ist das nur eine Fassade, die du annimmst, wenn es dir passt? Was bist du *wirklich* unter deinem engelhaften Heiligenschein?«

Eine heiße Woge strömte durch ihre Adern. Angela hasste den Gedanken, dass der Anblick von Rafes nackter Brust sie störte, doch sie konnte nicht leugnen, dass er eine sonderbare Wärme und ein prickelndes Gefühl in ihr weckte.

»Du bist beleidigend«, sagte Angela und zog das Umhängetuch fester um sich. »Sag, was du zu sagen hast, und geh dann.«

»In Ordnung.« Er packte sie an den Schultern und schob sie auf die Pritsche. Sie wollte aufspringen, als er sich neben sie setzte, doch sie zwang sich, die Spannung zu ignorieren, die zwischen ihnen herrschte.

»Fangen wir mit der Wahrheit an. Warum hast du in Ordway meine Haut gerettet? Nach allem, was du wusstest, bin ich ein kaltblütiger Mörder.«

»Ich habe einfach eine Schuld beglichen. Du hattest mir in Garden City geholfen, erinnerst du dich? Würde ein Killer das tun? Außerdem ist Lynchen gegen das Gesetz.«

Er betrachtete sie forschend. »Warum hast du die Trauung nicht gestoppt? Ein Wort von dir, und sie hätte niemals stattgefunden.«

»Ich hätte fast protestiert, wenn du dich erinnerst. Aber du hast mich überzeugt, dass die Dinge schon zu weit gegangen waren. Ich … ich konnte dich nicht dem Lynchmob ausliefern.«

»Keine tieferen Beweggründe?« Er heftete seinen Blick forschend auf ihren Bauch. »Du bist nicht schwanger und brauchst unbedingt einen Ehemann, oder?«

»Was?!« Angela war empört. »Wie kannst du es wagen! Es tut mir leid, dass ich dir das Leben gerettet habe.«

»Was ist mit diesem Verlobten, der auf dich in Pueblo wartet? Wird der nicht enttäuscht sein?«

Nach langem Schweigen sagte Angela: »Es gibt keinen Verlobten. Den habe ich wegen Reverend Conrad erfunden.«

»Warum?«

Da sie nicht damit rechnete, Rafe wiederzusehen, wenn er erst fortritt, fühlte sich Angela nicht verpflichtet, ihm ihre Lebensgeschichte zu erzählen. Je weniger er von ihren Verhältnissen wusste, desto besser. Sie kannte ihn nicht. Wenn er erfuhr, dass sie einen Anteil an einer Goldmine besaß, konnte er gierig werden und sich entscheiden, in ihrer Nähe zu bleiben. Sie hatte schon so genügend Probleme damit, dass Desmond und Anson versuchten, ihr Leben zu ruinieren.

»Das geht dich nichts an. Wenn ich mich niedergelassen habe, werde ich für eine Annullierung unserer Ehe sorgen. Du brauchst dir deshalb keine Sorgen zu machen. Wenn du erst fortgeritten bist, kannst du dich als freier Mann betrachten. Ich werde keine Forderungen an dich stellen.«

Rafe, misstrauisch von Natur aus, konnte kaum glauben, dass Angela nichts von ihm wollte. Keine Frau auf der Welt war völlig selbstlos. Sie hatte ihm nicht viel erzählt. Er konnte sie zwingen, alles preiszugeben, aber wollte er es wirklich wissen? Er hatte bereits genug am Hals. Er war frei – nur das zählte.

»Behalte deine Geheimnisse für dich, Schwester. Du

hast meine Haut gerettet, das reicht mir.« Er stand auf. Sie erhob sich ebenfalls. »Ich werde vermutlich fort sein, wenn du morgen aufwachst. Kannst du allein mit dem Gespann zurechtkommen?«

»Das habe ich in den vergangenen sechs Wochen getan. Ich bin nahe bei meinem Reiseziel. Ich werde prima zurechtkommen.«

»Dann schätze ich, dies ist unser Abschied.«

»Das nehme ich an.«

Rafe hatte keine Ahnung, wie es kam, dass er sie plötzlich in den Armen hielt. Er wusste nur, dass er in seinem Leben nie etwas so Warmes und Weiches gespürt hatte. Er brauchte nur den Kopf zu neigen und … Er eroberte ihren Mund. Eroberte ihn und nahm ihn in Besitz. Sein Mund verschmolz mit ihrem, und seine Zunge spielte in der samtenen Fülle ihrer sinnlichen Lippen. Zuerst stand sie wie vereist in seinen Armen, ihr Atem war kurz und heftig, ihr Körper steif.

Er zog sie näher zu sich heran, bis er spürte, wie ihre Brustspitzen gegen seine nackte Brust stießen. Er vertiefte den Kuss, forschte mit der Zunge, erkundete das, was jungfräuliches Gebiet war, wie er plötzlich erkannte. Er glaubte, ihren Herzschlag im Gleichklang mit seinem eigenen rasenden Puls zu spüren, und dann erwiderte sie zögernd, wie probeweise den Kuss, und sein Verlangen ermutigte ihn, über eine ihrer Brüste zu streicheln.

Sie drehte sich und wich ruckartig von ihm fort, die Hand erhoben, um ihn zu schlagen. Er packte ihr Handgelenk und riss die Hand zurück, bevor sie sein Gesicht treffen konnte. Ihre Augen wirkten wie zwei blaue Eisstücke, ihre Lippen bebten, das Haar war zerzaust. Sie atmete heftig. Er ebenfalls. Die Luft zwischen ihnen schien zu knistern. Etwas war soeben geschehen, aber Rafe hätte nicht sagen können, was es war.

»Das wird sich niemals wiederholen«, sagte sie mit

zitternder Stimme. Er merkte, dass sie darum kämpfte, die Fassung wiederzuerlangen.

Rafe grinste. »Ich habe nur meiner *Frau* einen Abschiedskuss gegeben.«

»Leben Sie wohl, Mr Gentry. Und versuchen Sie, sich aus Schwierigkeiten herauszuhalten. Wenn Sie beim nächsten Mal mit dem Gesetz in Konflikt geraten, werde ich nicht zur Stelle sein, um Ihren Hals zu retten.«

Rafe entschied sich zu gehen, bevor er etwas tat, was er später bereuen würde. »Leb wohl, Engel.«

Dann war er fort und ließ Angela mit einem Gefühl der Leere zurück, das sie sich nicht erklären konnte. Sie hob die Hand an die Lippen; sie fühlten sich voller an als vor Rafes Kuss. Sie brannten nicht mehr wie nur wenige Minuten zuvor, als er seine Lippen auf ihre gepresst hatte, aber sie waren immer noch warm.

Angela fragte sich, warum sie sich nicht stärker gewehrt hatte. Sie hätte ihm zumindest einen gut gezielten Stoß mit dem Knie in den Unterleib versetzen sollen. Aber das hatte sie nicht getan. Sie hatte ergeben stillgehalten und sich von ihm küssen lassen. Ihre Knie waren immer noch weich, und in ihrem Magen schienen Schmetterlinge zu flattern. Um ihrer geistigen Gesundheit willen hoffte sie, dass sie und Rafe Gentry sich nie wieder begegnen würden.

In dieser Nacht fand Rafe kaum Ruhe in seinem Schlafsack. Beim ersten Tageslicht stand er auf, wusch sich im Bach, sattelte sein Pferd und ritt davon. Er ritt westwärts, gen Pueblo, und sagte sich, dass er dort so gut Proviant kaufen und die Lage sondieren konnte wie in jedem anderen Ort. Er hatte fast kein Bargeld mehr, und wenn in der Stadt keine Steckbriefe mit seinem Konterfei hingen, konnte er vielleicht vorübergehend einen Job annehmen, um seine leeren Taschen zu füllen.

Er hoffte um ihrer beider Willen, dass ihm Angela – er nannte sie inzwischen Angel Abbot – nicht mehr über den Weg laufen würde. Irgendwann während ihrer kurzen Bekanntschaft hatte er sie im Geiste ›Angel‹ getauft, denn ›Engel‹ schien zu passen. Es war sein sehnsüchtigster Wunsch, sie völlig aus seinen Gedanken zu verbannen, aber er wusste, dass dies Wunschdenken war. Er würde niemals seine kurze Ehe mit der Frau vergessen, welche die Stimme einer Nachtigall und das liebliche Gesicht eines Engels hatte.

Es war spät, als Rafe in Pueblo eintraf. Er stellte sein Pferd im Mietstall unter und fand ein freies Hotelzimmer. Völlig erschöpft fiel er ins Bett. Am nächsten Morgen stand er sehr früh auf, kaufte etwas fürs Frühstück und schlenderte durch die Stadt. Im General Store fragte er nach einem Job. Der Besitzer erzählte ihm, der Vormann der Circle K Ranch stelle Männer für das Roundup ein, und er schlug vor, im Whistle Stop Saloon auf ihn zu warten, bis er dort auftauchte.

Rafe ging zum Whistle Stop, stieß die Schwingtür auf und stiefelte zur Bar. Er bestellte ein Bier und ging damit zu einem Tisch, um auf den Vormann der Circle K zu warten.

Es war noch früh. Nur wenige Gäste befanden sich im Saloon. Zwei Männer aus dem Osten saßen am Nebentisch und weckten Rafes Aufmerksamkeit. Ohne einen der Männer zu kennen, empfand Rafe sofort Abneigung gegen sie. Er urteilte selten auf den ersten Blick, doch aus irgendeinem unerklärlichen Grund richteten sich beim Anblick dieser beiden Männer seine Nackenhärchen auf. Er trank einen Schluck Bier und versuchte, nicht auf ihre Unterhaltung zu achten, doch plötzlich ließ ihn etwas aufmerksam werden. Er hätte schwören können, dass sie über eine Frau namens Angela geredet hatten. Er gab vor, in sein Bier vertieft zu sein, neigte sich vor und lauschte.

»Angela ist noch nicht aufgetaucht, Kent. Was ist, wenn sie nicht kommt?«

»Entspanne dich, Chandler. Angela reist mit den Conrads, und Pueblo ist die letzte Station auf der Rundreise des Predigers. Das Zelt für die Erweckungsversammlung ist in Erwartung ihrer Ankunft bereits aufgestellt worden. Sie werden bald hier sein. Geben wir ihnen noch ein paar Tage. Wenn sie nicht bald eintreffen, werde ich nach Ordway telegrafieren und herausfinden, was sie aufhält.«

»Angela wird das nicht gefallen«, sagte Anson Chandler. »Wie du dich erinnerst, ließ sie mich am Altar stehen. Verdammt, Kent, du hast versprochen, dass wir uns ihre Goldmine teilen, wenn ich sie heirate. Du hast gesagt, wir werden beide reich, wenn die Mine so viel Ertrag bringt wie in der Vergangenheit.«

»Die Ausbeute ist gut. Das habe ich vor Jahren nachprüfen lassen, als Simon Abbot Angela Geld zu schicken begann. Simons Partner dachte, er könnte uns hinters Licht führen, indem er uns weismachte, dass die Mine nichts mehr einbringt, aber ich weiß es besser. Wenn du Angela heiratest, wird all dieses Gold uns gehören.«

»So sollte es auch sein«, grollte der jüngere Mann. »Ich bin nicht scharf auf eine Heirat, aber Bettler können nicht wählerisch sein, und ich brauche dringend Geld. Da meine Eltern mein Erbe verprasst haben, muss ich entweder Geld heiraten oder eine gut bezahlte Arbeitsstelle finden. Als du mit deinem Vorschlag kamst, schien er die Lösung meiner Probleme zu sein. Aber da wusste ich noch nicht, dass ich in den verdammten Westen reisen muss, um das Geld deiner Stieftochter in die Hände zu bekommen.«

Als die Unterhaltung weiterging, begannen die Dinge für Rafe einen Sinn zu ergeben. Er hatte Angela nicht nach ihren Gründen für ihre Reise mit dem Prediger gefragt, aber er erinnerte sich, dass sowohl sie als auch der Reverend eine Mine erwähnt hatten. Offensichtlich war Angela Teilhaberin dieser Goldmine. Und es sah ganz danach aus, dass sie sich in einer gefährlichen Lage befand.

»Ist der Prediger darauf vorbereitet, uns sofort zu trauen, wenn Angela in der Stadt eintrifft?«, fragte Chandler.

»Alles ist abgemacht. Der alte Narr sah nur die Farbe unseres Geldes. Er wird dich und Angela sogar trauen, wenn sie es nicht will.«

»Ich werde nicht das Risiko eingehen, sie wieder entkommen zu lassen«, entgegnete Chandler. »Du lockst sie von den Conrads fort, und wir schleppen sie in das Haus des Predigers.«

Kent hob sein Glas, prostete ihm zu und kippte den Whisky hinunter. Dann wischte er sich mit dem Ärmel über den Mund und stand auf. »Ich gehe zum Hotel zurück, um zu packen. Ich will gleich nach der Trauung nach Canon City rauf.«

Chandler schob seinen Stuhl zurück. »Warte auf mich.«

Rafe presste die Lippen zusammen, als er beobachtete, wie sie den Saloon verließen. Die Sache hätte ihn nicht interessieren sollen, aber das tat sie. Er hatte gedacht, er könnte wegreiten und die schöne Nachtigall vergessen, die ihm das Leben gerettet hatte, doch sein Gewissen kam ihm wieder dazwischen. Wie konnte er sie ihrem Schicksal überlassen, wenn er wusste, was ihr bevorstand?

Die Antwort auf diese Frage war nicht überraschend. Er musste zu Angel zurückkehren und sie warnen. Sie musste über Kent und Chandler Bescheid wissen. Aus dem wenigen, das er sich zusammengereimt hatte, schloss er, dass sie eine große Bürde mit sich herumschleppte. Er hatte sie für eine dieser Frauen gehalten, die das Retten von Seelen zu ihrer Lebensaufgabe gemacht hatten, doch nachdem er den beiden Männern zugehört hatte – er nahm an, dass es sich um den Stiefvater und den Verlobten handelte –, war ihm klar, dass sie in ernster Gefahr war. Der Heiligenschein des Engels war etwas verblichen, doch er konnte sie nicht nach Pueblo fahren und in die Falle tappen lassen, die dort auf sie wartete.

Rafe trank den Rest seines Biers und stand auf. Seine Entscheidung war gefallen. Eine halbe Stunde später verließ er das Hotel und ritt zurück in Richtung Ordway. Zehn Meilen östlich von Pueblo stieß er auf Angela.

An diesem Morgen war Angela mit einer bösen Ahnung erwacht. Rafe war fort; er war gestern Morgen vor dem Morgengrauen weggeritten, und sie hatte nicht erwartet, dass sie ihn so sehr vermissen würde. Die Tatsache, dass sie ganz auf sich allein gestellt war, war schreckenerregender, als sie erwartet hatte. Sie überlegte einen Moment, ob es dumm von ihr gewesen war, nach Canon City weiterzufahren, besonders weil Indianer dieses Gebiet unsicher machten. Aber sie hatte den Kurs beibehalten und war entschlossen, die Golden Angel zu erreichen und die Wahrheit über die Mine und den Tod ihres Vaters herauszufinden.

Die Abendsonne ging gerade unter, als Angela einen Reiter nahen sah. Sie beobachtete, wie er größer und größer wurde, bis sie schließlich den geschmeidigen, breitschultrigen Mann erkannte, den sie niemals mehr hatte wiedersehen wollen. Ihr Puls begann zu rasen, und sie atmete schneller.

Rafe!

Sie konnte sich nicht vorstellen, warum er zurückkehrte. Dennoch hielt sie den Wagen an und wartete. Er sagte kein Wort, als er die Zügel seines Pferdes an die Heckklappe anband, auf den Wagenbock sprang, sie zur Seite schob und die Zügel übernahm. Sie merkte an seinem Gesichtsausdruck, dass er nicht in der Stimmung war, sich zu streiten, und so ließ sie ihn gewähren. Als er jedoch von der Straße abbog, die nach Pueblo führte, protestierte sie.

»Rafe Gentry! Was ist los? Das ist nicht die Straße nach Pueblo.«

»Wir fahren nicht nach Pueblo.«

Sie versuchte, ihm die Zügel aus den Händen zu reißen, schaffte es jedoch nicht. »Du bist verrückt!«

»Nein, nur vorsichtig. Es gibt Wege nach Canon City, die nicht durch Pueblo führen. Canon City ist doch dein Ziel, nicht wahr?«

Sie nickte.

»Wir fahren um Pueblo herum auf direktem Weg nach Canon City.«

»Wir?«

Er warf ihr einen Blick zu, bei dem es ihr kalt über den Rücken lief. Dies war verrückt.

»Was treibst du hier? Ich habe nicht erwartet, dich wiederzusehen, nachdem du gestern Morgen fortgeritten bist.«

»Wer sind Kent und Chandler?«, fragte er ohne Einleitung.

Angela stockte der Atem. »Kent und Chandler? Woher weißt du …? Wer hat dir davon erzählt?«

»Ich habe heute Morgen in einem Saloon in Pueblo eine interessante Unterhaltung zwischen zwei Männern aus dem Osten gehört. Ihre Namen waren Kent und Chandler. Ich nehme an, du kennst sie.«

Angela erbleichte. »Sie sind in Pueblo? Schon?« Sie presste eine Hand auf den Mund. »O nein! Wie hast du von ihnen erfahren?«

»Ich sagte es schon: Ich hörte ihrer Unterhaltung zu. Zuerst interessierte mich das Gespräch nicht besonders, doch dann wurde dein Name erwähnt. Sie sprachen über eine Goldmine. Dann ergab alles einen Sinn für mich, denn ich erinnerte mich, dass du Reverend Conrad gesagt hast, du wolltest so schnell wie möglich zur Golden Angel. Vielleicht ist es das Beste, wenn Du mir alles von Anfang an erzählst.«

Nach kurzem Zögern atmete Angela tief durch und sagte: »Desmond Kent ist mein Stiefvater, und Anson Chandler ist der Mann, der mich heiraten will. Desmond schenkte mir kaum Aufmerksamkeit, bis er erfuhr, dass mein Vater starb und mir die Hälfte der Beteiligung an einer Goldmine in Canon City vererbte. Dann brachte er eines Tages Anson Chandler mit und bestand darauf, dass ich ihn heirate. Ein Datum für die Hochzeit wurde festgelegt, aber ich hatte nicht vor, diesen Goldgräber zu heiraten.«

»Was ist mit deiner Mutter?«

»Sie starb, bevor ich die Nachricht vom Tode meines Vaters erhielt. Ich hatte Vater nicht mehr gesehen, seit ich zehn Jahre gewesen war, aber wir blieben in Verbindung. Mama ließ sich vor Jahren von ihm scheiden und zog nach Topeka. Sie hasste Colorado und die Diggercamps. Ein paar Jahre später heiratete sie Desmond. Ich verabscheute ihn auf den ersten Blick.

»Du bist also abgereist, ohne jemandem davon zu erzählen. Du musst den Conrads etwas vorgeflunkert haben, damit sie dich mitnahmen.«

»Sie brauchten eine Sängerin, und ich war qualifiziert. Ich überzeugte sie davon, dass ich die Genehmigung meines Stiefvaters habe.«

»Du hast die Geschichte, dass in Pueblo ein Verlobter auf dich wartet, erfunden, nicht wahr?«

»Ja. Es war die einzige Möglichkeit, um zu erreichen, dass Reverend Thomas mich am Ende der Rundreise in Pueblo zurücklassen würde. Nach dem Aufenthalt in Pueblo kehren die Conrads in ihre Heimatstadt Topeka zurück. Sie nahmen an, dass mein Verlobter und ich in Pueblo heiraten und dann zusammen zur Mine weiterreisen würden.«

»Hast du etwa geglaubt, dass Kent und Chandler dir nicht folgen würden?«

»Na ja, gehofft habe ich es schon, aber ich hätte wissen sollen, dass sie zu gierig sind.«

Rafe schüttelte den Kopf. »Weißt du was, Lady, du bist total verrückt. Wie kommst du auf den Gedanken, ganz allein zur Mine deines Vaters gelangen zu können? Du bist so verdammt unschuldig, dass es schon widerlich ist. Du hast keine Ahnung von den Gefahren, die heutzutage auf eine allein reisende Frau warten. Einen Vorgeschmack hast du in Garden City bekommen; dies hätte dir eine Warnung sein sollen.«

»Ich konnte nicht in Topeka bleiben und Anson Chandler heiraten«, sagte Angela. »Ich wusste, dass mich hier draußen ein Zuhause erwartet; ich musste nur hierher kommen. Reverend Conrad war wie ein Gottesgeschenk zu einem Zeitpunkt, an dem ich ihn brauchte. Ich dachte, es sei einfach, von Pueblo aus zur Mine zu fahren. Vater schrieb mir, dass Pueblo nur dreißig Meilen von Canyon City entfernt ist und die Mine nicht mehr als drei Meilen weiter liegt, den Red Rock Canyon hinauf. Darum dachte ich, es in zwei Tagen schaffen zu können.«

»Nur unter guten Voraussetzungen. Aber wie lange würde es dauern, wenn Probleme auftauchen, zum Beispiel eine gebrochene Wagenachse oder Indianer oder Räuber?«

Angela wusste, dass Rafe Recht hatte, aber solche Gedanken hatte sie sich nicht gemacht. Außerdem hatte sie ja eigentlich vorgehabt, zusammen mit den Predigern zu reisen.

»Als ich Topeka verließ, sah der Plan der Conrads vor, die Erweckungsversammlungen auch in Pueblo abzuhalten. Aber es macht nichts aus, dass sich die Dinge anders entwickelt haben. Die Entfernung zwischen Canon City und Pueblo ist nicht so weit, dass ich nicht allein reisen könnte.«

»Was hättest du denn dem Reverend erzählt, wenn dein Verlobter nicht in Pueblo aufgetaucht wäre?«

Angela zuckte mit den Schultern. »Dass er sich verspätet hat.«

»Und was hättest du getan, wenn dich dein Stiefvater und dein Verlobter gefunden hätten, Angel?«

»Nenn diesen Mann nicht meinen Verlobten«, erwiderte Angela ärgerlich. »Und nenn *mich* nicht Angel.«

»Warum nicht? Engel, das passt.«

In seinen Briefen hatte ihr Vater sie stets Angel genannt. Es war eine verbale Zärtlichkeit zwischen ihnen gewesen. Ihren Kosenamen aus dem Mund eines anderen Mannes zu hören kam ihr fast frevlerisch vor.

»Ich ziehe Angela vor«, sagte sie scharf.

Rafe grinste. »Ich ziehe Angel vor.«

Sie seufzte und ließ das Thema bis auf weiteres fallen. »Meinst du, Desmond und Anson werden aufgeben, wenn ich nicht in Pueblo auftauche?«

»Das bezweifle ich. Sie wirkten nicht wie Typen, die leicht aufgeben. Keiner der beiden kam mir besonders sympathisch oder vertrauenswürdig vor, und ich habe eine ziemlich gute Menschenkenntnis.

»Es war wohl Wunschdenken von mir, dass sie aufgeben könnten.« Angela nagte an der Unterlippe. »Gut, dass du mich gewarnt hast. Du kannst jetzt reiten, wenn du möchtest.«

Rafe sah sie ärgerlich an. »Ich dachte, ich begleite dich bis zur Mine.«

Angela wurde schweigsam, als sie daran dachte, dass sie drei, vielleicht sogar vier Tage und Nächte in Rafe Gentrys Gesellschaft verbringen würde. Etwas Unerklärliches zog sie zu diesem Mann hin, doch sie kämpfte dagegen an. Es erschreckte sie. Sie hatte keine Ahnung, wer oder was Rafe Gentry war.

»Ich schaue mich nach einem Lagerplatz um«, sagte Rafe, als der Himmel dunkler und der Wald ringsum dichter wurde. »Die Pferde sind erschöpft. Ein Gewitter braut sich über den Bergen zusammen, und ich will nicht, dass wir hineingeraten, während wir noch auf der Straße sind.«

»Ist es nicht riskant zu rasten? Was ist mit Desmond und Anson?«

»Hier gibt es jede Menge Deckung. Ich werde an der ersten geeigneten Stelle halten, die ich finde. Ich bezweifle, dass wir uns in den nächsten zwei Tagen ihretwegen Sorgen machen müssen.«

Die Wahrheit war, dass sich Angela mehr Sorgen vor dem Alleinsein mit Rafe machte als davor, von ihrem Stiefvater gefunden zu werden. Eine weitere Nacht mit Rafe zu verbringen hatte fast etwas Unheimliches. Sie liebte seine Küsse zu sehr. Wenn sie nicht vorsichtig war, konnte Rafe Gentry zu wichtig für sie werden, und ihr Gefühl sagte ihr, dass er nicht erpicht darauf war, Verantwortung zu übernehmen.

Rafe fand einen idealen Rastplatz in einer abgelegenen Mulde am Fuß eines bewaldeten Hügels. Der Platz war von dicht stehenden Bäumen umgeben; überhängende Zweige und Büsche schützten sie vor ungewünschter Gesellschaft.

»Ich hatte vor, in Pueblo Proviant zu kaufen«, sagte Angela, als Rafe sie vom Wagen hob. »Wir haben nicht mehr viel zu essen außer Bohnen und Mais zum Brotbacken.«

»In dieser Gegend gibt es jede Menge Wild. Mach ein Feuer und back das Maisbrot. Ich werde die Pferde versorgen und frisches Fleisch für unser Abendessen jagen.«

Eine halbe Stunde später kehrte Rafe mit zwei Kaninchen zurück, die er abgehäutet, ausgeweidet und aufgespießt hatte. Er hängte sie mit den Spießen zum Braten übers Feuer.

»Der Kaffee duftet gut«, sagte er. »Ich habe nicht weit von hier einen Gebirgsbach entdeckt, an dem du dich waschen kannst, wenn du willst. Ich habe die Birken mit Kerben markiert, damit du den Weg findest. Wenn du dorthin gehen willst, bevor es zu dunkel wird, werde ich mich um die Kaninchen kümmern.«

Angela nahm Handtuch und Seife und folgte dem Weg, den Rafe markiert hatte. Sie fand den Bach problemlos und wusch sich schnell im kalten Wasser. Als sie zum Camp zurückkehrte, saß Rafe auf einem Stein beim Feuer und nippte an seinem dampfenden Kaffee. Sie sah, dass er Teller und Besteck bereitgelegt hatte. Er schenkte Kaffee in einen zweiten Becher ein und reichte ihn ihr. Sie trank, und die Wärme des Kaffees breitete sich angenehm in ihrem Magen aus.

Plötzlich grollte Donner durch die Stille. Ein Blitz zuckte über den Himmel. Wind rauschte durch die Bäume und fegte Funken aus dem Feuer empor.

»Das habe ich befürchtet«, sagte Rafe und blickte zum dunklen Himmel. »Bring das Essen in den Wagen und zünde die Laterne an. Ich lösche das Feuer und komme zu dir. Wir müssen drinnen essen. Schnell«, drängte er, als die ersten Regentropfen fielen.

Bevor die Regenflut niederging, befanden sie sich sicher auf dem Wagen, und die Reste ihres Festmahls waren um sie herum ausgebreitet.

»Ich hoffe, es macht dir nichts aus, wenn ich dein Schlafquartier heute Nacht mit dir teile, Angel«, sagte Rafe.

Seine Stimme klang belegt, als er an die bevorstehende Nacht dachte. Es würde für ihn nicht leicht werden, an der Seite seines Engels zu schlafen. Er würde sie nur berühren, wenn sie es wollte, und er wusste verdammt gut, dass dies nicht geschehen würde.

»Vielleicht hört der Regen bald auf, und du kannst unter dem Wagen schlafen«, sagte Angela hoffnungsvoll. »Dies ist ein kleiner Wagen, und ich bezweifle, dass wir …«

»Gehen wir zu Bett, Angel?«, schnitt ihr Rafe das Wort ab.

Sie starrte ihn offenen Mundes an, als sei er der Teufel, der auf die Erde gekommen sei, um sie in Versuchung zu führen.

4

Rafe wusste genau, woran Angela dachte, denn er stellte sich genau das Gleiche vor. Mit einem bedauernden Seufzen verbannte er seine Gedanken. »Keine Sorge. Ich werde dich nicht anrühren; es sei denn, du willst mich.«

Langsam kehrte die Farbe in ihr Gesicht zurück. »Ich … ich habe mir keine Sorgen gemacht.« Sie kramte in einer Truhe und überreichte ihm zwei Wolldecken und ein Kissen. »Das ist das Beste, was ich dir anbieten kann. Es ist gerade genug Platz auf dem Boden.«

Rafe starrte auf die Decken, dann auf die Pritsche, die groß genug für zwei wirkte. Er runzelte die Stirn. »Wir könnten uns die Liege teilen.«

Ihre Augenbrauen hoben sich, bis sie fast den Haaransatz berührten. »Nein. Die Decken müssen ausreichen.«

Rafe grollte innerlich, breitete die Decken auf dem Boden aus und begann sein Hemd aufzuknöpfen.

»Was machst du da?«

»Ich schlafe nicht in meinen Sachen. Es wird eine lange Nacht werden; ich schlage vor, du ziehst dein Nachthemd an.«

Sein Hemd fiel auf den Boden. Als er seine braune Hose aus Köperstoff aufzuknöpfen begann, stieg Angela das Blut in die Wangen, und sie wandte sich hastig ab. Mit erzwungener Lässigkeit zog Rafe seine Hose aus, behielt die Unterwäsche jedoch an, legte sich hin und wickelte sich in die Decken.

»Ich bin zugedeckt«, sagte er, den Blick auf Angelas Rücken gerichtet. »Du kannst jetzt hinsehen.«

Angela wandte sich langsam um und sah ihn ausgestreckt am Boden liegen. Ihr erleichtertes Seufzen war so übertrieben, dass er grinsen musste. »Wirst du dich jetzt entkleiden?«

»Ist nicht nötig«, sagte sie und setzte sich auf die Pritsche, um ihre Schuhe und Strümpfe auszuziehen.

»Ich werde mich umdrehen, damit du etwas Intimsphäre hast«, bot Rafe an, doch er fühlte sich alles andere als hochherzig. Als Angela nicht überzeugt wirkte, fügte er hinzu: »Traust du mir nicht?«

Sie hütete sich zu sagen, was sie dachte. »Versprichst du, nicht hinzusehen?«

»Du hast mein Wort.«

»Gut, dann dreh dich um.«

Rafe drehte das Gesicht in die andere Richtung. Er hörte das Rascheln von Stoff und spürte, dass sein Glied anschwoll und hart wurde. Er erinnerte sich an eine andere Nacht, an Angelas lange Beine und ihre weiblichen Kurven, die sich verlockend als Silhouette vor dem Hintergrund der Zeltplane des Wagens abgehoben hatten. Er unterdrückte ein Aufstöhnen und zwang sich, die erregenden Gedanken zu verbannen. Als er hörte, wie sie sich hinlegte, seufzte er leise und drehte sich auf den Bauch. Er erwartete, in dieser Nacht wenig Schlaf zu finden.

Regen prasselte auf die Plane des Wagens. Donner krachte, und Blitze zuckten. Es regnete immer noch in Strömen, als das Morgengrau die Dunkelheit vertrieb. Rafe zog sich an und setzte seinen Hut auf. Angela schlief noch, als er leise den Wagen verließ. Er hatte am Abend seine Satteltaschen unter den Wagen gelegt, und er bückte sich danach, um seinen Regenumhang herauszunehmen. Damit wagte er sich dann in den Regen hinaus.

Der nasse Boden gluckste unter seinen Füßen, und Rafe fluchte, als er fast im Dreck stecken blieb. Es gefiel ihm kein bisschen, durch knöcheltiefen Schlamm zu waten. Er erleichterte seine Blase, wusch sich oben im Bach und kehrte zum Wagen zurück. Angela war jetzt wach und stellte Reste vom vergangenen Abend zum Frühstück hin.

»Es ist verdammt beschi ... äh ... ziemlich eklig draußen«, sagte Rafe, als er seinen Regenumhang ausschüttelte und über die Heckklappe in den Wagen kletterte.

Der Wagen schien zu schrumpfen, als Rafe ihn mit seiner breiten Gestalt ausfüllte. Angela fühlte sich allein durch seine Anwesenheit eingeschüchtert, obwohl sie zugeben musste, dass er sich in der vergangenen Nacht wie ein Gentleman benommen hatte. Er hätte sie zum Sex zwingen können, und sie hätte nichts dagegen tun können, aber er hatte sich zurückgehalten.

»Hast du Hunger? Da sind Reste von gestern Abend. Bediene dich«, sagte sie, zog ihr Umhängetuch über den Kopf und bereitete sich darauf vor, den Schutz des Wagens zu verlassen. »Ich werde nicht lange fort sein.«

Rafe setzte sich auf seine Decken und aß zufrieden kaltes Kaninchenfleisch und Maisbrot, als Angela zurückkehrte. Der Saum ihres langen Rockes war durchnässt, ebenso ihre Schuhe. Als sie das Umhängetuch abnahm, rutschte sie auf einem ihrer nassen Schuhe aus und fiel hin. Genau auf Rafes Schoß. Er schlang die Arme um sie. Seine Haut fühlte sich heiß auf ihrem kalten Körper an.

»Du bist kalt.«

Angela erschauerte, aber sie bezweifelte, dass es an der Kälte lag. Von Rafe in den Armen gehalten zu werden war äußerst beunruhigend.

»Du bist durchnässt«, sagte Rafe. »Wir müssen diese nassen Sachen ausziehen.«

Geschickt knöpfte er ihre Bluse auf. Bevor sie erkannte, was er vorhatte, streifte er ihr die Bluse von den Schultern und zog sie aus dem Rockbund. Sie wollte sie festhalten, aber es war zu spät. Er warf ihre Bluse schon quer durch den Wagen.

»Jetzt den Rock«, sagte Rafe und machte sich an dessen Bund zu schaffen. Der Rock flog durch den Wagen wie die Bluse. Dann nahm er eine seiner beiden Decken und legte sie ihr um die Schultern und wiegte sie in den Armen, bis ihr Zittern aufhörte.

»Ist es besser so?«

»Du hattest kein Recht, das zu tun«, murmelte sie.

Seine Antwort klang belustigt. »Ich bin vermutlich der *einzige* Mann, der das Recht dazu hat.«

Sie schob den Kopf aus der Decke. »Du kannst mich jetzt freilassen.«

»Kommt nicht in Frage, Angel. Ich habe mir schon zu lange gewünscht, dich so zu halten. Zu schade, dass du mir in die Arme fallen musstest. Entspanne dich, ich habe dir doch gesagt, dass ich dir nichts tue, wenn du es nicht willst.«

»Ich will nicht gehalten werden.«

»Und ob du willst!« Ein wissendes Lächeln spielte um seine Lippen. »Du willst auch geküsst werden.«

Wie um das zu beweisen, presste er den Mund auf ihre Lippen. Sein Kuss war perfekt, glühend, erregend, ein erotischer Angriff auf ihre Sinne. Als er ihn schließlich beendete, fühlte sie sich innerlich aufgewühlt.

Ihr Herz hämmerte. Sie stieß einen schwachen Laut des Protestes aus, doch er erstickte ihn, als er sie wieder küsste und die Zunge in ihren Mund stieß. Sie spürte, wie seine Handfläche zwischen ihre Beine glitt und sie sanft spreizte; sie versuchte, sich ihm zu entwinden, schaffte es jedoch nicht. Ihr stockte der Atem, als er über die Innenseite ihrer Schenkel streichelte, als seine Umarmung fester wurde und sein Mund sich voller Verlangen auf ihrem bewegte.

Sie stöhne leise auf, als ihr Körper zu entflammen schien und mit einer Sinnlichkeit erglühte, von der sie nie etwas geahnt hatte. Die Haut unter seiner streichelnden Hand fühlte sich köstlich warm an, und tief in ihr breitete sich diese Wärme aus. Sie wusste, dass sie diesen Wahnsinn stoppen musste, bevor sie den Verstand verlor.

Rafes Mund glitt von ihren Lippen zu ihrem Hals, wo er die schnell pulsierende Ader küsste. Irgendwie fand Angela die Kraft, ihr Gesicht abzuwenden, als er von neuem ihre Lippen in Besitz nehmen wollte. Er ließ sich dadurch nicht entmutigen, schob die Decke zur Seite, streifte ihr Unterhemd hinab und presste seine heißen Lippen auf ihre Brüste.

»Rafe! Du hast es versprochen.«

»Ich will dich, Angel. Ich will dich lieben.«

»Nein. Ich … kann nicht. Ich kenne dich nicht. Wenn du wegreitest, werde ich dich nie wiedersehen. Am besten vergessen wir beide, unsere … ungewöhnliche Heirat und führen unsere Leben weiter. Bitte tu mir dies nicht an. Ich hoffe, eines Tages einen Mann zu heiraten, der mich liebt.«

Seine silbergrauen Augen waren geschlossen, als er die Arme sinken ließ. Sie sah, wie sich die Haut über den Wangenknochen zu spannen schien. Ein Muskel zuckte an seinem Mundwinkel. Angela spürte seinen Ärger. Schwankend erhob sie sich von seinem Schoß, musterte ihn argwöhnisch und fühlte sich erst sicher, als er keinerlei Anstalten traf, sie aufzuhalten. Er stand auf. Bevor er die für Angela bedrückende Enge des Wagens verließ, verharrte er und strich federleicht mit seiner rauen Handfläche über ihre Wange.

Seine Stimme enthielt einen zärtlichen Klang, der sie überraschte. »Ich hoffe, du findest diesen Mann, Angel.«

Kurz darauf hörte sie ihn draußen hantieren, als er die Pferde einschirrte, und sie beschäftigte sich damit, im Wagen aufzuräumen. Sie tat es langsam – wie benommen. Ihre erste Kostprobe von Leidenschaft hatte unbestreitbar Sehnsüchte in ihr geweckt, doch sie hatte keine Ahnung wonach. Aber sie hätte wetten können, dass Rafe Gentry genau wusste, wonach sie sich sehnte, und begierig darauf war, es ihr zu geben.

An diesem Tag umfuhren sie Pueblo und begannen die letzte Etappe der Reise, die sie nach Canon City führen würde. Die Vorberge gingen in zerklüftetes Gebirge über, das von tiefen Canyons durchzogen war. Sie folgten einem felsigen Trail, der die Wildnis durchschnitt und von dicht bewaldeten Berghängen gesäumt war. Als der Tag sich seinem Ende zuneigte, wurde Angela klar, dass sie eine weitere Nacht kampieren mussten. Und das erfüllte sie mit Besorgnis.

»Welche Pläne hast du, wenn wir erst in Canon City sind, Rafe?«, fragte Angela und brach das lastende Schweigen, das zwischen ihnen entstanden war.

Rafe zuckte die Achseln. »Weiterreiten, nehme ich an. Es ist ein weites Gebiet dort. Während des Krieges habe ich alles vom Süden und Osten gesehen, was mich interessiert. Ich dachte mir, eine Zeit lang den Westen zu erkunden. Wenigstens bis zum nächsten Jahr, wenn es an der Zeit ist, meine Brüder in Denver zu treffen.«

»Du hast Brüder?«

»Zwei. Jess und Sam.«

»Was ist mit deinen Eltern?«

»Pa fiel früh im Krieg. Ma starb vor drei Jahren.«

»Wie sind deine Brüder? Ich habe stets bedauert, dass ich keine Brüder oder Schwestern habe.«

»Meine Brüder sind gute Männer. Jess ist Arzt.«

»Wo sind sie jetzt?«

Rafe hätte es selbst gerne gewusst. »Du stellst zu viele Fragen. Sollen wir nach einem Lagerplatz Ausschau halten? Wir können unter diesen Felsvorsprung dort drüben fahren. Ich sehe kein Wasser in der Nähe, aber unsere Feldflaschen sind gefüllt, und auch das Wasserfass ist noch nicht ganz leer.«

»Bist du sicher, dass wir es nicht vor Einbruch der Dunkelheit bis Canon City schaffen können?«

»Ich möchte auf Nummer Sicher gehen.«

Ein Wolf heulte, und Angela schob sich unwillkürlich näher zu Rafe. »War das ein Wolf?«

»In diesen Bergen wimmelt es von Raubtieren: Wölfe, Bären, Pumas, um nur einige zu nennen.«

Er spürte, dass sie erschauerte, und wunderte sich wieder einmal über ihre Unschuld. Sie hatte keine Ahnung, worauf sie sich eingelassen hatte, als sie Topeka verlassen hatte.

»Du solltest heute Nacht nahe beim Wagen bleiben. Diese Wölfe klingen hungrig. Ich werde ein Feuer in Gang halten, um sie fern zu halten.«

»Ich habe keine Angst. Ich habe hier gelebt, bis ich zehn Jahre alt war, und ich kann mich nicht erinnern, mich jemals unsicher gefühlt zu haben. Ich liebe die Berge. Ich habe immer davon geträumt, eines Tages dorthin zurückzukehren. Nur hatte ich erwartet, dass mein Vater lebt, wenn ich dorthin zurückkomme.«

»Mit etwas Glück werden wir morgen in Canon City sein«, sagte Rafe. »Wie ist dein Vater gestorben?«

»Man sagte mir, es sei ein Unfall gewesen. Aber ich glaube das nicht. In seinem letzten Brief deutete er an, dass ich, falls ihm etwas Unvorhergesehenes geschehen sollte, seinem Partner nicht vertrauen dürfe.«

»Du meinst, der Tod deines Vaters war kein Unfall?«

»Das nehme ich an. Kurz nachdem ich die Nachricht vom Tode meines Vaters erhielt, traf ein Brief von Brady Baxter, seinem Partner, bei mir ein. Baxter schrieb darin, die Golden Angel Mine sei ausgebeutet, und er bot mir an, meinen Anteil zu einem sehr hohen Preis zu kaufen. Wenn die Mine wertlos ist, warum will er mir dann so viel dafür zahlen?«

Rafe schüttelte den Kopf. »Du bist wirklich verrückt, Angel. Wie kommst du auf den Gedanken, es allein mit der Welt aufnehmen zu können? Du kannst niemanden ohne Beweis des Mordes beschuldigen.«

»Ich habe niemanden des Mordes beschuldigt … noch nicht. Ich werde mich mit meinem Urteil zurückhalten, bis ich mir die Dinge persönlich angesehen habe. Es gibt einen Anwalt in Canon City, dem mein Vater vertraut hat. Vielleicht wird er mir helfen.«

»Erzähl mir nichts mehr davon«, sagte Rafe. »Es geht mich nichts an. Ich habe meine eigenen Probleme.«

Sie hatten die Felsformation erreicht, die Rafe als Lagerplatz ausgewählt hatte, und er lenkte den Wagen unter den schützenden Vorsprung.

»Kannst du hier allein zurechtkommen, während ich unser Abendessen jage?«, fragte Rafe, als er Angela vom Wagen hob.

»Ich werde prima zurechtkommen«, erwiderte Angela. »Es wird dunkel. Pass auf die Wölfe auf.«

Sie fragte sich flüchtig, welche Probleme Rafe zu schaffen machten. Sie hatte von Anfang an gespürt, dass er auf der Flucht war, aber wovor? Vor dem Gesetz? Konnte er tatsächlich der Killer sein, für den ihn die Leute in Ordway gehalten hatten? Sie verwarf den Gedanken sofort. Aber er konnte wegen irgendeines anderen Verbrechens gesucht werden. Sie war entschlossen, sich nicht für einen Mann mit zweifelhafter Vergangenheit zu interessieren, und Rafe Gentrys Vergangenheit war bestimmt fragwürdig.

Rafe kehrte bald mit zwei mageren Präriehühnern zurück, die sie brieten und sofort verzehrten. Danach säuberte Angela die Teller und blickte dann nervös zu Rafe. »Ich gehe jetzt schlafen. Gute Nacht.«

Seine grauen Augen verdunkelten sich und spiegelten Verlangen wider. »Heißt das, du lädst mich heute nicht ein, die Nacht mit dir auf dem Wagen zu teilen?«

»Das heißt es ganz bestimmt«, schmollte Angela.

»Vertraust du mir nicht?«

Sie fuhr zu ihm herum. »Nach der gestrigen Nacht vertraue ich mir nicht einmal mehr selbst! Ich kann mir keinen Reim auf dich machen, Rafe Gentry. Ich weiß nicht, was ich von dir halten soll. Du bist ein gefährlicher Mann, und das in mehr als einer Hinsicht. Du bist viel zu geübt im Tragen von Waffen, und du weißt anscheinend gut damit umzugehen. Was bist du, Rafe Gentry? Wer bist du? Du hast vom Krieg gesprochen. Hast du für den Norden oder den Süden gekämpft?«

»Spielt das eine Rolle?«

Sie zuckte mit den Schultern. »Eigentlich nicht.«

»Meine Familie stammt aus Tennessee. Meine Brüder und ich kämpften auf Seiten der Verlierer. Wir sind nicht gerade beliebt in Kansas.«

»Bist du auf der Flucht vor dem Gesetz?«

»Ich habe kein Verbrechen begangen«, erwiderte Rafe ausweichend. »Du stellst schon wieder zu viele Fragen.«

»Ich bin deine Frau, erinnerst du dich?«

»Das habe ich nicht vergessen, aber ich befürchte, *du* hast es vergessen.«

Angela schnaubte übertrieben. »Dies ist zu weit gegangen. Wir beide wissen, dass unsere Hochzeit eine Farce war. Sie hätte nie stattfinden sollen. Nichts wird heute Nacht zwischen uns passieren … oder sonst wann. Irgendein irregeleitetes Verantwortungsgefühl mag dazu geführt haben, dass du zurückgekehrt bist, um mich vor der Gefahr in Pueblo zu warnen, aber wir beide wissen, dass du nicht bleiben wirst.«

»Du bist eine entschlossene Lady«, behauptete Rafe. »Dein Glaube muss wirklich stark sein, wenn er dir solches Selbstvertrauen gibt.«

»Glaube ist eine persönliche Sache. Vielleicht hast du nicht genug davon.«

»Das Einzige, an das ich glaube, sind meine Waffen und mein Verstand. Beide haben mich den Krieg überleben lassen.«

»Ich habe nie gefragt … Wartet eine Frau in Kansas auf deine Rückkehr?«

Rafe schnitt eine Grimasse. »Keine besondere Frau, aber es *hat* Frauen in meinem Leben gegeben. Ein Mann wird nicht achtundzwanzig, ohne Frauen in seinem Leben gehabt zu haben.«

»Rechne bloß nicht damit, mich in deine Liste eintragen zu können«, sagte Angela und wandte sich ab.

Ein Lächeln spielte um Rafes Lippen, als er beobachtete, wie sie zum Wagen schritt und hinaufkletterte.

Melancholisch starrte er ins Feuer, lauschte dem klagenden Heulen eines Wolfes und dachte an die Frau, die glaubte, ganz allein in einer Männerwelt bestehen zu können. Sie musste die naivste Frau auf der Welt sein, denn sie war zweifellos überhaupt nicht darauf vorbereitet, all die Probleme zu meistern, die sie haben würde. Sie wurde von ihrem Stiefvater und ihrem Verlobten verfolgt, und der Partner ihres Vaters war womöglich ein Mörder. Nur eine sehr dumme Frau oder eine mit starken Überzeugungen konnte sich in dieser Situation ihrer Sache sicher sein.

Aber Angels Schwierigkeiten gingen ihn nichts an. Wenn er nicht aufpasste, würde er sich noch in ihre Probleme verwickeln lassen; und an einem Ort kleben zu bleiben war zu gefährlich für ihn. Vielleicht würden bald überall Steckbriefe mit seinem Konterfei herumhängen, und er musste dem Arm des Gesetzes einen Schritt voraus sein.

Der Wolf hörte auf zu heulen, und Stille senkte sich wie ein Vorhang über das Land. Dann hörte er den Gesang. Ihre Stimme klang durch die Dunkelheit, süß, einschmeichelnd und klar. Sie sang ein Kirchenlied, das er aus seiner Jugendzeit kannte. Ihre Stimme klang wie die eines Engels, und für einen Augenblick empfand Rafe fast so etwas wie Frieden.

Dann hörte der Gesang abrupt auf. Wie auf ein Stichwort hin begann der Wolf wieder zu heulen. Dann ein zweiter, dritter. Rafe legte Brennholz aufs Feuer und hockte sich hin, um auf den Morgen zu warten. Es gab viele Plätze, an denen er heute Nacht lieber gewesen wäre. Einer davon war Angels Bett.

Die Sonne brach schwach durch die Wolken, als der Wagen am späten Nachmittag des nächsten Tages in Canon City eintraf.

»Kennst du den Weg zur Mine?«, fragte Rafe und lenkte die Pferde in eine Lücke zwischen den anderen Wagen auf der schlammigen Straße.

»Ich weiß nur, dass sie an der Red Rock Canyon Road liegt. Wir sollten jemanden nach dem Weg fragen.«

»Hast du eine Bleibe, wenn wir erst dort sind?«

»Vater hat eine Hütte gebaut. Sie gehört jetzt mir. Brady Baxter hat seine eigene Hütte auf dem Minengelände. Ich weiß nicht, in welchem Zustand ich Vaters Hütte vorfinden werde, aber ich werde schon zurechtkommen.«

»Ich parke vor dem General Store, damit du kaufen kannst, was du bis zum nächsten Ausflug in die Stadt brauchen wirst. Unterdessen frage ich nach dem Weg. Hast du Geld dabei?«

»Genug, um zu kaufen, was ich brauche. Laut Mr Goodman, Vaters Anwalt, gibt es ein Konto auf meinen Namen bei der örtlichen Bank.«

Rafe hielt vor dem General Store und hob Angela vom Wagenbock auf den hölzernen Gehsteig. »Lass deinen Proviant in den Wagen laden. Ich werde nicht lange weg sein.«

Er wartete, bis Angela den Laden betreten hatte, und schlenderte dann die Straße hinab. Neben dem Barbierladen sah er das Firmenschild von Anwalt Goodman und nahm sich vor, Angel davon zu erzählen. Dann entdeckte er das Büro des Metall- und Münzprüfers und sagte sich, dass er dort ebenso gut nach dem Weg zur Golden Angel Mine fragen konnte wie sonst wo.

Er wartete, bis der Kunde vor ihm bedient worden war, und trat an die Theke.

»Kann ich Ihnen vielleicht helfen, Sir?«, fragte der Metallprüfer.

»Ich hoffe es. Können Sie mir sagen, wie ich zur Golden Angel Mine komme?«

Der Prüfer musterte Rafe eingehend. »Golden Angel, sagen Sie? Haben Sie dort geschäftlich zu tun?«

»Ich bin ein Freund des Besitzers.«

»Von Brady Baxter?«

»Nein, vom anderen Besitzer.«

»Wenn Sie von Simon Abbot sprechen, der ist vor einigen Wochen gestorben. Schrecklicher Unfall.«

Rafes Geduld hing an einem dünnen Faden. »Sagen Sie mir nur, wie ich zu der Mine komme.«

Der Metallprüfer setzte eine beleidigte Miene auf. »Ich wollte nur freundlich sein. Fahren Sie nach Norden aus der Stadt. Sie werden einen Trail finden, der in die Berge hinaufführt. Nehmen Sie die erste Abbiegung rechts vom Hauptweg, und sie gelangen geradewegs zur Mine. Weiß Baxter, dass Sie kommen?«

»Keine Ahnung, und es juckt mich auch nicht«, erwiderte Rafe und ging zur Tür. »Oh, übrigens«, fügte er hinzu und verharrte mit der Hand auf dem Türgriff. »Wissen Sie zufällig, bei welchem Unfall Simon ums Leben kam?«

»Klar, Mister. An seinem Wagen brach eine Achse, und er stürzte vom schmalen Bergpfad in die Tiefe. Tragisch. Verdammt tragisch.«

»Haben Sie etwas davon gehört, dass die Mine ausgebeutet ist?«

»Ausgebeutet? Die Golden Angel? Das ist das Erste, was ich höre, Mister.«

Rafe verließ verwirrt das Büro. Offenbar versuchte Brady Baxter, Angel hinters Licht zu führen. Es war ihm vermutlich nie in den Sinn gekommen, dass Angel sein Wort anzweifeln könnte. Aber da hatte er sich in den Finger geschnitten.

Angela ließ ihren Blick über die Waren schweifen, die auf der Ladentheke ausgebreitet lagen, und sagte sich, dass sie genug Proviant für mindestens zehn Tage gekauft hatte. Als nachträglichen Einfall fügte sie eine Pistole und Patronen zu ihren Vorräten hinzu.

»Das wär's, Mr Dooley«, sagte sie. Beim Betreten des Geschäfts hatte sie sich höflich vorgestellt und daraufhin den Namen des Besitzers erfahren. »Rechnen Sie alles zusammen. Und seien Sie bitte so freundlich, die Sachen in meinen Wagen zu laden.«

»Ich kann noch immer nicht glauben, dass Simon Abbots Tochter tatsächlich hier ist«, sagte Dooley und lächelte Angela an. »Ich erinnere mich gut an Ihre Ma. Wie sie es hier draußen hasste! Konnte es kaum erwarten, in den Osten zurückzukehren. Das mit Ihrem Pa tut mir leid. Er war vernarrt in Sie, obwohl er Sie seit Jahren nicht gesehen hatte. Wenn er noch lebte, wäre er jetzt ein glücklicher Mann. Bleiben Sie lange, Miss Abbot?«

»Ich habe mich noch nicht entschieden«, antwortete Angela, obwohl sie in ihrem Herzen wusste, dass sie niemals nach Topeka zurückkehren würde. Dort gab es nichts für sie.

Angela bezahlte die Rechnung, und Dooley lud die gekauften Waren in den Wagen. Dann kletterte sie auf den Wagenbock und wartete auf Rafes Rückkehr.

»Wird Zeit, dass du endlich auftauchst, Angela. Wir haben auf dich in Pueblo gewartet. Was ist passiert?«

Diese Stimme! O nein! Wie konnten sie so schnell hier sein?

»Was ist los? Hast du die Sprache verloren? Du hast uns doch erwartet, nicht wahr? Chandler ist ziemlich sauer auf dich.«

Entsetzt starrte Angela vom Wagenbock auf ihren Vater und seine Marionette hinab. »Was treibt ihr hier?«

Chandler trat vor. »Du hast mich wie einen dummen Jungen am Altar stehen lassen, Angela. Es war demütigend, gelinde gesagt. Aber jetzt bin ich hier, und ein Friedensrichter hält sich bereit, um uns zu trauen. Wir werden als Mann und Frau zur Mine fahren, eine gemeinsame Front gegen Typen wie Brady Baxter.«

»Ich heirate dich nicht, Anson«, erwiderte Angela. »Du hast den weiten Weg umsonst gemacht. Du solltest umkehren und nach Kansas zurückkehren.«

Chandlers Gesicht verzerrte sich vor Wut. »Ich bin zu weit gereist, um mich jetzt abweisen zu lassen. Du wirst tun, was dein Vormund für richtig hält. Sage es ihr, Kent.«

»Chandler hat Recht, meine Liebe. Diese Ehe ist nur zu deinem Besten. Du brauchst jemanden, der auf dich aufpasst, und Chandler ist genau der richtige Mann, um dich zu zähmen. Er wird dir deine Torheiten schon austreiben.«

Er griff hinauf und zog sie zu sich heran. Chandler eilte ihm zu Hilfe, und zusammen rissen sie Angela vom Wagenbock.

»Komm friedlich mit, Angela«, zischte Chandler. »Es ist nicht nötig, öffentlichen Ärger zu erregen.«

Angela wehrte sich. »Ich gehe nirgendwohin mit dir.«

Kent schüttelte sie grob. Als sie nicht nachgab, schlug er ihr ins Gesicht. Benommen taumelte sie gegen

Chandler, der sie geschickt auffing und auf seine Arme hob. Wie durch einen Nebel registrierte sie, dass er sie forttrug.

Rafe ging zum Wagen und dachte über die Lügen nach, die Brady Baxter Angel erzählt hatte. Offenbar hatte er nicht damit gerechnet, dass sie in Colorado auftauchen würde, um ihr Erbe zu beanspruchen. Vermutlich nahm er an, dass sie wie ihre Mutter Abscheu gegenüber der Wildnis empfand. Wenn Baxter das dachte, kannte er Angel nicht.

Rafe blieb abrupt stehen. Ihm stockte der Atem, als er Angel in Anson Chandlers Armen sah. Rafe rannte los. Zuerst erreichte er Kent, packte ihn, riss ihn herum und schlug zu.

Der Fausthieb war wuchtig. Blut schoss aus Kents Nase, als er zu Boden stürzte.

»Lassen Sie die Frau runter!«, fuhr Rafe Chandler an und trat drohend einen Schritt auf ihn zu.

»Wer, zur Hölle, sind Sie?«, fragte Chandler. Er stellte Angela, die inzwischen zu sich gekommen war, langsam auf die Füße und wich zurück.

»Es spielt keine Rolle, wer ich bin«, grollte Rafe. »Sie werden mir eine Menge zu erklären haben.«

Kent drückte ein Taschentuch auf seine blutende Nase und stand schwankend auf. »Hören Sie, Mister, dies geht Sie nichts an. Ich weiß nicht, woher Sie meine Stieftochter kennen, aber die Beziehung endet hiermit. Mr Chandler ist ihr Verlobter. Sie war so froh, ihn wiederzusehen, dass sie ohnmächtig wurde. Sie sind auf dem Weg zum Friedensrichter, um zu heiraten. Wenn Sie nicht verschwinden, rufe ich den Sheriff.«

Rafe schob mit dem Daumen seinen Hut zurück und bedachte Kent mit einem vernichtenden Blick. Dann streckte er Angela die Hand hin. »Komm her, Angel.«

Sie umging Kent und Chandler und schob sich langsam an Rafes Seite.

»Ich bin Angelas gesetzmäßiger Vormund«, schimpfte Kent. »Sie haben kein Recht, sich einzumischen. Ich habe eine gute Ehe für sie arrangiert, und ich werde nicht zulassen, dass meine Pläne von einem Tramp durchkreuzt werden. Anson Chandler war mehr als geduldig mit meiner Stieftochter. Sie muss allmählich erwachsen werden und tun, was man von ihr erwartet.«

Rafe sah Angela mit unergründlichem Blick an. »Alles in Ordnung mit dir?«

Angela nickte.

Er umfasste ihr Kinn und zog ihr Gesicht zu sich herum. Als er die Schwellung an ihrer Wange sah, presste er die Lippen aufeinander. »Wer hat dich geschlagen?«

»Es macht nichts.« Sie zog an seinem Arm. »Bring mich nur fort von hier.«

Rafe wich nicht vom Fleck. »Sag es mir, Angel.«

Sie seufzte. »Desmond.«

Rafe wirbelte zu Kent herum. »Wenn Sie Angel jemals wieder anrühren, rechne ich persönlich mit Ihnen ab. Haben Sie das verstanden?«

»Der Teufel soll Sie holen! Ich kenne Sie nicht einmal. Sie haben kein Recht, mir zu drohen.«

»Dann will ich mich vorstellen. Ich bin Angels Mann. Reverend Conrad hat uns in Ordway getraut.«

»Sie lügen!«, rief Chandler. »Wer sind Sie?«

»Mein Name ist Gentry! Rafe Gentry. Wenn Sie nicht glauben, dass wir verheiratet sind, fragen Sie Angel.«

»Was hat das alles zu bedeuten, Angela?« Kent sah sie fragend an. »Ich kenne dich; du würdest niemals einen ordinären Cowboy heiraten.«

»Offensichtlich kennst du mich weniger gut, als du dachtest«, entgegnete Angela. »Rafe sagt die Wahrheit. Wir sind tatsächlich verheiratet, und wir haben das Dokument als Beweis. Zeig es ihm, Rafe.«

Rafe suchte in seiner Jackentasche, zog ein gefaltetes Blatt Papier hervor und hielt es Kent vor die Nase.

»Das ist nicht legal!« Kent warf nur einen flüchtigen Blick darauf. Angela ist Anson Chandler versprochen, und sie wird ihn heiraten, das schwöre ich bei Gott!«

»Nur über meine Leiche.«

»Das lässt sich vielleicht arrangieren«, sagte Kent verschlagen.

»Dazu sind Sie nicht Manns genug«, erwiderte Rafe herablassend. »Und jetzt werden Sie uns entschuldigen, ich muss mich um ein Hotelzimmer für die Nacht kümmern. Es ist zu spät, um noch heute zur Mine zu fahren.«

»Wo ist Reverend Conrad?«, wollte Kent wissen.

»Auf seinem Rückweg nach Topeka«, antwortete Rafe.

»Sie werden damit nicht durchkommen, Gentry. Wenn Sie in Ordway getraut wurden, sollte es nicht zu schwierig sein, Ihre Story zu überprüfen.«

»Tun Sie, was Sie nicht lassen können, Kent. Es ändert nichts an der Tatsache, dass Angela und ich Frau und Mann sind. Ich schlage vor, Sie kehren in den Osten zurück und lassen Angela in Frieden.«

Er ergriff Angela am Ellenbogen und führte sie zum Wagen. In ohnmächtigem Zorn blickte Kent ihnen nach.

»Glaubst du ihm?«, fragte Chandler.

Kent fluchte. »Ich weiß nicht, was ich glauben soll, aber ich werde herausfinden, was da gelaufen ist. Du bleibst hier und behältst sie im Auge, während ich mich in Ordway umhöre. Jemand dort sollte mir sagen können, was ich wissen will, ohne dass ich den Prediger ausfindig machen muss.«

»Diesen Cowboy mit Angela im Auge zu behalten wird nicht einfach sein«, murrte Chandler. »Er hat mir genommen, was rechtmäßig mir gehört. Angela wird bezahlen müssen, weil sie mir diesen üblen Streich gespielt hat.«

»Ich werde der Sache auf den Grund gehen, Chandler, und wenn sie geklärt ist, wirst du Angela bekommen, und wir beide werden ihren Reichtum teilen. Vielleicht können wir sogar Brady Baxter loswerden und alles bekommen.«

Sie schüttelten sich die Hände und trennten sich.

»Warum gehen wir zum Hotel?«, wollte Angela wissen, als Rafe sie vom Mietstall fortführte, wo sie die Pferde und den Wagen für die Nacht untergestellt hatten.

»Wir kennen den Trail nicht, und es wird dunkel. Wir fahren morgen früh los.«

»Also gut, aber denke daran, zwei Zimmer zu nehmen.«

»Ich halte das für keine gute Idee.«

»Warum?«

»Sieh jetzt nicht hin, aber wir werden verfolgt. Dein Ex-Verlobter beschattet uns. Wenn wir getrennte Zimmer nehmen, wird er misstrauisch werden. Du wirst heute Nacht meine Gesellschaft ertragen müssen, Angel.«

Ein mulmiges Gefühl breitete sich in Angela aus. Der Mann war ein Problem, das sie nicht brauchte. Gewiss, er hatte sie davor bewahrt, Chandler zu heiraten, denn wenn er nicht das Heiratsdokument präsentiert hätte, wäre sie verschleppt und gegen ihren Willen mit einem Mann verheiratet worden, den sie verabscheute.

Ihr Unbehagen wuchs, als Rafe ein Zimmer mietete und sich im Anmeldebuch eintrug. Doch in richtige Panik geriet sie erst, als Rafe die Tür aufschloss und sie in das Zimmer führte. Sie blickte zum Bett und wäre fast davongelaufen.

Erwartete er, dass sie heute Nacht mit ihm in diesem Bett schlief?

5

Rafe ließ seine Satteltaschen und Angelas kleine Reisetasche zu Boden fallen. »Unten im Ort habe ich einen Barbierladen und ein Badehaus gesehen.« Er rieb sich übers Kinn. »Ich brauche eine Rasur, einen Haarschnitt und ein Bad. Du wirst sicherlich ebenfalls warm baden wollen. Ich werde unten ein heißes Bad für dich bestellen. Verriegele die Tür hinter mir und öffne keinem außer dem Zimmermädchen oder mir.«

»Die Idee mit dem Bad ist wundervoll«, sagte Angela.

»Es gibt einen Speiseraum im Hotel. Wir werden dort essen, wenn ich zurückkehre.«

»Lass dir Zeit.« Angela winkte ihm nach. »Ich werde ein langes Bad genießen.«

Rafe schwang sich die Satteltaschen über die Schulter und verließ das Zimmer. Angela verriegelte die Tür. Kurze Zeit später trafen ein Zimmermädchen und zwei Helfer mit einem Zuber, heißem Wasser, Seife und einem Badetuch ein. Als sie gingen, verriegelte Angela die Tür hinter ihnen. Sie zog sich schnell aus und ließ sich in das dampfende Wasser sinken. Es war eine wahre Wonne. Das erste richtige Bad, seit sie Ordway verlassen hatte.

Seifenblasen kitzelten ihre Nase, als sie ihren Körper und dann ihr Haar einseifte. Nachdem sie den Seifenschaum abgespült hatte, legte sie sich zurück und lehnte den Kopf gegen den Rand des Zubers. Es war fast etwas Sinnliches an der Art, wie das seifige Wasser über ihre empfindliche Haut glitt, etwas, das sie nie bemerkt hatte, bevor Rafe Gentry Leidenschaft in ihr geweckt hatte.

Sie hob ein Bein und legte es auf den Rand des Zubers. Dann streichelte sie unbewusst an den glatten Innenseiten ihrer Schenkel hoch, ahmte die Bewegung von Rafes Hand an jenem Abend nach, als sie ihm im Wagen auf den Schoß gefallen war. Spannung begann tief in ihrem Leib, als ihre Finger weiter forschten und über die Härchen rieben, die ihre intimste Stelle schützten. Ein Stöhnen entrang sich ihren Lippen; sie schämte sich für dieses Gefühl – für diese verbotene Lust.

Zitternd zog sie die Hand fort. Sie konnte nicht glauben, was geschah. Dies war sündhaft. Wollüstig. Wie konnte sie, ein frommes Kirchenmitglied, auch nur an Selbstbefriedigung denken, geschweige denn sie versuchen? Ihr Gesicht brannte. Es war alles Rafe Gentrys Schuld. Sie hatte nichts über sexuelle Dinge gewusst, nichts von Lust – bis Rafe in ihr Leben getreten war.

Plötzlich wurde ihr bewusst, dass das Wasser kalt geworden war. Sie stieg aus dem Zuber, trocknete sich ab und zog ein frisches Unterhemd, eine weiße langärmlige, hochgeschlossene Bluse und einen schlichten braunen Rock an. Sie hatte nichts Modisches mitgenommen, denn Reverend Conrad hatte darauf bestanden, dass sich Schwester Angela einfach und züchtig kleidete.

Angela kämmte gerade ihr Haar, als es an der Tür klopfte.

»Wer ist da?«

»Rafe. Mach auf.«

Sie entriegelte die Tür, und Rafe trat ein, bekleidet mit einem weißen Leinenhemd, Wildlederhose und Jacke. Er war frisch rasiert und hatte sich die Haare schneiden lassen. Angela schluckte. Er sah so gut aus, dass ihr bei seinem Anblick der Atem stockte.

»Zum Essen bereit?«, fragte Rafe.

Angela wünschte sich, mit mehr Chic gekleidet zu sein, aber ihre schlichte Aufmachung schien Rafe nichts auszumachen, denn sein Blick glitt mit sichtlichem Wohlgefallen über sie.

»Lass dein Haar offen herabfallen«, bat er.

»Ich hatte keine Zeit, um es aufzustecken.«

»Es sieht gut aus, wie es ist.« Er bot ihr seinen Arm. »Lass uns essen gehen. Ich komme um vor Hunger.«

Der Speiseraum war voller Gäste, doch sie fanden einen freien Tisch. Rafe bestellte Beefsteak und Bratkartoffeln. Angela zog Lamm und frische Erbsen vor. Keinem von beiden war während der Mahlzeit nach Plaudern zumute. Angela verzichtete auf einen Nachtisch und nahm stattdessen nur Kaffee, während Rafe ein großes Stück Schokoladenkuchen vertilgte.

»Lass uns spazieren gehen«, schlug Rafe beim Verlassen des Speiseraums vor. »Es ist eine milde Mondscheinnacht.«

Erfreut stimmte Angela zu. Die Aussicht, eine ganze Nacht mit Rafe ein Zimmer teilen zu müssen, bereitete ihr Unbehagen.

»Was wird Anson deiner Meinung nach jetzt tun?«, fragte sie und warf nervös einen Blick über die Schulter.

»Er folgt uns«, antwortete Rafe, und da bemerkte auch Angela den Mann, der hinter ihnen herging. »Ich sah ihn im Speiseraum«, fügte Rafe hinzu. »Ignoriere ihn einfach.«

Angela versuchte es. Der Abend war bis jetzt so schön, dachte sie und atmete die Gebirgsluft tief ein. Sie hatte dies mehr vermisst, als ihr klar gewesen war. Wenn es nach ihr ginge, würde sie den Rest ihres Lebens in Colorado verbringen. Dies war ihr Schicksal.

»Was denkst du?«, riss Rafe sie aus ihrer Träumerei.

»Wie sehr ich diese Gegend liebe«, antwortete sie aufrichtig. »Ich kann es kaum erwarten, die Mine wiederzusehen. Ich erinnere mich nur vage daran. Dort war ich am glücklichsten, weißt du.«

Rafe griff nach ihr. Sie stieß einen überraschten Laut aus, als er sie in den Schatten eines Ladeneingangs und in seine Arme zog. Betört vom Zauber des milden Abends und des Sternenhimmels, verlor sie sich in seiner Umarmung und vergaß alles außer dem Gefühl, seine Lippen auf ihrem Mund und die Kraft seines Körpers zu spüren. Seine Zunge stieß drängend gegen ihre Lippen, und sie öffnete sie. Er küsste sie, bis ihr Körper prickelte und ihr schwindelig wurde. Es schien die natürlichste Sache der Welt zu sein, seinen Kuss zu erwidern.

Rafe rang nach Atem, als er den Kuss beendete. Er blickte sie eindringlich an, packte sie an der Hand und zog sie zum Hotel zurück.

»Was tust du da?«

Seine Stimme klang schroff, ungeduldig. »Ich bringe dich auf unser Zimmer. Ich tue dies lieber in einem Bett.«

Von plötzlicher Angst gepackt, entzog sie sich ihm. »Ich … ich weiß nicht, was in mich gefahren war.«

»Ich weiß, was in dich fahren *wird*«, grollte Rafe und zog sie grob hinter sich her. »Ich.«

Sie spielte mit dem Gedanken, sich zu widersetzen, doch dann sah sie, dass sie von Anson Chandler mit großem Interesse beobachtet wurden. Sie wollte nicht, dass er Zweifel an ihrer Beziehung zu Rafe bekam, und so trippelte sie neben Rafe her. Aber wenn sie erst einmal hinter verschlossener Tür waren, würde sie Rafe genau sagen, was sie von ihm und seinem anmaßenden Verhalten hielt.

Rafe schleifte sie buchstäblich ins Zimmer und verriegelte die Tür. Angela konnte sein Verlangen fast spüren, und es erschreckte sie. Sie fühlte sich plötzlich verletzlich, zu sehr im Einklang mit der Begierde dieses Mannes, als es gut für sie war.

Rafe riss sich schweigend Jacke und Hemd vom Körper. Dann griff er nach ihr. Dieser Kuss auf der Straße hatte etwas Wildes und Gieriges in ihm ausgelöst. Und er hatte dabei erkannt, dass Angel ihn zweifellos wollte. Ihr Körper war mit seinem verschmolzen und ihr Mund hatte sich ihm geöffnet. Das war eindeutig.

»Runter mit den Klamotten«, keuchte er, als er sich an den Knöpfen ihrer Bluse zu schaffen machte. »Ich will dich nackt, wenn ich dich zum ersten Mal nehme.«

Der Schock der Realität drang durch den sinnlichen Nebel in Angelas Verstand. Sie wollte nicht das Gleiche wie Rafe. Wenn er bekommen hatte, was er begehrte, würde er verschwinden, und sie würde ihn niemals wiedersehen. Was war, wenn er sie schwängerte? Wenn sie ihm Sex gewährte, würde sie ihn nie vergessen und ihr Leben nicht fortsetzen können wie bisher. Er würde ihre Gedanken beherrschen und sie in ihren Erinnerungen verfolgen. Das konnte sie nicht ertragen.

Er hatte ihr die Bluse abgestreift und das Unterhemd bis zur Hüfte hochgezogen, als Angela schließlich die Kraft fand, um zu protestieren.

»Wir können das nicht tun, Rafe.«

»Dein Körper sagt mir etwas anderes. Ich weiß, wann eine Frau erregt ist. Du willst mich so sehr wie ich dich.«

»Nein … ich –«

Ihre Worte erstarben, als Rafe sie hochhob und aufs Bett legte. Er ließ sich mit ihr hinabsinken und drückte sie mit seinem Körper aufs Laken.

»Erinnerst du dich, wie ich dich neulich gestreichelt und deine Brüste geküsst habe?«, flüsterte er an ihrem Ohr. »Ich will all dies tun und mehr … viel mehr.«

Seine Hand tastete unter ihre Röcke. Angela spürte seine raue Handfläche an ihrem Bein hinaufgleiten und die Röcke mit anheben. Er grinste sie an, neigte den Kopf und presste den Mund auf ihren. Er küsste sie, bis sie atemlos war und ihr schwindlig wurde. Als er schließlich ihren Mund freigab, holte sie zitternd Luft und murmelte seinen Namen.

»Rafe …«

In ihrer Stimme klang eine Spur von Panik mit. »Ich kann nicht klar denken, wenn du mich küsst.«

»Du sollst nicht denken, sondern fühlen.«

Aufgewühlt von Emotionen, beobachtete sie, wie er ihre Unterröcke losband und über ihre Beine hinabzog; und wie durch eine Nebelwand nahm sie wahr, wie er schnell ihre übrige Kleidung abstreifte. Ihr blieb keine Zeit, um über ihre Nacktheit nachzudenken, denn Rafe umfasste eine ihrer festen Brüste und nahm die Spitze in den Mund. Unwillkürlich stieß sie einen leisen Schrei aus und wölbte sich ihm entgegen. Seine Lippen glitten tiefer und schienen eine glühende Spur auf ihrer Haut zu hinterlassen. Er bedeckte ihren Leib mit heißen Küssen. Unbewusst spannte sie sich an und bewegte sich unruhig unter seinen erregenden Küssen. Sie hatte nicht gewusst, dass solche intensiven Gefühle zwischen Mann und Frau möglich waren.

»Angel … Angel, Gott, bist du schön.«

Er verlagerte sein Gewicht ein wenig. Sie hörte den dumpfen Aufprall seiner Stiefel auf dem Boden; dann entledigte er sich der Hose und der Unterhose. Sie schloss die Augen und weigerte sich, ihn anzusehen. Aber sie ließ sich berühren. So sündhaft es auch sein mochte, sie ließ ihn gewähren und legte die Hände auf seine Brust. Sie hörte, wie sein Atem stockte und spürte, wie sich seine Muskeln unter ihren tastenden Händen anspannten und hart wurden. Sie wurde kühner und erkundete weiter, streichelte über seine muskulöse Brust, über die gekräuselten Härchen darauf und dann über die unglaublich breiten Schultern.

»Du machst mich verrückt«, keuchte Rafe mit belegter Stimme.

Dann spürte sie seine Hand zwischen den Beinen

und riss die Augen auf. Sein hartes Glied stieß gegen ihre Weichheit, und sie glaubte, ohnmächtig zu werden, als er sie mit den Fingern öffnete und an ihrer empfindlichsten, intimsten Stelle streichelte. Während er sie dort erregend berührte und seine Zungenspitze ihre Brustknospe umschmeichelte, hatte Angela das Gefühl, vor Lust dahinzuschmelzen.

Eine unbekannte Spannung baute sich in ihr auf, als ihre Erregung wuchs. Ihre Sinne konzentrierten sich auf seine sündhaften Finger, die in sie eindrangen, langsam in sie hinein- und hinausglitten. Sie hatte das Gefühl, die Berührung bis in ihre Seele zu spüren. Dann machte er irgendetwas mit dem Daumen, berührte eine Stelle, die so empfindsam war, dass sie die Kontrolle über sich verlor. Sie bäumte sich seiner Hand entgegen, um seine Finger tiefer in sich zu spüren, wand sich ihm entgegen und stöhnte hemmungslos, als sie in Ekstase geriet.

»Das ist es, Angel, lass dich gehen«, flüsterte Rafe mit rauer Stimme. »Ah, Liebling, wer hätte gedacht, dass so viel Leidenschaft in diesem zarten Körper schlummert.«

Angela hatte das Gefühl, inmitten der Sterne zu schweben, während ihr Körper in Intervallen erbebte. Nur langsam klangen die köstlichen Gefühle ab. Allmählich setzte ihr Verstand wieder ein, und ihr Blick suchte Rafe. Er hatte sich über sie geneigt, beobachtete sie genau, und seine silbergrauen Augen spiegelten Erregung wider.

»Hat es dir gefallen?«

»Ich … was ist geschehen?«

»Du hast zum ersten Mal sexuelle Erfüllung gefunden. Es kann noch besser werden, Angel, viel besser.«

Angela sah ihn fragend an. Sie wusste nichts von sexuellen Dingen. Ihre Mutter hatte nie erwähnt, was im Ehebett vorging.

»Hast du Vergnügen gehabt?«, fragte sie.

»Mein Vergnügen bestand darin, dir Vergnügen zu bereiten. Meine Befriedigung wird später kommen, wenn ich in dir bin. Beim ersten Mal wird es dir wehtun, weil du noch Jungfrau bist, aber es wird von Mal zu Mal besser, wenn wir uns lieben.«

»Uns lieben?« Sie dachte kurz darüber nach und schüttelte dann den Kopf. »Aber du liebst mich nicht, und ich liebe dich nicht.«

»Männer und Frauen haben nicht immer Sex, weil sie einander lieben. Sie tun es zur Befriedigung.«

Angela setzte sich abrupt auf und zog eine Decke des Lakens über sich. »Dieser Typ Frau bin ich nicht.«

»Dir hat gefallen, was ich getan habe. Menschenskind, wir sind verheiratet!«

»Wir werden nicht lange verheiratet sein. Es wäre unanständig, Vergnügen in einer Ehe zu suchen, die keiner von uns will oder ehrt. Du bist vor etwas auf der Flucht, Rafe, und ich bezweifle, dass du gerade jetzt eine Ehefrau brauchst.«

»Wie hast du das erraten?«, sagte Rafe und stand auf.

Angela betrachtete ihn einen spannungsgeladenen Moment und wandte dann den Blick ab, verwirrt von dem herrlichen Anblick, der sich ihr bot. Da war kein Gramm überflüssigen Fetts an Rafes muskulösem Körper. Mit den schmalen Hüften, den breiten Schultern und den langen kräftigen Beinen wirkte er wie eine männliche Skulptur. Als er sich abwandte und seine Hosen anzog, überraschte es sie nicht, dass sein Hinterteil so hart und muskulös wie seine Brust wirkte. Es war ein Anblick, den sie nicht so bald vergessen würde.

»Du hast völlig Recht«, pflichtete Rafe ihr bei. »Eine Ehefrau ist das Letzte, was ich gebrauchen kann. Ich habe einer Frau nichts zu bieten. Ich besitze weder Geld noch ein Dach über dem Kopf. Ich werde dich zur Golden Angel Mine begleiten und dann weiterreiten.«

Völlig angezogen schritt er zur Tür.

»Wo willst du hin?«

»Offensichtlich wird heute Nacht keiner von uns Schlaf finden, wenn ich hier bleibe. Ich traue mir nicht zu, mit dir allein zu sein, ein Bett mit dir zu teilen, ohne … ich kann es einfach nicht. Ich werde im Stall hinter dem Hotel schlafen.« Er nahm seine Satteltaschen und warf sie über seine Schulter. »Ich treffe dich morgen früh um acht im Speiseraum.«

»Rafe. Es tut mir leid. Das Schicksal hat uns einen üblen Streich gespielt. Wir hätten uns nie begegnen, geschweige denn heiraten sollen. Ich fühlte mich verpflichtet, dir das Leben zu retten, darauf läuft alles hinaus. Ich will nicht, dass irgendwelche Entschuldigungen nötig sind, wenn wir uns trennen. Wenn ich dir Sex mit mir erlauben würde, könnten wir beide es später bereuen.«

»Sprich für dich, Angel. Ich bereue nichts von dem, was zwischen uns geschehen ist. Aber wenn du so entschlossen bist, Jungfrau zu bleiben, wünsche ich dir heute Nacht viel Spaß allein im Bett. Schlaf gut.«

Seine Miene war ausdruckslos und sein Blick so leer, dass sein Anblick Angela einen Stich ins Herz versetzte.

»Rafe, warte!«

Er verharrte, die Hand auf dem Türgriff.

»Ich … nichts. Es hat nichts zu sagen. Ich sehe dich morgen.«

Die Tür wurde geöffnet und geschlossen; dann war er fort. Angela fühlte eine sonderbare Leere in sich und hatte einen Kloß im Hals. Was, um alles in der Welt, war los mit ihr? Sie war nicht der Typ Frau, der eine sexuelle Beziehung nur des Vergnügens willen anfing. Wie hatte sie sich so vergessen können?

Wenn sie eine Chance gesehen hätte, mit Rafe eine normale Ehe zu führen, wäre sie versucht gewesen, ihm Sex zu gewähren. Aber leider sah sie diese Chance nicht.

Rafe fand eine leere Box im Stall und legte sich zum Schlafen hin. Er wickelte sich in eine Satteldecke, die er in der Box fand, und legte den Kopf auf seine Satteltaschen. So sehr er sich auch bemühte, er fand keinen Schlaf. Sein Körper war sexuell erregt und unbefriedigt. Die Gedanken an Angel trugen nicht dazu bei, seine quälende Verfassung zu mildern. Wenn er es recht bedachte, war er fast ständig erregt und steinhart gewesen, seit er seine Angel kennen gelernt hatte.

Aber sie war nicht *sein* Engel. Sie mochte vorübergehend seinen Namen tragen, doch das machte sie nicht zu *seiner* Angel. Er hatte Angel nichts zu bieten. Nicht einmal einen guten Namen. Eines Tages würde sie einen Steckbrief mit seinem Konterfei sehen und die Wahrheit erfahren. Es war das Beste, er verließ sie jetzt, bevor das Gesetz ihn schnappte. Er wollte ihr nicht noch mehr Probleme machen.

Gerade als Rafe dachte, die Nacht würde niemals enden, färbte das Grau der Morgendämmerung den dunklen Himmel.

Sie trafen sich um acht Uhr im Speiseraum des Hotels. Nach einem herzhaften Frühstück holte Rafe den Wagen, während Angela ihr Nachthemd und die wenigen Dinge, die sie mitgenommen hatte, in ihrer Reisetasche verstaute. Rafe erwartete Angela bereits am Straßenrand, als sie aus dem Hotel trat. Es war ein außergewöhnlich schöner Tag. Eine milde Brise wehte von den Bergen herab, und die Sonne strahlte vom wolkenlosen Himmel.

Rafe hob Angela auf den Wagenbock, setzte sich neben sie und nahm die Zügel.

»Du brauchst wirklich nicht mitzukommen, weißt du«, sagte Angela. »Ich finde den Weg zur Golden Angel bestimmt alleine.«

»Das Mindeste, was ich für dich tun kann, ist, dich sicher zu deinem Ziel zu bringen. Wie du mich gestern Nacht erinnert hast, bist du meine Lebensretterin. Nur ein undankbarer Schuft würde dich jetzt verlassen. Ich weiß, dass du es kaum erwarten kannst, mich loszuwerden, und ich verspreche dir, dass dein Wunsch bald in Erfüllung gehen wird.«

»Rafe, das mit vergangener Nacht tut mir leid.« Angela nagte an ihrer Unterlippe.

»Das hast du bereits gesagt.«

»Dann sage ich es noch einmal. Ich will, dass du verstehst …«

»Ich verstehe, Angel. Mehr, als dir klar ist. Ah, da ist ja die Abbiegung zur Mine. Jetzt sollte es nicht mehr weit sein.«

Angelas Augen glänzten. »Ja! Es ist lange her, aber ich erkenne den Weg wieder. Ich bin hier oft mit meinem Vater gefahren.«

Der Wagen holperte und schwankte auf der zerfurchten Fahrbahn hin und her. Ein dichter Wald erhob sich majestätisch auf den Berghängen und schuf auf dem Weg ein Muster aus Licht und Schatten. An einigen Stellen war die Fahrbahn schmal und führte unmittelbar am Abgrund entlang. Angela nahm den herrlichen Anblick von schneegekrönten Berggipfeln, dunkelgrünen Wäldern und klarem blauen Himmel in sich auf, erfüllt von freudigen Erinnerungen an glückliche Zeiten, die sie mit ihrem Vater hier verbracht hatte.

»Da ist es!«, rief Rafe und wies auf einen schmalen Seitenpfad und ein Schild an einem Pfosten daneben, auf dem »The Golden Angel« stand.

Angela unterdrückte ein Schluchzen. »Das Schild ist noch da! Ich war dabei, als Vater es malte. Er nannte mich stets seine Angel.«

Geschickt lenkte Rafe die Pferde auf den Pfad, an dessen Ende sich der Mineneingang befand. Es herrschte Betrieb. Rafe sah vier Männer, die mit verschiedenen Arbeiten beschäftigt waren, und eine Lore stand auf einem Schienenstrang, der ins Innere der Mine führte. Nach dem, was Rafe sah, war die Golden Angel ein gut organisierter Betrieb. Zwei massive Hütten, die sicher auch dem härtesten Winter trotzen konnten, hoben sich vor einem bewaldeten Berghang ab. Angela starrte auf die größere der Hütten, die einst ihr Zuhause gewesen war.

Während Rafe die Szenerie in sich aufnahm, löste sich ein Mann aus der Gruppe, die neben der Lore stand, und schlenderte zu ihnen.

»Haben Sie sich verfahren, Mister? Dies ist die Golden Angel Mine. Wir sehen hier nicht viele Fremde. Jenseits der Mine gibt es nichts außer Wald und weitere Berge.«

»Wir sind hier richtig«, erwiderte Rafe und kletterte vom Wagen. »Sie sind Brady Baxter?«

»Ja, ich bin Baxter. Kann ich Ihnen helfen?«

Rafe schätzte Baxter mit einem Blick ab. Der Mann war groß, grobknochig und stämmig, nicht alt, vielleicht ein paar Jahre älter als Rafe mit seinen achtundzwanzig. In seinem hellbraunen Haar schimmerten die ersten grauen Strähnen, und seine dunkelbraunen Augen hatten das räuberische Funkeln eines Wolfes. Sein schmallippiges Lächeln hatte etwas Unaufrichtiges, und Rafe sagte sich, dass diesem Mann nicht zu trauen war.

Angela, nicht der Typ Frau, der sich im Hintergrund hielt, trat vor. »Mr Baxter, ich bin Angela, Simon Abbots Tochter.«

»Abbots Tochter?«, wiederholte Baxter verdutzt.

»Was, zum Teufel, machen Sie hier? Wollen Sie mehr Geld für Ihren Anteil an der Mine? Ist es das? Da brauchten Sie nicht den weiten Weg hier rauszukommen. Wir hätten alles auf dem Postweg oder durch Simons Anwalt regeln können.«

»Ich verkaufe nicht, Mr Baxter«, sagte Angela, und ihr Ton ließ keinen Widerspruch zu. »Ich bin hier, um zu bleiben.«

»Lächerlich.« Baxter lachte höhnisch auf. »Simon hat mir gesagt, wie verhasst Ihrer Mutter die Gegend hier war. Ich bezweifle, dass es Ihnen besser gefallen wird als ihr.«

»Da irren Sie sich. Ich liebe die Berge. Gewöhnen Sie sich daran, Mr Baxter, denn ich bin hier, um zu bleiben. Jemand muss meine Interessen wahren.«

»Haben Sie meinen Brief nicht erhalten? Die Mine ist erschöpft.«

»Vater hat nie etwas davon erwähnt, dass die Mine erschöpft ist. In seinem letzten Brief bezeichnete er die Fördermenge als höchst erfreulich.«

Baxter trat drohend einen Schritt vor. »Wollen Sie mich etwa der Lüge bezichtigen?«

Rafe hatte sich lange genug zurückgehalten. Er wollte Angel nicht bei ihren Geschäften stören, aber jetzt hielt er es für angebracht, ein Wörtchen mitzureden.

»Sind Sie begriffsstutzig, Baxter?«, schnauzte er. »Seien Sie so freundlich und treten Sie zurück. Wenn Sie meinen, Sie können Angel einschüchtern, dann haben Sie sich geirrt.«

Baxter reckte streitlustig das Kinn vor. »Wer, zur Hölle, sind denn Sie?«

»Mein Name ist Gentry. Rafe Gentry. Angelas Mann. Noch Fragen?«

Baxter wirkte wie betäubt. »Simon hat nie etwas von einem Schwiegersohn erwähnt.«

»Er starb, bevor ich ihm von der Hochzeit erzählen

konnte«, sagte Angela und blickte besänftigend zu Rafe.

Angela wusste nicht, ob sie Rafe dankbar sein sollte, weil er sie verteidigte, oder ob sie aus demselben Grund ärgerlich auf ihn sein sollte. Sie hatte Baxter nicht sagen wollen, dass sie verheiratet war, denn wenn Rafe erst in den Sonnenuntergang davonritt, würde sie niemand haben, auf den sie sich verlassen konnte. Rafe tat ihr keinen Gefallen, indem er sich als ihr Mann ausgab.

Baxter musterte Rafe abschätzend, »Wenn Sie meinen, mit Miss Abbot eine Goldmine geheiratet zu haben, dann haben Sie einen Fehler begangen, Gentry. Ich habe es bereits gesagt, die Mine ist nicht mehr profitabel.«

»Hier scheint allerhand Betrieb zu sein«, sagte Rafe mühsam beherrscht.

»Sie sind anscheinend mehr Cowboy als Minenexperte, Gentry. Da Sie zu einer qualifizierten Einschätzung nicht in der Lage sind, schlage ich vor, Sie kümmern sich um Ihre eigenen Dinge und überlassen das Minengeschäft mir.«

Rafe konnte sich kaum noch beherrschen. Angela erkannte die Anzeichen und trat zwischen die beiden Männer. »Es war eine lange Reise. Ich möchte mich in der Hütte meines Vaters ausruhen. Ich werde mir den Betrieb eine Weile anschauen und dann meine Entscheidungen treffen.«

»Halten Sie mir nur Ihren Mann vom Hals. Ich will nicht, dass ein Greenhorn in meinem Geschäft herumschnüffelt.«

»In *unserem* Geschäft«, stellte Angela klar. »Wenn Sie uns jetzt entschuldigen ...«

»Simons Hütte ist größer und massiver als meine«, sagte Baxter. »Ich zog dort ein, nachdem ... der Unfall geschah. Ich werde meine Sachen packen und in einer Stunde von dort verschwunden sein.«

»In zehn Minuten«, sagte Rafe scharf.

Baxter bedachte Rafe mit einem giftigen Blick und ging zu der größeren der beiden Hütten hinüber.

»Du weißt genau, wie man jemanden reizt«, bemerkte Angela und unterdrückte ein Lächeln.

Rafe grinste. »Du warst selbst nicht schlecht. Ich kann diesen Mann nicht ausstehen. Außerdem traue ich ihm nicht.«

»Meinst du, er hat meinen Vater ermordet?«

»Das wird nicht leicht zu beweisen sein. An deiner Stelle würde ich den Verdacht für mich behalten.«

»Du hast natürlich Recht. Wenn du fort bist, werde ich den rechten Augenblick abwarten, bis ich etwas Handfestes habe, das ich der Polizei melden kann.«

»Brr, nicht zu schnell, Lady. Du bist gerade erst eingetroffen.«

»Ich nehme an, du wirst bald wegreiten.«

»Was meinst du, was Baxter denken wird, wenn ich meine Braut so kurz nach der Hochzeit verlasse?«

»Es ist mir gleichgültig, was ...«

»Sieh mal«, unterbrach Rafe. »Wir haben Besuch.«

Sie wandten sich beide um und sahen einen einsamen Reiter, der sich der Mine näherte.

»Anson Chandler«, sagte Angela. »Was will er?«

»Vermutlich will er sich über uns auf dem Laufenden halten. Ich frage mich, was mit Kent passiert ist.«

»Vielleicht hat er aufgegeben und ist nach Topeka zurückgekehrt.«

»Darauf würde ich mich nicht verlassen«, meinte Rafe mit einem unbehaglichen Gefühl.

Die Sache gefiel ihm nicht. Seit der Konfrontation auf der Straße in Canon City hatte er Kent nicht mehr gesehen. Was war aus ihm geworden? Er wirkte nicht wie ein Mann, der leicht aufgab. Ebenso wenig wirkte Chandler wie jemand, der allein weitermachen würde. Rafe war alarmiert. Wenn er klug war, stieg er auf sein Pferd und ritt so schnell und so weit wie er konnte.

Anson Chandler zügelte unmittelbar vor ihnen sein Pferd und saß ab.

»Was treiben Sie hier, Chandler?«, fuhr Rafe ihn an.

»Ich dachte mir: Reite mal zur Mine und schau sie dir an. Mann, ist das ein Betrieb! Wo ist dein Partner, Angela?«

»Unterwegs«, sagte Rafe, bevor Angela antworten konnte.

Genau in diesem Moment kam Baxter aus der Hütte. Er schleppte eine Kiste, die offensichtlich ziemlich schwer war. Als er Chandler sah, stellte er die Kiste ab und schlenderte zu ihnen.

»Hier ist heute anscheinend viel Betrieb.« Er musterte Chandler. »Wer sind Sie?«

»Ich bin Anson Chandler, Angelas Verlobter.«

Baxters sandfarbene Augenbrauen ruckten hoch. »Ein Ehemann *und* ein Verlobter. Das gibt es nicht alle Tage. Macht es Ihnen was aus, das zu erklären?«

»Da gibt es nichts zu erklären«, grollte Rafe. »Offenbar hat Mr Chandler noch nicht kapiert, dass er ein sitzengelassener Verlobter ist.«

»Dann schlage ich vor, dass er sich trollt. Dies ist Privatbesitz.«

»Ganz meine Meinung«, sagte Rafe. »Meine *Frau* und ich möchten ungestört sein. Ich werde Sie wissen lassen, wann wir bereit sind, Besucher zu empfangen. Leben Sie wohl, Chandler.«

»Wir werden uns wiedersehen, Gentry«, zischte Chandler, als er auf sein Pferd stieg und davonritt.

»Sie können Ihren Freunden sagen, dass ich keinem Pöbel erlaube, unbefugt meinen Besitz zu betreten, Gentry«, sagte Baxter. »Ich habe meine Sachen aus der Hütte entfernt. Sie steht ganz zu Ihrer Verfügung.«

»Ich bin überzeugt, dass mein Misstrauen gegen Baxter berechtigt ist«, murmelte Angela, als Baxter davonschritt. »Er ist ein unangenehmer Typ. Kein Wunder, dass Vater ihm nicht vertraute. Sie wurden Partner, weil mein Vater unbedingt eine Geldspritze brauchte und Baxter Kapital flüssig hatte. Wie sich herausstellte, stießen sie kurze Zeit später auf eine Goldader.«

»Und wie willst du beweisen, dass Baxter für den Unfall deines Vaters verantwortlich ist?«, fragte Rafe. »Ich glaube, du hast dich diesmal übernommen, Angel. Ich bin fast versucht, hier kleben zu bleiben und abzuwarten, was passiert. Du bist eine entschlossene Lady, das muss man dir lassen. Und eine sehr dumme obendrein.« Er schob den Hut mit dem Daumen aus der Stirn zurück. »Was, zur Hölle, willst du allein erreichen?«

Angela kochte vor kaum unterdrücktem Zorn. »Nur weil ich eine Frau bin, heißt das nicht, dass ich unfähig bin, meine Probleme allein zu lösen. Mach dir keine Sorgen um mich, Rafe Gentry. Ich kann gut allein zurechtkommen.«

Rafe schnaubte verächtlich. »Wenn du meinst. Sollen wir uns ansehen, wie die Hütte aussieht?«

»Das weiß ich bereits. Ich erinnere mich daran, als wäre ich gestern darin gewesen. Vater hat eine Schlafkammer für mich angebaut, als ich alt genug war, um eine zu wünschen.«

Sie betraten die Hütte. Angela sah sich um und schnappte nach Luft. »Das ist ja ein Schweinestall!«, rief sie empört. »Ich bezweifle, dass Baxter auch nur einmal sauber gemacht hat, seit er eingezogen ist.«

Rafe war einer Meinung mit ihr. Die Hütte war zwar relativ solide und geräumig im Vergleich zu einigen anderen, die er gesehen hatte, aber es musste dringend sauber gemacht werden. Sie gingen durch das Wohnzimmer, vor dessen Kamin eine hochlehnige Sitzbank und zwei Schaukelstühle standen. Auf dem Boden lag ein bunter Flickenteppich. Rafe warf einen Blick durch die Küchentür und sah einen Herd, einen runden Eichentisch und Schränke, in denen Lebensmittel gelagert werden konnten. Der Holzfußboden war von Schmutz und Abfall übersät. Zwei weitere Räume grenzten an das Wohnzimmer, und Rafe nahm an, dass es sich um die Schlafzimmer handelte.

»Es wird einigen Schweiß kosten, bis hier alles wieder tipptopp ist«, meinte Rafe. »Ich werde dir zur Hand gehen. Alles in allem hat dein Vater eine prima Hütte erbaut. Die Baumstämme sind ordentlich verfugt, und die Fenster haben Glasscheiben und Läden, um im Winter die Kälte abzuhalten.«

»Vater ließ sogar Wasser für Ma heraufpumpen, aber seine Mühen reichten nicht aus, um sie hier zu behalten. Die Hütte ist sogar unterkellert. In dem Keller kann man selbst Schneestürme überstehen. Mama konnte sich nicht mit dem Abort draußen abfinden, besonders nicht an kalten Wintertagen, und so hat Papa eine Toilette in die Hütte eingebaut.«

»Wenn du mit dem Ausfegen beginnen willst, werde ich den Proviant hereintragen«, sagte Rafe.

»Das ... das kann ich selbst erledigen«, sagte Angela. »Ich weiß, dass du erpicht darauf bist loszureiten.«

Rafe zuckte die Achseln. »Ich habe nichts Besseres zu tun. Außerdem –«, er warf einen Blick durch das schmutzige Fenster zu Baxter, »– muss dich jemand aus Schwierigkeiten heraushalten. Ich werde noch eine Weile hier bleiben, um dafür zu sorgen, dass Baxter nicht versucht, dich übers Ohr zu hauen.«

Angela war sich nicht sicher, ob sie sich freuen sollte oder nicht. Rafe Gentry war dabei, ihr ans Herz zu wachsen; und das war nun wahrhaftig das Letzte, was sie brauchen konnte.

Den Rest des Tages verbrachten sie mit dem Säubern der Hütte und dem Verstauen von persönlichen Dingen und Vorräten. Wie Rafe angenommen hatte, gab es zwei Schlafzimmer, die vom Hauptraum wegführten. Das größere enthielt eine Kommode und ein Doppelbett mit einer bunten Steppdecke, und das kleinere war fast identisch ausgestattet, enthielt jedoch nur ein Einzelbett.

An diesem Abend bereitete Angela aus dem Proviant eine bunt zusammengewürfelte Mahlzeit, die überraschend gut schmeckte. Danach räusperte sich Angela und sagte: »Ich habe beide Betten mit sauberen Laken bezogen. Du kannst das große Schlafzimmer nehmen, ich werde im kleineren schlafen.«

»Das Doppelbett in dem Zimmer, das du mir zugeteilt hast, ist groß genug für uns beide«, sagte Rafe. »Wir haben schon mal ein Bett geteilt.«

Mit katastrophalem Ergebnis, dachte Angela, sagte es jedoch nicht. Sie fühlte sich unbehaglich. Bei dem Gedanken, Rafes Hände auf ihrem Körper zu spüren, liefen ihr wohlige Schauer über den Rücken. Sie befürchtete, dass es ihr zu gut gefallen würde.

»Wir werden es bequemer haben, wenn jeder sein eigenes Bett hat«, erwiderte sie und hielt den Blick gesenkt.

6

Rafe fand kaum Trost darin, dass das Bett bequem war. Jeder Muskel seines Körpers vibrierte bei dem Gedanken, dass Angel nebenan lag, nur durch eine dünne Wand von ihm getrennt. Leider konnte er nicht das Geringste dagegen tun. Angel war entschlossen, ihn aus ihrem Bett herauszuhalten. Und so sehr er sie auch begehrte, er konnte ihr ihre Entscheidung nicht verübeln. Er war froh darüber, dass wenigstens einer von ihnen stark genug war, um der Versuchung zu widerstehen. Denn er selbst hätte in diesem Augenblick nichts lieber getan, als mit ihr im Bett zu liegen und sie auf jede nur erdenkliche Weise zu lieben.

Rafe stand früh auf und entschied sich, die Mine zu besichtigen, bevor die Arbeiter eintrafen. Er machte sich ein kaltes Frühstück, trank zwei Tassen Kaffee und schlenderte kurz nach Tagesanbruch zur Mine. Niemand war in der Nähe, als er eine Lampe anzündete, die er am Eingang der Mine fand, und sich in den dunklen Schlund hineinwagte.

Die Mine war anscheinend tief in den Berghang hineingegraben worden. Rafe bemerkte, dass in jüngster Zeit neue Stollen geöffnet worden waren. Ziemlich sonderbar bei einer Mine, die angeblich erschöpft sein sollte, fand er. Er betrat einen der Stollen und tastete mit der Hand an den rauen Wänden entlang. Als er die Finger zurückzog, glänzte Goldstaub darauf. Er erkundete weiter und sah eine schmale gelbliche Ader, die im

Lampenschein wie Gold funkelte, aber er war natürlich kein Experte. Er konnte nicht völlig sicher sein, bis er einen Fachmann herholte, der die Mine inspizierte.

Rafe sagte sich, dass er genug gesehen hatte, und entschloss sich zur Umkehr; da sah er sich plötzlich Baxter gegenüber.

»Was, zur Hölle, treiben Sie hier?«, blökte Baxter. »Wissen Sie nicht, wie gefährlich es für einen unerfahrenen Mann ist, allein in die Mine zu gehen? Ich kann keine Schnüffler leiden, Gentry. Wenn Sie etwas wissen wollen, fragen Sie mich.«

»Mir gefallen Ihre Antworten nicht«, erwiderte Rafe ruhig.

»Und mir gefällt Ihr Verhalten nicht. Ich will Ihnen einen Rat geben, Cowboy. Halten Sie sich von dem Betrieb fern. Die Mine ist wertlos; ich habe vor, sie zu schließen. Ich werde heute die Männer entlassen.«

Rafe starrte Baxter an, erstaunt, wie weit der Mann ging, um sich durchzusetzen. Baxter war bereit, Geld zu verlieren, um zu beweisen, dass die Mine wertlos war. Natürlich hatte er viel zu gewinnen, wenn sich Angel entschied, an ihn zu verkaufen. Rafe unterdrückte ein Grinsen bei dem Gedanken, dass Baxter einen Schock erleben würde. Seine Angel war viel zu stur, um so leicht aufzugeben.

»Tatsächlich?«, erwiderte Rafe schleppend. »Wäre das nicht, als ob Sie sich die Nase abschneiden, um Ihr Gesicht zu behalten?«

»Nur wenn die Mine noch etwas einbrächte. Sagen Sie Ihrer Frau, dass sie mehr verdient, wenn sie an mich verkauft, als wenn sie versucht, in einer wertlosen Mine Gold zu finden.«

»Irgendwas stinkt hier«, sagte Rafe. »Wenn die Mine nichts mehr einbringt, weshalb wollen Sie dann Angels Anteil haben?«

»Ob Sie es glauben oder nicht«, sagte Baxter. »Ich tue

das für Simon Abbot. Wir waren lange Zeit Partner und Freunde. Ich dachte, ich würde seiner Tochter helfen, indem ich ihr gutes Geld für etwas Wertloses anbiete. Nennen Sie es Gefühlsduselei, wenn Sie wollen, aber ich habe nur Miss Abbots ... äh ... Mrs Gentrys Bestes im Sinn.«

»Und ich bin der Präsident der Vereinigten Staaten«, murmelte Rafe. Kein Wort, das Baxter sagte, klang wahr.

»Was haben Sie gesagt?«

»Nichts Wichtiges. Entschuldigen Sie mich jetzt, ich habe etwas zu erledigen.«

»Werden Sie nur nicht neugierig«, warnte Baxter. »Ich kann keine Verantwortung übernehmen, wenn Ihnen ein Unfall passiert, während Sie herumschnüffeln. Und das Gleiche gilt für Ihre Frau.«

»Machen Sie sich keine Sorgen um mich, Baxter, ich kann auf mich aufpassen. Aber wenn Sie Angel drohen, werden Sie es mit mir zu tun bekommen.«

Er wartete nicht auf eine Antwort, drehte sich um und ging davon. Der plötzliche Wunsch, Angel zu sehen, war überwältigend. Er wusste, dass sie wohlauf war, aber nach dem Gespräch mit Baxter musste er sie sehen, sie spüren. Vielleicht war es das Beste für sie, wenn sie ihren Anteil verkaufte und nach Topeka zurückkehrte. Er war nicht gerade begeistert von dem Gedanken, sie hier zu verlassen, wo sie sich mit Typen wie Brady Baxter herumschlagen musste.

Er fand Angela in der Küche. Sie kniete auf dem Boden, den strammen kleinen Po hochgereckt, und schrubbte wie besessen. Er fand den Anblick entzückend. Als er es schaffte, den Blick von ihrem Po loszureißen, sah er, dass der Herd glänzte und dass Angel die dreckigen Vorhänge an den Fenstern entfernt hatte.

»Da bist du ja«, sagte Angela, als Rafe eintrat. »Wo bist du gewesen?«

Er zog sich einen Küchenstuhl heran und setzte sich. »Ich habe mich umgesehen. Bin Baxter in die Arme gelaufen. Er sagt, er will die Mine schließen. Ich habe nachgedacht. Es wäre vielleicht eine gute Idee, an ihn zu verkaufen.«

Angela setzte sich auf die Hacken zurück, strich sich eine Haarsträhne aus dem Gesicht und sah ihn ärgerlich an. »Warum um Himmels willen sagst du das?«

»Ich traue Baxter nicht. Er wird jeden gemeinen Trick anwenden, den er kennt, um sich die Mine unter den Nagel zu reißen.«

Angela reckte das kleine Kinn vor. »Ich habe keine Angst vor ihm.«

»Du solltest aber welche haben. Er lügt bei jedem Wort, das er über die Mine sagt, und er ist besorgt, dass wir es herausfinden. Er hat mir vorhin gedroht und indirekt auch dir. Nimm das Geld, das er dir angeboten hat, und schau nicht zurück.«

Angela klatschte den nassen Putzlappen in den Eimer und erhob sich. Ihre kampflustige Haltung deutete ihre Antwort bereits an, bevor sie sprach.

»Ich verkaufe *nicht*. Baxter kann mir so viel drohen und mich so sehr einschüchtern, wie er will, er wird mich nicht verjagen. Außerdem bedeutet mir die Mine mehr als das Geld.«

»Ich wusste, dass du es so siehst, aber ich fühlte mich verpflichtet, dich zu warnen.«

»Betrachte mich als gewarnt. Du kannst befreit und mit gutem Gewissen von hier fortreiten, Rafe Gentry.«

Befreit? Das glaubt Rafe keinen Augenblick. Er bezweifelte ernsthaft, dass er jemals frei sein würde, was Angel betraf.

»Ich bin hier geblieben, um dich aus Schwierigkeiten herauszuhalten, erinnerst du dich?«

»Ich erinnere mich. Aber ich halte dich nicht. Du kannst jederzeit reiten, wenn du willst.«

»Das ist mir klar. Wie kann ich mich nützlich machen?«

Rafe erfuhr sehr bald, was Nützlichmachen bedeutete: den Teppich nach draußen tragen, über eine Stange hängen und den Staub herausklopfen. Und Wasser in Kesseln über einem Feuer erhitzen, um schmutzige Bettwäsche, dreckige Vorhänge und verschmutzte Kleidung zu waschen.

Am Ende des Tages war die Hütte so makellos sauber, wie Angela sie aus ihrer Jugendzeit in Erinnerung hatte.

Nach einem Abendessen aus Bratkartoffeln und Spiegeleiern, stellte Angela zwei große Kessel mit Wasser auf den Herd, um es für ihr Bad zu erhitzen. Dann forderte sie Rafe auf, sie allein zu lassen, damit sie ihre müden Muskeln im warmen Wasser entspannen konnte.

»Ich bade im Creek, während du hier dein warmes Bad genießt«, sagte Rafe. Er verharrte an der Tür, als warte er auf irgendein Zeichen von Angela. Als keines kam, seufzte er und ging hinaus.

Angela wusste genau, warum Rafe nur widerstrebend ging. Wenn er darauf wartete, dass sie ihn in ihr Bett einlud, dann konnte er ewig und drei Tage warten. Ihr Körper mochte ihn begehren, doch ihr Verstand war immun dagegen, sich mit einem Fremden einzulassen.

Sie fand es wunderbar in dem warmen Wasser. Nachdem sie sich gewaschen hatte, lehnte sie den Kopf an den Rand des Zubers und schloss die Augen. Sie musste eingedöst sein, denn als sie die Augen wieder öffnete, stand Rafe neben dem Zuber, und der Blick seiner glänzenden silbergrauen Augen verschlang sie förmlich. Überrascht schreckte sie hoch und vergaß, dass sie splitternackt war. Sie sah, wie er den Blick auf ihre nackten Brüste senkte, und bedeckte sie mit den Händen.

»Ich dachte, du gehst nach unten und badest im Creek.«

»Das habe ich. Ich war fast eine Stunde lang weg. Du musst eingeschlafen sein. Ich habe angeklopft, aber du hast es nicht gehört.« Er trat hinter sie. »Kann ich dir den Rücken waschen?«

Sie fuhr herum. Er hatte sich bereits auf die Knie niedergelassen, Seife und Waschlappen in einer Hand. »Nein, ich …«

Sie verstummte mitten im Satz, als er langsam ihren Rücken einseifte.

»Ich wollte sagen, dass ich bereits gewaschen bin«, fuhr sie mit erstickter Stimme fort. »Trotzdem vielen Dank.«

Er erhob sich. »War mir ein Vergnügen.« Aber statt die Küche zu verlassen, ließ er sich auf einen Küchenstuhl sinken, um sie zu beobachten.

»Ich brauche kein Publikum, Rafe«, sagte Angela in ihrem strengsten Tonfall.

»Ich schaue nur, Angel.«

»Ich ziehe vor, dass du das nicht tust.«

»Wovor hast du Angst?«

Vor dir, schrie eine Stimme in ihr. »Dreh dich um, damit ich aus dem Wasser steigen kann.«

»Wir sind verheiratet, Angel.«

Verdammter Kerl! Warum muss er das zur Sprache bringen, obwohl er weiß, dass wir nicht vorhaben, verheiratet zu bleiben?

»Ich fühle mich nicht verheiratet.«

Er stand auf. »Ich könnte das ändern.«

»Hörst du denn niemals auf?«

»Ich kann mich nicht beherrschen, wenn es um dich geht. Ich habe kein Geheimnis daraus gemacht, dass ich dich begehre. Als ich in die Küche kam und dich nackt und rosig in dem Zuber sah, wollte ich dich zum Bett tragen und dich lieben. Aber das weißt du bereits, nicht wahr? Ich habe mein Verlangen vor dir nie verborgen.«

»Rafe, ich …«

Seine Miene war angespannt, und seine Stimme klang schmeichelnd und sanft, als er sagte: »Steig aus dem Zuber, Angel, es sei denn, du hast Angst vor mir.«

»Ich habe keine Angst vor dir, Rafe. Ich weiß nicht, wer oder was du bist, aber ich habe keine Angst vor dir.«

Sie erhob sich langsam; Wasser tropfte von ihren Brüsten und rann über ihren Leib hinab in das dichte gekräuselte Haar zwischen ihren Schenkeln. Sie griff nach dem Handtuch, doch Rafe war schneller dort. Er wickelte das flauschige Tuch um sie, hob sie aus dem Zuber und trug sie zu seinem Schlafzimmer. Dann stellte er sie auf die Füße, zog das Tuch von ihr und ließ es langsam über ihren Körper hinabgleiten.

»Dies ist nicht *mein* Schlafzimmer, Rafe Gentry«, sagte sie, schnappte sich das Handtuch und zog es um sich. »Dies wird nicht klappen, weißt du. Ich bin gegen das, was auch immer du im Sinn hast.«

Er drehte sie zu sich herum. Und so standen sie da, Brust an Brust, Schenkel an Schenkel. Sein Blick richtete sich auf ihre Lippen; mit dem Daumen strich er zärtlich darüber.

»Meinst du, du kannst mich aufhalten?«, flüsterte er an ihren Lippen. Ihr Mund öffnete sich leicht. Er atmete tief ein und nahm ihre Lippen gefangen.

Zögernd erwiderte sie den Kuss. Er stöhnte auf und drang mit der Zunge noch tiefer in ihren Mund ein. Er zog sich nur kurz zurück, um Atem zu schöpfen, und dann setzte er das erregende Spiel seiner Zunge fort.

Irgendein kleiner Teil von Angelas Verstand wusste, was geschehen würde, wenn sie dies nicht stoppte. Einem anderen Teil aber war das plötzlich völlig gleichgültig. Das war der Teil, der ihm verfiel, und sie verschmolz mit ihm, öffnete den Mund noch weiter für seine forschende Zunge.

Kein Mann hatte jemals ihre Sinne so Schwindel erregend durcheinander gebracht wie Rafe Gentry. All ihre Verteidigungswälle, die sie im Laufe der Zeit um sich errichtet hatte, waren in dem Moment eingestürzt, in dem Rafe in ihr Leben getreten war. Sie hatte niemals heiraten wollen. Nicht, nachdem sie das katastrophale Ende der Ehe ihrer Eltern erlebt hatte. Sie hatte zu lange unter der Herrschaft eines Mannes gelebt, den sie verabscheute, um ihre Ansicht zu ändern. Angela war überzeugt, dass ihre Mutter ihre Ehe mit Kent bereut hatte, jedoch zu stolz gewesen war, um es zuzugeben.

Irgendwann schlang Angela die Arme um Rafes Nacken, und sie spürte seine starke Brust an ihren Brüsten. Sie erwiderte seinen Kuss hingebungsvoll wie im Rausch, und sie spürte den Beweis seiner Erregung an ihrem Schenkel. Dann schob er einen Schenkel zwischen ihre Beine und ließ sie auf sich reiten. Sie hätte sich seinem Schwindel erregenden Kuss entziehen müssen, um sich nicht ganz in seinen Armen zu verlieren, doch sie konnte es nicht. Ihre Erregung wuchs, als er ihren Po umfasste, auf sich wiegte und gegen seine Lenden neigte. Er bäumte sich zu ihr auf; sie zog ihn noch näher an sich.

Ihre Lippen verschmolzen, lösten sich kurz voneinander, um sich sofort wieder zu vereinigen. Sie spürte sein Verlangen und die Hitze seines Körpers, die durch seine Kleidung drang, bei jeder seiner wiegenden Bewegungen, die immer heftiger wurden. Dann hatte sie das Gefühl, nach unten zu schweben, auf das weiche Bett, auf das er sie legte und ihr dann folgte.

Seine Küsse bedeckten ihr Gesicht, den Hals, die Schultern, die Brüste. Er nahm eine ihrer Brustspitzen in den Mund und saugte daran. Ein Pochen begann in ihrem Kopf und wurde lauter und lauter, bis sie es nicht länger ignorieren konnte.

»Rafe …«

»Ich weiß. Jemand klopft an die Tür. Verdammt! Allmählich glaube ich, dass sich das Schicksal gegen uns verschworen hat. Bleib liegen. Ich bin sofort wieder zurück.«

Sein Gewicht verschwand von ihr, und ihr schauderte. Ihr war plötzlich kalt, weil er nicht mehr da war. »Wer kann das denn jetzt sein?«

»Baxter. Wer sonst?«

Innerlich fluchend ging Rafe zur Tür. »Wer ist da?«, grollte er und dachte: *Als ob ich das nicht wüsste.*

»Baxter. Machen Sie auf.«

Rafe entriegelte die Tür der Hütte und zog sie auf. »Was wollen Sie? Ich hoffe, Sie haben einen guten Grund für diese Störung.«

Baxter schob Anson Chandler vor. »Ich habe Ihren Freund erwischt, als er in der Mine herumschnüffelte.«

»Chandler ist nicht mein Freund«, erwiderte Rafe kurz angebunden.

»Was soll ich mit ihm machen?«

»Jagen Sie ihn zum Teufel.«

»Vielleicht braucht er eine Schrotladung in den Arsch, damit er sich nicht mehr unbefugt hier herumtreibt«, meinte Baxter.

»Hören Sie, ich habe nichts Unrechtes getan«, ereiferte sich Chandler. »Sie können es einem Mann nicht verdenken, dass er seine Verlobte beschützen will.«

»Ich bin nicht deine Verlobte, Anson Chandler«, rief Angela und stellte sich neben Rafe. Sie hatte sich ein verschlissenes Nachthemd übergeworfen; ihre Füße waren nackt. Sonderbarerweise fand Rafe den Anblick ihrer Zehen, die unter dem langen Nachthemd hervorlugten, äußerst erotisch.

»Dein Stiefvater hat dir nicht erlaubt, jemanden außer mir zu heiraten«, entgegnete Chandler.

»Das gibt dir nicht das Recht, mir nachzuspionieren«, gab Angela zurück.

»Ich verstehe das alles nicht«, beschwerte sich Baxter. »Chandler, verschwinden Sie von hier. Wenn ich Sie noch einmal beim Herumschnüffeln erwische, fülle ich Sie mit Schrot. Haben Sie das kapiert?«

Chandler warf Rafe noch einen giftigen Blick zu, bevor er sich zurückzog.

»Sagen Sie mir nur eines, Gentry«, verlangte Baxter. »Sind Sie wirklich mit Simons Tochter verheiratet?«

»Ich kann Ihnen das Heiratsdokument zeigen, wenn Sie möchten – obwohl es Sie eigentlich nichts angeht.«

»Es geht mich was an, wenn es sich auf die Mine auswirkt«, sagte Baxter. »Wenn Sie Angelas rechtmäßiger Ehemann sind, dann gehört ihr Besitz auch Ihnen.«

»Das sehen Sie falsch, Baxter«, widersprach Rafe mit einem Seitenblick auf Angela. »Was Angel gehört, gehört ihr. Die Entscheidung, an Sie zu verkaufen oder ihren Anteil an der Mine zu behalten, liegt ausschließlich bei ihr. Ich mische mich da nicht ein. Verstehen Sie mich nicht falsch. Wenn Sie versuchen, Angel auf irgendeine Weise einzuschüchtern, werde ich Sie zur Rechenschaft ziehen. Gute Nacht.«

Er knallte Baxter die Tür vor der Nase zu und wandte sich dann zu Angela um, die sehr klein und verloren in dem zu großen Hemd wirkte. »Wo hast du das Nachthemd her?«

Angela rieb über die verschlissenen Stellen an den Ärmeln und lächelte. »Es gehörte meinem Vater. Mama nähte es für ihn in glücklicheren Zeiten. Ich fand es an einem Haken hinter der Tür.«

Er streckte ihr die Hand entgegen. »Sollen wir weitermachen, wo wir aufgehört haben, bevor wir gestört wurden?«

Angela schüttelte zögernd den Kopf. »Nein, besser nicht. Der … Moment ist vorbei.«

»Ich könnte ihn zurückbringen.«

»Es wäre nicht dasselbe. Gute Nacht, Rafe.«

Eine weitere schlaflose Nacht, dachte Rafe, verärgert über seinen übermäßigen Eifer, Angela nicht nur dem

Namen nach zu seiner Frau zu machen. Er musste verrückt sein, oder ... nein, über eine andere Möglichkeit wagte er nicht nachzudenken.

Am nächsten Tag standen Angela und Rafe nahe beim Mineneingang, als Rafe plötzlich von einem unerklärlichen Angstgefühl erfasst wurde. Er blickte auf und sah einen Felsblock herabstürzen. Rafe hatte diesen Felsblock über dem Eingang der Mine schon tags zuvor gesehen, sich jedoch nichts dabei gedacht. Er hatte stabil gewirkt, als throne er schon seit Jahrtausenden dort oben und könne sich niemals lösen. Es geschah so schnell, dass Rafe kaum noch Zeit blieb, um Angela zur Seite zu reißen. Er fiel auf sie, der Felsklotz streifte seinen rechten Oberschenkel, rollte fort, prallte gegen einen Baumstamm und blieb liegen.

Peinigende Schmerzen schossen durch sein Bein, als er sich von Angela fort und auf den Rücken wälzte.

Angela sah sein vor Schmerz verzerrtes Gesicht und eilte zu ihm. »Rafe! Sag was! Bist du verletzt?«

Er bewegte sein Bein. Obwohl der Schmerz fast unerträglich war, bezweifelte er, dass der Knochen gebrochen war. »Der Felsbrocken hat mich am Oberschenkel erwischt.« Er streckte das Bein aus. »Es tut weh, aber es ist nichts gebrochen. Ich werde es überleben.«

»Du hast mir das Leben gerettet. Kannst du gehen?«

Baxter lief herbei, begleitet von einem Minenarbeiter namens Jim Cady. Flüchtig fragte sich Rafe, wo sie wohl gewesen waren, als sich der Felsen gelöst hatte. »Das war verdammt knapp, Gentry. Sagen Sie nicht, ich hätte Sie nicht vor den Gefahren gewarnt, die es bei einem Minenbetrieb gibt. Vielleicht glauben Sie mir jetzt.«

»Sehen Sie nicht, dass er Schmerzen hat?«, schrie Angela ihn an. »Helfen Sie mir, ihn in die Hütte zu bringen. Seien Sie vorsichtig, vielleicht ist sein Bein gebrochen.«

Baxter und Cady hoben Rafe an und trugen ihn in die Hütte. Angela ging voran in sein Schlafzimmer, wo sie ihn behutsam aufs Bett legten.

»Ich werde das später überprüfen«, sagte Baxter beim Hinausgehen.

»Warten Sie, Baxter«, rief Rafe vom Bett. »Wo sind die anderen Minenarbeiter?«

Baxter wich Rafes Blick aus. »Ich habe sie entlassen. Ich sagte ja schon, dass die Mine ausgebeutet ist. Es hat keinen Sinn, Leute zu bezahlen, wenn es keine Arbeit für sie gibt. Ich habe Cady behalten, damit er mir hilft, den Betrieb zu schließen.«

Mit nachdenklicher Miene starrte Rafe Baxter nach. Angela eilte zu ihm ans Bett.

»Ich muss dir die Hose ausziehen.«

Rafe brachte ein gequältes Lächeln zustande. »Ich habe ewig darauf gewartet, diese Worte von dir zu hören. Leider bin ich nicht in der Verfassung, meine Nacktheit so zu nutzen, wie ich es gerne täte.«

»Du weißt, was ich meine, Rafe Gentry. Ich muss mir deine Verletzung ansehen. Kannst du die Hüften anheben?«

»So hoch du nur willst, Liebling.« Sein schiefes Grinsen endete mit einem Aufstöhnen. »Sei sanft mit mir.«

Sie hätte ihm am liebsten eine Ohrfeige verpasst. Stattdessen schnallte sie behutsam seinen Gürtel ab, knöpfte seine Hose auf und streifte sie vorsichtig über seine Hüften hinab, bis sie den großen Bluterguss an seinem Oberschenkel sehen konnte.

»Dreh dich auf die Seite«, wies sie ihn an und bemühte sich, nur auf die Verletzung zu blicken.

Rafe stöhnte auf, als sie den geschwollenen Oberschenkel betastete.

»Ich glaube, es ist nichts gebrochen.« Sie bewegte das

Bein auf und ab und fügte hinzu: »Aber du solltest das Bein für ein paar Tage nicht belasten.«

Rafe wünschte, sein Bruder Jess wäre hier. Da er Arzt war, hätte er sofort eine präzise Diagnose stellen können. Aber Jess war nicht da, und er musste mit Angels Mutmaßungen auskommen.

»Eine kalte Kompresse sollte helfen«, meinte Angela. »Ich hole Wasser und Tücher.«

Bevor sie ging, zog er diskret das Laken über seinen Unterleib, sodass nichts außer der verletzten Stelle zu sehen war. Sie registrierte es mit Erleichterung und zog sich hastig zurück.

Die kalte Kompresse schien zu helfen. Die Schwellung ging zurück und schmerzte nicht mehr so schlimm wie zuvor. Als die Beschwerden nachließen, konnte Rafe konzentrierter nachdenken. Der Felsbrocken über dem Mineneingang konnte sich nicht von selbst gelöst haben. Je länger er darüber nachdachte, desto mehr war er davon überzeugt, dass jemand ihn gelockert haben musste – zum Beispiel Cady und Baxter.

Am folgenden Tag testete Rafe sein Bein. Es schmerzte höllisch, wenn er es belastete, und er war immer noch nicht davon überzeugt, dass es sich nicht doch um eine Haarriss-Fraktur handelte. Aber im Bett liegen zu bleiben brachte auch nichts. Er wollte lieber herumhumpeln als nutzlos das Bett hüten. Außerdem ließ der Zwischenfall mit dem Felsklotz darauf schließen, dass er und Angel getötet werden sollten. Sie brauchte seinen Schutz.

In den folgenden Tagen geschah nichts Unvorhergesehenes. Rafes Hinken und die Schmerzen ließen nach, und er war schließlich in der Lage, ohne nennenswerte Probleme auf seinem Pferd zu sitzen. Am ersten schmerzfreien Tag schlug er Angela vor, in die Stadt zu reiten und den Wagen zu verkaufen, der sie zur Mine gebracht hatte.

»Der Wagen ist zu schwerfällig für die Bergstraßen«, erklärte Rafe. »Ich habe hinter der Hütte einen leichten Einspänner und einige Pferde in einem nahen Pferch gesehen. Mit dem leichten Wagen wirst du prima zur Stadt und zurück fahren können. Du solltest dir vom Erlös des größeren Wagens ein gutes Reitpferd kaufen.« Er blickte sie abschätzend an. »Du kannst doch reiten, oder?«

»Ja, ich kann reiten. Dein Vorschlag ist gut. Wenn ich in der Stadt bin, kann ich zu Vaters Anwalt gehen. Mr Goodman sollte über meine Ankunft informiert sein, und ich muss mehr über mein Erbe erfahren. Ist deine Verletzung so weit geheilt, dass du reiten kannst?«

Er grinste anzüglich. »Willst du meinen Schenkel untersuchen?«

»Nein, danke. Ich habe bereits mehr als genug von deinen Schwellungen gesehen. Ich hole meinen Hut, und dann können wir in die Stadt reiten.«

Rafe blickte ihr nach, und seine Miene war nachdenklich. Er wünschte, die Dinge stünden anders zwischen ihnen. Wenn ihm ein Zusammenleben mit einer Frau möglich gewesen wäre, hätte er zweifellos Angel gewählt. Aber die Umstände, auf die er keinen Einfluss hatte, versagten ihm die Art von Leben, die er für sich gewählt hätte. Ein Mann auf der Flucht vor dem Gesetz hatte kein Recht, das Leben einer unschuldigen Frau zu verpfuschen.

Der Ausflug über die Red Rock Canyon Road hinab war so beschwerlich, wie es die Fahrt hinauf gewesen war. Der Planwagen schwankte auf der gewundenen Straße hin und her, aber sie trafen sicher in Canon City ein, was hauptsächlich Rafes geschickter Handhabung des Gespanns zu verdanken war.

Der Stallmann bot einen fairen Preis für den Planwagen, und Angela fand eine dunkle Fuchsstute, die ihr auf Anhieb gefiel. Der Handel wurde abgeschlossen, und sie machten sich auf den Weg zu dem Anwalt. Mr Goodman begrüßte sie mit einer Mischung aus Überraschung und Freude.

»Sie sind also Simons Tochter«, sagte er. Sein hohes Alter – Angela schätzte ihn auf etwa siebzig – machte ihm offenbar zu schaffen. Er wirkte müde, doch sein warmherziger Blick ließ Angela schnell Vertrauen fassen. »Ich hatte keine Ahnung, dass Sie vorhatten, den Besitz Ihres Vaters zu besuchen.«

»Meine Entscheidung, in den Westen zu reisen, fiel ziemlich plötzlich«, sagte Angela. »Dies ist nicht nur ein Besuch, Mr Goodman. Ich habe vor, mich hier niederzulassen. Ich wohne oben in der Mine, in Vaters Hütte.«

»Und wer ist dieser junge Mann?«, fragte Goodman und betrachtete Rafe mit kritischem Blick.

»Ich bin Rafe Gentry, Sir. Angelas Mann.«

Goodmans Augen weiteren sich. »Simon hat nie erwähnt, dass seine Tochter verheiratet ist.«

»Er wusste es nicht«, erwiderte Angela und wechselte geschickt das Thema. »Was können Sie mir über Vaters Besitz sagen? In Ihrem Brief deuteten Sie an, dass mein Erbe beträchtlich sei.«

»Es sind über fünfzigtausend Dollar auf einem Konto mit Ihrem Namen auf der Bank. Sie brauchen sie nur in Anspruch zu nehmen. Nach Simons Tod kam Brady Baxter zu mir und erzählte mir, dass die Mine erschöpft sei und er Ihnen das bereits schriftlich mitgeteilt habe. Er schrieb, er habe Ihnen ein Kaufangebot gemacht. Ich wartete auf Anweisungen Ihrerseits, wie es weitergehen soll.«

Angela konnte es kaum fassen. »Vater hat mir so viel vererbt?«

Rafe war zwar beeindruckt, aber er hatte andere Dinge im Sinn. »Ist es wirklich so, dass die Mine erschöpft ist, Mr Goodman?«

»Ich bin kein Minen-Experte, Mr Gentry. Ich hatte

keinen Grund, an Baxters Worten zu zweifeln. Wissen Sie etwas, von dem ich keine Kenntnis habe?«

Rafe und Angela tauschten vielsagende Blicke.

»Nichts, das wir beweisen können, Sir. Was können Sie uns über Simon Abbots Tod sagen?«

»Ungefähr so viel wie jeder sonst. Sein Wagen stürzte vom Bergpfad in die Tiefe. Baxter fand ihn. Er meldete dem Sheriff, dass die Achse des Wagens gebrochen war. Wenn es irgendein Trost für Sie ist: Ich habe dafür gesorgt, dass Simon eine würdige Beerdigung hatte. Er hatte viele Freunde in der Gegend, und sie alle kamen zur Beisetzung.«

»Wo ist sein Grab?«, fragte Angela.

»Auf dem Friedhof am Rande der Stadt. Sein Grab liegt an einer schönen Stelle. Es wird Ihnen bestimmt gefallen.«

»Vielen Dank für Ihre Mühe. Brauche ich irgendetwas Besonderes, um Geld von dem Konto abzuheben, das mein Vater eingerichtet hat?«

»Nur eine Notiz von mir. Das Konto ist sowohl auf Ihren Namen als auch auf den Ihres Vaters eingerichtet worden. In seinem Testament verfügt er eindeutig, dass Sie sein gesamtes Vermögen erben, einschließlich Bargeld und Sachbesitz. Sie sollten keinerlei Probleme bekommen.«

»Nochmals vielen Dank. Wenn Sie so nett sind, die Notiz zu schreiben …«

»Selbstverständlich.« Er tauchte eine Feder in ein Tintenfass und schrieb dann schnell eine kurze Formalität für die Bank auf. »Wenn ich sonst noch etwas für Sie tun kann, zögern Sie nicht zu fragen.« Er faltete das Blatt Papier und überreichte es ihr. »Bitte nehmen Sie meine Glückwünsche zu Ihrer Hochzeit entgegen. Ich wünsche Ihnen und Mr Gentry alles Gute.«

Rafe gab ihm die Hand. »Bitte nennen Sie mich Rafe.«

»Sehr gut, Rafe. Kennen Sie sich im Minengeschäft aus?«

»Nein. Nach der Rückkehr aus dem Krieg versuchten meine Brüder und ich, unsere Farm in Kansas zu betreiben. Zwei Dürrejahre haben uns ruiniert. Vielen Dank für Ihre Hilfe, Sir. Wir werden Sie sicherlich aufsuchen, wenn wir Ihre Dienste benötigen.«

Als sie das Büro des Anwalts verlassen hatten, sagte Angela: »Fünfzigtausend Dollar! Das ist viel Geld. Kein Wunder, dass Anson mich unbedingt heiraten wollte.«

»Ich bin mir nicht sicher, ob Chandler oder Kent von dem Geld wissen«, meinte Rafe nachdenklich. »Sie haben es vielleicht erraten, aber sie konnten unmöglich die genaue Summe kennen, die dein Vater dir hinterlassen hat.«

»Gott sei Dank. Lass uns zur Bank gehen. Ich möchte etwas Geld für den sofortigen Bedarf abheben.«

»Mir ist klar, dass ich kein Recht habe, dir vorzuschreiben, was du tun sollst, aber an deiner Stelle würde ich zum Büro des Metallprüfers in Denver telegrafieren und einen Experten kommen lassen, der die Mine überprüft. Auf Baxters Wort würde ich mich auf keinen Fall verlassen.«

Angela strahlte und nickte zustimmend. »Das ist eine wunderbare Idee! Würdest du dich darum kümmern, während ich zur Bank gehe?«

Rafe nickte. »Ich gebe das Telegramm auf und treffe dich dann vor der Bank.«

Als Rafe das Telegrafenbüro betrat, sah er als erstes den Steckbrief mit dem Konterfei der Gentry-Brüder als Bankräuber, auf deren Ergreifung 500 Dollar Belohnung pro Kopf ausgesetzt waren. Auf dem schlechten Bild war kaum einer der drei Brüder zu erkennen, aber Rafe befürchtete, dass genug Leute in Canon City seinen Namen kannten und es somit gefährlich war, sich hier aufzuhalten.

Er warf einen Blick zu dem Telegrafisten und sah, dass der Mann ihm gerade den Rücken zuwandte. Ohne eine Spur von Schuldgefühl riss Rafe den Steckbrief von der Wand und steckte ihn in die Tasche. Dann ging er ruhig zum Schalter, schrieb den Text des Telegramms auf ein Formular und unterzeichnete ihn mit »Angela Abbot, Golden Angel Mine«. Ohne Rafe ins Gesicht zu blicken, nahm der Mann den Telegrammtext entgegen. Rafe bezahlte und machte sich hastig davon.

Unterdessen machte Angela die Bekanntschaft des Bankdirektors. Sie sprachen kurz über die Erbschaft; dann hob Angela eine kleine Geldsumme von ihrem Konto ab. Beim Verlassen der Bank fiel ihr ein Plakat auf, das drei Männer zeigte. Mit einem unbehaglichen Gefühl näherte sie sich dem Plakat.

Ihr stockte der Atem, als sie eine sehr schlechte Zeichnung von Rafe erkannte. Sie nahm an, dass die beiden anderen Männer seine Brüder waren. Ihre Namen standen in großen Lettern über den Worten: »Gesucht wegen Bankraubs. 500 Dollar Belohnung für die Ergreifung der Täter, tot oder lebendig.«

Benommen wankte Angela aus der Bank.

Wer war Rafe Gentry? Er hatte eine Bank beraubt! Konnte er vielleicht doch bei jenem Postkutschenüberfall fünf Menschen getötet haben?

7

Rafe sah Angela die Bank verlassen und ging ihr entgegen. Erpicht darauf, Canon City zu verlassen, bevor ihn jemand erkannte, ergriff er ihren Arm und zog sie zu ihrem Pferd. Als er den Arm um ihre Taille legte, um sie in den Sattel zu heben, riss sie sich los und starrte ihn an, als sei er ein Fremder.

»Rühr mich nicht an!«

Rafe stutzte und sah sie fragend an. Angela war blass und mitgenommen, und ihre blauen Augen blickten ihn eisig an.

»Was ist in der Bank passiert? Hat dich jemand belästigt? Um Himmels willen, Angel, rede mit mir!«

Angela schüttelte den Kopf und schwang sich auf ihr Pferd. Dann hieb sie der Stute die Hacken in die Flanken und preschte los, als sei der Teufel hinter ihr her.

»Angel, warte!«

Rafe sprang nun auch auf sein Pferd und trieb es zur Eile an. Auf der Red Rock Canyon Road holte er Angela ein, riss ihr die Zügel aus der Hand und hielt beide Pferde an.

»Ich will wissen, was das zu bedeuten hat, und zwar auf der Stelle!«

»Als ob du das nicht wüsstest!«, schrie sie ihn an. »Dieses eine Mal hat mich meine innere Stimme im Stich gelassen. Du bist ein Bandit.«

Rafe fluchte. Dieser verdammte Steckbrief! Es musste auch einer in der Bank hängen, und Gott allein wusste, wo sonst noch.

»Du hast behauptet, du hättest kein Verbrechen begangen. Aber jetzt kenne ich die Wahrheit. Du und deine Brüder, ihr seid Bankräuber! Und ich muss annehmen, dass du auch die Kutsche überfallen und diese Leute ermordet hast.«

Rafe seufzte müde. »Ich bin weder ein Killer noch ein Bankräuber. Es war alles ein Irrtum.«

»Das behaupten alle Verbrecher. Und ich habe dir vertraut, Rafe Gentry!«

»Lass mich das erklären.«

Sie zog ihm die Zügel aus der Hand. »Was gibt es da zu erklären? Dieser Steckbrief sagt alles.«

Sie gab dem Pferd die Sporen, und die Stute galoppierte die schmale Straße hinauf. Rafe erkannte die Gefahr in dem Moment, in dem Angela losgeprescht war. Wenn sie nicht blind vor Angst und Zorn gewesen wäre, hätte sie den tief hängenden Ast gesehen, der in die Straße hineinragte. Auf der Fahrt hinab in die Stadt waren sie dem Zweig ausgewichen.

»Angel! Pass auf!«

Sein Schrei nutzte nichts mehr. Angela – blind vor Tränen und Zorn – prallte in vollem Galopp gegen den Ast und wurde von ihrem Pferd gefegt. Sie stürzte, landete hart auf dem Boden und rutschte noch einige Meter weiter, bis sie schließlich gefährlich nahe am Rand einer Felskante liegen blieb.

Rafe parierte sein Pferd, sprang ab und rannte zu ihr. Dann hob er sie behutsam hoch und trug sie über die Straße. Nach einigem Suchen fand er unter einer Gruppe von Espen eine grasbewachsene Stelle, wo er Angela vorsichtig hinlegte.

Sie war so reglos, dass es ihn entsetzte. Er tastete nach ihrem Puls. Ihr Herz schlug regelmäßig, aber das hieß nicht, dass sie unverletzt war. Er brauchte Wasser, um ihre Lebensgeister zu wecken. Rasch lief er zu seinem Pferd, holte eine Feldflasche aus seiner Satteltasche und kniete kurz darauf wieder neben Angela auf dem Boden. Mit zitternden Händen band er sein Halstuch ab, tränkte es mit Wasser und drückte das kühlende nasse Tuch auf ihre Stirn.

Angela stöhnte auf, kam jedoch nicht zu sich. »Wach auf, Angel! Sag etwas!«

Er träufelte Wasser auf ihre Lippen. Sie stöhnte von neuem und öffnete die Augen. »Was ist passiert?«

»Du bist vom Pferd gestürzt. Wie fühlst du dich?«

Sie versuchte, sich aufzusetzen. Aber er legte ihr sanft eine Hand auf die Schulter und drückte sie behutsam zurück. »Bleib noch etwas liegen. Hast du irgendwo Schmerzen?«

Sie bewegte die Arme, dann die Beine. »Anscheinend ist nichts gebrochen. Ich habe Kopfschmerzen, aber sie sind auszuhalten.«

»Du hast mir einen höllischen Schrecken eingejagt, Angel. Beinahe wärst du über die Felsen in die Tiefe gestürzt.«

Angela erschauerte. Als sie diesmal versuchte, sich aufzusetzen, hinderte Rafe sie nicht daran.

»Erinnerst du dich, warum du Hals über Kopf vor mir geflüchtet bist?«

Ihr Augen weiteten sich. »Ich … oh … Gott, ja. Rühr mich nicht an!«

Er ignorierte sie und zog sie an sich. »Hab' keine Angst vor mir, Angel. Vergiss diesen Steckbrief. Es ist alles ein Irrtum. Weder meine Brüder noch ich haben jemals einen Bankraub begangen! Ich kann alles erklären.«

»Mit weiteren Lügen?«, fragte Angela. »Davon habe ich bis an mein Lebensende genug gehört. Ich wusste, dass du auf der Flucht bist, aber ich wollte nicht wahrhaben, dass du ein Straftäter bist.«

»Du hast Recht. Ich bin auf der Flucht vor dem Gesetz wie meine Brüder auch, aber wir sind *keine* Straftäter! Man war nicht bereit, unsere Version der Geschichte anzuhören.«

»Das bin ich auch nicht.« Sie wollte aufstehen.

»Verdammt, Angel!« Er schüttelte sie leicht. »Du musst mir glauben.«

Angela hatte widerstreitende Gefühle. Bisher hatte sie nur die guten Seiten von Rafe kennen gelernt, aber das hieß nicht, dass es keine schlechte Seite an ihm gab – die eines Bankräubers und Mörders. Sie starrte in seine silbergrauen Augen und fühlte sich von seinem Blick wie durchbohrt. Sie zwang sich fortzusehen, unfähig, klar zu denken. Nichts ergab einen Sinn.

»Angel, sieh mich an!«

Sie wollte es nicht, doch eine unerklärbare Macht zwang sie, ihm ins Gesicht zu schauen. Seine Augen hatten sich verdunkelt, waren jetzt rauchgrau statt silbern. Er packte ihre Handgelenke und riss sie an sich. Er war so nahe, dass sie seinen Atem und die Hitze seines Körpers spürte. Sie erbebte innerlich, als er den Kopf neigte und seine Lippen auf ihre drückte. Er küsste sie hart. Sie spürte seine Verzweiflung, sein Verlangen. Er küsste sie, als könne er allein durch die Kraft seines Kusses bewirken, dass sie ihm glaubte.

»Angel, o Gott, mein Engel.«

Ihren Namen aus seinem Munde zu hören löste etwas tief in ihr aus, und sie gab jeden Widerstand auf. Eine Hitzewelle stieg in ihr auf, schien ihr Inneres zu entflammen. Dies sollte nicht sein … konnte nicht sein … doch es geschah.

Er brach den Kuss ab und betrachtete sie verbittert. »Jetzt kann ich nicht mehr bleiben. Das weißt du. Wenn sie kommen und dir Fragen stellen, leugne jedes Wissen über mich. Man wird dich nicht behelligen, wenn ich fort bin. Aber ich schwöre dir, Angel, ich habe kein Verbrechen begangen.«

Sie wollte ihm glauben, sehnte sich danach, ihm glauben zu können. Aber ein winziger Rest von Zweifel blieb.

Er küsste sie von neuem und riss sie aus ihren Gedanken. Sein Kuss war tief, drängend, noch intimer, als seine Zunge in ihren Mund stieß. Sie spürte mehr, als dass sie es sah, wie er sein Hemd abstreifte.

Langsam knöpfte er auch ihre Bluse auf, und sein Blick flehte sie an, ihn nicht abzuweisen. Sie wusste, dass es falsch war und dass sie ihn nie wiedersehen würde, wenn er erst fortgeritten war; doch sie schaffte es nicht, zu widerstehen. Wie Rafe oftmals betont hatte, war sie seine Frau. Wenn Rafe ein Bandit war, ein Mörder, war es ein Teil von ihm, den sie nie gesehen hatte. Morgen würde sie Zeit zum Bereuen haben. Aber jetzt, für einen zauberhaften Moment, wollte sie nicht nur dem Namen nach Rafes Frau sein.

Angela schloss die Augen, als Rafe ihr die Bluse auszog, die Träger ihres Unterhemds hinabstreifte und ihre Brüste entblößte. Ihr stockte der Atem, als er eine ihrer Brustspitzen mit der Fingerspitze streichelte und dann in den Mund nahm. Ihre Sinne waren von Gefühlen aufgewühlt. Sie spürte, wie sich ihre Brustwarzen aufrichteten und hart wurden. Die erregenden Gefühle begannen von neuem, als er sich der anderen Brustknospe widmete.

Unbewusst streichelte sie über seine Brust, über die Muskeln seiner Oberarme, und hörte ihn aufstöhnen. Sie wölbte sich ihm entgegen, drängte die Brustspitze noch tiefer in seinen Mund, während er daran saugte. Wie kann dieser Mann ein Killer sein? fragte sie sich, bevor ihr Verstand aussetzte und ihre Gefühle die Oberhand gewannen.

Sie hatte keine Ahnung, wie es geschehen war, aber auf einmal waren sie beide nackt. Rafe küsste sie wieder, tief, eine Reaktion fordernd, mehr verlangend und begierig nehmend, als sie es ihm gewährte. Von einer Wollust erfüllt, die sie überraschte, strich ihre Hand über seinen Körper, über die Hüften, über seinen Unterleib.

Von Neugier getrieben, tastete sie erkundend über bisher verbotenes Gebiet. Ihm stockte der Atem. Sie spürte, wie er erzitterte. Wie sich seine Muskeln anspannten. Er beendete den Kuss mit einem leisen Stöhnen, die Augen weit geöffnet, als seien alle seine Sinne auf den Teil seines Körpers konzentriert, der sich am meisten nach ihr sehnte.

Seine Hand umfasste ihre, zog sie zu seinem pulsierenden Glied, langsam auf und ab. Angela hatte niemals so etwas in ihrem Leben gespürt. Hart wie Stahl. Weich wie Samt. Und wachsend bei jedem Auf und Ab ihrer Hand.

»Genug«, keuchte er. »Süße, süße Angel, du kannst dir nicht vorstellen, was du bei mir anrichtest. Seit dem Tag, an dem ich dich kennen lernte, bin ich hart gewesen. Ich weiß immer noch nicht, ob ich dir dies antun sollte. Du weißt, dass ich von dir fortreiten muss und nicht zurückblicken darf.«

Angela wusste es, aber es machte ihr nichts aus. Wenn Rafe ein Killer war, wollte sie erst morgen darüber nachdenken.

»Was denkst du?«, fragte Rafe.

»Dass ich verrückt sein muss, dies zu wollen.«

»Nein, *ich* bin der Verrückte. Ich werde polizeilich gesucht. In den Augen des Gesetzes bin ich ein Verbrecher. Aber mein Verlangen nach dir hat mir den letzten Rest von gesundem Menschenverstand geraubt.«

Er küsste sie von neuem. Heiß, gierig, bis sie nicht mehr klar denken konnte und die Realität nur noch eine verschwommene Erinnerung war. Wenn er jetzt aufhörte, würde sie zugrunde gehen, davon war sie überzeugt. Vermutlich würde sie ihn danach hassen, aber jetzt konnte sie an nichts anderes denken als an diesen Teil von sich, der in unerfülltem Verlangen pulsierte.

Sie spürte seine heiße Haut und genoss den köstlichen Kontakt, bäumte sich wild auf und schrie fast auf, als er ihren bebenden Körper mit Küssen bedeckte und ihre Brustspitzen mit der Zunge umschmeichelte. Gerade als sie geglaubt hatte, es vor Lust nicht mehr aushalten zu können, presste er heiße Küsse auf ihren flachen Bauch. Ihr Leib spannte sich, als sie seine Lippen auf einem Oberschenkel spürte. Er küsste an dessen Innenseite hinab und dann an der anderen hinauf, sodass sie das Gefühl hatte, dort zu entflammen.

Er verlagerte leicht sein Gewicht, hob ihre Knie an und drängte sie auseinander. Unwillkürlich wollte sie die Schenkel zusammenpressen, doch seine breiten Schultern verhinderten das. Dann neigte er den Kopf und presste einen heißen Kuss auf das feuchte Dreieck zwischen ihren Schenkeln. Sein Kuss erregte sie dermaßen, dass sie das Gefühl hatte, ihre Lust hinausschreien zu müssen. Und als sie seine leckende, saugende Zunge spürte, glaubte sie ohnmächtig zu werden. Unwillkürlich bäumte sie sich zuckend unter ihm auf; sein starker Unterarm verhinderte, dass sie aufsprang. Er schob die Hand unter ihren Po und hob sie zu der heißen Höhle seines Mundes.

Sie hatte das Gefühl, dass ihr Blut zu kochen begann; Feuer schien ihre Haut zu entflammen, als er ihr mit Lippen und Zunge nie gekannte Wonnen bereitete, bis sie keuchte und schrie, getrieben von ungezügeltem Verlangen. Sie war so heiß, so erregt, so bereit für die nächste Etappe auf ihrer Reise ins Land der Ekstase. Sie rang um Atem und wartete.

Und wartete.

Er zog sich zurück. Enttäuscht klammerte sie sich an seine Schultern.

»Rafe!«

»Du bist fast bereit, Liebling.«

»Fast?« Was mehr konnte denn noch kommen?

Er umfasste ihre Brüste, massierte sie, und dabei schweifte sein Blick über ihren nackten Körper. Angela stieg das Blut in die Wangen. Sie hatte es nie gewusst. Niemand hatte ihr jemals gesagt, dass es so sein würde.

Dann spürte sie seine Hand zwischen den Beinen. Er tastete behutsam, öffnete sie. Sie wand sich, verlegen bei seiner genauen Untersuchung.

»Du bist so zart«, sagte er und schob einen Finger in sie. »Ich will dir nicht wehtun, aber es lässt sich nicht ändern. Öffne dich für mich, Angel.«

Er neigte sich über sie. Sie spürte sein Glied zwischen ihren Beinen. Sie versteifte sich, den Blick auf die Stelle gerichtet, an der sie vereinigt waren.

»Schau mich an. Sieh nicht nach unten.«

Sie hob den Blick zu seinem Gesicht. Seine Miene war angespannt, und er presste die Zähne aufeinander. Dann spürte sie sein erstes Eindringen in ihre Enge. Er konnte noch nicht sehr weit in ihr sein, doch der Druck verschlug ihr den Atem.

»Alles in Ordnung?«, fragte er besorgt.

Sie brachte keinen Ton heraus und nickte nur; sie hatte nicht vor, ihn zu bitten aufzuhören. Dann schien eine feurige Woge in ihr aufzulodern, und sie sehnte sich danach, dem flammenden Inferno zu entkommen; und dann war es zu spät. Rafe durchbrach das Jungfernhäutchen. Ein Schrei stieg in ihrer Kehle auf. Rafe erstickte ihn mit einem Kuss und hielt inne, bis sie sich an die neuen Empfindungen gewöhnt hatte. Dann bewegte er sich in ihr.

Sie empfand immer noch leichte Schmerzen, doch die waren schnell vergessen, als seine langsamen, sanften Stöße etwas weitaus Angenehmeres in ihr auslösten. Ihr Körper prickelte. Diese Gefühle, die er mit Mund und Zunge wachgerufen hatte, verstärkten sich, als er mit den Händen ihr Gesäß umfasste und sie anhob, damit sie mehr von ihm in sich aufnehmen konnte.

Angela stöhnte auf. Ein ungeahnt süßes Gefühl der Erfüllung nahte. Sie strebte ihm entgegen, keuchend, sich unter Rafe windend, von köstlichen Wonnen erfüllt.

»Das ist es, Liebling«, keuchte Rafe an ihrem Mund. »Es ist fast so weit. Komm zu mir, süßer Schatz, komm.«

Plötzlich hielt Rafe eine Wildkatze in den Armen. Sie war Feuer und Leidenschaft. Verlangen und Hemmungslosigkeit. Unschuldige Wollust. All dies und mehr in einem köstlichen Körper. Er spürte, wie sie sich versteifte, spürte das Zucken und Zittern ihres Unterleibes. Ihr überwältigend starker Höhepunkt überraschte ihn, aber er hätte wissen sollen, das seine Angel keine halben Sachen kannte. Bei ihr war es alles oder nichts.

Dann konnte er nicht mehr zusammenhängend denken, als auch sein Orgasmus nahte und sich seine Leidenschaft in einem unsagbaren Glücksgefühl entlud.

Viel später, als sein Verstand wieder einsetzte, schaute er auf sie hinab. Ihr Blick war immer noch verklärt und spiegelte ihr Entzücken wider. Er grinste sie an, als er sich aus ihr zurückzog und sie zur Seite drehte.

»Ich habe mich danach gesehnt, seit uns der Reverend als Mann und Frau erklärte. Und praktisch seit dem Moment, an dem ich dich singen hörte, war ich dauernd erregt.« Er seufzte. »Wenn nur die Dinge anders wären.«

»Aber das sind sie nicht, oder, Rafe?«

»Traurig, aber wahr. Wir beide wissen, dass ich bald fortreiten muss. Ich will weg sein, bevor sie mich finden.«

»Ich wünschte … wenn du nicht schuldig bist, solltest du bleiben und deine Unschuld beweisen. Ich werde dir helfen, Rafe.«

Er schüttelte den Kopf. »Wünsche zählen nicht. Das Gesetz des Westens lässt viele Wünsche unerfüllt. Wenn ich nicht am Anfang geflüchtet wäre, dann wäre es jetzt vielleicht leichter, meine Unschuld zu beweisen. Aber ich kann nicht ungeschehen machen, was passiert ist. Ich muss fort, Angel. Ich will dich nicht in all dies hineinziehen.«

»Wenn du mich jetzt verlässt, muss ich glauben, dass du tatsächlich ein Bandit bist.«

Rafe sprang auf. »Komm, ich bringe dich zur Mine zurück. Ich treffe erst später eine endgültige Entscheidung.«

Schweigend zogen sie sich an. Rafe wünschte sich mehr denn je, bei ihr bleiben zu können. Vielleicht, wenn es einen Gott gab, würde Er so gütig sein und ihn tun lassen, was ihm sein Herz sagte.

Rafe blieb an diesem Tag noch bei Angela. Und am nächsten und am übernächsten. Obwohl er wachsam nach den Hütern des Gesetzes Ausschau hielt, kam niemand, um ihn mit falschen Anklagen ins Gefängnis zu schleppen. In ihm keimte die schwache Hoffnung, dass der Sheriff ihn nicht mit dem Rafe Gentry auf dem Steckbrief in Zusammenhang brachte.

Ganz gleich, wie sehr er sich auch wünschte, von neuem Sex mit Angel zu haben, er hielt es für das Beste, ihre Situation nicht noch mehr zu komplizieren. Von ihrer ersten sexuellen Vereinigung war sie vermutlich nicht schwanger geworden, und er traute sich nicht zu, die Kontrolle zu behalten, wenn sie sich wieder liebten. Er konnte nicht sicher sein, wie lange es das Schicksal noch gut mit ihm meinte, und er wollte Angel nicht mit einem Kind zurücklassen, wenn er vor dem Gesetz flüchtete.

Jedes Mal, wenn Angel ihn anschaute, sah er Zweifel in ihren Augen, und das brachte ihn fast um. Wie konnte sie ihn für einen Banditen und Mörder halten? Andererseits konnte er es ihr nicht verdenken, dass sie misstrauisch war. Vielleicht würde er ihr eines Tages beweisen können, dass er kein Verbrecher war.

Angela spürte den beängstigenden Druck durch Rafes Anwesenheit. Sie wusste, dass es ein schrecklicher Fehler gewesen war, sich ihm hinzugeben, aber in jenem Augenblick hatte sie es sich ersehnt. Wenn sie nicht so verflixt unerfahren gewesen wäre, hätte sie seinen sexuellen Verlockungen widerstehen können. Jeden Tag fragte sich Angela, ob es wohl der letzte war, an dem sie Rafe sehen würde. Eine Woche verstrich. Rafe streifte immer noch durch die Mine, fand jedoch nichts Konkretes, das Baxters Behauptung, sie sei ausgebeutet, bewies oder widerlegte. Angela wartete begierig auf die Ankunft des Experten aus Denver, um die Sache ein für allemal zu klären.

Unterdessen benahmen sie sich beide so, als sei nie etwas zwischen ihnen gewesen. Sie waren wie zwei Fremde, die eine Hütte teilten. Aber Angela erinnerte sich an die erlebte Ekstase. O Gott, und wie sie sich erinnerte!

Desmond Kent kehrte nach Canon City zurück, begierig darauf, die Fülle der Informationen mitzuteilen, die er von Ordways Sheriff erhalten hatte. Er fand Anson Chandler im Nugget Saloon und führte ihn zu einem Tisch, an dem sie sich unbelauscht unterhalten konnten.

»Was hast du herausgefunden?«, fragte Chandler ungeduldig. »Du hast lange genug gebraucht.«

»Der Ausflug war es wert«, erklärte Kent triumphierend.

»Spuck es aus, Kent. Ist Angela rechtmäßig mit Gentry verheiratet oder nicht?«

»Reverend Conrad hat sie getraut, das stimmt.«

»Mist!«

»Aber warte, bis du dies hörst: Am Tag, an dem sie Gentry heiratete, hatte er einen Strick um den Hals, und ein Lynchmob wollte ihn aufhängen. Er wurde beschuldigt, eine Postkutsche überfallen und fünf Zeugen ermordet zu haben. Und jetzt kommt der wirklich sonderbare Teil«, fuhr Kent fort. »Angela behauptete, Gentry sei ihr Verlobter, der Mann, dessentwegen sie in den Westen gekommen sei. Irgendwie machte sie allen weis, Gentry sei unschuldig, und Reverend Conrad unterstützte sie dabei. Und dann traute der Prediger sie auf der Stelle. Was hältst du davon?«

»Angela muss verdammt scharf darauf gewesen sein, uns zu entkommen, wenn sie einen Banditen geheiratet hat.« Chandler schüttelte den Kopf. »Ich kann nicht glauben, dass sie so etwas Blödes tun würde. Wenn sie rechtmäßig verheiratet ist, können wir nicht viel dagegen tun.«

»Und ob wir etwas dagegen tun können!«, widersprach Kent. »Die Räder sind bereits in Gang gesetzt. Während ich in Ordway war, erhielt der Sheriff einen neuen Stapel Steckbriefe. Nun rate mal, wer wegen Bankraubs in Dogde City gesucht wird.«

Chandler hob sein Glas in stummem Prost. »Ich hoffe, es ist Rafe Gentry.«

»So ist es. Er und seine beiden Brüder haben anscheinend vor einiger Zeit eine Bank in Dodge City beraubt. Ich habe Sheriff Tattersal überzeugt, dass Gentry ihn reingelegt hatte, mit Angelas unwissentlicher Hilfe natürlich. Er glaubt nun, dass Gentry tatsächlich die Kutsche überfallen und fünf Leute gekillt hat. Ich habe ihm erklärt, dass ich Angelas Vormund bin und Gentry gar nicht ihr Verlobter war. Es war verdammt schwierig, Tattersal zu überreden, Angela nicht in den neuen Steckbrief mit einzubeziehen, der für Gentrys Festnahme in Umlauf gesetzt wird.«

»Wie hast du das geschafft?«

»Ich habe Angela als religiöse Fanatikerin hingestellt, die vor nichts zurückschreckt, um Seelen zu retten und gesellschaftliche Ungerechtigkeiten zu verhindern. Er hat mir die Story abgekauft.«

»Und was tun wir jetzt? Ganz gleich, wer oder was Gentry auch sein mag, er und Angela sind immer noch verheiratet.«

»Das ist nicht alles, was ich in Ordway erfahren habe«, sagte Kent und senkte die Stimme. »Reverend Conrads Wagen wurde irgendwo zwischen Ordway und Garden City von abtrünnigen Comanchen überfallen. Er und seine Frau wurden getötet und ihr Wagen verbrannt. Das bedeutet, dass das Kirchenregister, das sie bei sich hatten, nicht mehr existiert. Wenn du mich fragst, so hat niemals eine legale Trauung der beiden stattgefunden.«

»Das ist ein Ding!«, stieß Chandler aufgeregt hervor. »Na prima! Und was unternehmen wir gegen Gentry?«

»Ich habe mir in Ordway einen Steckbrief unter den Nagel gerissen. Ich werde ihn hier dem Sheriff zeigen und die Belohnung für Gentrys Festnahme kassieren.«

Eine schlimme Vorahnung quälte Rafe, als er sich zum Mittagessen hinsetzte, das Angel zubereitet hatte. Das Gefühl hatte ihn seit der vergangenen Woche verfolgt. Er wusste intuitiv, dass die Zeit für ihn knapp wurde. Ganz gleich, wie sehr er sich danach sehnte, bei Angel zu bleiben, er fürchtete die Konsequenzen.

Zum einen waren Chandler und Kent wie eine lodernde Lunte an einem Pulverfass und lauerten immer noch irgendwo auf eine Gelegenheit, um ihn fertig zu machen. Zum anderen war da Brady Baxter, der ihn unbedingt loswerden wollte. Und die Steckbriefe mit seinem Konterfei, die im Umlauf waren, komplizierten die Dinge noch. Jeden Tag erwartete er, dass der Sheriff kommen und an die Tür klopfen würde.

Und mit Angel war er auch nicht im Reinen. An der

Art, wie sie ihn anschaute, erkannte er, dass sie an seiner Unschuld zweifelte. Er hätte alles getan, um ihr Vertrauen zurückzugewinnen. Sie beobachtete ihn jetzt, als wüsste sie nicht, was sie von ihm halten sollte.

»Ich werde dich nicht beißen«, sagte er, als er ihr gegenüber Platz nahm.

»Ich weiß. Es ist nur … ich bin so durcheinander. Vielleicht solltest du zur Stadt reiten und mit dem Sheriff sprechen, ihm erklären, was geschehen ist. *Ich* weiß ja nicht einmal, warum du und deine Brüder des Bankraubs beschuldigt werdet.«

»Möchtest du es wissen?«

Sie nickte langsam.

»Also gut. Es geschah in Doge City. Meine Brüder und ich versuchten nach dem Krieg, die elterliche Farm wieder aufzupäppeln, aber die Dürre machte uns fast Pleite. Wir ersuchten bei der örtlichen Bank um einen Kredit, und der Antrag wurde rundweg abgelehnt. Und dann hat der Bankier …«

Er verstummte, als jemand an die Tür klopfte.

»Gentry, machen Sie auf!«

»Es ist Baxter, vermutlich mit einem weiteren Angebot, meinen Anteil zu kaufen«, flüsterte Angela. »Ich wünschte, dieser Minenexperte wäre bald hier.«

Rafe verspürte ein seltsames Kribbeln im Nacken. »Warte«, sagte er und schnallte seinen Revolvergurt um. »Ich öffne.«

Angela folgte ihm dichtauf, als er zur Tür schritt und sie aufriss. »Was wollen Sie, Baxter?«

»Nur dies«, sagte Baxter und hielt ihm den Steckbrief vor die Nase. »Den habe ich heute Morgen aus der Bank mitgenommen.«

Rafe hörte Angela nach Luft schnappen und zuckte zusammen. Er bemühte sich um eine ausdruckslose Miene und sagte: »Den habe ich schon gesehen, danke.«

Rafe blickte an Baxter vorbei und fragte sich, warum der Bastard allein gekommen war. »Wo ist der Sheriff?«

»Wenn dieser Blödmann Sie nicht selbst finden kann, warum sollte ich ihm helfen?«

»Wegen der Belohnung«, erwiderte Rafe schneidend.

»Das wäre eine Möglichkeit«, meinte Baxter nachdenklich. »Aber ich habe etwas anderes im Sinn. Ich habe mich in der Stadt umgesehen und alle Steckbriefe entfernt, die ich finden konnte.«

Rafes Unbehagen verstärkte sich. Männer wie Baxter taten nichts, ohne eine Gegenleistung dafür zu verlangen. »Was wollen Sie, Baxter?«

»Da ist leicht genug. Verkaufen Sie mir Simon Abbots Anteil an der Mine, und von mir erfährt niemand ein Sterbenswörtchen. Ändern Sie Ihren Namen. Sie und Angela können sich irgendwo niederlassen, wo niemand Sie erkennen wird.«

»Ich habe Ihnen gesagt, dass ich nicht entscheiden kann, ob der Anteil an der Mine verkauft wird oder nicht. Diese Entscheidung trifft Angel, und sie will nicht verkaufen.«

»Nicht so hastig«, sagte Baxter. »Hören wir uns an, was die kleine Lady dazu zu sagen hat. Wenn sie nicht zustimmt, gehe ich sofort zum Sheriff.«

Angela blickte zu Rafe, sah seine steinerne Miene, und ihr Mut sank. Wie konnte sie sich zwischen Rafe und der Mine entscheiden? Was wünschte er? Sein Gesichtsausdruck verriet nicht, was er empfand, was er von ihr erwartete.

»Rafe, ich ... vielleicht sollte ich ...«

»Nein, Angel, das würde ich nicht zulassen. Der Anteil an der Mine gehört dir. Lass Baxter zum Sheriff gehen. Ich werde nicht mehr hier sein, wenn er zurückkehrt. Du bist unschuldig an alldem. Als du mich geheiratet hast, hattest du keine Ahnung, dass ich in

Dodge City gesucht werde. Was die anderen Anschuldigungen betrifft, so hoffe ich, dass du an meine Unschuld glaubst.«

»Welche anderen?«, fragte Baxter scharf.

»Nichts«, sagte Rafe. »Sie haben Ihre Antwort. Angela verkauft nicht an Sie.«

»Wenn Sie es so wollen«, grollte Baxter, offensichtlich wütend über die Entscheidung. »Ich reite zum Sheriff.«

»Erwarten Sie nicht, dass ich hier auf Sie warte.«

»Ich könnte Sie persönlich bei ihm abliefern.«

Rafes freudloses Grinsen enthielt eine unausgesprochene Herausforderung. »Nur zu, versuchen Sie es.«

»Sie sind verdammt eingebildet, Gentry. Ein Aufenthalt hinter Gittern wird Ihnen Ihre Frechheit austreiben.«

Baxter machte auf dem Absatz kehrt und zog sich eilig zurück. Ein paar Minuten später sah Angela ihn über die Straße zur Stadt galoppieren.

Von panischem Schrecken gepackt, klammerte sie sich an Rafes Arm. »Warum hast du nicht zugelassen, dass ich verkaufe?«

»Weil ich dich liebe. Ob die Mine erschöpft ist oder nicht, spielt keine Rolle. Dein Vater wollte, dass du sie bekommst. Und darum werde ich nicht zulassen, dass du sie meinetwegen verkaufst.«

»Du sagst, du bist unschuldig. Lass mich dir helfen, es zu beweisen.«

Er schloss die Tür und wandte sich ihr zu. »Ich will dich nicht in meine Probleme verwickeln, Angel.«

Verzweifelt warf sie sich in seine Arme. »O Gott, warum muss es so enden?«

Er zog sie fester an sich, und als sie seine Anspannung und Unentschlossenheit spürte, schlang sie die Arme um seinen Nacken und zog seinen Kopf zu sich herab, um ihn zu küssen.

Doch dann schob sie ihn plötzlich wieder ein wenig

von sich. In ihrer Stimme klang Panik mit. »Reite! Lass dich nicht von mir aufhalten.«

Er schien es nicht eilig zu haben, als er sich zu ihren Lippen neigte und sie küsste, bis ihr schwindlig wurde. Als er sie auf die Arme schwang und zum Schlafzimmer trug, befürchtete Angela, dass er den Verstand verloren hatte.

»Es bleibt keine Zeit!«

»Es bleibt jede Menge Zeit«, flüsterte er an ihren Lippen. »Du glaubst doch nicht, dass der Sheriff allein herkommt, oder? Er wird einen Trupp aufstellen, und das dauert einige Zeit.«

Angela wollte protestieren, doch Rafe füllte ihren Mund mit der Zunge. Ein Stöhnen entrang sich ihrer Kehle, als er den Kuss vertiefte. Rafe sank mit ihr aufs Bett.

Hitze stieg in ihr auf. Dies war Rafe, der Mann, der sie zärtlich geliebt hatte, der jenes erste Mal für sie unvergesslich gemacht hatte. Sie wollte nicht glauben, dass er ein Killer sein konnte. Sie wollte überhaupt nichts denken. Sie wollte nur fühlen.

Sie tastete über seine Brust, wollte sein Hemd aufknöpfen. Er schob ihre Hände beiseite und riss sich das Hemd vom Körper, wobei einige Knöpfe absprangen. Er erhob sich von ihr, entledigte sich der Stiefel und zog seine Hosen herunter.

»Ich will dich nackt«, sagte er, und seine Stimme klang heiser vor Verlangen. Angela starrte auf seine Erektion. Sein Glied war schwer und pulsierend aufwärts gerichtet. Er ließ sich auf sie sinken. Sie streichelte über seinen starken Rücken und grub dann die Finger in die Muskeln seiner Hüften. Er ist so stark, dachte sie, und doch so empfindsam. Ganz gleich, wo sie ihn auch berührte, er reagierte, als hätte sie etwas tief in ihm Schlummerndes geweckt.

Sein Mund war warm auf ihrer Haut, als er sie mit

zärtlichen Küssen bedeckte. Seine Männlichkeit pulsierte schwer gegen ihre Hüfte, und sie spreizte die Beine für ihn. Sie musste ihn in sich spüren. Jetzt. Wenn dies ihr letztes Mal mit Rafe sein würde, wollte sie diesen Moment für immer in Erinnerung behalten.

»Noch nicht«, keuchte Rafe, als er weiterhin glühende Küsse auf ihre Haut tupfte. Ihre Brüste, die Spitzen – nichts ließ er aus, als er sie küsste und saugte, bis ihr Körper erbebte.

Sie griff hinab und berührte ihn. Sein Glied zuckte in ihrer Hand, und er stöhnte auf, als sie ihn zu sich führte. »Rafe, bitte!«

Mit einem ergebenen Seufzen schob sich Rafe zwischen ihre Schenkel, bis sich sein Glied gegen sie presste. Dann griff er hinab, öffnete sie sanft mit den Fingern und drang langsam in sie ein.

Rafe war zum Jubeln zumute. Sie war so feucht und so unglaublich heiß, dass er sich fast kaum noch unter Kontrolle halten konnte. Sein Gesicht war angespannt von der selbst auferlegten Zurückhaltung, als er ihre Hüften umfasste und sich, ohne aus ihr herauszugleiten, auf den Rücken drehte, sodass sie rittlings auf ihm zu sitzen kam. Überrascht sah sie ihn an.

»Ich will, dass du auf mir reitest, Angel. Ich gehöre ganz dir.«

8

Angelas Puls raste noch, als sie langsam wieder zur Vernunft kam. Sie hatte sich völlig in Rafes Armen verloren, von purer Ekstase getrieben. Das Letzte, an das sie sich erinnerte, war der Ritt auf Rafe, bei dem ein unglaublich köstliches Glücksgefühl in ihr aufgestiegen war. Als die Wogen der Lust ihren Höhepunkt erreicht hatten und sie das Gefühl gehabt hatte, davongetragen zu werden, hatte sie seinen Namen geschrien. Dann musste sie ohnmächtig geworden sein. Als sie die Augen öffnete, war Rafe schon auf den Beinen und zog sich an.

Er musste ihren Blick auf sich gespürt haben, denn er sah sie mit einem Ausdruck in den Augen an, der nur als entschuldigend beschrieben werden konnte.

»Ich habe nicht mehr viel Zeit.«

»Ich weiß. Werde ich dich jemals wiedersehen?«

Seine Miene verriet nichts von seinen Gefühlen. »Ich weiß es nicht. Liegt dir wirklich etwas daran?«

Sie starrte ihn an und nagte an ihrer Unterlippe, als sie über die Antwort nachdachte. Sie wollte, dass es ihr gleichgültig war, doch ihr Herz weigerte sich, auf sie zu hören. »Ja, es liegt mir etwas daran.«

Das schien ihn zu überraschen. »Ich bin dir nicht gleichgültig, obwohl du mich für fähig hältst, ein Verbrechen zu begehen?«

Sie stemmte sich auf die Ellenbogen. »Rafe, ich weiß wirklich nicht, was ich denken soll. In meinem Herzen weiß ich, dass du nicht zu einem Mord fähig bist. Was den Bankraub betrifft …« Sie zuckte mit den Schultern. »Ich werde im Zweifelsfall zu deinen Gunsten urteilen, obwohl du nicht bereit bist, zu bleiben und deinen Namen reinzuwaschen.«

Er lachte bitter auf. »Du weißt nicht, wie das Gesetz hier draußen funktioniert: zuerst schießen und später Fragen stellen. Vielleicht wird eines Tages die Wahrheit herauskommen, aber auf den Sheriff zu warten und sich aufhängen zu lassen ist sicher nicht der richtige Weg, um das zu erreichen.«

Er schnallte seinen Revolvergurt um und zog seine Stiefel an. Seine Miene verriet, wie aufgewühlt er war, als er mit der Hand auf dem Türgriff verharrte.

»Ich kann nicht über die Red Rock Canyon Road zur Stadt gelangen, ohne einem Trupp in die Arme zu reiten; so werde ich mir einen anderen Weg durch diese Berge suchen müssen.« Seine Stimme klang müde. »Wenn die Dinge anders wären ...«

»Aber sie sind es nicht«, sagte Angela ruhig. »Mach dir keine Sorgen um mich, Rafe, ich kann allein zurechtkommen. Ich bin auch allein aus Topeka weggekommen, nicht wahr?«

»Vom Regen in die Traufe«, murmelte Rafe. »Behalte das Heiratsdokument. Vielleicht kann es dir irgendwie von Nutzen sein. Ich werde versuchen, dich zu benachrichtigen, wenn ich mich irgendwo niederlasse.«

Sie schlug den Blick nieder. »Pass auf dich auf, Rafe.«

Er murmelte etwas, das sie nicht verstand, riss die Tür auf und ging hinaus. Angela folgte ihm nicht. Sie lag da, starrte zur Decke und kämpfte gegen Tränen an. Als sie ihn fortreiten hörte, zwang sie sich aufzustehen und zog sich langsam an.

Es war kein Trupp, der kaum eine Viertelstunde später auftauchte. Beim nahenden Hufschlag eilte Angela ans Fenster. Angewidert verzog sie das Gesicht, als sie ihren Stiefvater und Anson Chandler zur Hütte heraufreiten sah. Mit schleppenden Schritten ging sie hinaus und blickte ihnen entgegen, bis sie vor ihr die Pferde zügelten.

»Wo ist Gentry?«, grollte Kent. »Er wird vom Gesetz gesucht. Chandler und ich werden ihn abliefern. So kassieren wir die Belohnung. Du weißt, dass der Sheriff einen Trupp bildet, um ihn einzufangen, nicht wahr?«

»Ich weiß nicht, wovon du redest«, erwiderte Angela. »Wenn du Rafe suchst, der ist nicht hier.«

»Geh mir aus dem Weg«, verlangte Kent und schob sie zur Seite, bevor er und Chandler in die Hütte stürmten. »Getürmt!«, stieß Kent hervor und fluchte. »Sieh nach, ob sein Pferd da ist.«

»Ich habe euch doch gesagt, dass er nicht da ist«, bekräftigte Angela, als Chandler Minuten später zurückkehrte, um zu melden, dass Rafes Pferd verschwunden war.

»Er wird nicht weit kommen«, sagte Kent hämisch. »Habe ich dir erzählt, dass ich in Ordway war und Sheriff Tattersal besucht habe? Der hatte Interessantes zu erzählen. Wie um alles in der Welt bist du auf die Idee gekommen, einen Verbrecher zu heiraten, Angela? Ich wusste, dass du dich zu sehr mit deiner Kirche und all diesem Unsinn über gute Taten befasst. Ich hätte dich in dein Zimmer einsperren sollen, bis du sicher mit Chandler verheiratet gewesen wärst.«

»Anson Chandler ist der Letzte auf der Welt, den ich heiraten würde«, sagte Angela.

»So hast du stattdessen einen Banditen geheiratet«, spottete Chandler. »Erzähl ihr von den neuen Anklagen gegen Gentry, Kent.«

»Mit Vergnügen.« Kent grinste. »Ich hatte ein offenes Gespräch mit Tattersal, und ich habe ihm die Augen über Rafe Gentry geöffnet. Jetzt ist der Sheriff davon überzeugt, dass Gentry der Mann ist, der diese Postkutsche überfallen und diese armen Leute ermordet hat. Es wird bald einen weiteren Steckbrief von ihm geben.«

»Nein! Rafe ist kein Mörder!« Angelas Worte klangen wie ein Aufschrei.

»Du bist nicht in der Lage, dies zu beurteilen. Ich habe Tattersal erzählt, dass du eine Gerechtigkeitsfanatikerin bist und dass deine Beschützerinstinkte über deinen Verstand gesiegt haben, als du ihn mit einem Strick um den Hals gesehen hast und der Lynchmob ihn aufhängen wollte. Es war verdammt schwer, den guten Sheriff zu überzeugen, dass du nichts von Gentrys blutiger Vergangenheit gewusst hast.«

»Du bist ein Scheusal«, stieß Angela hervor. »Ich weiß nicht, was du dir davon versprichst. Ich bin immer noch mit Rafe verheiratet, ganz gleich, wer und was er ist.«

Kent grinste verschlagen. »Ich möchte noch einen Blick auf diese sogenannte Heiratsurkunde werfen, wenn es dir nichts ausmacht. Ich bin mir nicht sicher, ob sie legal ist.«

Angela dachte, dass es nicht schaden konnte, wenn sie ihnen das Dokument zeigte. Sie und Rafe hatten außerdem die Eintragung im Kirchenregister unterschrieben, das Reverend Conrad stets mit sich führte. Nichts konnte etwas an der Tatsache ändern, dass sie und Rafe Mann und Frau waren.

Angela holte das Heiratsdokument aus dem Schlafzimmer und gab es Kent. Er las es durch, zerriss es dann gelassen in Stücke und ließ sie in der Brise davonflattern.

»Das denke ich über deine sogenannte Heirat!«

»Bastard!«, zischte Angela.

»Aber, aber! Solch unfeine Sprache hast du nie benutzt, als du in meinem Haus gelebt hast. Hat Gentry dir diese Unflätigkeiten beigebracht?«

Chandler bedachte sie mit einem mürrischen Blick. »Ich wette, er hat ihr mehr als das beigebracht. Wenn es nicht um das Gold ginge, würde ich nicht nehmen, was ein Killer übrig gelassen hat.«

»Die Mine ist wertlos«, erklärte Angela.

»Du wirst Baxter doch nicht etwa glauben«, grollte Chandler. »Ich habe in der Stadt Erkundigungen eingezogen, während Desmond in Ordway war. Seit dem Tod deines Vaters hat Baxter bei der Bank regelmäßig Geld eingezahlt. Es ist klar, dass er Gold aus der Golden Angel fördert. Sobald wir verheiratet sind, stelle ich meine eigenen Minenarbeiter ein, und Baxter kann nichts dagegen tun.«

»Wann kapierst du endlich, dass ich bereits verheiratet bin?«, erwiderte Angela. »Reverend Conrad hat die Ehe ins Kirchenregister eingetragen, das er immer mitnimmt, und nichts kann bindender sein als das.«

»Du hättest Recht, wenn dieses Register noch existieren würde«, sagte Kent.

Angela wurde blass.

»Du bluffst. Natürlich existiert dieses Register. Sobald Reverend Conrad in Topeka eintrifft, wird er unsere Namen in das Register der Baptistenkirche eintragen. Wenn du und Anson gehofft habt, durch meinen Anteil reich zu werden, habt ihr euch geirrt. Ich habe nicht vor, mich scheiden zu lassen.«

»Ich befürchte, du weißt noch nichts von den schlimmen Ereignissen, meine Liebe«, sagte Kent ohne eine Spur von Bedauern. »Reverend Conrads Wagen wurde von abtrünnigen Indianern überfallen, bevor er Topeka erreichte. Vom Wagen und dessen Inhalt blieb nur Asche übrig. Das heißt, dass kein Dokument existiert, mit dem bewiesen werden kann, dass die Trauung stattgefunden hat.«

»O nein! Der arme Reverend Conrad und Schwester Grace!«, schluchzte Angela. »Wie schrecklich!«

»Kommt alles auf die Betrachtungsweise an«, bemerkte Chandler. »Keine Trauung, kein Ehemann. Das bedeutet, dass du jetzt ledig bist und mich heiraten kannst.«

»Damit wirst du nicht durchkommen!«, stieß Angela zornbebend hervor. »Du kannst mich nicht zwingen, dich zu heiraten. Kein Prediger, der einen Schuss Pulver wert ist, wird eine Trauung vornehmen, wenn die Braut es nicht will.«

»Ob du es willst oder nicht, du wirst Chandler heiraten«, prophezeite Kent mit einer Spur von Drohung.

Er hatte kaum ausgesprochen, als Reiter auftauchten.

»Das wird der Sheriff mit seinen Leuten sein«, sagte Chandler, als er den Reitertrupp sah. »Und wenn mich nicht alles täuscht, ist Baxter bei den Männern.«

In einer Wolke von Staub zügelten die Männer ihre Pferde vor der Hütte.

»Ich bin Sheriff Dixon, Mrs Gentry«, sagte der Mann mit dem Stern. »Ist Ihr Gatte da?«

»Sie verschwenden Ihre Zeit, Sheriff«, antwortete Kent an Angelas Stelle. »Gentry ist abgehauen. Er war schon fort, als wir hier eintrafen.«

»Ich habe Ihnen geraten, keine Zeit mit dem Trupp zu verplempern!«, schalt Baxter. »Sie, ich und der Deputy hätten ihn schnappen können, wenn wir sofort losgeritten wären.«

»Wer ist hier der Sheriff, Baxter?«, schnauzte Dixon ihn an. »Gentry ist ein gefährlicher Krimineller. Da braucht man mehr als drei Mann, um ihn zur Strecke zu bringen.«

Baxter schnaubte ärgerlich, widersprach dem Sheriff jedoch nicht.

»Wissen Sie, wohin Ihr Gatte geritten ist, Mrs Gentry?«

»Tut mir leid, Sheriff, aber ich habe keine Ahnung. Aber ich weiß, dass er die Verbrechen nicht begangen hat, die man ihm vorwirft. Er ist unschuldig.«

Angela war äußerst überrascht über ihre eigenen Worte. Glaubte sie tatsächlich an Rafes Unschuld?

»Die sind alle unschuldig«, sagte Dixon spöttisch. »Er

ist nicht über die Straße geflüchtet, denn dann hätten wir ihn gesehen. Entweder versteckt er sich im Wald, oder er hat einen anderen Weg durch die Berge gefunden. Kommt, Jungs, lasst uns reiten. Wir werden ihn finden.«

»Vergessen Sie nicht die Belohnung, Sheriff!«, rief Baxter ihm nach. »Ich bin derjenige, der Sie zu Gentry geführt hat.«

»Wenn *wir* ihn schnappen, gehört die Belohnung uns«, rief Dixon und trieb sein Pferd zum Galopp.

Angela beobachtete, wie die Staubwolke kleiner wurde, als die Reiter die Straße hinunterritten. Sie fragte sich, warum Baxter zurückblieb, und fand es schnell heraus.

»Was macht ihr beiden hier?«, grollte Baxter, als Kent und Chandler keine Anstalten trafen fortzureiten. »Ihren Freund kenne ich nicht, Chandler.«

»Ich bin Desmond Kent, Angelas Stiefvater und Vormund«, sagte Kent und streckte ihm die Hand hin. Baxter ignorierte sie. »Ich bin hier, um die Interessen meiner Stieftochter zu wahren. Wenn es Gold in dieser Mine gibt, Baxter, dann werde ich sicherstellen, dass Angela ihren Anteil bekommt.«

Baxter missfiel all das. Es war schon schlimm genug, dass Gentry ihm dazwischengefunkt hatte. Jetzt hatte er auch noch einen Stiefvater und Ex-Verlobten am Hals. Das Pech verfolgte ihn.

»Verschwindet, ihr beiden. Es juckt mich nicht, wer ihr seid, ihr haltet euch hier unbefugt auf.«

»Hören Sie, Baxter, Sie mögen meine Stieftochter reingelegt haben. Aber bei mir sind Sie da an den Falschen geraten.« Angela wird morgen Anson Chandler heiraten, also gewöhnen Sie sich daran, uns hier zu sehen.«

Baxter hob erstaunt die Augenbrauen. »Wollen Sie Bigamie begehen, Mrs Gentry?«

»Ich heirate nicht Mr Chandler, ganz gleich was mein Stiefvater sagt«, beteuerte Angela. »Ich bin bereits mit Rafe Gentry verheiratet.«

»Angela ist ein bisschen durcheinander, Baxter«, sagte Kent. »Wissen Sie, Ihre Ehe mit Gentry ist nicht legal. Es steht ihr frei zu heiraten, wen auch immer sie wählt.«

»Anson Chandler ist der Letzte, den ich wählen würde«, entgegnete Angela.

Baxter kniff die Augen zu Schlitzen zusammen, als er über die jüngste Komplikation bei seinem Plan, die Mine in seinen alleinigen Besitz zu bringen, nachdachte. Wenn Angela nicht mit Gentry verheiratet war und keine Absicht hatte, Chandler zu heiraten, dann stand ihm ein ganz neuer Weg offen: Er würde sowohl Angela als auch die Mine für sich beanspruchen.

Er hielt sich für keinen schlecht aussehenden Mann. Und er konnte charmant sein, wenn es nötig war. Vielleicht war doch nicht alles verloren. Wenn er Angela für sich gewann, konnte er alles bekommen, was sein Herz begehrte. Dann würde er alleiniger Besitzer der Mine sein und ein hübsches kleines Bündel Weiblichkeit im Bett als Zugabe haben.

»Ihr habt die kleine Lady gehört, Jungs. Weder Angela noch ich wollen euch auf unserem Besitz sehen. Wenn euch euer Leben lieb ist, verschwindet von hier, bevor ich euch mit Schrot löchere. Und ihr solltet euch auch nicht erdreisten, den Prediger hier heraufzuschleppen.«

»Schon gut, schon gut, Baxter, wir reiten«, sagte Kent. »Aber wir werden wiederkommen. Sie können uns keine Angst machen. Als Angelas Vormund habe ich jedes Recht, dafür zu sorgen, dass sie einen Mann heiratet, den ich billige.«

Angela atmete erleichtert auf, als Chandler und Kent endlich davonritten. Sie blickte zu Baxter, und es überraschte ihn, dass sie ihn mit einem sonderbaren Leuchten in den Augen ansah.

»Stimmt es, dass Sie niemals rechtmäßig mit Rafe Gentry verheiratet waren?«

»Nein, das stimmt nicht«, antwortete Angela. »Reverend Conrad hat uns in Ordway getraut.«

»Wo ist der Reverend jetzt?«

»Er wurde von aufständischen Indianern getötet.«

»Haben Sie ein Heiratsdokument als Beweis, dass Sie getraut worden sind?«

Angela blickte auf die winzigen Papierschnitzel am Boden.

Baxter bückte sich, hob ein paar der Schnipsel auf und ließ sie durch die Finger gleiten. »Hat Kent das getan?«

Angela nickte.

»Ist dies alles, was geblieben ist?«

Angela ignorierte seine Frage. Es ging ihn nichts an. »Es tut mir leid, ich muss mich entschuldigen. Dies war alles zu viel für mich.«

»Das kann ich mir denken. Es muss ein Schock für Sie gewesen sein zu erfahren, dass Ihr Ehemann ein Verbrecher ist. Sie sind jetzt ganz allein, Angela. Ihr Vater würde es sicherlich wünschen, dass ich mich um Sie kümmere. Wenn Sie diesen Chandler nicht heiraten wollen, brauchen Sie es auch nicht. Sie haben andere Möglichkeiten.« Damit wandte er sich ab und schritt davon.

Angela schaute auf seinen Rücken und fragte sich, was er mit seinem letzten Satz wohl gemeint hatte. Gewiss dachte er nicht … nein, das konnte er nicht meinen, dass er und sie … lächerlich. Sowohl Baxter als auch Chandler gehörten zu der Sorte Mann, die sie anwiderte.

Geduckt hinter einem Busch oberhalb der Mine, hatte Rafe beobachtet, wie Kent die Heiratsurkunde zerrissen hatte; er nahm zumindest an, dass es sich um das Dokument gehandelt hatte. Er war zu weit entfernt gewesen, um verstehen zu können, was gesprochen wurde, aber er wusste, dass Kents Worte Angela aufgeregt hatten. Er hätte den Dreckskerl am liebsten erwürgt. Dann waren Baxter und die anderen Reiter eingetroffen, und Rafe hatte kurz mit dem Gedanken gespielt, den ganzen verdammten Schlamassel hinter sich zu lassen, fortzureiten und nicht zurückzublicken. Aber sein Gewissen ließ das nicht zu. Als der Trupp die Gegend nach ihm abzusuchen begann, zog sich Rafe mitsamt seinem Pferd in eine Höhle zurück, die er am Berghang oberhalb der Mine entdeckt hatte.

Stunden verstrichen. Rafe ging zum Eingang der Höhle und spähte in die Dunkelheit hinaus. Nichts bewegte sich draußen. Er kroch an den Rand der Felskante oberhalb des Mineneingangs und blickte hinab auf die Hütte, in der Angel jetzt wohl schlief. Wie konnte er sie verlassen, wenn sie ihn brauchte? Wie konnte er es *nicht* tun? Sein Leben stand auf dem Spiel. Wenn er gefasst wurde, bevor er seine Unschuld beweisen konnte, würde er mit Sicherheit aufgehängt werden. Blieb nur noch eines zu tun: Angel zur gemeinsamen Flucht zu überreden. Zusammen konnten sie zu einem Ort flüchten, wo niemand ihn kannte.

Eine Frage blieb jedoch: Bedeutete er Angela so viel, dass sie auf das Erbe ihres Vaters verzichten würde?

Rafes Gesichtszüge spiegelten Entschlossenheit wider. Er war zu einer Entscheidung gelangt, ob sie nun gut oder schlecht war. Vorsichtig bahnte er sich einen Weg den Berghang hinab, bis er auf ebenen Grund gelangte. Er wich Baxters Hütte aus und kroch durch die Dunkelheit zu Angels Hütte. Die dünne Mondsichel spendete gerade genügend Licht, um ihn zu leiten, als er auf den Vorbau trat und versuchte, den Türgriff zu drehen. Abgeschlossen. Er blieb im Schatten, schlich um die Hütte herum und versuchte es an der Hintertür. Ebenfalls abgeschlossen

Dann bemerkte er, dass das Schlafzimmerfenster einen Spalt geöffnet war. Es war kein Problem für ihn, es ganz zu öffnen und hineinzuklettern. Mondschein fiel in das Zimmer, und er sah Angel ausgestreckt auf dem Bett liegen, nur mit einem Laken bedeckt. Ein Heiligenschein von blondem Haar umgab ihr Gesicht und lag wie gesponnenes Gold auf dem Kissen. Rafe hatte den Wunsch, das Haar aus ihrer Stirn zu schieben und sie zu küssen.

Doch er widerstand dem Wunsch, sie zu berühren, kauerte sich neben das Bett und starrte einfach auf sie hinab. Er neigte sich vor, als sie sich bewegte und im Schlaf etwas murmelte.

Angelas Träume hatten soeben eine erotische Wende angenommen. Sie hatte natürlich von Rafe geträumt. Es war kein besonders angenehmer Traum gewesen, denn er war auf der Flucht vor einer Meute von Verfolgern. Offensichtlich spürte er, dass sie ihn beobachtete, denn dauernd blickte er über die Schulter und schickte ihr einen gequälten Blick, als versuche er, ihr etwas von großer Wichtigkeit zu übermitteln.

Plötzlich änderte sich der Traum. Rafe lief nicht mehr davon. Die Leute waren fort, und er war in der Hütte, in ihrem Schlafzimmer. Der Traum war so intensiv, dass sie seinen Atem auf ihrer Wange zu spüren glaubte. Ihre Haut prickelte, als habe er sie berührt. Es dauerte einen Moment, bis Angela klar wurde, dass sie wach war und sich Rafes Anwesenheit nicht eingebildet hatte.

Sie öffnete die Augen und flüsterte seinen Namen. »Rafe …«

»Ich bin hier, Angel. Ich bin nicht weit geritten. Ich habe mich in einer Höhle oberhalb der Mine versteckt.«

»Was tust du hier? Sie suchen nach dir.«

»Ich weiß. Ich habe alles von dort oben beobachtet, aber ich konnte nicht hören, was gesprochen wurde. Was hat Kent gesagt, um dich zu verärgern? War das unsere Heiratsurkunde, die er zerrissen hat? Wie kam er dazu? Reverend Conrad kann doch leicht bestätigen, dass er uns getraut hat.«

»Nein, das kann er nicht. Reverend Conrad und Schwester Grace sind tot, getötet von Indianern. Ihr Wagen und all ihr Besitz sind verbrannt. Es gibt nichts Schriftliches mehr als Beweis, dass unsere Ehe existiert.«

»Das mit dem Reverend und seiner Frau tut mir leid. Ich weiß, wie sehr du sie gemocht hast.«

Er nahm sie in die Arme. »Das Schicksal war nicht gut zu dir, nicht wahr, Angel?«

»Zu dir auch nicht«, flüsterte Angel. »Du solltest nicht hier sein.«

»Hier bei dir will ich sein«, murmelte er und küsste sie.

Angel war zum Jubeln zumute. Als Rafe fortgeritten war, war sie überzeugt gewesen, ihn niemals wiederzusehen. Und jetzt war er hier, presste seinen Körper gegen ihren und schrieb mit seinem Mund Liebesworte auf ihre Lippen. Dennoch wünschte sie, er wäre nicht zurückgekehrt. War ihm denn nicht klar, welcher Gefahr er sich aussetzte? Wenn er gefasst wurde …

Plötzlich kam ihr ein anderer Gedanke. War Rafe zurückgekehrt, um seinen Namen reinzuwaschen? War ihm klar geworden, wie sinnlos es war davonzulaufen? Dann konnte sie nicht mehr klar denken, denn Rafe streifte ihr Nachthemd hoch und über ihren Kopf.

»Ich kam heute Nacht her, um dich etwas zu fragen, aber das kann warten.« Er neigte sich zu ihren Brüsten und küsste die Spitzen. »Ich will dich, Angel. Nichts wird das jemals ändern.«

Angel hatte einen Kloß in der Kehle. Sie begehrte Rafe so sehr wie er anscheinend sie. Dennoch blieben Zweifel. Vielleicht war er doch ein Bandit, nicht so unschuldig wie er behauptete. Würde sie es jemals mit Sicherheit wissen?

»Vielleicht solltest du mir zuerst deine Frage stellen«, schlug Angela vor.

Er atmete lange und langsam aus. »Nein, ich brauche erst deine Liebe.«

Er legte eine Hand auf ihre intimste Stelle. Sie pulsierte vor Verlangen. Er spürte, wie sich die kleine Knospe unter seiner Berührung anspannte, und rieb sie sanft. Er atmete heftiger. Sein Blut kochte. Sein Schaft wurde dick und hart. Er knöpfte hastig seine Hose auf. Er spreizte ihre Schenkel mit dem Knie, öffnete sie für sich, neigte sich hinab und küsste sie.

Sie schluchzte seinen Namen. Er lächelte. Statt seinen Mund spürte sie jetzt seine Finger tief in sich. Er konnte nicht länger warten. Er drang in ihre feuchte, samtene Weichheit. Ein Aufstöhnen kam tief aus ihrer Kehle, und sie bäumte sich zu ihm, nahm ihn tiefer in sich auf.

Um ihr höchste Wonnen zu schenken, biss er zärtlich in ihre Brustspitzen und umschmeichelte sie dann mit der feuchten Zungenspitze. Er spürte ihr Zittern, und seine eigene Erregung stieg ins Unermessliche. Keine Frau hatte er jemals so begehrt wie sie.

Sie hauchte einen Laut, der wie ein Flehen klang. Angespornt von ihrem Verlangen, bewegte er die Hüften schneller und stieß kraftvoll in sie hinein. Sie umklammerte seine Schultern. Ihre Fingernägel gruben sich in seine Haut. Er spürte, dass sich ihre Lust dem Gipfel näherte, und biss die Zähne zusammen, um den Rest Kontrolle zu bewahren und durchzuhalten, bis sie seinen Namen schrie und unter ihm erschlaffte.

Er wartete, bis ihr Höhepunkt abklang und sie ruhig in seinen Armen lag, und dann gab er seiner eigenen Ekstase nach. Unglaubliche Lust erfasste ihn, und dann sank er völlig verausgabt auf ihr zusammen.

Minuten vergingen, bevor er in der Lage war, sich neben sie zu legen. Sein Puls raste immer noch, und er atmete heftig und stoßweise. Er blickte zu Angela, um zu sehen, ob sie gleichermaßen beglückt war. Ihr Gesicht wirkte fast wächsern im silbernen Mondschein, der durch das Fenster hereinfiel. Rafe stemmte sich auf einen Ellenbogen und blickte besorgt auf sie hinab.

»Engel, ist alles in Ordnung? Habe ich dir wehgetan?«

»Nein, mir geht's prima.« Eine Zeitlang herrschte Schweigen zwischen ihnen. Dann fragte sie unvermittelt: »Warum bist du zurückgekommen?«

»Ich konnte dich nicht allein lassen. Kent, Chandler und Baxter würden dich hereinlegen. Keiner von Ihnen hat dein Bestes im Sinn.«

»Und du?«

»Ich will dir helfen, damit du nicht ihren Machenschaften ausgeliefert bist. Hast du eine Ahnung, was sie vorhaben?«

»Mein Stiefvater will morgen mit einem Prediger zurückkommen. Er ist entschlossen, mich mit Anson zu verheiraten. Ich bin mir nicht sicher, was Baxter plant. Er ist auf einmal schrecklich nett zu mir. Er hat versprochen, alles in seiner Macht Stehende zu tun, um zu verhindern, dass mir Desmond und Anson ihren Willen aufzwingen. Ich vertraue ihm keinen Deut mehr als den beiden anderen.«

»Und zu Recht. Ich habe einen Vorschlag, Angel. Ich kann dich nicht allein hier lassen, und ich kann nicht hier bleiben, um dich zu beschützen. Deshalb möchte ich, dass du mitkommst.«

Angela forschte in seinem Gesicht. Obwohl das Licht schwach war, sah sie, dass seine Züge ernst waren, todernst.

»Du willst, dass ich meinen Besitz aufgebe?«

»Ich weiß, es ist viel von dir verlangt, aber es ist die einzige Möglichkeit, wie ich dich beschützen kann.«

Angela nahm ihr Nachthemd, zog es sich über den Kopf und streifte es über ihre Hüften. Das verschaffte ihr ein wenig Zeit, um Rafes Vorschlag zu verarbeiten. Aber auch wenn sie länger darüber hätte nachdenken können, wusste sie, dass sie sich nicht wie eine Diebin in der Nacht davonschleichen konnte. Wenn sie Rafe begleitete, würde das nichts an seiner Lage ändern. Sie würde mehr Ballast als Hilfe sein. Irgendwie musste sie ihn umstimmen.

»Du würdest die Mine aufgeben, aber du hättest noch das Geld, das dein Vater dir hinterlassen hat«, fuhr Rafe fort, als er spürte, dass sie unschlüssig war.

»Ich würde dir nur zur Last fallen. Du hast selbst gesagt, dass du keine Frau gebrauchen kannst, die dich noch zusätzlich belastet. Du hast deine eigenen Probleme.«

»Wir können nach California reiten und ein neues Leben für uns aufbauen.«

Angela war sich nicht sicher, ob sie richtig gehört hatte. »Du willst mit mir verheiratet bleiben?«

»Würdest du jemand anders als Ehemann vorziehen?«

»Du weißt, dass es nicht so ist.«

»Ich habe niemanden sonst als Frau im Sinn, warum bleiben wir also nicht verheiratet, bis einer von uns das für falsch hält?«

»Desmond behauptet, wir seien nicht rechtsgültig verheiratet. Es gebe keinen Beweis.«

Rafe lachte freudlos. »Ganz Ordway war bei unserer Trauung anwesend«, erinnerte er sie. »Das ist für mich

Beweis genug.« Er betrachtete sie forschend. »Es sei denn, du befürchtest, mit einem Banditen verheiratet zu bleiben.«

»Du hast mir keine Gelegenheit gegeben, dir die wirklich schlimmen Neuigkeiten zu erzählen.«

Er musterte sie gespannt.

»Als Sheriff Tattersal von Desmond erfuhr, dass du nicht mein Verlobter bist, sagte er sich, dass du doch der Mann bist, der die Postkutsche überfallen und all diese Leute getötet hat. Zusätzlich zu Bankraub wirst du also des mehrfachen Mordes beschuldigt.«

Rafe fluchte. »Das ist ein weiterer Grund, weshalb du mit mir kommen solltest, Angel. Sie werden dich über mich befragen wollen.«

»Nein, das werden sie nicht. Desmond überzeugte den Sheriff davon, dass ich nichts über deine Vorgeschichte weiß. Er behauptete, ich sei eine religiöse Fanatikerin, die unbedingt Seelen retten wolle, besonders die von scheinbaren Opfern gesellschaftlicher Ungerechtigkeit. Er schilderte mich als Unschuldige, die auf einen raffinierten Schwindler hereingefallen ist. Ich werde weder wegen irgendeines Verbrechens gesucht noch befragt werden.«

Rafe sah sie beunruhigt an. »Du willst nicht mitkommen, sondern lieber hier bleiben und gegen Kent, Chandler und Baxter kämpfen?«

»Ja. Nein. Ich weiß es nicht. Du verstehst mich nicht. Ich kann das hier nicht einfach aufgeben. Das käme dem Eingeständnis einer Niederlage gleich, und ich bin nicht der Typ, der kampflos klein beigibt. Ich … ich will nicht den Rest meines Lebens vor dem Gesetz flüchten. Ich hatte niemals vor zu heiraten. Und schon gar keinen Ban …« Das Wort erstarb auf ihren Lippen.

»Nur zu, sage es schon. Ein Bandit ist nicht genau das, was dir als Ehemann vorschwebt.«

»Es tut mir leid, Rafe. Ich bin so durcheinander. Jeder bezeichnet dich jetzt als Banditen. Ich will es nicht glauben, aber …«

»Warum ist es so schwer, mir zu glauben? Du hast anscheinend kein Problem, mit mir ins Bett zu gehen.«

»Merkst du denn nicht, dass ich hin und her gerissen bin? Ich habe dich gern, aber ich fürchte mich davor, dich zu lieben, denn dann wäre es noch schwerer für mich, dich zu verlieren.«

Rafe sah sie lange an. »Ich habe nie verlangt, dass du mich liebst. Du hast mir das Leben gerettet, und ich revanchiere mich, indem ich dir Schutz biete. Ich habe dich auch sehr gern, aber ich bin mir nicht sicher, ob ich das Gefühl Liebe verstehe. Wenn du meinen Schutz nicht willst, wenn du auch nur den geringsten Zweifel an meiner Unschuld hast, dann verschwinde ich am besten aus deinem Leben. Wie es aussieht, ist dir deine Mine wichtiger als ich.«

Er sprang auf und brachte seine Kleidung in Ordnung. »Ich hoffe, du und Anson Chandler werdet sehr glücklich zusammen sein. Da es keinen schriftlichen Beweis für die Existenz unserer Ehe gibt, können wir also davon ausgehen, dass wir nicht verheiratet sind.«

Angela forschte in seinem Gesicht. Seine steinerne Miene und die silbergrauen Augen strahlten Kälte aus. Es war alles ihre Schuld. Warum hatte das Schicksal sie zusammengeführt? Ihn zu verletzen war, als füge sie sich selbst Schmerzen zu.

»Es ist nicht das, Rafe«, versuchte Angela zu erklären. »Natürlich liegt mir viel an der Mine. Sie ist alles, was mir von meinem Vater geblieben ist. Andererseits habe ich nie erwartet, dass wir Geliebte werden. Verstehe mich nicht falsch«, fügte sie hinzu, »ich bereue es nicht. Aber du musst zugeben, dass es alles kompliziert.«

»Ich kenne dich nicht einmal«, sagte Rafe. »Sind alle Frauen so kalt und berechnend wie du?«

»Ich kann nur für mich selbst antworten. Ich habe

einen Fremden geheiratet. Einen Mann, der vielleicht ein Bandit und Killer ist, vielleicht auch nicht. Ich habe dir das Leben gerettet. Eine weitere Verpflichtung dir gegenüber habe ich nicht.«

Angela war zum Weinen zumute. Rafe diese Worte zu sagen brach ihr fast das Herz. Sie konnte nur erreichen, dass er fortritt, ohne zurückzublicken, wenn sie absichtlich grausam war. Sie konnte ihn nicht begleiten – nicht wegen der Mine, sondern weil sie befürchtete, eine Last für ihn zu sein. Er würde sie schließlich deswegen hassen. Wenn der Sheriff ihn stellte, würden seine Jäger sofort schießen und erst später Fragen stellen. Sie liebte ihn zu sehr, um erleben zu wollen, dass er wegen eines falschen Pflichtgefühls ihr gegenüber sein Leben verlor.

»Dann werden wir uns hier und jetzt trennen«, sagte Rafe. »Sollten wir uns zufällig wiedersehen, werden wir wie Fremde zueinander sein. Ist es das, was du willst?«

Dankbar für die Dunkelheit, die verbarg, dass sich ihre Augen mit Tränen füllten, setzte Angela ein Lächeln auf. »So will ich es. Viel Glück, Rafe. Pass auf dich auf.«

Sie hielt den Atem an. Er sah aus, als wolle er sie in die Arme reißen und küssen, und sie befürchtete, dann schwach zu werden.

»Noch ist es nicht zu spät, dich anders zu besinnen«, sagte er weich.

»Es ist viel zu spät. Reite, Rafe. Es wird dir bald leicht fallen, und du kannst meilenweit von hier entfernt sein, wenn du jetzt losreitest.«

»Lebe wohl, Angel.«

»Lebe wohl, Rafe.«

Erst als er die Hütte verließ, ließ Angela ihren Tränen freien Lauf.

9

Innerlich fluchend, ging Rafe durch die Hintertür in die dunkle Nacht hinaus. Er war verwirrt und konnte keinen Sinn in den schroffen Worten finden, die zwischen Angel und ihm gewechselt worden waren. Irgendetwas stimmte nicht, aber er konnte nicht sagen was. Wenn er klug war, dann stieg er auf sein Pferd und ritt wie der Teufel von der Mine, Angel und seinen Verfolgern fort. Es war gefährlich, hier zu bleiben.

Rafe schlug einen Bogen um Baxters Hütte und den Abort. Er war so sehr in seine Gedanken vertieft, dass er die schattenhafte Gestalt hinter sich nicht wahrnahm. Er spürte auch nicht die Gefahr, als ein Revolvergriff auf seinen Kopf krachte. Bewusstlos stürzte er zu Boden.

Brady Baxter stand über Rafe, den Lauf seines Revolvers, mit dessen Griff er zugeschlagen hatte, in der Hand. »Blöder Bastard!«, zischte er. »Die Geilheit, es mit diesem kleinen Weibsstück zu treiben, das du deine Frau nennst, muss dir den Verstand vernebelt haben! Du hättest nicht hier bleiben sollen.«

Baxter stieß mit der Stiefelspitze gegen Rafes Rippen und war zufrieden, als dieser keine Reaktion zeigte. Ein menschliches Bedürfnis hatte Baxter veranlasst, zur dunkelsten Zeit der Nacht auf den Abort zu gehen. Als er sein Geschäft erledigt hatte, bemerkte er, dass jemand zu Angelas Hütte schlich. Zuerst nahm er an, es seien vielleicht Kent oder Chandler, die zurückgekommen waren, um wieder herumzuschnüffeln, doch dann fiel kurz das Mondlicht auf die Gestalt, und er sah, dass sie zu kräftig für eine der beiden Gauner aus dem Osten war.

Baxter folgte dem Mann in diskreter Entfernung und sah ihn durchs Schlafzimmerfenster in die Hütte steigen. Ein verschlagenes Lächeln umspielte seine Lippen. Sein Gefühl sagte ihm, dass es sich bei dem nächtlichen Herumtreiber um Rafe Gentry handelte. Es erstaunte ihn, dass Gentry für ein bisschen Sex seine Gefangennahme riskierte. Sein Lächeln wurde breiter. Er konnte es kaum erwarten, sich selbst mit der süßen Angela zu vergnügen. Er versteckte sich im Schatten und wartete.

Seine Geduld wurde belohnt, als er sah, wie Rafe Gentry fast eine Stunde später die Hütte durch die Hintertür verließ. Er zog seinen Revolver, schlich sich hinter den Banditen und schlug ihn nieder.

Baxter stieß Rafe von neuem mit der Stiefelspitze an, zufrieden, dass sein Gefangener einige Zeit lang nirgendwohin reiten würde. Er packte den Bewusstlosen unter den Achseln und schleifte ihn in die Mine. Gleich hinter dem Eingang verharrte er kurz, um einen Strick zu nehmen, der auf einer Kiste lag, und über seine Schulter zu werfen. Dann zündete er eine Lampe an. Er hielt die Lampe mit einer Hand, packte mit der anderen Rafe am Bein und schleifte ihn in einen verlassenen Seitenstollen, wobei er über die Größe und kräftige Statur des Mannes fluchte. Am Ende des Stollens lehnte er Rafe an eine Wand und fesselte ihn an Händen und Füßen.

Dann zog er sein Taschentuch hervor und stopfte es in Rafes Mund. »Das sollte genügen«, murmelte Baxter und trat zurück, um sein Werk zu betrachten.

Alles schien nach Plan zu laufen. Er hatte nicht damit gerechnet, dass ihm das Schicksal Rafe Gentry in die Hände spielen würde, aber er erkannte eine Chance, wenn sie sich ihm bot. Er hatte hin und her überlegt, wie er Angela dazu überreden konnte, ihn zu heiraten; und jetzt hatte er das Druckmittel dazu sicher versteckt, wo es niemand finden konnte. Rafe Gentry war das Druckmittel, das er brauchte, um Angela gefügig zu machen.

Baxter lachte leise vor sich hin, als er sich auf den Rückweg zu seinem Bett machte.

Rafe erwachte mit peinigenden Kopfschmerzen. Dunkelheit umgab ihn. Er wusste, dass er nicht in der Höhle war, denn da war kein Lichtkreis, wo der Eingang hätte sein sollen. Da war nur diese undurchdringliche Finsternis.

Sein Mund war trocken, seine Glieder und seine Rippen schmerzten, ganz zu schweigen von seinem Kopf. Als er langsam klarer denken konnte, stellte er fest, dass er gefesselt und geknebelt und irgendwohin gebracht worden war, wo es kein Licht gab.

Die Mine!

Er konnte sich zwar zusammenreimen, wie er dorthin gekommen sein musste und von wem er dorthin gebracht worden war. Aber er kam nicht auf das Warum. Sein Leichtsinn und seine Unaufmerksamkeit hatten dazu geführt, dass jemand es geschafft hatte, sich unbemerkt anzuschleichen und ihn niederzuschlagen. Dieser Jemand konnte nur Brady Baxter gewesen sein. Aber warum hatte Baxter ihn in die Mine gebracht und nicht in die Stadt, wo die Belohnung für Rafes Gefangennahme auf ihn wartete?

Angela erwachte spät. Nach der Trennung von Rafe hatte sie noch lange wach gelegen und sich dann in den Schlaf geweint. Sie hatte Rafe weggeschickt, und jetzt würde sie ihn niemals wiedersehen. Sie hatte ihn absichtlich verärgert, damit er nicht aus Sorge um sie bei ihr blieb. Lethargisch und mutlos wusch sie sich, kleidete sich an und ging in die Küche, um Kaffee zu den Biskuits zu kochen, die sie tags zuvor gebacken hatte. Sie nippte an ihrem Kaffee und verzehrte ein Biskuit, ohne wirklich Appetit zu haben.

Ihrem Hauptanliegen, Baxter den Mord an ihrem Vater nachweisen zu können, war sie noch keinen Schritt näher gekommen. Jeder in der Stadt glaubte, dass Simon Abbot durch einen Unfall ums Leben gekommen war. Würde ihr jemand glauben, wenn sie Anschuldigungen erhob? Das bezweifelte sie. Ihre einzige Hoffnung, die Wahrheit herauszufinden, bestand darin, Baxter mit einem Trick dazu zu bringen, dass er sich verriet.

Auch andere Sorgen machten ihr zu schaffen. Sie bezweifelte zwar ernsthaft, dass Desmond einen Prediger fand, der bereit war, sie ohne ihre Zustimmung mit Anson zu verheiraten, doch unmöglich war es nicht. Er hatte schließlich einen in Topeka gefunden.

Ein drängendes Klopfen an der Tür riss Angela aus ihren düsteren Gedanken. Zuerst nahm sie an, die Besucher seien Anson und Desmond, doch diesen Gedanken gab sie schnell auf. Sie konnten nicht in so kurzer Zeit einen Geistlichen gefunden und wieder zurückgekehrt sein. Sie öffnete die Tür und war nicht allzu überrascht, Baxter vor der Tür stehen zu sehen, den Hut in der Hand und lüstern grinsend, wobei er seine großen, unregelmäßigen Zähne entblößte.

»Morgen, Angela. Ich bin als Freier hier.«

Angela widerstand dem Wunsch, in Gelächter auszubrechen. »Als was?«

Das schmierige Grinsen verschwand aus Baxters Gesicht. »Wenn du mich heiratest, bist du besser dran als mit diesem Chandler. Warum sollten wir die Mine mit jemandem teilen? Heirate mich, und es gehört alles uns.«

»Ihnen, meinen Sie«, entgegnete Angela.

Er zuckte mit den Schultern. »Wie auch immer. Niemand kann sich in unsere Profite einmischen.«

Angela wich langsam vor ihm zurück. »Sie sind verrückt! Warum sollte ich einen Mann heiraten, den ich als verantwortlich für den Tod meines Vaters betrachte?«

Baxters Gesicht verzerrte sich. »Was sagst du da?«

Angela hätte sich am liebsten auf die Zunge gebissen. Wie hatte sie nur so unvorsichtig sein können, ihm ihren Verdacht zu verraten?

»Ich … nichts. Ich habe es nicht so gemeint. Ich bin immer noch aufgeregt wegen Rafe. Ich muss jetzt fort. Ich werde zur Stadt reiten und mit Vaters Anwalt sprechen.«

Baxter packte sie am Arm. »Du reitest nirgendwohin, Süße. Und ich will nichts mehr von deinen Verdächtigungen hören, weil du völlig verrückt bist. Wir beide werden heiraten. Noch heute, bevor Chandler und Kent auftauchen.«

«*Sie* sind es, der völlig verrückt ist, Mr Baxter. Wie kommen Sie überhaupt auf die Idee, dass ich Sie heiraten könnte? Und warum duzen Sie mich?«

»Ich werde bald noch was ganz anderes mit dir tun, und du wirst mich heiraten, weil ich ein Trumpf-Ass im Ärmel habe.«

Sie versuchte, sich aus seinem Griff loszureißen, doch er war zu stark für sie. »Ich weiß nicht, wovon Sie reden.«

»Dann will ich dich aufklären, Süße. Ich habe in der Nacht deinen Liebhaber erwischt, als er aus deiner Hütte schlich.«

Angela stockte der Atem. »Sie bluffen. Rafe war gestern Nacht überhaupt nicht in der Nähe meiner Hütte. Er ist inzwischen vermutlich viele Meilen weit von hier entfernt.«

»Das meinst du, weil du nicht weißt, was ich weiß. Er ist verschnürt wie eine Weihnachtsgans und versteckt, wo niemand ihn finden wird.«

In Angela stieg Panik auf. »Was haben Sie mit ihm gemacht? Wenn Sie ihm etwas angetan haben, werde ich ...«

»Was wirst du? Er landet ohnehin am Galgen.«

»Was wollen Sie von mir?«

Er grinste. »Ich wusste, dass du ein kluges Köpfchen hast. Zuerst spielte ich mit dem Gedanken, Gentry als Druckmittel zu benutzen, damit du an mich verkaufst, doch dann sagte ich mir, warum nicht alles nehmen? Die Mine *und* dich. Ich könnte ein hübsches Häschen wie dich in meinem Bett gebrauchen. Du musst ein geiler Feger sein, wenn Gentry sich hierhin zurückwagt, um es mit dir zu treiben, obwohl alle hinter ihm her sind.«

»Ich werde Sie nicht heiraten, Brady Baxter, und ich werde auch nicht verkaufen«, sagte Angela entschieden.

»Vergiss das Verkaufen. Daran bin ich nicht mehr interessiert.« Er ließ seinen Blick lüstern über ihren Körper schweifen. »Ich will mehr, viel mehr. Entweder gibst du mir, was ich will, oder du kannst zusehen, wie er am Galgen baumelt. Wenn du meine Bedingungen nicht akzeptierst, liefere ich ihn beim Sheriff ab und kassiere die Belohnung.«

Angela forschte in Baxters Gesicht. Anscheinend bluffte er nicht. Wie konnte er auch wissen, dass Rafe sie in der vergangenen Nacht besucht hatte, wenn er ihn nicht gesehen hatte? Sie versuchte, sich einzureden, dass es ihr gleichgültig war, was mit Rafe geschehen würde. Dass sie sich überhaupt nichts aus ihm machte. Vergebens. Sie machte sich *zu viel* aus ihm. Mochte sie ihn auch genug, um den Mann zu heiraten, der vielleicht für den Tod ihres Vaters verantwortlich war?

»Angela, du kannst so viel überlegen, wie du willst,

aber es wird nichts ändern. Ich habe Gentry, und ich will dich.«

»Sie haben nie zuvor gezeigt, dass Sie Interesse an mir haben«, bemerkte Angela.

»Nicht? Als dein Vater mir zum ersten Mal ein Bild von dir zeigte, wusste ich, dass du der Typ Frau bist, auf den ich geil sein könnte. Aber als du hier aufgetaucht bist und behauptet hast, verheiratet zu sein, konnte ich nichts tun. Jetzt haben sich die Umstände geändert. Unsere Ehe wird unsere Partnerschaft festigen.«

»Wir besitzen eine wertlose Mine«, erinnerte ihn Angela.

»Vielleicht habe ich mich geirrt.«

»Vielleicht haben Sie sich auch bei Rafe geirrt. Vielleicht ist er meilenweit von hier weg.«

»Vielleicht ist er das nicht.«

»Was ist mit meinem Stiefvater? Er ist entschlossen, mich mit Chandler zu verheiraten.«

Baxter lachte rau. »Die betrachte ich nicht als ebenbürtige Gegner.«

»Sie mögen mich nicht einmal.«

»Meinst du?«

Bevor Angela erkannte, was er vorhatte, packte Baxter sie an den Schultern und riss sie an sich. Sie wehrte sich. Sie schrie. Keiner hörte es. Er presste den Mund auf ihre Lippen. Sein Kuss war grob und unangenehm. Angela ertrug ihn mit stoischer Reserviertheit. Aber als er eine ihrer Brüste umfasste, riss sie ein Knie hoch und rammte es ihm zwischen die Beine.

Baxter stieß einen Schmerzensschrei aus und krümmte sich. »Du Hure! Jetzt ist dein Geliebter schon so gut wie tot!«

Er wankte zwei Schritte zurück und jaulte von neuem auf. »Verdammtes Weib!«

Angela beobachtete ihn und empfand grimmige Zufriedenheit – bis sie sich an das erinnerte, was er gesagt hatte. *Jetzt ist dein Geliebter schon so gut wie tot!* O Gott, was hatte sie getan?

»Warten Sie! Es tut mir leid. Ich … ich weiß nicht, was in mich gefahren ist. Ich werde allem zustimmen, was Sie verlangen, aber übergeben Sie Rafe nicht dem Sheriff.«

»Das gefällt mir schon besser«, sagte Baxter und presste die Zähne zusammen, als wieder Schmerzen durch seinen Unterleib schossen. »Aber noch einen solcher Tricks, und du kannst deinen Süßen vergessen. Und hör endlich auf, mich zu siezen. Sag Brady zu mir.«

»Ja … Brady. Sie … du willst die Mine. Gut, sie gehört dir. Ich überschreibe sie dir sofort.«

Baxters lüsterner Blick glitt über sie. »Nicht so schnell. Ich freue mich darauf, dich zu zähmen. Normalerweise wäre ich nicht interessiert an einem Banditenliebchen, aber du machst mich wirklich heiß, Angela Abbot. Meine Entscheidung ist gefallen. Ich will dich, Süße, *und* die Golden Angel. Wir heiraten heute.«

»Nur wenn du Rafe freilässt«, verlangte Angela. »Ich traue dir nicht.«

»Und ich traue dir nicht, dass du dein Wort hältst, wenn ich Gentry zuerst freilasse.«

Die einzige Person, die ihm im Weg stand, bevor er alles gewinnen konnte, wonach er gierte, war Rafe Gentry. Baxter gab sich nicht der Illusion hin, dass Rafe davonreiten würde, wenn er frei war. O nein, er würde sich an ihm rächen wollen, weil er ihm seine Frau weggenommen hatte. Also musste Gentry beseitigt werden.

»Ich halte immer mein Wort«, beteuerte Angela.

»Ich verspreche dir, Gentry freizulassen, wenn wir erst Mann und Frau sind«, log Baxter. »Dir bleibt keine Wahl, Angela. Jede Verzögerung wird deinen Geliebten nur zu einem schmählichen Tod am Strick verdammen. Willst du das für ihn?«

»Rafe ist kein Mörder. Das wird man bald herausfinden.«

»Glaubst du das wirklich? Mensch, Angela, sei realistisch. Du bist Gentrys einzige Hoffnung. Wie entscheidest du dich?«

Als Baxter sah, dass Angela niedergeschlagen die Schultern hängen ließ, wusste er, dass er gewonnen hatte.

»Also gut, ich werde dich heiraten; aber nur, um Rafe das Leben zu retten. Bilde dir nicht ein, dass ich irgendwelche Gefühle außer Hass für dich empfinde. Wenn ich herausfinde, dass du beim Tod meines Vaters die Hände im Spiel hattest, werde ich nicht ruhen, dich vor Gericht zu bringen.«

Baxter lachte ihr ins Gesicht. »Zieh dein schönstes Hütchen an, Schätzchen, wir fahren zu einer Hochzeit. Zu unserer! Beeil dich, ich will dies alles rechtsgültig erledigt haben, bevor sich dein Stiefvater wieder einmischen kann.«

»Zuerst will ich Rafe sehen«, verlangte Angela.

Er sah sie verdrossen an. »Jetzt nicht. Mach mich nicht wütend, während ich noch in milder Stimmung bin. Eines nach dem anderen. Ich ziehe meinen besten Anzug an und spanne das Pferd vor den Wagen, während du dich für mich schön machst. Du hast eine halbe Stunde Zeit, Angela. Vertrödele sie nicht.«

Angela stürmte in die Hütte. Sie war wütend auf Baxter, auf sich selbst, auf Rafe, auf die ganze Welt. Bevor sie Topeka verlassen hatte, war ihr klar gewesen, dass es Probleme geben würde, aber an so etwas hatte sie nicht gedacht. Rafe hatte Recht gehabt. Es war wirklich naiv von ihr gewesen zu glauben, sie könne ihr Erbe beanspruchen und die Wahrheit über den Tod ihres Vaters herausfinden, ohne dabei in Schwierigkeiten zu geraten. Und jetzt war sie im Begriff, einen Mann zu heiraten, der wahrscheinlich ein Mörder war; dabei liebte sie einen anderen Mann, dem man Verbrechen vorwarf, die er nicht begangen hatte.

Angela stutzte. Liebe? War sie in Rafe verliebt? Die Tatsache, dass sie bereit war, einen Mann zu heiraten, den sie verabscheute, um Rafe das Leben zu retten, sprach Bände über ihre Gefühle für diesen Mann. Sie wollte ihre Gefühle nicht zu tief ergründen, verbannte das Thema aus ihren Gedanken und bereitete sich auf die Hochzeit vor.

In ohnmächtigem Zorn trödelte sie überlange herum. Als Baxter drohte, sie notfalls mit Gewalt herauszuholen, wusste sie, dass sie seine Geduld überstrapaziert hatte. Sie trat nach draußen und war überrascht, Baxter mit schwarzem Anzug und schmaler Krawatte zu sehen. Das Einzige, was nicht zu seiner Aufmachung passte, war der Revolver an seiner Hüfte. Angela fand, dass der gute Anzug bei Baxter so unpassend wirkte wie ein Maultier unter einer Herde von Vollblutpferden.

Angela hatte wenig getan, um sich für das zu verschönern, was ihr Hochzeitstag werden sollte. Sie hatte ein einfaches Kleid angezogen und ihren ältesten Hut aufgesetzt. Da sie bereits verheiratet war, betrachtete sie diese Heirat als eine Farce, illegal in jeder Hinsicht. Sie ließ sich auf dieses Possenspiel ein, um Rafe zu retten, aber sie würde niemals zulassen, dass Baxter sie intim berührte. Sie war schließlich nicht hilflos. Irgendeine Möglichkeit würde sie schon finden, um ihn zu stoppen, wenn er sich mit Gewalt nehmen wollte, was er für seine ehelichen Rechte hielt.

Brady lenkte den leichten Wagen die Bergstraße hinab, und sein selbstgefälliges Lächeln war wenig Trost für Angela. Sie weigerte sich, ihn anzusehen, und schaute stattdessen auf die Szenerie der Berge, Wälder und Täler.

»Du redest nicht viel, was?«, stellte Baxter fest.

»Ich rede, wenn ich etwas zu sagen habe. Es würde dir nicht gefallen, was ich im Augenblick denke.«

»Du bekommst doch keine kalten Füße, oder? Du

solltest zum richtigen Zeitpunkt ›Ja‹ sagen, oder dein Geliebter wird unter deiner Sturheit leiden.«

»Ich weiß, was ich tun muss«, erwiderte Angela kurz angebunden.

»Gut, denn wir sind fast da. Versuche zu lächeln, denn sonst könnte der Prediger denken, du nimmst mich nur widerwillig zum Mann. Dies sollte ein glücklicher Anlass für uns beide sein.«

Angela sah ihm in die Augen und sagte: »Ich hasse dich, Brady Baxter.«

In der Finsternis der Mine war Rafe den Knebel losgeworden, hatte sich jedoch nicht von den Stricken befreien können. Sein Mund war staubtrocken, und sein Magen rebellierte. Er konnte sich nicht erinnern, wann er das letzte Mal gegessen hatte. Wahrscheinlich war es das Mittagessen mit Angel gewesen, bevor Baxter mit diesem verdammten Steckbrief an ihre Tür geklopft hatte. Danach war die Hölle los gewesen. Er ärgerte sich immer noch über sich selbst, weil er unvorsichtig gewesen war und sich von einem Bastard wie Baxter hatte überraschen lassen.

Rafe machte sich mehr Sorgen um Angel als um sich selbst. Er befürchtete, dass Baxter etwas Gemeines mit ihr vorhatte und sie ihm ausgeliefert war, weil er, Rafe, ihr jetzt nicht helfen konnte. Warum nur hatte Baxter ihn nicht dem Sheriff übergeben? Diese Tatsache beunruhigte ihn, weil es nahe lag, dass Baxter irgendetwas ausheckte.

Das Warten und Grübeln machte Rafe verrückt.

Angela war ein Nervenbündel, als der Wagen vor dem Pfarrhaus neben der Baptistenkirche in Canon City hielt.

Baxter sprang vom Fahrersitz und ging um den Wagen herum, um Angela beim Aussteigen behilflich zu sein. Sie verschmähte seine Hilfe und stieg aus, bevor er zu ihr gelangen konnte.

»Wenn ich es nicht besser wüsste, würde ich sagen, du bist richtig scharf darauf, dass wir getraut werden«, sagte Baxter grinsend.

»Aber du weißt es besser«, erwiderte Angela. »Sollen wir es hinter uns bringen? Je eher ich meinen Teil des Handels erfüllen kann, desto eher kannst du Rafe freilassen.«

Reverend Porter war nicht sehr glücklich darüber, solch eine eilige Trauung zu vollziehen. Aber der Glanz von Baxters Gold überzeugte ihn davon, dass das Brautpaar begierig darauf war, sofort getraut zu werden. Seine Frau, aus der Küche gerufen, fungierte als Trauzeugin, und dann öffnete er die Bibel und vollzog die kurze Zeremonie, die Brady Baxter und Angela Abbot zu Mann und Frau machte.

Angela nahm weder die Worte noch das Eheversprechen ernst, denn in ihrem Herzen wusste sie, dass diese Zeremonie nichts als Schein war, eine Farce, zu der sie gezwungen war, um Rafes Leben zu retten. Die richtige Mutprobe würde kommen, wenn Baxter versuchen würde, seine ehelichen Rechte einzufordern.

Als es zur Eintragung ins Kirchenregister kam, fiel keinem auf, dass Angela mit »Angela Gentry« unterzeichnete. Sie wusste nicht, ob es etwas änderte, aber danach fühlte sie sich besser.

Baxter bezahlte den Prediger und führte sie dann zur Tür hinaus. Er zerrte sie die Treppe hinab und stoppte abrupt, als Desmond Kent und Anson Chandler auf sie zukamen.

»Was, zur Hölle, macht ihr beiden hier?«, wollte Kent wissen.

Baxter grinste ihn schief an. »Ihr habt soeben die

Trauung verpasst, Jungs. Beglückwünscht uns. Angela und ich haben soeben geheiratet.«

»Wa-was?«, stotterte Kent. »Bist du verrückt, Mädchen? Weißt du, was das bedeutet? Jetzt gehört Baxter die Mine! Das kann nicht sein. Du solltest Chandler heiraten!«

»Zu spät«, triumphierte Baxter. »Ihr beiden könnt dorthin zurückkehren, woher ihr gekommen seid. Hier ist alles unter Kontrolle.«

»Unter *Ihrer* Kontrolle«, stieß Chandler hervor.

Dann richtete er seinen Zorn auf Angela. »Du Hure!«, zischte er. »Zwei verkorkste Ehen, und keine mit mir. Ich werde dich das Heiraten lehren! Wegen dir und deiner Erbschaft habe ich genug durchgemacht.«

Angela rechnete nicht mit dem Hieb. Die Wucht von Chandlers Ohrfeige schleuderte sie zu Boden.

Baxter reagierte schnell und wirkungsvoll, das musste man ihm lassen. Blut spritzte, als seine große Faust in Chandlers Gesicht krachte. Ein zweiter Fausthieb traf Chandler in die Magengrube, und er klappte zusammen.

»Ich bin der Einzige, der befugt ist, meine Frau zu züchtigen«, sagte Baxter. »Es steht Ihnen nicht zu, sie zu zähmen. Es wird mir ein Vergnügen sein zu erleben, wie sie sich *mir* unterwirft.«

Angela erschauerte. Wenn sie sich gefragt hatte, ob Baxter sie mit Respekt behandeln würde, gab es jetzt keine Zweifel mehr an seinen Absichten. Männer wie Baxter respektierten nichts anderes als Geld und Gold. Baxter würde sie nicht besser behandeln als Chandler.

Baxter bedachte Chandler noch mit einem drohenden Blick, als er Angela aufhalf und zum Wagen schob. Als Angela im Wagen saß, schaute sie nicht einmal zurück, um zu sehen, ob Chandler ernsthaft verletzt war. Sie wollte nur zur Mine zurück und Rafe frei sehen.

Weder Baxter noch Angela hörten Chandlers Worte, als sie davonfuhren.

»Das werde ich diesem Bastard heimzahlen! Ich weiß noch nicht wie, aber ich werde eine Möglichkeit finden. Wer zuletzt lacht, lacht am besten.«

Die Fahrt in die Berge hinauf schien eine Ewigkeit zu dauern. Angela wurde immer ungeduldiger, bis die Mine endlich zu sehen war. Erst dann ließ sie sich dazu herab, mit Baxter zu sprechen.

»Wir sind da. Ich habe meinen Teil des Handels eingehalten, jetzt ist es an der Zeit, dass du deinen einhältst. Bringe mich zu Rafe.«

Baxter runzelte die Stirn. »Du siehst höllisch mitgenommen aus. Ich hätte Chandler umlegen sollen, weil er meine Frau geschlagen hat. Vielleicht hole ich das nach.«

Angela tat seine Worte mit einem Achselzucken ab. »Die Schwellung wird zurückgehen. Jetzt zu unserem Handel ...«

»Es bleibt jede Menge Zeit, um deinen Geliebten freizulassen. Jetzt will ich erst mal erleben, was Gentry so scharf an dir fand.« Er hielt den Wagen vor der Hütte an und griff nach ihr.

Geschickt wand sie sich aus seinem Griff und sprang vom Wagen. »Versuch es, und du wirst dein blaues Wunder erleben. Du bist stärker als ich, und vielleicht schaffst du es mit Gewalt, aber das erste Mal, wenn du mir den Rücken zuwendest oder einschläfst, musst du aufpassen. Lässt du Rafe jetzt frei, oder willst du dein Leben riskieren, wenn du das erste Mal die Augen zumachst?«

»Du gehst aber mächtig ran, Mrs Baxter. Ein kleines Ding wie du macht mir keine Angst, aber ich nehme an, dass du ständig gegen mich kämpfen wirst, wenn du nicht deinen Willen bekommst. Also gut, ich werde dich zu Gentry bringen.«

Baxter hatte nicht vor, Rafe freizulassen. Weder jetzt noch später. Er dachte lange und angestrengt nach und sagte sich, dass Gentry ein rachsüchtiger Mann war – der Typ, der nach Vergeltung streben würde. Mit Sicherheit würde er einen Weg suchen, um sein Liebchen zurückzubekommen. Baxter sagte sich, dass er Gentry unmöglich am Leben lassen konnte.

Angela würde sich natürlich nicht leicht anfassen lassen, aber mit ihr würde er sich erst beschäftigen, wenn er Gentry erledigt hatte. Entweder würde sie sich seinem Willen unterwerfen oder die Konsequenzen erleiden müssen.

»Er ist in der Mine, gefesselt und geknebelt, sodass er keine Probleme machen kann«, sagte Baxter. »Ich zünde eine Lampe an und bringe dich zu ihm.«

»Du hast ihn die ganze Zeit über dort gelassen, du Dreckskerl? In der Dunkelheit?«

»Er ist ein großer Junge.«

»Bastard!«, zischte sie. »Bring mich zu ihm!«

Baxter zündete eine Lampe an und betrat die Mine. Angela folgte ihm dichtauf. Er bog in einen schmalen Seitenstollen und blieb vor einer Wand stehen.

»Wo ist er?«, fragte Angela mit einer Spur von Panik.

»Hier, Angel«, krächzte eine Stimme.

Angela stockte der Atem. Sie folgte dem Geräusch und sah Rafe auf dem feuchten Stollenboden liegen, so fest gefesselt, dass er Schmerzen haben musste. Er blinzelte immer wieder, wie geblendet vom schwachen Lichtschein der Lampe.

»Du hast also den Knebel ausgespuckt«, grollte Baxter. »Aber es hat dir nichts genutzt. Ich kann mir denken, dass du über meine Gastfreundschaft nicht erfreut bist. Du solltest mir danken, weil ich dich nicht dem Sheriff übergeben habe.«

Rafe ignorierte Baxters Hohn und fragte Angela: »Alles in Ordnung mit dir, Angel?«

»Mir geht's prima«, brachte Angela heraus. Sie konnte es nicht ertragen, Rafe so zu sehen. Es erinnerte sie an Ordway, wo er fast an einem Strick gestorben war. Ihr schauderte, als sie sich an seinen resignierten Gesichtsausdruck erinnerte, während er mit einem Strick um den Hals auf dem Pferd unter dem Galgenbaum gesessen hatte.

»Binde ihn los!«, fuhr Angela Baxter an. Baxter rührte sich nicht. »Du hast es versprochen!«

»Du hast doch nicht *wirklich* geglaubt, dass ich deinen Geliebten freilasse, oder?« Baxter lachte höhnisch. »Du musst noch einiges über die menschliche Natur lernen. Männer lügen, um zu bekommen, was sie haben wollen.«

Rafe erschrak bei Baxters Worten. Unter welcher Bedingung hatte Baxter ihr versprochen, ihn freizulassen? Sie hätte einen verkommenen Kerl wie Baxter nicht trauen sollen.

»Was hast du getan, Angel?«, fragte Rafe sanft.

Baxter kam ihr mit der Antwort zuvor. Er legte besitzergreifend einen Arm um ihre Taille und zog sie grob an sich. »Wir haben heute Morgen geheiratet.«

Rafe erbleichte, und sein Blick bohrte sich förmlich in Angelas Augen. »Stimmt das, Angel?«

Angela schlug die Augen nieder, sie konnte Rafes Blick einfach nicht standhalten. »Ich hatte keine Wahl. Baxter hat alle Trümpfe.«

»Es gibt immer eine Wahl«, sagte Rafe bitter. »Du hättest Baxter sagen können, dass er sich zum Teufel scheren und machen soll, was er will. Dies ist mein Problem, nicht deines.« Sein Blick schweifte zu Baxter. »Sie sind eine ungültige Ehe eingegangen, Baxter. Angel hat bereits einen Ehemann. Mich.«

»Sie wird den Ehemann nicht mehr lange haben«, erklärte Baxter grinsend, stellte die Lampe ab und zog seinen Revolver. Er hielt ihn mit beiden Händen und zielte auf Rafe.

»Nein! Was tust du da?«, schrie Angela und warf sich auf Baxter.

Baxter schlug sie mit dem Handrücken, und sie taumelte gegen die Stollenwand. Benommen sank Angela zu Boden.

»Bastard!«, keuchte Rafe. »Dafür werde ich dich umbringen.«

Baxter spannte den Revolver erneut. »Die Drohungen von Toten machen mir keine Angst. Ich kann die Belohnung auch dann kassieren, wenn du tot bist. Ich brauche nur deine Leiche abzuliefern und das Geld einzustecken. Bevor ich abdrücke, sollst du wissen, dass ich Angela auf jede Weise erfreuen werde, in der es ein Mann seiner angetrauten Frau besorgt. Ich bin schon scharf darauf herauszufinden, was du so geil an ihr findest.«

Rafe überlegte fieberhaft, welche Möglichkeiten er hatte. Es waren verdammt wenige. Gefesselt wie er war, konnte er wenig zu seiner Rettung tun. Er konnte Baxter anspringen und vielleicht der ersten Kugel entgehen, aber das würde das Unvermeidliche nur hinauszögern. Gegen einen Mann mit einem Sechsschüsser in der Hand war er völlig wehrlos. Er besaß zwar noch seine eigenen Waffen, doch die waren nutzlos, weil er mit den gefesselten Händen nicht an sie herankommen konnte.

Dann sah er Angels Bewegung und erkannte, dass Baxter ihr keine Aufmerksamkeit widmete. Er musste Baxter mit Reden ablenken! Angel war eine findige Frau und die einzige Person, auf die er jetzt zählen konnte.

»Wenn ich schon sterben werde«, sagte er mit gar nicht so sehr gespielter Verzweiflung in der Stimme, »dann kannst du mir auch die Wahrheit über die Mine erzählen. Sie ist nicht ausgebeutet, wie?«

Baxter lachte verächtlich. »Ausgebeutet? Das ist gut!

Ich habe soeben eine neue Ader entdeckt. Tausende von Dollars schlummern dort und warten nur darauf, herausgeholt zu werden. Ich habe Simon beseitigt, bevor er das mit dem neuen Fund herausfinden konnte, und jetzt gehört alles mir, jeder einzelne Nugget und jedes Gramm Goldstaub.«

Aus dem Augenwinkel sah Rafe, dass sich Angel langsam aufsetzte und im Staub nach etwas tastete, aber er wagte nicht, direkt zu ihr hinzuschauen, weil er Baxter nicht auf sie aufmerksam machen wollte. Was versuchte sie? Dann sah er, was sie in der Hand hielt, und unterdrückte nur mühsam ein Aufstöhnen. Er erkannte, was sie vorhatte … Wenn sie scheiterte, würde Baxter leichtes Spiel mit ihr haben und es ihr heimzahlen. Und er, Rafe, würde nicht da sein, um sie beschützen zu können.

»Angel hatte also Recht«, sagte Rafe absichtlich langsam und mit erzwungener Ruhe.

»Es war ein Kinderspiel, das zu arrangieren«, prahlte Baxter. »Genug geredet, Gentry. Du weißt, dass ich dich umlegen werde. Das ist die einzige Möglichkeit, wie ich dich für immer los werde. Also sprich dein letztes Gebet.«

Angela wählte diesen Moment, um Baxter anzuspringen. Er fuhr herum, doch es war zu spät, um dem Stein zu entgehen, den Angela ihm auf den Schädel schmetterte. Sein Finger zuckte im Reflex am Abzug, als er zusammenbrach. Der Schuss ging daneben, traf kein Ziel, streifte jedoch Angela am Oberarm und hinterließ eine blutige Furche.

Baxter regte sich nicht mehr. Angela starrte auf ihn hinab und hielt sich den Arm. Blut strömte durch ihre Finger. Die Streifschusswunde schmerzte stark, doch Angela biss die Zähne zusammen. Auf keinen Fall durfte sie jetzt ohnmächtig werden, denn sie musste Rafe von den Fesseln befreien, bevor Baxter zu sich kam.

»Angel, alles in Ordnung? Gott! Wo hat er dich getroffen?«

Angela trat mit weichen Knien über Baxter hinweg und kauerte sich neben Rafe. »Die Kugel hat mich nur gestreift.« Sie war wie in Trance. »Er hat meinen Vater ermordet, Rafe. Ich habe gehört, wie er es zugegeben hat.«

»Ich weiß, Angel. Ein Richter und eine Jury werden ihn verurteilen. In meinem Stiefelschaft steckt ein Messer. Zieh es heraus und schneide meine Handfesseln auf. Den Rest erledige ich selbst. Du hast mir das Leben gerettet … wieder einmal. Allmählich glaube ich, du bist mein Schutzengel.«

Irgendwie schaffte es Angela, die Stricke an seinen Händen durchzuschneiden. Dann verlor sie das Bewusstsein.

10

Seine Hände waren frei. Blut und nahezu unerträgliche Schmerzen schossen hinein. Seine Hände und Finger wollten ihm nicht gehorchen, als er versuchte, sich von den Beinfesseln zu befreien. Er kämpfte mit seiner ganzen Willenskraft gegen die Schmerzen an. Er musste Baxter fesseln, bevor er zu sich kam, und er musste Angel helfen, die vielleicht doch schlimmer verletzt war, als sie gesagt hatte.

Rafe atmete ein paar Mal tief durch und spannte und entspannte die Hände, bis der Schmerz nachließ und er das Messer aufheben konnte, das Angela in ihrer Ohnmacht entfallen war. Es gelang ihm, die Fußfesseln zu durchtrennen. Es dauerte länger, als es ihm lieb gewesen wäre, doch schließlich fielen die Stricke zu Boden. Mühsam stemmte er sich auf die Knie hoch und kroch zu Angela.

»Angel, wach auf, sag etwas!«

Angela regte sich, seufzte und setzte sich benommen auf. »Was ist passiert?«

»Du bist ohnmächtig geworden. Lass mich deine Verletzung betrachten.«

»Sie ist nicht schlimm. Kümmere dich um Baxter, bevor er zu sich kommt. Er hat meinen Vater ermordet.« Sie begann zu schluchzen.

»Bist du sicher, dass mit dir alles in Ordnung ist?«

»Ganz sicher.« Sie ergriff seine geschwollenen Hände und schaute sie bestürzt an. »O Gott, das muss schrecklich wehtun. Wie kann ich dir helfen?«

»Es geht schon. Wir haben nur eine Laterne. Ich

bringe dich nach draußen, bevor ich mir Baxter vornehme. Ein paar Stunden als Gefangener in der Mine werden ihm nicht schaden, bis wir unsere nächsten Schritte entschieden haben.«

»Lass mich bleiben.«

»Du blutest; die Verletzung muss behandelt werden. Ich kann hier allein zurechtkommen. Aber wir müssen uns beeilen. Baxter wird nicht lange bewusstlos bleiben.«

»Was wirst du mit ihm machen?«

»Nicht das, was er mit mir vorhatte. Wir reden später darüber. Komm jetzt.«

Seine Beine waren immer noch wie betäubt, als er die Laterne nahm und Angela zum Minenausgang führte. »Geh weiter, es wird nicht lange dauern«, sagte er und ging wieder in die Mine.

Angela seufzte. »Also gut. Beeil dich.«

Angela konnte sich nicht vorstellen, was Rafe aufhielt. Er war schon zu lange fort. Sie hoffte, dass Baxter nicht zu früh zu sich gekommen war und ihm Probleme machte. Sie hatte sich gerade entschlossen, zur Mine zurückzugehen und nach ihm zu sehen, als sie ihn aus dem Eingang taumeln sah. Sie rannte zu ihm, um ihm zu helfen.

»Was ist passiert?«

»Meine Beine wollen noch nicht so wie ich. Wenn ich ein paar Stunden länger mit abgeschnürten Beinen in der Mine gelegen hätte, wären sie mir vielleicht abgestorben.«

»Gab es irgendwelche Schwierigkeiten mit Baxter?«

»Nein. Er kam zu sich, als ich ihn fesselte. Wir wechselten ein paar Worte, das war alles. Vergiss ihn. Sehen wir uns deinen Arm an.«

»Es ist nichts. Die Blutung hat bereits aufgehört.«

»Lass mich sehen, Angel.«

Angela entfernte das Tuch, mit dem sie die Blutung

gestillt hatte, und streckte ihren Arm aus. Rafe untersuchte die Verletzung.

»Die Kugel hat eine ziemlich tiefe Furche gerissen. Vielleicht sollten wir die Wunde fachmännisch nähen lassen, damit keine Narbe bleibt.«

»Nein«, protestierte Angela. »Es wird schon heilen. Hilf mir nur, einen richtigen Verband anzulegen. Ich mache mir keine Sorgen wegen einer Narbe. Es schmerzt sogar kaum noch.«

Rafe folgte ihr ins Schlafzimmer und riss ein altes Laken in Streifen, während Angela eine Dose Salbe holte, die sie unter den Dingen fand, die ihr Vater zurückgelassen hatte.

»Setz dich und zieh die Bluse aus«, sagte Rafe, »damit wir das richtig machen können.«

Angela setzte sich auf die Bettkante und zog die Bluse aus. Rafe ließ sich neben ihr auf die Knie sinken und machte sich an die Arbeit. Es kostete ihn Mühe, die Hände von ihren vollen Brüsten fern zu halten, doch er genoss den Anblick dieser festen Hügel, die gegen ihr Unterhemd stießen. Als er die Wunde verbunden hatte, zitterten seine Hände, und Schweiß bedeckte seine Stirn. Er sehnte sich danach, sich mit ihr aufs Bett sinken zu lassen und sie leidenschaftlich zu lieben, aber es gab einige wichtige Dinge zu klären.

Rafe hockte sich auf die Hacken und sah Angela an.

»Was ist los?«, fragte sie.

Seine Stimme enthielt einen bitteren Unterton. »Warum hast du Baxter geheiratet?«

»Wie kannst du das fragen? Du weißt, warum ich das getan habe. Er hat gedroht, dich dem Sheriff zu übergeben, wenn ich ihn nicht heirate.«

»Ich würde lieber dem Henker gegenübertreten, als dich mit Baxter zusammen zu sehen«, stieß er hervor. »Du wusstest, dass du ihm nicht trauen kannst. Er hatte nie vor, mich freizulassen.«

»Du kannst immer noch dem Henker gegenübertreten, wenn du das willst«, erwiderte Angela.

Er setzte sich neben sie. »Angel, ich bin nicht wütend auf dich. Ich bin nur wütend ... wenn ich mir vorstelle, wie Baxter und du ... dass ihr zusammen wart. Hast du tatsächlich angenommen, er würde seine ehelichen Rechte nicht einfordern? Was hast du dir nur gedacht?«

»Ich wollte nicht, dass du stirbst. Außerdem hast du es ja gehört. Er hat meinen Vater ermordet. O Gott, was machen wir jetzt?«

»Ich werde mir etwas einfallen lassen. Dieser Bastard wird nicht mehr frei herumlaufen.«

»Was ist mit dir? Hast du neue Pläne? Du kannst nicht hier bleiben, es ist zu gefährlich.«

Er packte sie an den Schultern und zog sie an sich. »Ich kann dich nicht zurücklassen, das weißt du. Da kannst du reden, so viel du willst, aber ich werde dich nicht verlassen. Deine Ehe mit Baxter ist ungültig, und das weißt du.«

»Ich will nicht, dass er davonkommt. Er ist der Mörder meines Vaters. Ich muss hier bleiben und versuchen, den Sheriff davon zu überzeugen, dass Baxter ein Verbrecher ist.«

»Jeder nimmt an, du bist rechtmäßig mit dem Dreckskerl verheiratet, auch wenn du und ich wissen, dass es nicht stimmt. Was ist, wenn der Sheriff dir nicht glaubt? Dieses Risiko kann ich nicht eingehen. Du kommst mit mir, und das ist mein letztes Wort.«

»Aber ...« Ihr Protest erstarb auf ihren Lippen, als Rafe sie zum Verstummen brachte, indem er sie küsste. Sein Kuss war hart, so unnachgiebig wie seine Entscheidung. Er küsste sie, bis sie atemlos war, bis ihr Körper prickelte und heißes Verlangen in ihr aufstieg.

Dann senkte er sie aufs Bett und setzte seinen Angriff auf ihre Sinne fort, bis Angela das Gefühl hatte, ins Reich der Leidenschaft davonzuschweben. Er nahm eine ihrer Brüste nach der anderen in den Mund, leckte durch den dünnen Stoff ihres Unterhemds an den Spitzen und blies dann zärtlich darauf. Sie spürte, wie sie unter dem sinnlichen Angriff anschwollen und steif wurden, während ihr Inneres vor Sehnsucht zu glühen schien. Sie schrie unbewusst auf, als er ihr Unterhemd am Ausschnitt packte und den dünnen Stoff in zwei Hälften riss, um ihre Brüste zu entblößen. Dann zog er sie schnell aus, bis sie nackt vor ihm lag. Sie hielt den Atem an, als sein glühender Blick über ihren Körper hinabglitt. Sie glaubte überall zu entflammen, wo er hinblickte, als würde er sie dort berühren. Es war, als liebte er sie mit den Blicken …

»Versuche nicht, mich zu stoppen, Angel.« Seine Stimme klang rau vor Verlangen. »Dort in der Mine dachte ich, mein Leben würde enden und ich könnte es nie wieder mit dir tun.«

Angela hatte nicht die Absicht, ihn zu stoppen. Sie wollte ihn. Ob sie mit ihm fortritt oder nicht, an dieser Wahrheit würde sich nichts ändern. Sie wollte sich jetzt nicht wegen morgen sorgen; nur das Jetzt zählte. All ihre Hemmungen, all ihre Ängste wurden von einer Woge unglaublicher Sehnsucht hinweggefegt. Heiße und verzehrende Leidenschaft loderte in ihr.

Sie streifte ihm hastig das Hemd von den Schultern, streichelte über seine Brust, dann hinab über seinen muskulösen Leib. Sie knöpfte seine Hose auf. Seine Männlichkeit sprang förmlich auf ihre Handfläche. Er war heiß und hart.

Als er versuchte, zwischen ihre Schenkel zu gleiten, schüttelte sie den Kopf und wälzte ihn auf den Rücken. Gemeinsam entfernten sie seine Kleidung. Dann setzte sie sich rittlings auf ihn. Sie neigte den Kopf, ihr Haar rieb federleicht über seine Oberschenkel, und sie küsste die Spitze seines harten Glieds, wobei ihre Fingerspitzen zart über die Unterseite hinwegglitten.

»Angel …« Ihm stockte der Atem. »Du bringst mich um. Lass mich …«

»Nein, lass *mich* …«, hauchte sie. Sie hörte ihn etwas murmeln und spürte, wie sich sein Körper anspannte, als sie ihn wieder mit der Zungenspitze berührte.

Sie erregte ihn mit dem heißen, feuchten Spiel ihrer Zunge, eine wolllüstige Liebkosung, die ihm höchste Lust bereitete. Ihre Zunge kreiste, leckte und saugte und kostete, und es entzückte Angela, die Erregung zu erleben, die sie dadurch in seinem Körper steigerte.

Rafe konnte sich kaum noch unter Kontrolle halten. Seine Muskeln spannten sich, dass er das Gefühl hatte, sie könnten jeden Moment bersten, und Ekstase erfasste ihn, als er sich von der Hitze ihres Mundes und ihrer Zungenspitze gefangen nehmen und verführen ließ.

Er krallte die Hände in die Fülle ihrer blonden Locken. »Angel! Hör auf!« Seine Stimme klang rau vor aufgestauter Spannung.

Er packte sie und zog sie hoch. Dann, mit einer schnellen Bewegung, die einen Ausdruck des Erstaunens auf ihr erhitztes Gesicht zauberte, drehte er sie um. »Ich will dich auf Händen und Knien«, flüsterte er und brachte sie für sein Vergnügen in Position.

Ein Zittern ging durch ihren Körper. Er sah es und lächelte. Hitze stieg in seine Lenden, machte ihn noch härter, stärker, erregter. Er brachte sich hinter ihr in Stellung, strich den blonden Vorhang ihres Haars zur Seite und küsste ihren Nacken.

Er umfasste ihre Brüste und hörte Angela heftig einatmen, als er die harten Knospen drückte, leicht, gerade genug, um einen Schauer aus Lust und Schmerz in ihr auszulösen. Er küsste eines ihrer Ohren und leckte eine feurige Spur von ihrem Nacken hinab über ihre Wirbelsäule. Die Hitze ihres Pos an seinen Lenden schuf ein flammendes Inferno in ihm, und er konnte nicht länger warten.

»Spreiz die Beine, Liebling.«

Er hörte sie einen erstickten Laut tief aus der Kehle ausstoßen, als sie tat, was er verlangte. Seine Finger glitten in sie. Sie war heiß und feucht, so bereit für ihn wie er für sie. Er verweilte nur einen Moment, streichelte sie tief, zog Feuchtigkeit von ihrem Innern auf seine Finger und versuchte, die Leidenschaft unter Kontrolle zu halten, die nach Erfüllung schrie.

Mit einem harten, tiefen Stoß drang er in sie ein. Unsere Körper passen zusammen wie füreinander geschaffen, dachte er. Langsam zog er sich zurück, nur um dann noch tiefer hineinzugleiten, hinein und hinaus, härter, schneller, tiefer mit jedem Stoß.

Er hörte sie wimmern und versteifte sich. Sie schluchzte seinen Namen, bat um Erfüllung. Er empfand ein nie gekanntes Gefühl. Es schwoll in ihm an und steigerte sich zu einem Verlangen, das schwer zu erklären war. Er wünschte sich plötzlich verzweifelt, diese Frau vor Schaden zu bewahren, sie zu beschützen, solange Gott ihm Atem gab. Plötzlich endeten all seine Gedanken, als Angela auf dem Gipfel ihrer Ekstase aufschrie und ihr Körper wild zuckte. Dann geschah es. Alles, was sich in ihm aufgestaut hatte, entlud sich. Wogen von höchster Lust schienen über ihm zusammenzuschlagen und sein Inneres zu erfassen. Er schrie seine Ekstase für die ganze Welt hinaus.

Er erbebte und sank gegen sie. Ihre Knie gaben nach, und er fiel auf sie. Ihm wurde bewusst, dass er zu schwer für sie war, und er wälzte sich zur Seite. Das war das Letzte, an das er sich erinnerte, bevor er das Gefühl hatte davonzuschweben.

Als Rafe erwachte, war es heller Tag. Angela schlief tief und fest, an ihn geschmiegt, ihr Körper warm und rosig von ihrem Liebesakt.

Er hatte nicht vorgehabt, so lange zu schlafen. Offenbar war er erschöpfter gewesen, als er gedacht hatte. Dann erinnerte er sich an Baxter und wusste, dass er etwas unternehmen musste.

Neben ihm regte sich Angel, streckte sich und öffnete die Augen. Sie lächelte zu ihm auf. »Wie spät ist es?«

»Wir haben die Nacht durchgeschlafen.«

Sie setzte sich ruckartig auf. »O nein! Du musst reiten! Ich werde Baxter zum Sheriff bringen, wenn du fort bist.«

»Kommt nicht in Frage! Wir werden zusammen von hier wegreiten. Ich lasse mir von dir nicht ausreden, dich diesmal mitzunehmen.«

Er stand auf und zog sich an. »Ich wasche mich in der Küche. Zieh dich an und pack deine Sachen. Wir frühstücken, bevor ich entscheide, was mit Baxter geschieht. Ich schaue in der Küche nach, was wir mitnehmen können. Nimm alles Bargeld mit, das du griffbereit hast.«

Rafe ließ Angela keine Zeit für Widerspruch und eilte in die Küche. Er stöberte in den Schränken und stapelte Proviant für den Ritt auf dem Küchentisch, als er durch das Fenster Jim Cady aus der Mine herausstürzen sah. Cady schrie aus Leibeskräften und fuchtelte mit den Armen, als habe er soeben einen Geist gesehen.

Rafe stöhnte auf. Er hatte nicht damit gerechnet, dass jemand Baxter fand, bevor er entschieden hatte, was mit dem Mann geschehen sollte. Er hätte sich nicht beim Sex mit Angela verausgaben, sondern erst den Fall Baxter erledigen sollen. Dann kam ihm jäh ein Gedanke. Warum hatte Cady Baxter nicht befreit, wenn er ihn gefunden hatte? Rafe überlegte, ob er Cady gegenübertreten sollte oder nicht, als Angela aus dem Schlafzimmer in die Küche stürzte.

»Was ist? Was haben die Schreie zu bedeuten?« Sie blickte aus dem Fenster. »Das ist Cady. Was brüllt er?«

»Ich nehme an, er hat Baxter gefunden.«

»Wo *ist* Baxter?«

Rafe zuckte mit den Schultern. »Keine Ahnung.«

»Lass dich nicht sehen«, mahnte Angela. »Ich gehe raus und stelle fest, was los ist.«

Cady blieb abrupt stehen, als Angela aus der Hütte trat. Er war totenbleich und schwitzte stark.

»Baxter ist tot. Jemand hat ihn ermordet. Ein Schuss mitten ins Herz.«

Angela presste unwillkürlich eine Hand auf die Kehle. »Nein, Sie müssen sich irren.«

»Er ist tot, wenn ich es doch sage!« Cady wich zurück, warf sich dann herum und rannte zu seinem Pferd. »Ich hole den Sheriff«, rief er, als er sich auf das Pferd schwang und zur Straße galoppierte.

Wie betäubt kehrte Angela in die Hütte zurück. Wie war es möglich, dass Baxter tot war? Als sie ihn das letzte Mal gesehen hatte, war er am Leben gewesen. Plötzlich fiel ihr ein, dass sie nicht die letzte Person gewesen war, die Baxter lebend gesehen hatte.

Rafe!

O Gott, warum hatte er es getan? Warum hatte Rafe Baxter erschossen?

»Ich habe es gehört«, sagte Rafe und musterte sie argwöhnisch. »Und ich weiß, was du denkst.« Er wollte nach ihr greifen.

»Nein! Rühr mich nicht an! Warum hast du ihn getötet? Ganz gleich wie verabscheuenswürdig er war, es war Unrecht, ihn kaltblütig umzubringen. O Gott, ich kenne dich immer noch nicht – trotz allem, was zwischen uns geschah.«

»Angel, ich habe Baxter nicht umgebracht«, antwortete er langsam. »Er lebte, als ich ihn das letzte Mal sah.«

Sie wich zitternd vor Rafe zurück. »Lüg nicht! Wer sonst war dort? Ich weiß, dass nur du und Baxter in der Mine wart. Ich habe nie geglaubt, dass all diese Anschuldigungen gegen dich wahr sind, aber jetzt …«

»Angel, du musst mir glauben. Wende dich jetzt nicht von mir ab.« Er packte sie an den Schultern und spürte, wie sie erstarrte. Sofort ließ er sie los. Sie hatte Angst vor ihm!

Seine Augen nahmen einen harten Glanz an, kalt und grau und unversöhnlich. »Ich dachte, ich kenne dich, aber das war ein Irrtum. Diesmal werde ich nicht hier bleiben, um dich zu beschützen. Du bist jetzt die einzige Besitzerin der Mine. Deine Ehe mit Baxter macht dich zu seiner Erbin. Ich hoffe, das macht dich glücklich.«

»Ich … ich weiß nicht, was ich sagen oder denken soll. Du warst die letzte Person in der Mine. Baxter lebte, als ich ging.«

»Du könntest sagen, dass du mich nicht für einen Mörder hältst. Du könntest sagen, dass du mitkommst, wenn ich hier wegreite. Du könntest sagen … ach, vergiss es. Was hat es für einen Sinn? Ich verschwende nur meine Zeit. Ich hoffe, du hast nichts dagegen, wenn ich etwas Proviant für den Ritt mitnehme.«

Rafe konnte nicht glauben, dass dies alles wirklich geschah. Wer, zum Teufel, hatte Baxter ermordet? Er hatte keine Ahnung. Er wusste nur, dass der Bastard noch gelebt hatte, als er die Mine verlassen hatte und zu Angel gegangen war. Er hätte nicht davon ausgehen sollen, dass eine Frau wie Angel ihm glauben würde. Er hatte ihr nichts zu bieten. Kein Zuhause, kein Geld. Statt dessen beschuldigte man ihn zu Unrecht, Verbrechen begangen zu haben, und der Trupp des Sheriffs jagte ihn. Aber nach allem, was zwischen Angel und ihm gewesen war, fand er Angelas vorschnelle Verurteilung schmerzlich und kränkend.

Sie hatten gerade noch eine unvergessliche Liebesnacht hinter sich, verdammt noch einmal! Nie würde Rafe die Frauen verstehen. Dies war das letzte Mal gewesen, dass er jemals einer vertraut hatte.

»Nimm, was du brauchst«, sagte Angela benommen. »Ich habe etwas Geld ...«

»Nein!« Er schrie es fast. »Nein«, wiederholte er ruhiger. »Ich will keinen verdammten Cent von deinem Geld, Lady ... Und ich werde dir beweisen, dass ich kein Killer bin. Ich bin nicht einmal ein Bankräuber.«

»Rafe, es tut mir leid. Ich bin einfach so durcheinander. Wenn jemand sonst hier gewesen wäre ... ich brauche Zeit zum Nachdenken.«

»Die Zeit ist vorbei, Angel. Du warst nie völlig überzeugt, dass ich kein Verbrecher bin. Da war immer ein Rest Zweifel, nicht wahr? Selbst beim Sex hattest du diesen misstrauischen Ausdruck in den Augen, als sei dir nicht ganz klar, wer oder was ich bin.«

»Das ist nicht wahr!«

»Dann beweise es. Komm jetzt mit mir.«

Sie wich unwillkürlich einen Schritt zurück. »Das kann ich nicht.«

Seine Stimme troff vor Sarkasmus. »Das hatte ich auch nicht angenommen.« Er ging an ihr vorbei und füllte seine Taschen mit Proviant, den er auf dem Küchentisch bereitgestellt hatte.

»Ich nehme Futter für mein Pferd mit.«

Angela nickte.

Er verharrte mit der Hand auf dem Türgriff. »Lebe wohl, Angel. Der Ritt mit dir hat mir Spaß gemacht.« Dann ging er.

Angela starrte auf die Tür, die hinter ihm zufiel. Ihr Herz pochte heftig, und sie blinzelte gegen Tränen an. Sie wollte hinter Rafe her laufen, ihm sagen, dass sie ihn nicht für einen Killer hielt, doch ihre Beine gehorchten ihr nicht.

Es konnte sein, dass sie Rafe Unrecht getan hatte. Wenn sie in seine Augen blickte, sah sie in ihm keinen Killer, sondern den Mann, der eine Frau aus ihr gemacht, der sie Leidenschaft gelehrt hatte.

Sie sah einen Mann mit zwei Gesichtern. Einen gefährlichen Verbrecher und einen zärtlichen Geliebten. Wer war der wahre Rafe Gentry? Sie hatte sich von ihm nicht anrühren lassen wollen, nachdem sie erfahren hatte, dass Baxter tot war, und sie erinnerte sich an den schmerzlichen Ausdruck in seinen Augen, den ihre Worte bewirkt hatten. Aber sie konnte es nicht ändern. Sie war stets ein wenig durcheinander gewesen, was Rafe anbetroffen hatte, und dieser letzte Zwischenfall steigerte ihre Verwirrung nur noch. War sie fähig, einen Killer zu lieben?

Diese Frage hing in der Luft und erstickte ihre Gedanken. Würde sie jemals den wahren Rafe Gentry kennen lernen? Unwahrscheinlich, dachte sie, als sie beobachtete, wie er den Berghang hinauf zur Höhle stieg, wo er sein Pferd zurückgelassen hatte. Sie schaute ihm nach, bis sie ihn nicht mehr sehen konnte, und wandte sich ab. Mechanisch machte sie Frühstück, obwohl sie keinen Appetit hatte, und schenkte sich eine Tasse Kaffee ein.

Die Zeit verstrich. Angela starrte auf ihren Biskuit, und ihre Gedanken waren weit, weit fort, als sie hörte, dass sich Reiter der Mine näherten. Aus ihrer Lethargie gerissen, schob sie ihren Stuhl zurück, öffnete die Tür und trat aus der Hütte. Sie erkannte den Sheriff, bevor er vor dem Mineneingang sein Pferd zügelte. Sein Deputy und Jim Cady waren bei ihm. Cady zündete eine Laterne an, und dann verschwanden alle drei Männer in der Mine.

Angela wartete in quälender Spannung eine scheinbare Ewigkeit, bis die Männer wieder auftauchten. Sie trugen eine Leiche, legten sie auf dem Boden ab und wickelten sie in eine Decke, die der Sheriff von seinem Sattelpacken nahm. Cady und der Deputy warteten neben der Leiche, während Sheriff Dixon mit grimmiger Miene zu ihr herüberkam.

»Morgen, Mrs Baxter. Tut mir leid, der Überbringer schlechter Nachrichten zu sein, aber Ihr Mann ist tot.«

Sie blickte bang zu ihm auf. »Ich weiß. Cady hat es mir heute Morgen schon gesagt.«

»Wann haben Sie Ihren Mann zum letzten Mal gesehen? Sie und Baxter haben gestern geheiratet, nicht wahr?«

»Wir wurden gestern Morgen im Pfarrhaus getraut«, bestätigte Angela. »Zum letzten Mal habe ich ihn sehr früh heute Morgen gesehen. Er stieg noch vor Tagesanbruch auf und sagte, er müsse etwas in der Mine erledigen, das er vergessen habe.«

Die Lügen kamen ihr leicht über die Lippen. Sie war immer noch verwirrt und wusste nicht, ob sie Rafe für schuldig oder unschuldig halten sollte, aber der gesunde Menschenverstand riet ihr, Rafes Namen nicht zu erwähnen. Sie fühlte sich moralisch verpflichtet, ihm die Zeit zu verschaffen, die er brauchte, um so weit wie möglich zu entkommen, bevor der Sheriff zwei und zwei zusammenzählte und Rafe Gentry des Mordes an Baxter verdächtigte.

»Waren Sie in der vergangenen Nacht und heute Morgen die einzigen Personen, die sich hier aufhielten?«, fragte Sheriff Dixon.

Angela konnte seinem Blick nicht standhalten. »Meines Wissens ja. Ob jemand hier herumschlich, weiß ich nicht.«

Dixon sah sie forschend an. »Sie wirken reichlich gefasst für eine Frau, die gerade erst Witwe geworden ist.«

»Ich habe die ganze Zeit geweint, bevor Sie hier eintrafen. Außerdem haben wir uns nicht lange gekannt. Brady und ich haben eine Vernunftehe geschlossen. Ich zog Brady dem Mann vor, den mein Stiefvater für mich ausgewählt hatte.«

Dixon nickte. Vernunftehen gab es jeden Tag. Das war nichts Verdächtiges oder Ungewöhnliches.

»Wer auch immer Baxter getötet hat, er tat es kaltblütig. Baxter hatte nicht den Hauch einer Chance. Er war gefesselt und wurde aus nächster Nähe erschossen.«

Angela erschauerte und blickte fort. »Es tut mir leid. Kein Mensch sollte so sterben.«

Dixon blickte sie scharf an. »Haben Sie irgendeine Ahnung, wer der Täter gewesen sein könnte?«

»Ich … nein überhaupt keine. Brady muss sich in seinem Leben Feinde gemacht haben.«

»Haben Sie in jüngster Zeit Rafe Gentry gesehen?«

Sie sah ihn mit gespielter Überraschung an. »Nein. Der ist vermutlich inzwischen auf halbem Weg nach California.«

»Ich dachte, Sie haben ihn vielleicht vor kurzem gesehen. Er hatte sich als ihr Ehemann ausgegeben, nicht wahr? Jeder hielt euch für Eheleute, bis Ihr Stiefvater alles aufklärte und Gentry als steckbrieflich gesuchten Verbrecher anzeigte. Wussten Sie wirklich nichts von Gentrys gewalttätiger Vergangenheit?«

»Ich habe mich wie jeder sonst täuschen lassen«, behauptete Angela. »Ich habe Rafe nicht mehr gesehen, seit er weggeritten ist. Warum fragen Sie?«

Dixon war kein Dummkopf. »Ich vermute, dass sich Gentry irgendwo in den Bergen versteckt hat. Da gibt es jede Menge Verstecke.«

»Warum sollte er das tun?«

»Das frage ich *Sie.*«

»Ich habe keine Ahnung, was Sie meinen.«

»Ich meine, dass Gentry mit Baxter ein Hühnchen zu rupfen hatte. Nach allen Berichten ist Gentry ein gemeiner, skrupelloser Bandit, der nicht davor zurückschrecken würde, jemanden aus Rache zu ermorden. Baxter war es, der mich über Gentry informiert hat. Und er hat die Frau geheiratet, die Gentry für sich selbst haben wollte. Das sind für mich Motive genug.«

Angela fand, dass alles logisch klang, was Dixon sagte. Sie hatte zwar über diese Zusammenhänge auch schon gegrübelt, doch es gefiel ihr überhaupt nicht, sie von anderer Seite zu hören.

»Ich bin überzeugt, dass Sie sich irren, Sheriff.«

»Dennoch haben wir keine anderen Verdächtigen, es sei denn, wir verdächtigen Sie der Tat, und ich halte Sie nicht für stark genug, um Baxter zu überwältigen und zu fesseln, und nicht für kaltblütig genug, um ihn zu ermorden. So bleibt nur Gentry. Sieht aus, als müssten wir Gentry einen weiteren Mord anlasten. Was soll mit der Leiche Ihres Gatten geschehen, Mrs Baxter?«

»Würden Sie ihn bitte zur Stadt bringen und dafür sorgen, dass der Leichenbestatter ihn für die Beerdigung vorbereitet? Ich reite später hinunter und treffe die Vorbereitungen für die Beisetzung. Ich werde auch Arbeiter für die Mine suchen. Sie können dafür sorgen, dass es sich herumspricht, wenn Sie so freundlich sind. Ich möchte die Dinge hier so bald wie möglich wieder normalisieren.«

»Klar«, sagte Dixon. »Ich werde mich um alles kümmern.« Dann trennten sie sich. Angela ging in die Hütte und schaute nicht zurück, als der Sheriff, sein Deputy und Cady Baxters Leiche auf ein Pferd banden und dann zur Stadt zurückritten.

Baxters Beerdigung fand am nächsten Morgen auf dem kleinen Friedhof von Canon City statt, und ein paar Freunde und Bekannte gaben ihm das letzte Geleit. Aus den Augenwinkeln sah Angela Desmond Kent und Anson Chandler am Rand der kleinen Versammlung stehen, und sie fragte sich, was sie jetzt wohl im Schilde führten. Dann sprach Reverend Porter am Grab, und schließlich löste sich die Gruppe der Trauergäste auf. Einige wenige kondolierten Angela.

Anwalt Goodman stand neben Angela. Als sie gestern

in der Stadt gewesen war, hatte sie ihn aufgesucht und über alles aufgeklärt. Sie hatte ihm erzählt, weshalb sie Rafe geheiratet hatte, dass Anson Chandler entschlossen war, ihr Erbe in die Hände zu bekommen, dass Reverend Conrad tot und die Dokumente, die ihre Trauung bescheinigten, verloren waren. Sie hatte ihm sogar anvertraut, warum sie die Ehe mit Baxter eingegangen war, obwohl sie gewusst hatte, dass sie ungültig war.

Goodman war verblüfft gewesen. Seine erste Frage hatte gelautet: »Hat Rafe Gentry tatsächlich Brady Baxter ermordet?«, und seine zweite: »Glauben Sie wirklich, dass Gentry all dieser Verbrechen schuldig ist?«

»Rafe hat geschworen, dass er diese Bank nicht ausgeraubt hat und dass er auch die anderen Dinge, die man ihm vorwirft, nicht getan hat«, hatte sie erwidert. »Ich hatte begonnen, ihm zu glauben, denn er zeigte keine Anzeichen von Gewalttätigkeit. Aber soweit ich weiß, war er die letzte Person, die Baxter lebend gesehen hat. Trotz der Tatsache, dass Baxter den Tod meines Vaters arrangiert hat und Rafe erschießen wollte, wurde Baxter auf so kaltblütige Art und Weise ermordet, dass ich Rafe nie verzeihen könnte, wenn er dafür verantwortlich wäre.«

Kurze Zeit später hatte sie das Büro des Anwalts verlassen und ihm Zeit gegeben, alles zu verarbeiten, was er gerade gehört hatte.

Jetzt, nach der kurzen Zeremonie, begleitete er sie zu seinem Büro, um juristische Dinge zu regeln, deren Erledigung durch Baxters Tod erforderlich war. Angela saß dem Anwalt gegenüber und starrte auf ihre Hände. Dies alles war solch ein Schlamassel. Jeder außer ihr selbst hielt sie für Baxters Witwe.

»Nun, meine Liebe, es sieht so aus, als seien Sie die Alleinerbin von Brady Baxters Besitz.«

»Aber unsere Heirat war ungültig«, beteuerte Angela.

»Ich schlage ernsthaft vor, dass Sie das für sich behalten. Baxter hatte keine Verwandten. So sind Sie diejenige, die ihn beerbt. Außerdem haben Ihr Vater und Baxter eine Absichtserklärung unterzeichnet, bevor sie Partner wurden. Ich habe sie in meinen Akten. Da Baxter keine Verwandten hat, sollte sein Anteil an Simon fallen, sollte er Ihren Vater nicht überleben. Sie sind die Erbin Ihres Vaters. Und wenn sowohl Sie als auch Simon Baxter nicht überlebt hätten, wäre er der alleinige Besitzer der Golden Angel Mine geworden.«

»Baxter hielt es vermutlich für leichter, mich zu heiraten, statt mich umzubringen«, sagte Angela nachdenklich. »Als ich mit einem Ehemann auftauchte, warf das vermutlich all seine Pläne über den Haufen. Deshalb plante er, Rafe zu beseitigen. Natürlich kam es ihm gelegen, dass es für Rafe ein Kopfgeld gab.«

»Ich kann immer noch nicht glauben, dass Baxter für den Tod Ihres Vaters verantwortlich war. Simon war mit einer Erzladung auf dem Weg zur Schmelze, als sein Wagen über einen Berghang kippte und in den Abgrund stürzte. Baxter erzählte jedem, dass eine Achse gebrochen war.«

»Glauben Sie das nur«, sagte Angela mit einer Spur von Traurigkeit. »Wenigstens habe ich die Genugtuung zu wissen, dass er für sein Verbrechen bestraft wurde. Es tut mir nur leid, dass er auf solch eine Art und Weise sterben musste. Ich hätte es vorgezogen, wenn er von einem Gericht verurteilt worden wäre.«

»Sie sind jetzt eine sehr reiche junge Frau«, meinte Goodman. »Sie können den Rest Ihres Lebens in Luxus leben, wenn Sie das wollen.«

»Ich will Bradys Geld nicht«, erwiderte Angela.

»Trotzdem gehört es Ihnen. Ich werde alles Nötige für die Überweisung von Baxters Nachlass auf Ihr persönliches Konto veranlassen.«

»Ich will nicht …«

»Denken Sie sorgfältig darüber nach, bevor Sie die Erbschaft ablehnen«, riet Goodman. »Das Geld könnte viel Gutes bewirken. Lassen Sie sich Zeit, entscheiden Sie sich, was Sie tun wollen, und informieren Sie mich dann.«

Ein Lächeln breitete sich langsam auf Angelas Gesicht aus. »Sie haben Recht. Ich könnte ein Waisenhaus gründen, eine neue Schule stiften oder eine Kirche erbauen lassen. Sehr gut, Mr Goodman, ich werde gründlich über Ihren Vorschlag nachdenken.« Sie erhob sich, um zu gehen.

»Bleiben Sie noch, Angela. Was ist, wenn Rafe Gentry bei der Mine auftaucht? Sie sollten nicht allein dort draußen sein, wissen Sie.«

»Er wird nicht auftauchen«, sagte Angela mit fester Stimme. »Nicht, wenn er seine Freiheit schätzt. Was mein Alleinsein dort betrifft, so werde ich Männer für die Arbeit in der Mine anstellen, bevor ich die Stadt verlasse. Mit etwas Glück kann ich heute all die Arbeiter finden, die ich brauche. Der Vorarbeiter kann in Bradys Hütte wohnen. Er kann sogar seine Familie mitbringen, wenn er verheiratet ist. Es wäre schön, eine andere Frau in der Nähe zu wissen.«

Goodman bedachte sie mit einem besorgten Blick. »Viel Glück, meine Liebe. Minenarbeiter sind eigensinnige Leute. Ich bin mir nicht sicher, ob sie für eine Frau arbeiten wollen. Besondere Vorurteile haben sie gegen Frauen, die nichts vom Minengeschäft verstehen.«

»Ich bin lernfähig«, sagte Angela mit einer Überzeugung, die sie nicht empfand.

Vom Anwalt aus ging Angela zum Postamt hinüber. Das Schild, das sie aufgehängt hatte, forderte alle an einer Arbeit in der Golden Angel Mine interessierten Männer dazu auf, sich am Mittag vor dem Postamt einzufinden. Sie war ermutigt, als sie sah, dass sich über zehn Männer vor dem Gebäude versammelt hatten. Sie rauchten und plauderten miteinander, während sie warteten.

Angela verschaffte sich Gehör. »Ich brauche Minenarbeiter«, sagte sie mit erhobener Stimme. »Erfahrene Kräfte.«

»Wer wird uns unseren Lohn zahlen?«, wollte einer der Männer wissen.

»Ich«, antwortete Angela. »Sie werden den üblichen Satz für Minenarbeiter erhalten. Vielleicht haben einige von euch für meinen Vater und Brady Baxter gearbeitet. Es würde mich freuen, wenn ihr zurückkehrt.«

»*Sie* werden unser Boss sein?«, fragte ein Mann herausfordernd.

»Da ich die Besitzerin bin, leite ich die Dinge«, gab Angela zurück.

»Ich arbeite nicht für eine Frau.«

»Ich auch nicht. Frauen haben kein Recht, Männer herumzukommandieren.«

Die Gruppe der Minenarbeiter begann sich aufzulösen.

In Angela stieg Panik auf.

Zum Teufel mit euch. Zum Teufel mit euch allen!, hätte sie am liebsten geschrien. Doch sie hielt den Mund und schaute ihnen mit hocherhobenem Kopf nach. Jetzt hatte sie keine Arbeitscrew für die Mine.

»Ich wusste, dass du mich eines Tages brauchen wirst«, sagte Chandler, als er sich zu ihr gesellte. »Für mich werden diese Männer arbeiten. Ich kann noch heute meine Sachen packen und zur Mine ziehen. Ich werde zusätzliche Arbeiter mitbringen. Was hältst du davon, Angel?«

»Bring qualifizierte Minenarbeiter, und ich werde darüber nachdenken«, erwiderte Angela. »Was ist mit meinem Stiefvater? Er wird hier überflüssig sein.«

»Mach dir keine Sorgen wegen Kent. Ich habe ihn überredet, nach Topeka zurückzukehren.«

»Gott sei Dank sind wir den los«, murmelte Angela.

11

Chandler tauchte am nächsten Tag mit zehn Männern und einem Vorarbeiter in der Mine auf. Es ärgerte Angela, dass die meisten der Männer dieselben waren, die sich tags zuvor geweigert hatten, für sie zu arbeiten. Nicht nur das; noch ärgerlicher fand sie, dass der Vorarbeiter Jim Cady war, der Mann, der Baxters rechte Hand gewesen war.

»Ich habe dir doch gesagt, ich bekomme die Männer, die du brauchst«, prahlte Chandler, als Angela zu ihm ging, um ihn zu begrüßen.

»Wie hast du das geschafft?«

Chandler zuckte die Achseln. »Ich habe ihnen gesagt, dass wir heiraten werden und ich hier den Betrieb leite.«

Angelas Gesicht rötete sich vor Zorn. Es gefiel ihr absolut nicht, dass diese Leute dachten, sie und Chandler hätten eine romantische Beziehung. Aber bis auf weiteres war dies anscheinend die einzige Möglichkeit, Arbeiter für die Mine zu bekommen. Männer sind eine seltsame Gattung, dachte sie bei sich. Sie trauen Frauen keinen Verstand zu, und wehe, eine passt nicht in dieses Klischee.

»Freunde dich nur nicht zu sehr mit dem an, was du den Männern erzählt hast«, warnte Angela. »Ich habe nicht vor, dich zu heiraten, Anson. Ich lasse dir nur deinen Willen, weil ich Arbeiter für die Mine brauche.«

Seit Baxters Tod hatte Angela viel nachgedacht. Wenn Rafe ihn nicht getötet hatte, war jemand anders der Täter. Für sie kam Chandler als Verdächtiger in Frage, und sie hoffte, vielleicht die Wahrheit ergründen zu können, wenn er in ihrer Nähe war und sie ihn beobachten konnte. Die Vorstellung, dass Rafe kaltblütig gemordet hatte, erschien ihr zunehmend als unwahrscheinlich, und sie wollte alles Menschenmögliche tun, um seine Unschuld zu beweisen.

»Ich werde dafür sorgen, dass du deine Meinung änderst, Angela«, versprach Chandler und neigte sich so nahe zu ihr, dass sie den Drang verspürte, ihm ins Gesicht zu schlagen. Stattdessen wich sie zurück.

»Du brauchst einen Mann, der dir zeigt, wo's langgeht, meine Liebe«, fuhr Chandler unbeeindruckt fort. »Eine Frau ist kein Ersatz für einen Mann, ganz gleich für wie gescheit oder perfekt sie sich hält. Ich bin entschlossen, dein Mann zu werden und mich um dich zu kümmern.«

Angela lachte ihm ins Gesicht. »Ich brauche keinen Mann, der mir irgendetwas zeigt, geschweige denn, wo's langgeht. Alles, was ich von dir brauche, ist deine Mitarbeit. Du kannst so lange bleiben, wie du die Männer hier für die Arbeit in der Mine zusammenhalten kannst. An deiner Stelle würde ich so viel wie möglich über das Minengeschäft lernen. Du willst doch nicht, dass die Minenarbeiter denken, sie nehmen Befehle von einem Schwachkopf und Blender entgegen.«

Chandlers selbstgefälliges Grinsen wurde zu einer wütenden Grimasse. »Gerade du hast kein Recht, so mit mir zu reden. Du hast einen Fremden geheiratet, einen Banditen, einfach um ihn vor dem Galgen zu retten, *Schwester Angela.* Keine Sorge, ich werde meinen Job tun, und eines Tages wirst du erkennen, dass ich der Mann bin, den du brauchst. Unterdessen bringe ich meine Sachen in Baxters Kabine. Es sei denn –«, fügte er verschlagen hinzu, »– du lädst mich ein, dein Bett mit dir zu teilen.«

Weil Angela ihn nicht verärgern wollte, bevor sie die Information hatte, die sie suchte, hielt sie den Mund, doch in ihren Augen blitzte Zorn auf. »Du kannst in Baxters Hütte wohnen, Anson, aber treibe es nicht zu weit.«

Sie machte auf dem Absatz kehrt, den Kopf hoch erhoben, und ließ ihn stehen. Sie wusste, was er sich wünschte, und es gefiel ihr ungemein zu wissen, dass er es niemals bekommen würde.

Einige Tage verstrichen. Der Minenbetrieb lief anscheinend gut, doch Angelas Versuche herauszufinden, ob Chandler etwas über Baxters Tod wusste, führten zu keinem Ergebnis.

Eines Abends kam Chandler zu Angelas Hütte, um zu berichten, dass soeben ein neuer Stollen eröffnet worden sei. Er machte es sich auf dem alten Sofa bequem, während er von den Arbeiten erzählte. Angela hörte nur mit halbem Ohr seinem weitschweifenden Bericht zu und überlegte, wie sie das Thema auf Baxters Tod lenken konnte, ohne Chandlers Misstrauen zu erregen.

Als er seinen Bericht beendet hatte und anscheinend noch bleiben wollte, nutzte Angela die Unterhaltungspause, um sich vorsichtig an das Thema heranzutasten, das sie im Sinn hatte. »In der kurzen Zeit, in der du hier bist, hast du Beachtliches geleistet, Anson.«

Chandler war anscheinend erfreut über ihr Lob. »Du wirst mehr Geld haben als König Midas, meine Liebe.«

»Der Vorarbeiter ist erfahren, und das hilft«, sagte Angela. »Brady hatte ein gutes Händchen, als er Jim Cady einstellte.«

»Baxter, pah!«, schnaubte Chandler verächtlich. »Ich war verdammt sauer, als ich erfuhr, dass du ihn geheiratet hattest, aber sein plötzliches Ableben erwies sich als Glück für uns beide, wie?« Er grinste sie selbstgefällig an. »Wirklich ein Glücksfall. Wenn ich nicht da gewesen wäre und gesehen hätte … Nun, vergiss es. Gut, dass wir Baxter und Gentry los sind. Sie waren mir im Weg.«

Angela täuschte Verwirrung vor. »Ich weiß nicht, was du andeutest, Anson. Ich habe dem Sheriff gesagt, dass Rafe in der Nacht von Bradys Ermordung nicht in der Mine war.«

»Wir beide wissen es besser, nicht wahr, Angela?«

Angela wollte protestieren, doch Chandler kam ihr zuvor. »Nein, lüg nicht. Sag nichts. Vergiss einfach, dass dieses Gespräch jemals stattgefunden hat. Je weniger du über Baxters Tod weißt, desto besser wirst du dran sein.«

»Was weißt *du* über Bradys Tod, Anson? Du kannst es mir sagen. Ich habe Brady genauso wenig gemocht wie du. Wir haben nur eine Vernunftehe geschlossen. Ich betrachte es als Segen, dass er in unserer Hochzeitsnacht … starb. Ich bin nur nicht davon überzeugt, dass Rafe ihn erschossen hat.«

Chandler sah sie scharf an. »Du bist zu neugierig. Ich schlage vor, du denkst zu deinem eigenen Besten in eine andere Richtung. Es ist gesünder für dich zu glauben, dass Gentry Baxter umgelegt hat. Was bedeutet schon ein weiterer Mord für einen Verbrecher wie ihn?«

Seine kaum verhohlene Drohung gab ihr zu denken. Sie wusste jetzt, dass sie auf der richtigen Fährte war. »Es ist spät, du solltest jetzt gehen«, sagte sie und erhob sich. Chandlers heutige Bemerkungen ließen darauf schließen, dass er mehr über Baxters Tod wusste, als er preisgab.

Chandler stand auf und überraschte Angela, als er sie am Arm packte und zu sich herumriss. »Ich muss nicht gehen. Wir beide wissen, dass du keine Jungfrau mehr bist; du brauchst mir nicht die Zimperliche vorzuspielen. Wenn du feucht bist, kann ich dir geben, was du brauchst.«

»Du unterstellst zu viel«, entgegnete Angela. »Ich brauche von dir nichts, Anson Chandler.«

Er war nicht bereit, sich abweisen zu lassen, als sie versuchte, sich loszureißen. Er schlang den Arm um ihre Taille, zog sie grob an sich und machte ihr eine Flucht unmöglich. Als sie versuchte, den Kopf zur Seite zu drehen, hielt er sie am Kinn fest, um sie zu küssen. Gierig presste er den Mund auf ihre Lippen. Als er den Kuss vertiefen und mit der Zunge in ihren Mund eindringen wollte, konnte Angela ihren Zorn nicht mehr zügeln. Sie biss ihm auf die Zunge und schmeckte Blut. Seine Reaktion war ihr eine tiefe Genugtuung.

Er heulte auf, stieß Angela von sich, und in seinen zu Schlitzen zusammengekniffenen Augen funkelte Zorn. »Warum, zur Hölle, hast du das getan?«

»Weil du dich unverschämt benimmst«, erwiderte Angela, wich zurück und wischte sich mit dem Handrücken das Blut von den Lippen.

»Ein Kuss ist das Mindeste, was du mir schuldest, weil ich dir Arbeiter besorgt habe. Ich könnte gehen und sie mitnehmen«, drohte er. »Sie würden niemals für eine Frau arbeiten.«

Der Verlust der Arbeiter wäre schlimm. Aber es widerte sie an, Anson zu küssen. »Vielleicht, wenn ich dich besser kenne …« Sie beließ es bei der Andeutung.

»Du hast mit Gentry gevögelt, ohne ihn überhaupt zu kennen. Ich bin kein hässlicher Mann. Was hast du gegen mich?«

»Du siehst wirklich gut aus, Anson«, sagte Angela mühsam. »Vielleicht können wir vertrauter miteinander werden, wenn du dich entschließt, mir Vertrauen zu schenken.«

Er musterte sie misstrauisch. »Ich weiß nicht, wovon du redest.«

Angela sah ihn mit unergründlichem Blick an.

»Nicht? Ich nehme an, du weißt mehr über Baxters Tod, als du sagst. Bitte geh jetzt. Es ist spät, und ich möchte jetzt schlafen gehen.«

Chandler wirkte wie betäubt von Angelas Worten, als sie ihn zur Tür hinausschob und ihm nachschaute. Als Chandler fort war, lehnte sie sich gegen die Tür und atmete erleichtert auf. Sie dachte über alles nach, was Chandler über Baxters Tod preisgegeben hatte. Sie hoffte, schließlich auch noch die letzte Einzelheit aus ihm herauszulocken.

Sie ging ins Schlafzimmer und dachte an Rafe und die zornigen Worte, die sie vor der Trennung gewechselt hatten. Jetzt wusste sie, dass es falsch gewesen war, ihn des Mordes zu verdächtigen. Zu jenem Zeitpunkt schien die Anschuldigung berechtigt gewesen zu sein, obwohl sie auch da schon Zweifel gehabt hatte. Jetzt wusste sie es besser. Wenn es stimmte, was sie vermutete, dann musste sie beweisen, dass Chandler in Baxters Ermordung verwickelt gewesen war.

So viel schuldete sie Rafe, weil sie ihn ohne ausreichenden Beweis eines Verbrechens beschuldigt hatte. Sie würde morgen in die Stadt reiten und mit Mr Goodman darüber reden.

Angela entkleidete sich schnell, zog ihr Nachthemd an und schlüpfte ins Bett. Fast ehrfurchtsvoll strich sie über das Kissen neben ihr und dachte an den Mann, der noch vor kurzem bei ihr gelegen hatte. Rafe Gentry. Ihr Ehemann. Ein einzigartiger Mann. Würde sie ihn jemals wiedersehen? Würde er ihr jemals verzeihen, dass sie ihn zu Unrecht beschuldigt hatte? Vermutlich nicht. Rafe war ein stolzer, unversöhnlicher Mann.

Sie seufzte. Wie hätte sie unter den gegebenen Umständen gleich nach Baxters Ermordung an Rafes Unschuld glauben können? Alles hatte gegen ihn gesprochen. Aber jetzt war ein anderer Verdächtiger ins Spiel gekommen, ihr Glaube an Rafes Unschuld wiederhergestellt, und sie kam sich so dumm vor, weil sie ihn zu Unrecht beschuldigt hatte.

Rafe war nicht so weit entfernt, wie Angela annahm. Ganz gleich, was er ihr gesagt hatte, ganz gleich, wie gefährlich es war, sich weiterhin in dem Gebiet um Canon City aufzuhalten – Rafe konnte es nicht über sich bringen, von Angel fortzureiten. Und er war froh darüber, dass er in der Nähe geblieben war. Er hatte mehr als genug gesehen, um zu wissen, dass Angel tat, was sie am besten konnte – sich in Schwierigkeiten bringen.

In den vergangenen paar Tagen war Rafe in der Höhle oberhalb der Mine versteckt gewesen, in derselben Höhle wie zuvor. Er hatte den Verfolgertrupp in den Bergen leicht abschütteln können, war zurückgeritten und hatte seine Fährte erwischt, indem er einen dicken belaubten Ast an seinen Sattel gebunden und hinter sich hergezogen hatte.

Rafe verbrachte seine müßige Zeit damit, ein Auge auf Angel und die Aktivitäten in der Mine zu halten. Versteckt hinter Büschen oberhalb der Mine, sah er, dass die Golden Angel voll in Betrieb war. Er erkannte Jim Cady und ein paar andere Männer, die für Baxter gearbeitet hatten. Aber was ihn völlig schockierte, war der Anblick von Anson Chandler, der herumstolzierte, als sei er der Besitzer der Mine.

Aus dem Wenigen, das er sich zusammenreimen konnte, schloss er, dass Angel mit Chandler auf gutem Fuß stand und dass Chandler als Boss fungierte. Was dachte sich Angel dabei? Wie konnte sie die Männer so schnell wie ihre Bluse wechseln? Erst Baxter und jetzt Chandler. Gab es eine Seite an Angel, die er nicht kannte? Es war richtig, dass ich zurückgekehrt bin, dachte Rafe. Es zählte nicht, dass sie ihn für einen Mörder hielt; er konnte eine Frau, die so hilflos wie seine Angel war, nicht einfach ihrem Schicksal überlassen.

Rafe beobachtete, dass Chandler Angel in ihre Hütte folgte, nachdem die Arbeiter Feierabend gemacht hatten. Zorn wühlte ihn auf. Sie war in punkto Männer wie ein unschuldiges Baby. Sie hatte *ihn* geheiratet, ausgerechnet ihn, nicht wahr? Was seine Ansicht mehr als bewies.

Als Chandler lange in der Hütte blieb, wurde Rafe wild vor Eifersucht. Er ignorierte die Gefahr, kletterte den Hang hinab und kroch zur Hütte. Er verschmolz mit den Schatten und duckte sich unter ein Fenster. Dort verharrte er einen Moment, um zu Atem zu kommen, und dann hob er vorsichtig den Kopf und spähte in das Zimmer. Was er sah, ließ ihn innerlich vor Empörung aufschreien.

Sein Engel in Chandlers Armen und ihn küssend! Er erinnerte sich, wie oft sie behauptet hatte, Chandler zu hassen; am liebsten wäre er in die Hütte gestürmt und hätte sie dem anderen Mann aus den Armen gerissen. *Verdammt, verdammt, verdammt!* Er musste verhindern, dass seine wankelmütige Angel etwas tat, was sie ganz sicher bereuen würde.

Nachdem er alles gesehen hatte, was ihn interessierte, ließ sich Rafe unter die Fensterbank sinken. Angel war zu angreifbar; er konnte sie nicht ihrem Schicksal überlassen. Chandler wollte sich nicht nur ihren Reichtum unter den Nagel reißen, er begehrte sie auch als Frau, und ein Typ wie er würde nicht zögern, sie zu vergewaltigen. Dann dämmerte es Rafe. Plötzlich wusste er genau, was er tun würde.

Angela schlief ein, an Rafes Kissen geschmiegt. Obwohl sie den Kissenbezug gewaschen hatte, seit Rafe fortgeritten war, glaubte sie, noch immer seinen männlichen

Geruch durch den Stoff wahrzunehmen. Sie schlief so tief, dass sie nicht das schabende Geräusch hörte, als ein Fenster geöffnet wurde und ein großer Mann hindurchstieg. Sie schlief selig weiter – bis eine Decke über ihren Kopf geworfen wurde und starke Arme sie hochhoben und forttrugen.

Langsam wurde sie wach und erkannte, dass sie nicht geträumt hatte. Sie wurde aus ihrem Bett entführt! Von wem? Von Chandler? Das ergab keinen Sinn. Sie wollte protestieren, doch ihre Stimme wurde von der Decke gedämpft, und ihre Worte klangen wie dumpfes Gemurmel. Dann spürte sie die kühle Nachtluft, und Panik stieg in ihr auf.

Es nutzte nichts, dass sie strampelte und um sich schlug. Die Arme, von denen sie gehalten wurde, waren zu stark, und die Decke ließ ihr zu wenig Handlungsfreiheit. Dann veränderte sich das Gelände, und Angela erkannte, dass ihr Entführer bergauf kletterte. Sie schaffte es, ein paar Worte der Empörung zu krächzen, doch das schien den Mann nicht zu beeindrucken. Sie hatte das Gefühl, stundenlang bergauf getragen zu werden, aber in Wirklichkeit war es nur eine halbe Stunde, dann wurde sie auf den Boden gelegt. Sofort versuchte sie, sich aus der Decke zu befreien, doch ihr Entführer war zu schnell für sie. Rasch und geschickt band er die Decke mit einem Strick um ihren Körper und fesselte ihre Knöchel, sodass sie nicht flüchten konnte. Sie war wehrlos, völlig der Gnade ihres Entführers ausgeliefert.

Rafe blickte auf Angel hinab, zufrieden, dass sie nicht flüchten konnte, während er zur Hütte zurückkehrte und Kleidung und ein Pferd für sie holte. »Ich werde bald wiederkommen«, flüsterte er ihr rau durch die Decke ins Ohr. Dann verließ er die Höhle und schlich in die dunkle Nacht hinaus.

Alles war still in der Mine, als Rafe zur Hütte zurückkehrte. Diesmal betrat er sie durch die Vordertür und zündete in Angelas Zimmer eine Lampe an. Er fand ihre Satteltaschen und stopfte hastig Kleidungsstücke hinein. Nach einem schnellen Rundblick fügte er eine Haarbürste, Handtücher, Seife und einen Waschlappen hinzu. Als er in einer Kommode nach Haarbändern suchte, stieß er auf einen kleinen Stapel Goldmünzen und ein Bündel Banknoten.

Da er kein eigenes Geld hatte und wusste, dass sie mehr Proviant brauchen würden, als er aus der Küche mitnehmen konnte, steckte er das Geld in eine der Satteltaschen. Dann rollte er zwei Wolldecken zusammen und trug alles in die Küche, wo er einen leeren Jutesack mit Speck, Dosenwaren, Bohnen, Keksen, Kaffee, Salz, Mehl und anderen essbaren Dingen füllte. Dann löschte er die Lampe, nahm sie und die anderen Dinge mit und verließ die Hütte.

Als er zum Pferch der Pferde hinüberschlich, wieherten sie wie zum Gruß, und er betete, dass Chandler keinen leichten Schlaf hatte. Er entdeckte Angels Stute sofort und sprach sanft und beruhigend auf sie ein, während er ihr den Sattel auflegte und festschnallte.

Als er damit fertig war, legte er die Satteltaschen über den Widerrist der Stute und band den Jutesack ans Sattelhorn. Dann führte er das Pferd von den Hütten fort und den Berghang hinauf zu der Höhle. Rafe hatte ein unbehagliches Gefühl, als er sich vorstellte, wie wütend sie auf ihn sein würde. Irgendwie musste er ihr begreiflich machen, dass es so zu ihrem Besten war.

Angela kämpfte gegen die erstickenden Falten der Decke, bis sie vor Erschöpfung gezwungen war aufzugeben. Was hatte dies alles zu bedeuten? Wer hatte sie entführt und warum? Sie konnte sich nicht vorstellen, dass Anson so etwas tat, denn dadurch konnte er nichts gewinnen. Hatte sie unbekannte Feinde?

Aus Mangel an einer besseren Lösung schrie Angela. Das Geräusch, gedämpft von der Decke, hallte von unsichtbaren Wänden wider. Sie erschauerte und ließ ihrer Fantasie freien Lauf. Ihre scharfen Sinne verrieten ihr einiges, und nichts davon war tröstlich. Der Boden unter ihr war feucht, die Luft ringsum kühl. Ihr Entführer war ein großer kräftiger Mann, der sie mit Leichtigkeit bergauf getragen hatte. Aber das war auch schon alles, was sie sich zusammenreimen konnte.

Gefangen in der Dunkelheit, fand Angela es unmöglich zu schätzen, wie viel Zeit seit ihrer Entführung vergangen war. Minuten oder Stunden konnten verstrichen sein, als sie nahende Schritte hörte. Durch den Stoff der Decke nahm sie einen Lichtschein wahr. Ihr Entführer trug eine Lampe.

»Wer sind Sie?«, schrie Angela. Obwohl ihre Worte nur dumpf unter der Decke hervorklangen, wusste sie, dass er sie verstand. »Warum tun Sie das?«

Sie hörte ein Seufzen. Der Laut schien in ihrem Kopf nachzuhallen und Alarmglocken auszulösen. »Lassen Sie mich frei!«

Sie spürte seine Hände an ihren Knöcheln. Er entfernte die Fesseln, und dann löste er den Strick, mit dem die Decke um ihren Körper gebunden war. Angela holte tief Luft, als die Decke von ihr gezogen wurde. Sie blinzelte und starrte in das stoische Gesicht ihres Entführers.

»Du!«

»Hallo, Angel.«

»Geh zum Teufel, Rafe Gentry! Du hast mich zu Tode erschreckt.« Sie schaute sich um und erkannte, dass sie sich in einer Höhle befand. »Was soll das? Was treibst du hier?«

»Es freut mich, dass du froh bist, mich zu sehen«, sagte er ohne eine Spur von Sarkasmus.

»Wie du dich erinnern wirst, haben wir uns nicht unter den besten Bedingungen getrennt«, erwiderte Angela.

»Wie *du* dich erinnern wirst, hast du mir erzählt, du willst nichts mit Chandler zu tun haben, doch jetzt ist er bei dir und benimmt sich, als gehörtest du ihm mitsamt der Mine.«

Angela starrte ihn staunend an. »Woher weißt du das?«

»Ich weiß mehr, als du denkst. Hast du seinen Kuss genossen?«

Angela wurde blass. »Das hast du gesehen?«

»Weißt du nicht, dass du mit dem Feuer spielst?«, fuhr Rafe fort, ohne auf ihre Frage einzugehen. »Chandler wird vor nichts zurückschrecken, um an dein Geld heranzukommen. Er hat sich bereits deine Gunst erschlichen.«

»Du weißt überhaupt nichts, Rafe Gentry. Anson hat *mich* geküsst, nicht ich *ihn«*, verteidigte sie sich.

In seiner Stimme klang eine Spur Spott mit. »Gibt es da einen Unterschied? Was macht Chandler in der Mine?«

»Anscheinend haben Männer aus dem Westen mehr Vorurteile gegenüber Frauen, als ich dachte. Ich konnte keine Männer finden, die für eine Frau arbeiten. Anson bot mir Hilfe an. Er versprach, mir all die Arbeiter zu bringen, die ich brauchte, und schlug vor, dass wir uns als Verlobte ausgeben.«

Rafe lachte verächtlich. »Ausgeben! Ihr beide kamt mir verdammt dick befreundet vor.«

»Du verstehst nicht«, versuchte Angela zu erklären. »Ich bin *deinetwegen* auf Ansons Vorschlag eingangen.«

Rafe blickte sie verblüfft an. »Meinetwegen? Du hast Recht, ich verstehe wirklich nicht.«

»Ich bin sicher, dass Anson über Baxters Tod mehr weiß, als er wissen sollte. Ich habe ihn um seine Mitarbeit gebeten, um herauszufinden, was er weiß.«

Seine Stimme enthielt einen zynischen Unterton. »Willst du damit sagen, du glaubst jetzt, dass ich unschuldig bin – dass ich Baxter nicht umgebracht habe?«

»Ich will damit sagen, dass ich bereit bin, alles zu tun, was nötig ist, um die Wahrheit herauszufinden.« Ihre Stimme wurde weicher. »Ich wäre glücklich, wenn ich deine Unschuld beweisen könnte, Rafe.«

»Vergiss es, Angel. Entweder glaubst du mir oder nicht.«

Männer!, dachte Angela. Warum müssen sie so stur sein? Sie erhob sich. Ihre Beine waren wacklig, und sie schwankte. Rafe streckte einen Arm aus, um sie zu stützen.

»Wenn du mit deinen Spielchen fertig bist, Rafe Gentry, dann möchte ich jetzt zu meiner Hütte zurückkehren.«

»Du gehst nirgendwohin, Angel. Du denkst nicht zusammenhängend. Du rennst ins Unglück. Als dein Ehemann habe ich die Pflicht, dich zu beschützen.«

Verwundert fragte Angela: »Du bist zurückgekehrt, um mich zu beschützen? Nach unserem wütenden Streit?«

»Warum sonst sollte ich hier kleben bleiben? Ich weiß, dass du mir nicht vertraust, dass du mich für einen Killer hältst, aber das mindert nicht meine Verantwortung für deine Sicherheit.«

Angela reckte das Kinn vor. »Ich kann selbst auf mich aufpassen. Hast du nicht gehört, was ich gesagt habe? Ich versuche, deine Unschuld zu beweisen. Du solltest mir dankbar sein.«

»Dankbar dafür, dass du einen Beweis für meine Unschuld brauchst? Allein mein Wort sollte reichen.«

»Du vergisst, dass ich nicht die Einzige bin, die einen Beweis haben will«, erinnerte Angela. »Was ist mit dem Sheriff? Wenn ich beweisen kann, dass jemand anders Baxter ermordet hat, wird dein Name reingewaschen.«

»Du hast Chandler im Verdacht?«

»Um ehrlich zu sein: ja.«

Rafe verlor die Beherrschung. »Bist du verrückt? Wenn Chandler ein Killer ist, dann bist du jede Minute in seiner Gesellschaft in Gefahr! Was ist, wenn Chandler durch deine Fragen misstrauisch wird und sich sagt, dass er dich nicht mehr braucht? Dein Stiefvater ist dein nächster Verwandter. Er würde die Golden Angel und all deinen anderen Besitz erben, wenn du bei einem fingierten Unfall stirbst. Chandler würde durch seinen Handel mit Kent profitieren. Gott, wie naiv kannst du sein?«

Angela wirkte echt zerknirscht. »So habe ich es nie betrachtet. Ich werde von jetzt an vorsichtiger sein. Mach dir keine Sorgen um mich, Rafe. Pass nur auf dich selbst auf.«

Sie versuchte, sich an ihm vorbeizuschieben.

»Wohin willst du?«

»Zurück zur Mine. Sie kann nicht zu weit fort sein. Ich will dort sein, bevor die Minenarbeiter zur Arbeit antreten.«

Als sie sich an ihm vorbeizwängen wollte, legte er ihr hart die Hand auf die Schulter. »Du gehst nirgendwohin, Angel.«

Sie riss sich los. »Wie willst du mich aufhalten?«

»Genauso wie ich dich hergebracht habe – wenn es sein muss.«

Angela schluchzte. »Du würdest mich entführen? Wohin?«

»Ich will meinen Namen reinwaschen. Ich kehre nach Dodge City zurück und stelle Mr Wingate zur Rede, das ist der Bankier, der mich und meine Brüder fälschlich des Bankraubs beschuldigt hat. Ich werde dir beweisen, dass ich kein Bandit bin, und wenn es das Letzte ist, was ich tue.«

»Es könnte sehr gut das Letzte sein«, murmelte Angela vor sich hin. »Ich kann dir nicht verdenken, dass du deinen Namen reinwaschen willst. Aber ich verstehe nicht, warum du mich mitnehmen willst. Du wärst besser dran, wenn ich hier bliebe und von Anson etwas über Baxters Tod erfahren könnte. Er ist anscheinend der Einzige außer dir, der die Sache ins rechte Licht rücken kann.«

»Nein! Diesmal lasse ich dich nicht zurück. Du kommst mit mir, und basta. Wenn alles klappt, können wir dieses Rätsel gemeinsam lösen.«

»Ich komme *nicht* mit dir«, erwiderte Angela.

»Du hast keine Wahl. Ohne mich gehst du nicht mehr zur Mine oder zu Chandler.«

»Das kann ich nicht hinnehmen, Rafe. Ich bin für die Golden Angel verantwortlich; ich kann sie nicht unbeaufsichtigt lassen.«

»Und *ich* bin für dich verantwortlich, Angel. Ich habe viel riskiert, um zu dir zurückzukehren, und ich reite nicht ohne dich fort.«

Angela starrte ihn an. Er wirkte wie ein eifersüchtiger Ehemann. »Ist das alles, was ich für dich bin, Rafe? Eine Verantwortung? Nimmst du *all* deine Verantwortungen so ernst?«

»Ich nehme meine Verantwortung für *dich* ernst, Angel. Du bist meine Frau. Jede Menge Leute in Ordway waren Zeugen unserer Trauung. Wir waren intim miteinander. Was ist, wenn du ein Kind von mir bekommst?«

Angela legte unwillkürlich eine Hand auf den Bauch. »Das ist unmöglich! Ich kann nicht schwanger sein …«

»Es ist sehr gut möglich, und du kannst sehr wohl schwanger sein. Denk darüber nach, während ich die Satteltaschen mit deiner Kleidung in die Höhle bringe, damit du dich anziehen kannst.«

»Du hast Kleidung für mich eingepackt?«

»Und ein paar zusätzliche Dinge. Oh, ich habe etwas Geld in deiner Kommode gefunden. Ich dachte, es könnte uns sehr gelegen kommen, und so steckte ich es in deine Satteltaschen.«

»Du hast eines vergessen, Rafe: Ich reite nirgendwohin mit dir. Es ist wichtiger für mich, in Ansons Nähe zu bleiben, um ihn zu beobachten. Du solltest dankbar sein, dass ich bereit bin, das für dich zu tun.«

Rafe schüttelte den Kopf. »Du kommst mit mir, und wenn ich dich auf deine Stute binden muss.«

»Du hast meine Stute mitgebracht?«

»Sie ist draußen bei meinem Wallach.«

»Ich werde dich hassen, wenn du darauf bestehst, dass ich mitkomme. Ich werde flüchten.«

Rafe zuckte mit den Schultern. »Du kannst es versuchen. Was das Hassen anbetrifft, so hast du klargemacht, was du für mich empfindest, als du mich des Mordes an Baxter beschuldigt hast.«

»Aber ich will dir glauben, Rafe; deshalb muss ich Anson aushorchen.«

»Tut mir leid, Angel, es gibt kein Zurück mehr. Ich hole deine Satteltaschen.«

Ich habe noch nie einen so sturen Mann wie Rafe erlebt, dachte Angel in ohnmächtigem Zorn. Oder einen so unsentimentalen. Oder einen so herrischen und besitzergreifenden. Die Liste seiner Mängel endete abrupt, als Rafe mit den Satteltaschen zurückkehrte und sie vor ihren Füßen fallen ließ.

»Ich sattle die Pferde, während du dich anziehst. Ich will vor Tagesanbruch losreiten.«

Als er die Höhle verließ, starrte Angela auf seinen Rücken und erschauerte – diesmal nicht nur wegen der feuchten Kälte in der Höhle. Rafes starre Miene verriet seine Entschlossenheit, seinen Willen durchzusetzen. Dass er sogar so weit gegangen war, sie zu entführen, hatte sie nicht wirklich überrascht; er musste gewusst haben, dass sie die Mine niemals aus freiem Willen verlassen hätte.

Da Angela keinen Ausweg aus ihrer Lage sah, zog sie ihr Nachthemd aus und kleidete sich an. Sie hatte gerade ihre Stiefel angezogen, als Rafe zurückkehrte.

»Bereit, wie ich sehe. Du wirst dich mit Dörrfleisch begnügen müssen, bis es sicher ist, eine Rast für eine Mahlzeit einzulegen.«

»Ich kann warten. Ich habe den Appetit verloren, als ich mitten in der Nacht aus meinem Bett verschleppt wurde. Bist du sicher, dass du es dir nicht doch noch anders überlegst? Bitte, lass mich zurück.«

»Kommt nicht in Frage.« Er nahm die Lampe, packte Angela am Ellenbogen und führte sie aus der Höhle. Draußen löschte er die Lampe und ließ sie gleich hinter dem Höhleneingang stehen.

Bevor Angela einen Einwand vorbringen konnte, packte Rafe sie, warf sie auf den Pferderücken und nahm die Zügel.

»Gib mir die Zügel«, verlangte Angela.

»Die behalte ich bis auf weiteres. Entspann dich, Angela, und genieß den Ritt.«

Rafe wusste, dass Angel verärgert war, und er traute ihr einen Fluchtversuch durchaus zu. Noch nie war er einer so sturen Frau begegnet. Offenbar hatte sie keine Ahnung von der Gefahr, die Chandler darstellte. Sonderbar, er hatte nie auch nur in Erwägung gezogen, Chandler des Mordes an Baxter zu verdächtigen. Er hatte hin und her überlegt, wer Baxters Mörder sein konnte, aber auf den Namen Chandler war er niemals gekommen. Erst seit Angel ihn auf die Möglichkeit hingewiesen hatte, hatte er erkannt, dass Chandler von Baxters Tod profitieren konnte.

Es war ganz offenkundig, wie Chandler Angels Verletzlichkeit ausnutzen wollte. Und darum erstaunte es ihn, dass Angel Chandler zur Mine eingeladen hatte. Die Frau war eine wandelnde Katastrophe. Sie brauchte einen Schutzengel. Nur der Himmel wusste, welches

Unheil sie für sich heraufbeschworen hätte, wenn er, Rafe, nicht zurückgekehrt wäre.

Entschlossen, für Angels Sicherheit zu sorgen, trieb Rafe sein Pferd an. Dodge City war nur die erste Station auf seinem langen Ritt, um seinen Namen reinzuwaschen.

12

Die Sonne stand hoch am Himmel, als Rafe eine Rast ankündigte. Er hatte eine abgelegene Stelle an einem plätschernden Bach entdeckt, die von dicht stehenden Espen geschützt wurde.

»Es ist jetzt sicher, zu rasten und einen Bissen zu essen«, sagte er, als er absaß und Angela von ihrem Pferd hob. Er kramte in einem Sack mit Proviant, den er an seinen Sattel gebunden hatte, und zog eine verbeulte Kaffeekanne heraus. »Füll die Kaffeekanne mit Wasser, bevor du dich im Bach erfrischst. Und vergiss nicht, deine Feldflasche zu füllen, wenn du schon dabei bist. Ich mache ein Feuer und brate etwas Speck.«

Angela starrte ihn nur wild an, riss ihm die Kaffeekanne aus den Händen und schritt davon. Rafe lachte in sich hinein, als er ihr auf dem Weg zum Bach nachschaute. Er hatte vergessen, ihren Hut mitzunehmen, und ihre Wangen waren von der Sonne gerötet. Wahrscheinlich würde sein Engel eher von einem Sonnenstich tot umfallen, als bei ihm auch nur ein Wort der Klage zu äußern. Sein Lächeln wurde noch breiter, als er das verlockende Schwingen ihrer Hüften unter dem Rock betrachtete.

Er erinnerte sich nur zu gern, wie sich ihr geschmeidiger Körper unter seinen Händen aufgebäumt hatte, wenn er sie gestreichelt hatte. Besonders empfindsam hatte sie reagiert, wenn er ihre Brüste mit den Lippen und Händen liebkost hatte. Allein bei dem Gedanken, wie sich ihre Brustspitzen aufgerichtet und seinem Mund entgegengereckt hatten, bekam er eine Erektion.

Rafe schluckte, als er Angel am Ufer des Baches knien sah. Sie reckte den Po in die Luft und klatschte sich Wasser ins Gesicht und über die Vorderseite ihrer Bluse.

Der Anblick erregte ihn so sehr, dass er Angela am liebsten auf den Rücken geworfen und gleich hier am Bachufer genommen hätte. Hastig blickte er fort. Er wusste genau, wie Angela auf seine wilde Begierde reagieren würde. In ihrer derzeitigen Verfassung würde sie ihn wohl rundweg zum Teufel jagen.

Er unterdrückte ein Aufstöhnen und beobachtete, wie sie zu einer Buschgruppe ging, bevor er sich wieder den anliegenden Aufgaben widmete. Als das Feuer gut brannte, ging er hinter eine Baumgruppe und wusch sich im Bach. Nach seiner Rückkehr zum Feuer schnitt er Speck in eine Pfanne und briet ihn. Angela kehrte mit der Kaffeekanne zurück und stellte sie zum Kochen auf, während Rafe am Feuer hantierte.

»In diesem Jutesack sind altbackene Brötchen«, sagte Rafe. »Werden die zum Speck genügen?«

»Wenn sie aus meiner Küche stammen, sind sie überhaupt nicht altbacken«, entgegnete Angela. »Ich habe sie erst gestern gebacken.«

Als der Kaffee fertig war, setzten sie sich auf den Boden, um die magere Mahlzeit zu sich zu nehmen. Danach spülte Angela die Zinnteller und die verbogenen Gabeln, während Rafe alles wieder einpackte. Die Atmosphäre war eisig. Plötzlich nahm Rafe seinen Hut ab und setzte ihn auf Angelas Kopf.

»Was soll das?«, fragte Angela unwillig.

»Ich habe deinen Hut vergessen. Ich will nicht, dass du einen Sonnenstich bekommst oder dir deine zarte Haut verbrennst.«

»Und was ist mit dir?«

»Meine Haut ist bereits an die Sonne gewöhnt und viel dicker als deine. Behalte den Hut; in der ersten

Stadt, die auf unserem Weg liegt, werde ich dir einen anderen kaufen.«

Er half ihr beim Aufsitzen, nahm die Zügel ihres Pferdes und schwang sich auf seinen Wallach.

»Ich bin selbst dazu in der Lage, meine Zügel zu halten«, protestierte Angela und versuchte, sie Rafe aus der Hand zu reißen.

»Versprichst du mir, dass du nicht abhaust und zur Mine zurückreitest?«

Sie presste die Lippen aufeinander. »Das kann ich nicht versprechen, Rafe Gentry, und das weißt du.«

»Dann behalte ich die Zügel, bis eine Umkehr für dich nicht mehr in Frage kommt«, sagte Rafe, trieb sein Pferd an und zog ihre Stute hinter sich her. »Heute Nacht kampieren wir in Pueblo und reiten früh am Morgen weiter. Ich will die Stadt hinter mir haben, bevor die Bewohner wach werden.«

Diese Worte waren die letzten für den Rest des langen Tages. Als die Sonne am westlichen Horizont unterging und purpurne Schatten über das Land krochen, fand Rafe einen idealen Lagerplatz neben einem Flüsschen, das sie zuvor überquert hatten. Eine Gruppe kleinerer Felsen unter einem steilen Felshang bot Schutz vor dem Wetter und wilden Tieren.

»Du kannst baden, wenn du magst, während ich die Pferde versorge«, sagte Rafe und wies zu dem kleinen Fluss. »Aber trödele nicht herum und geh nicht zu weit fort. Seife und Handtücher findest du in den Satteltaschen.«

Angela nickte nur und nahm die nötigen Dinge aus den Taschen.

»Wie lange willst du noch so schweigsam sein?«, fragte Rafe und blickte sie mit erhobenen Augenbrauen an. »Hier draußen in der Prärie ist es mächtig einsam, wenn man keine menschliche Stimme hört.«

»Ich bin immer noch wütend auf dich, Rafe Gentry.

Du bist arrogant, herrisch und anmaßend. Du hast kein Recht, mich zu etwas zu zwingen!«

»Wenn ich dich wirklich zu etwas zwingen wollte, würde ich dir die Kleider vom Leib reißen und mich auf dich werfen. Dann würde ich dich lieben, bis wir beide zu erschöpft wären, um noch einen Finger zu rühren.«

Angela öffnete den Mund: »Ich … ich …« Sprachlos vor Empörung, warf sie sich herum und flüchtete zum Flüsschen. Sie ging erst langsamer, als sie sicher war, dass sie nicht von Rafe verfolgt wurde. Sie schnappte nach Luft, sank neben dem Wasser auf die Knie und wartete, bis sie wieder zu Atem kam.

Rafes provozierende Worte hatten eine Erinnerung in ihr wachgerufen, die sie aufwühlte. Vor ihrem geistigen Auge sah sie Rafe nackt, die Muskeln auf seiner Brust und dem Rücken gespannt, die kräftigen Beine gespreizt, sein Glied lang und hart zwischen den Schenkeln. Sie schlug die Hände vors Gesicht und stöhnte auf. Bei dem Gedanken, seine Stöße in ihrem heißen Körper zu spüren, stieg ihr das Blut in die Wangen, und sie klatschte sich kaltes Wasser ins Gesicht, um sie abzukühlen.

Sie sehnte sich nach einem kühlen Bad, doch sie war nicht bereit, sich auszuziehen, wo Rafe sie sehen konnte. Deshalb ging sie am Ufer entlang und suchte einen Platz, der versteckt lag. Eine Biegung des Flüsschens bot die Deckung, die sie suchte, dort konnte sie vom Lagerplatz aus nicht gesehen werden. Nach einem verstohlenen Blick über ihre Schultern zog sich Angela bis aufs Unterhemd aus und steckte einen Zeh ins Wasser. Nach dem heißen Tag im Sattel fühlte es sich köstlich kühl an, und mit der Seife in der Hand watete sie ins Wasser, bis es an ihre Hüften reichte.

Sie beugte sich vor, wusch ihr Haar und spülte die Seife ab. Nach einem stummen Zwiegespräch, bei dem ihre Vernunft verlor, zog sie ihr Unterhemd aus und warf es ans Ufer. Dann seifte sie ihren Körper ein und setzte sich auf den mit Kieseln bedeckten Boden des Flüsschens und ließ das Wasser mit der leichten Strömung sanft über sich spülen. Sie trödelte so lange im erfrischenden Wasser, dass sie jedes Zeitgefühl verlor. Sie wäre viel länger im Wasser geblieben, wenn sich nicht ihr Magen mit einem Knurren gemeldet hätte.

Angela wurde aus ihrer Träumerei gerissen, als sie ein schwaches, fernes Geräusch hörte. Das Knacken eines Astes? Ein mulmiges Gefühl stieg in ihr auf. Das Geräusch hatte vielleicht nichts zu bedeuten. Oder es konnte von Indianern verursacht worden sein. Oder von wilden Tieren, die in dem kleinen Fluss ihren Durst stillen wollten. Wie auch immer, sie konnte in ernster Gefahr sein. Sie warf einen Blick zu ihrer Kleidung am Ufer. Nicht auszudenken, wenn sie nackt überrascht wurde.

Dann sah sie ihn. Er stand reglos am anderen Ufer. Der gedrungene, muskulöse Körper des Indianers, nur spärlich mit einem Lendenschurz bedeckt, war mit Kriegsfarbe bemalt. In seiner Hand hielt er einen Bogen. Angela stockte der Atem, als sie seinen starren Blick auf sich gerichtet sah. Sie wollte schreien, doch sie brachte keinen Ton heraus.

Langsam wich sie zum Ufer zurück. Der Indianer beobachtete sie, und seine intensive Musterung ließ Angela vor Furcht erschauern.

»Mach keine plötzlichen Bewegungen.«

Unglaubliche Erleichterung erfüllte Angela, als sie Rafe am Ufer stehen sah. Nie im Leben war sie so froh darüber gewesen, jemand Vertrauten zu sehen. Dann sank ihr Mut, als sie erkannte, dass er seinen Revolvergurt nicht trug.

»Was soll ich tun?«, fragte Angela mit zitternder Stimme.

»Er ist vielleicht nicht allein. Er könnte von einem Trupp stammen, der in der Nähe lagert.«

Angela blickte zu dem Indianer hinüber und erbebte unter seinem durchdringenden Starren. »Vielleicht hat er noch nie eine weiße Frau gesehen.«

»Jedenfalls keine nackte, würde ich wetten«, bemerkte Rafe trocken.

»Dies ist nicht der Zeitpunkt für Scherze, Rafe Gentry.«

»Ich scherze nicht, Angel. Ich versuche zu überlegen, wie wir hier am besten verschwinden können, und das mit heiler Haut. Ich hoffe, die Dunkelheit wird uns helfen.«

Angela begann zu frösteln. Die Schatten waren länger geworden, und im Abendwind, der über ihren nackten Körper strich, bekam sie eine Gänsehaut. »Wie … wie lange muss ich hier bleiben?«

Rafe warf einen Blick zu dem Indianer. »Nicht mehr lange. Ich glaube, er ist allein. Oder zu weit von seinem Trupp entfernt, um ihn herbeizuholen. Er ist vermutlich ebenso überrascht wie wir. Komm jetzt langsam zu mir.«

»Ich bin nackt.«

»Das lässt sich nicht ändern. Komm jetzt, Angel!«

Angela setzte sich steif in Bewegung und konzentrierte sich darauf, vorsichtig einen Fuß vor den anderen zu setzen. Indianer hatten Reverend Conrad und dessen Frau getötet. Würden sie und Rafe die nächsten Opfer werden? Sie kämpfte gegen ihre Furcht an und zwang sich, weiterhin zu Rafe zu waten.

Das Wasser tropfte von ihren Hüften, reichte nur noch bis zu den Knien, dann bis zu den Knöcheln, und sie hatte fast die Stelle erreicht, an der Rafe wartete. Einen Augenblick später war sie aus dem Wasser heraus und nahm das Handtuch, das Rafe ihr hinhielt.

»Geh jetzt zu unserem Lagerplatz«, verlangte er. »Ich bringe deine Kleidung mit.« Er ließ keinen Moment den stummen Indianer aus den Augen, der am anderen Ufer stand.

Plötzlich stieß der Indianer einen entsetzlichen Schrei aus und stürzte sich mit einem Hechtsprung ins Wasser.

»Er kommt!«, stieß Angela zitternd hervor.

»Lauf weiter!«, rief Rafe. »Ich regele das.«

Angela warf sich herum und rannte los, ignorierte die spitzen Steine und die Dornen des umstehenden Gestrüpps, die auf ihrer Haut blutige Schrammen hinterließen. Sie wollte Rafe nicht mit dem Indianer allein zurücklassen, aber Rafes Stimme hatte keinen Widerspruch geduldet.

Als sie an ihrem Lagerplatz war, nahm sie frische Kleidung aus den Satteltaschen und zog sich schnell an. Getrieben von Angst um Rafe, suchte sie nach seinen Revolvern und sah sein Halfter mit den Waffen neben seinen Satteltaschen liegen. Vorsichtig zog sie einen Revolver heraus, und dann hetzte sie zum Flüsschen zurück. Sie kannte sich nicht sehr gut mit Waffen aus, aber sie war überzeugt davon, mit dem Revolver feuern zu können, um Rafes Leben zu retten.

Sie stoppte abrupt, als sie sah, dass Rafe mit dem Indianer kämpfte. Mit zitternder Hand hob sie den Revolver und versuchte, auf den Indianer zu zielen, aber die beiden Männer waren so miteinander verschlungen, dass ein Schuss leicht Rafe hätte treffen können. Inzwischen stand eine blasse Mondsichel am Himmel, und im schwachen Licht konnte Angela kaum genaue Einzelheiten des Kampfes erkennen, doch sie sah, dass er sehr heftig war. Ihr stockte der Atem, als im schwachen Mondschein kurz die Klinge eines Messers auffunkelte.

Die Männer rollten ineinander verkrallt über den Boden, und jetzt wurde es noch schwieriger, sie voneinander zu unterscheiden. Angela ließ den Revolver sinken; sie konnte nicht schießen, ohne Rafes Leben zu gefährden. Unbewusst schluchzte sie auf, und Tränen liefen über ihre Wangen. Dies war alles ihre Schuld. Hätte sie sich nicht zu weit vom Lagerplatz entfernt und so lange im Wasser herumgeplätschert, wäre dies nie passiert.

Ein erstickter Laut drang aus ihrer Kehle, als sie sah, wie das Messer plötzlich nach unten gestoßen wurde. Sie wusste nicht, wer das Messer hielt, und befürchtete das Schlimmste. Beide Männer verharrten plötzlich, als sei die Zeit stehen geblieben. Das Keuchen und die Kampfgeräusche verstummten mit einem Mal. Angela hielt den Atem an. Dann sah sie eine Bewegung; einer der beiden Männer erhob sich vom Boden. Sie stieß erleichtert den angestauten Atem aus.

»Rafe! Gott sei Dank!«

Rafe kauerte sich neben den toten Indianer und rang um Atem. Er wollte Angel wütend anblicken, sein Missfallen darüber zeigen, dass sie nicht auf ihn gehört hatte, aber er hatte keine Kraft dazu. Der Indianer war in seiner Entschlossenheit, die weiße Frau zu bekommen, unglaublich stark gewesen. Schließlich richtete sich Rafe auf, breitete die Arme aus, und Angel warf sich hinein.

»Rafe! Oh, Rafe, ich dachte ... ich befürchtete schon ... Gott sei Dank ist dir nichts passiert.«

Er drückte sie an sich. »Ich hatte dir befohlen, nahe beim Lagerplatz zu bleiben«, sagte er mit einer Schroffheit, die nichts von seiner Erleichterung verriet. Er entdeckte seinen Revolver in ihrer Hand und unterdrückte ein Aufstöhnen. »Ich hoffe, du hast keine Sekunde erwogen, damit zu feuern.«

Sie schmiegte ihr Gesicht an seine Brust. »Ich wollte dir nur helfen.«

»Hast du jemals in der Dunkelheit gefeuert?«

»Nein, aber ich weiß, wie man schießt.«

Er verdrehte die Augen. »Dann muss ich dem Himmel wohl danken. Komm, lass uns unsere Kleidung einsammeln und dann schleunigst von hier verschwinden. Seine Freunde könnten ihn suchen.«

»Ist er tot? Ich hatte solche Angst. Ich konnte nicht erkennen, wer das Messer hielt.«

»Er ist tot«, bestätigte Rafe. Er wollte ihr nicht sagen, wie knapp der Ausgang des Kampfes gewesen war. Er spürte, wie Blut aus der Wunde, die er erlitten hatte, sein Hemd am Kragen tränkte. Der Schnitt, der von seinem rechten Augenwinkel bis zum Ohrläppchen führte, war nicht lebensgefährlich, blutete jedoch stark. Er war dankbar, dass Angel ihn in der Dunkelheit nicht bemerkt hatte, denn er wusste, dass sie zu viel Aufhebens darum machen würde.

Angela setzte sich auf einen Steinbrocken und zog ihre Stiefel an, während Rafe ihre Kleidungsstücke aufsammelte. Dann gingen sie zum Lagerplatz. Nach ein paar Schritten fiel Rafe auf, dass Angela humpelte.

»Hast du dich verletzt?«

Sie schüttelte den Kopf.

»Und warum humpelst du?«

»Ich ... es ist nichts.«

Plötzlich dämmerte es Rafe, dass sie mit bloßen Füßen zum Lagerplatz gerannt und wieder zurückgekehrt war. Dabei musste sie sich an den Füßen verletzt haben. Ohne ihr Gelegenheit zum Widerspruch zu geben, hob er sie auf seine Arme.

»Was ... was machst du da?«, stotterte Angela.

»Wie schlimm hast du dich verletzt? Deine armen Füße müssen Schlimmes erlitten haben.«

»Es geht schon. Du bist derjenige, der mit einem Indianer auf Leben und Tod gekämpft hast.« Sie berührte zärtlich sein Gesicht. Als sie die Hand zurückzog, waren die Finger feucht. Sie starrte bestürzt auf die Hand. »Du bist verletzt!«

»Es ist nichts. In meinen Satteltaschen ist Salbe. Ich werde etwas auf deine Fußsohlen auftragen, bevor wir weiterreiten. Es ist zu gefährlich, jetzt hier zu bleiben. Die Gefährten des Indianers werden ihn inzwischen vermissen und nach ihm suchen. Wenn sie seine Leiche finden, werden sie nach Spuren suchen und unserer Fährte folgen.«

»Was ist mit der Verletzung in deinem Gesicht?«

»Nicht so schlimm. Die Blutung hat fast aufgehört.«

Sie erreichten den Lagerplatz. Rafe setzte Angela auf einen Baumstumpf. »Bleib sitzen, ich hole die Salbe.«

Bald darauf kehrte er zurück, zog ihr die Stiefel aus und trug behutsam die lindernde Mixtur auf ihre Fußsohlen auf. Dann sagte er: »Ich lösche das Feuer und packe unsere Sachen.«

»Ich kann dir helfen.«

Er klang fast verärgert, als er die Glut des Feuers austrat. *»Ich* mache das. Wann wirst du endlich lernen, Befehle zu befolgen?«

»Wenn du lernst, damit aufzuhören, sie zu erteilen«, entgegnete Angela heftig.

In absichtlicher Missachtung seiner Befehle humpelte sie zu ihren Satteltaschen und begann, ihre verschmutzte Kleidung darin zu verstauen. Rafe presste nur die Zähne aufeinander und schwieg, während er schnell die Pferde sattelte.

Er hätte wissen sollen, dass sein Engel nicht auf ihn hören würde. Ihre Rückkehr zum Flussufer, als er ihr befohlen hatte, am Lagerplatz zu bleiben, hätte katastrophal für sie enden können. Wenn der Indianer sie gesehen hätte, dann hätte er sie vielleicht als Schutzschild genommen und verschleppt. Und in diesem Fall hätte er, Rafe, nicht das Geringste dagegen tun können. Allein der Gedanke an die Gefahr, in die Angel sich gebracht hatte, ließ ihn erschauern.

Bald hatte Rafe die Arbeit erledigt und war zum Aufbruch bereit. Er half Angela auf ihre Stute und reichte ihr dann die Zügel. »Ich nehme an, du hast keine Lust, auf meine Gesellschaft zu verzichten, wenn Indianer in der Nähe herumschleichen«, sagte er und schwang sich in seinen Sattel. »Ich übernehme die Führung.«

»Wohin reiten wir?«

»Von hier fort, und zwar so schnell wie möglich. Wir werden vermutlich die ganze Nacht über reiten müssen, um sie abzuschütteln. Es wird uns einige Zeit kosten, aber es ist verdammt gesünder, als hier zu bleiben.«

Sie ritten nach Südosten, bis die Sonne über der Prärie aufging und sie in einem brillanten Farbenspiel badete. Rafe wusste, dass Angel erschöpft sein musste, denn er war selbst ziemlich erledigt. Er warf einen Blick über die Schulter zu ihr und sah, dass sie im Sattel hin und her schwankte. Er zügelte sein Pferd und wartete, bis sie auf gleicher Höhe mit ihm war; dann griff er hinüber, packte sie und schwang sie vor sich auf sein Pferd. Er lächelte, als sie sich seufzend an ihn schmiegte. Dann nahm er die Zügel ihres Pferdes und ritt weiter.

Kurze Zeit später entdeckte er eine ungewöhnliche Felsformation, die aussah, als könnte sie den Schutz geben, den er suchte. Die Stelle wirkte wie ein Labyrinth von Felsen, die sich alle wahllos aneinander zu lehnen schienen.

Rafe lenkte die Pferde tief in das Labyrinth der aufragenden Felsen. Ein Rinnsal floss zwischen zwei Felsen hervor, und Rafe sagte sich, dass das alles war, was sie brauchten.

Er hielt die schlafende Angela aufrecht im Sattel fest und stieg vorsichtig vom Pferd. Dann hob er sie herunter und legte sie behutsam auf den Boden, während er die Deckenrolle abschnallte und die Decken ausbreitete. Er hatte gedacht, dass sie erst etwas essen sollten, doch Angel schlief so tief, dass er sich entschied, mit dem Essen zu warten. Ruhe war jetzt wichtiger.

Er bettete Angela behutsam auf die Decken, zog ihre Stiefel aus und untersuchte die Füße. Besorgt stellte er fest, dass die Haut an vielen Stellen aufgerissen und wund war. Er holte die Salbe aus seinen Satteltaschen und trug eine neue Schicht auf die verletzten Stellen auf. Dann deckte er Angela zu und legte sich neben sie.

Die Sonne versank hinter den fernen Bergen, als Angela Stunden später erwachte. Sie setzte sich auf und sah sich um, denn sie hatte keine Ahnung, wo sie sich befand und wie sie zu diesem Lagerplatz gekommen war. Sie streckte sich und bereute es sofort. Jeder Knochen in ihrem Körper schmerzte. Sie suchte in ihrer Erinnerung nach Antworten, aber sie wusste nur, dass sie eine scheinbare Ewigkeit hinter Rafe her geritten war. Sie erinnerte sich an Dunkelheit, dann Licht und danach an gar nichts mehr. Ihr Magen knurrte, und sie fühlte sich wie ausgehungert.

Rafe schlief noch tief und fest. Er lag von ihr abgewandt, und sie konnte nur die linke Seite seines Gesichts sehen. Seine Stirn war glatt, als kenne er keine Sorge auf der Welt, und sie fand seine dunklen Wimpern unglaublich lang und schön. Abrupt drehte er sich im Schlaf um, und jetzt sah sie seine rechte Gesichtshälfte. Sie schrie erstickt auf, als ihr Blick auf die blutige Strieme fiel, die vom Winkel seines Auges bis zu seinem Ohrläppchen verlief.

Das Geräusch musste Rafe aus dem Schlaf gerissen haben, denn er sprang auf und griff nach seinem Revolver. »Was ist? Haben die Indianer unser Versteck entdeckt?«, fragte er alarmiert.

»Dein Gesicht! Was hat er dir angetan?«

»Oh, das.« Rafe zuckte mit den Schultern. »Es ist nichts Ernstes.«

»Du wirst eine Narbe behalten. Lass mich die Verletzung behandeln.«

»Mach kein Theater, Angel. Ich kann mich selbst darum kümmern. Im Augenblick gibt es Wichtigeres zu erledigen. Mein Magen hängt bis zu den Kniekehlen. Ich mache uns etwas zu essen.«

»Wo sind wir?«

»Versteckt zwischen Felsen. Es war unter den gegebenen Umständen das Beste, was ich tun konnte. Du hättest nicht weiterreiten können. Bleib still sitzen, während ich für das Essen sorge. Wir müssen uns mit kaltem Proviant begnügen, ein Feuer können wir noch nicht riskieren.«

»Lass mich dir helfen.« Angela stand auf, fiel aber gleich wieder stöhnend zurück. Ihre Fußsohlen waren einfach noch zu wund, um ihr Gewicht schmerzlos zu tragen.

»Ich habe dir befohlen, still sitzen zu bleiben«, sagte Rafe mit sichtlicher Verzweiflung. »Eines Tages wirst du lernen, auf mich zu hören.«

»Das bezweifle ich.« Angela versteifte sich. »Feuchte ein Tuch an und bring es her, damit ich das Blut von deinem Gesicht waschen kann. Ich weigere mich zu essen, bevor ich mich um deine Verletzung gekümmert habe.«

Rafe starrte sie einen Moment finster an und zuckte dann die Achseln. »Also gut.«

Er fand einen Waschlappen in seinen Satteltaschen und tränkte ihn mit Wasser aus seiner Feldflasche. Dann gab er ihn Angela und setzte sich neben sie. »Tu, was du nicht lassen kannst, Frau.«

Angela betupfte vorsichtig die Schnittwunde, säuberte sie von Blut und Schmutz. Als sie fertig war, lehnte sie sich zurück und betrachtete ihr Werk. Der Schnitt war nicht tief, aber er würde wohl eine Narbe hinterlassen. Aber statt seine männlich schönen Gesichtszüge zu verunstalten, würden sie dadurch noch zusätzlich den Reiz des Geheimnisvollen erhalten.

»Hast du etwas, womit ich die Wunde verbinden kann, um die Heilung zu unterstützen?«, fragte sie.

»Wie wäre es mit der Salbe, die ich auf deine Füße gerieben habe?« Rafe sah sie fragend an, und als sie nickte, erhob er sich. »Ich hole sie.«

»Ich sollte die Wunde mit ein, zwei Stichen nähen, bevor ich die Salbe auftrage«, meinte Angela bei Rafes Rückkehr.

Er zuckte in gespieltem Schock zurück. »Ich will dich nicht mit einer Nadel in meiner Nähe haben, Lady. Lieber lebe ich mit der Narbe.«

»Sie wird überhaupt nicht unattraktiv sein«, bemerkte Angela.

Rafe lachte. »Wenn du versuchst, mir zu schmeicheln, wird es nicht klappen. Ich bin verdammt wütend auf dich, weil du nicht gehorcht hast. Du hast dich für dein Bad viel zu weit von unserem Lagerplatz entfernt. Zu deinem Glück habe ich nach dir gesucht, als du nicht zurückkamst.«

»Ich wollte etwas Intimsphäre haben«, verteidigte sich Angela. »Woher sollte ich wissen, dass es in dieser Gegend Indianer gibt?«

Rafe grinste spöttisch. »Intimsphäre? Ich habe alles gesehen, was du zu bieten hast, Angel.«

Er berührte ihre Wange. Angel hielt unwillkürlich den Atem an, als er federleicht an ihrem Gesicht und ihrem Hals hinab streichelte: Er schaute ihr in die Augen und umfasste eine ihrer Brüste, massierte sie sanft und erregend. Er lächelte, als sie die Augen schloss und ein leises Seufzen über ihre Lippen kam. Sie war nicht so immun gegen ihn, wie sie vorgab.

Gott, er begehrte sie. Es war schon so verdammt lange her, seit er sie das letzte Mal geliebt hatte. Er neigte sich näher und küsste die geschlossenen Augen und die weichen, leicht bebenden Lippen, bis er ihr ein weiteres Seufzen entlockte.

»Lass mich dich lieben, Angel.«

Sie öffnete die Augen und sah zu ihm auf. In seinen

silbergrauen Augen lag ein solches Verlangen, dass sie ihm nicht widerstehen konnte.

Er atmete schwer. Auch sie versuchte vergebens, ihre heftigen Atemzüge unter Kontrolle zu bekommen. Er neigte sich näher, so nahe, dass sie die Hitze seines Körpers spüren konnte.

Obwohl sie wusste, dass sie es später vielleicht bereuen würde, war sie vollkommen willenlos. Sie ließ es geschehen, als er mit ihr auf die Decken sank und sich über sie neigte. Sie atmete tief, genoss seinen männlichen Duft, als sich ihr Atem mischte. Sie spürte seine Hände auf den Brüsten, den Mund auf ihren Lippen. Mit einem atemlosen, kleinen Stöhnen ergab sie sich schamlos in seinen heißen, saugenden Kuss, nahm begierig seine Zunge auf und genoss deren erregendes Spiel in ihrem Mund.

»Ich will dich nackt«, flüsterte er dann an ihren Lippen.

Er entkleidete sie schnell und riss in seiner Hast, sie völlig zu entblößen, ihr Unterhemd ein. Sie wand sich ungeduldig, als er sich auf die Hacken zurücksetzte und sie anstarrte.

»Dein Körper ist perfekt«, murmelte er. »Alles an dir bewundere ich. Ich hoffe, eines Tages deine liebliche Stimme zu hören, wenn du unser Baby in den Schlaf wiegst.«

Angela stockte der Atem. War Rafe klar, was er soeben gesagt hatte? »Heißt das, du willst mit mir verheiratet bleiben? Mit mir als Mann und Frau zusammenleben? Wie kannst du das wollen, wenn sie dich jagen?«

»Ich werde eine Möglichkeit finden. Hilf mir«, wisperte er und fummelte an den Knöpfen seines Hemdes.

Einen Augenblick später war er so nackt wie sie. Angelas Blick glitt bewundernd über seinen Körper. Seine breiten Schultern und die kräftige Brust verdeckten aus ihrer Perspektive die Sonne. Seine Hüften waren schmal, die Beine lang und muskulös. Ihr Blick schweifte zu seinem Glied. Sie sah, wie erregt und bereit er war.

Rafe bemerkte ihren Blick. »Trau dich nur heran.«

Zögernd berührte sie die Spitze und strich langsam daran hinab über die gesamte Länge. Dann ebenso langsam wieder hinauf. Er stöhnte auf und stieß ihr die Hüften entgegen. Angela erfüllte ihm den Wunsch, umschloss sein Glied mit den Fingern und hielt es fest in ihrer Hand.

Er presste die Zähne aufeinander, von unsagbarer Lust erfüllt. Er atmete keuchend und angestrengt. Heißes Verlangen wallte in ihm auf. Sein Glied schwoll noch mehr an, wurde härter und voller. Getrieben von wilder Begierde stieß er seine Hüften hinauf, schneller und schneller, in ihrer Hand, bis er gezwungen war, all seine Willenskraft aufzubringen, um dies nicht zu schnell enden zu lassen.

»Genug«, sagte er fast grollend und zog ihre Hand fort. »Ich will, dass dies so lange andauert wie möglich.«

Er neigte sich vor, nahm eine ihrer Brustspitzen in den Mund, saugte, nippte und leckte daran, bis Angela das Gefühl hatte, in einer stürmischen See von Wonne und köstlichem Schmerz zu ertrinken. Seine Hand glitt über ihren flachen Leib, zu dem samtenen Vlies zwischen ihren Schenkeln, zum feuchten Zentrum ihrer Weiblichkeit.

Angela warf den Kopf hin und her und unterdrückte einen Aufschrei, als sie seine erkundenden Finger tief in sich spürte. Ein Zittern von Kopf bis Fuß ging durch ihren Körper, und sie hatte das Gefühl, in jeder Faser ihres Körpers von flüssigem Feuer erfüllt zu werden.

Als er den Kopf über sie neigte und die angespannte kleine Knospe am Eingang zu ihrem Zentrum der Lust mit der Zungenspitze berührte, wurde sie von unsagbarer Wonne erfasst.

»Rafe! Bitte. Ich … ich kann nicht mehr warten!«, keuchte sie.

Er ignorierte sie, erkundete sie gründlich, und das erregende Spiel seiner Zunge peitschte ihre Sinne auf. Gerade als Angela dachte, die Lust, die sich schier unerträglich in ihr aufbaute, nicht mehr ertragen zu können, öffnete Rafe sie mit sanftem Druck seiner Knie weit für sich und drang in sie ein. Mit beiden Händen umfasste er ihr Gesäß und hob sie an. Dann stieß er tief zu. Sie spürte ihn heiß und tief in sich hineingleiten.

Ein Aufschrei drang aus ihrer Kehle, und sie umklammerte seine Schulter und grub die Fingernägel tief in seine Haut. Sie bäumte sich begierig zu ihm auf, um das wilde Auf und Ab seiner Hüften zu erwidern. Schweiß tropfte von seiner Stirn auf ihre, doch sie nahm es gar nicht wahr. Nichts zählte außer dem verzweifelten Verlangen, diesen fernen Gipfel zu erreichen. Dann war sie unvermittelt dort – wie von einer Woge der Lust hinaufgespült, und die Welt ringsum schien zu explodieren.

Rafe hörte Angels Aufschrei und spürte ihre Ekstase, die zur Erfüllung führte. Er hatte das Gefühl, noch fester in ihr umschlossen zu werden, und bei diesem köstlichen Kitzel verlor er den Rest an Kontrolle, die er mühsam gewahrt hatte. Er gab dem Verlangen seines Körpers nach, und es war, als breche ein Damm, der die Flut seiner Leidenschaft aufgestaut hatte.

Nur langsam klang seine Erregung ab, und sein rasender Herzschlag normalisierte sich. Er zog sich zurück und wälzte sich zur Seite. Die Augen fielen ihm zu, und dann glaubte er, davonzuschweben.

Eine Ewigkeit oder auch nur einen Augenblick später spürte er eine leichte Berührung an seinem Gesicht. Überrascht öffnete er die Augen und lächelte, als er sah, dass Angel sich über ihn neigte und mit der Fingerspitze unglaublich zart an der heilenden Schnittwunde entlang streichelte. Ein tiefes Glücksgefühl erfüllte ihn, als sie zärtlich die Stelle küsste, an der sie ihn zuvor gestreichelt hatte.

»Es ist meine Schuld, dass du verletzt worden bist, Rafe. Du hattest Recht. Ich hätte nicht so weit von unserem Lagerplatz weggehen sollen.«

»Vergiss es, Liebste. Jedenfalls habe ich nicht mehr die Sorge, dass du mir ausreißt. Ich bezweifle, dass du versuchen wirst, zur Golden Angel zurückzukehren, nachdem du erkannt hast, in welche Gefahr du dich begeben würdest.«

»Ich nehme an, du hast Recht«, stimmte Angela weich zu. Zu weich, um Rafe zu beruhigen.

Er blickte sie forschend an. »Mir gefällt nicht, wie es in deinen Augen funkelt, Angel. Was hast du vor?«

»Ich werde mich hüten, allein zurückzukehren, aber ich werde dich zu überreden versuchen, mich zurückzubringen. Wir sind nicht so weit fort, dass eine Rückkehr nicht mehr in Frage käme. Anson könnte mich während meiner Abwesenheit bestehlen, bis mir nichts mehr bleibt. Er könnte sogar mein Verschwinden als Freibrief nutzen, um die Mine im Namen meines Stiefvaters zu übernehmen.«

»Mich überreden?« In Rafes silbergrauen Augen glomm ein verräterischer Schimmer. »Hm, du machst mich neugierig. Ich bin überzeugt, du wirst deine Überredungskunst genießen, wenn sie mehr erfordert als das, was wir soeben geteilt haben.« Er zog sie auf sich. »Nur zu, Liebling, überrede mich. Ich kann es kaum erwarten.«

13

Rafe und Angela trafen am folgenden Morgen in Pueblo ein, gerade als die Läden geöffnet wurden. Angela fühlte sich wundervoll lebendig nach einer Nacht, in der sie sich fast pausenlos geliebt hatten. Zwischen dem Sex hatten sie nur kleine Nickerchen gemacht, um nach dem Erwachen das Liebesspiel fortzusetzen, bis die Dunkelheit der Nacht einem strahlenden Sonnenaufgang gewichen war.

»Ich dachte, du wolltest Städte meiden«, sagte Angela, als Rafe auf die Hauptstraße einbog.

Er zügelte sein Pferd, wartete, bis sie ihn eingeholt hatte, zog ihr seinen Hut vom Kopf und setzte ihn auf seinen eigenen. »Du brauchst einen Hut. Ich warte draußen vor dem General Store, während du drinnen einen nach deinem Geschmack kaufst. Kauf auch Kaffee – unserer geht zur Neige – und alles sonst, was du für nötig hältst. Ich möchte bis Dodge City keine weitere Stadt mehr besuchen.«

Angela ließ ihren Blick verstohlen über die Straße schweifen. Verkäufer begannen soeben ihre Arbeit, und frühe Kunden waren unterwegs. »Was ist, wenn du erkannt wirst?«

Er zog den Hut tief in die Stirn. »Ich werde vorsichtig sein.« Er trieb sein Pferd an, und Angela folgte ihm. Sie hielten vor dem General Store.

»Das Geld ist in deinen Satteltaschen«, sagte Rafe, als Angela absaß.

Angela fand das Geld, nahm ein paar Scheine von dem Bündel und steckte den Rest zurück in die Satteltasche. »Es wird nicht lange dauern.«

Sie band die Zügel ihres Pferdes an den Haltebalken und wollte in das Geschäft gehen. Doch schon nach ein paar Schritten blieb sie abrupt stehen, den Blick auf den Steckbrief gerichtet, der an einem Pfosten vor dem Laden hing und jedem ins Auge fallen musste. Das Blut stieg ihr in den Kopf, und ihr Puls begann zu rasen. Sie blickte über die Schulter, um zu sehen, ob Rafe den Steckbrief mit der Abbildung der Gentry-Brüder bemerkt hatte.

»Ich habe das gesehen«, sagte Rafe ruhig. »Tu so, als ob das Plakat keinerlei Bedeutung für dich hätte, und wickle deine Geschäfte ab.«

Angela nickte und betrat den Laden, ohne zurückzublicken.

Rafe betrachtete den Steckbrief, der drei Männer zeigte, die nur wenig Ähnlichkeit mit ihm und seinen Brüdern hatten. Er fragte sich, warum daneben kein zweiter Steckbrief hing, auf dem Rafe Gentry des fünffachen Mordes beschuldigt wurde.

Er zog die Hutkrempe noch tiefer herab und wandte den Kopf von Passanten ab. Er hielt es für äußerst unwahrscheinlich, erkannt zu werden, doch er wollte kein Risiko eingehen. Als Angela aus dem Geschäft kam, atmete sie erleichtert auf. Ein hellbrauner Hut thronte auf ihrem blonden Haar, und sie trug einen Sack voller Proviant. Rafe saß ab, nahm den Sack entgegen und befestigte ihn an seinem Sattelhorn. Seine Anspannung ließ erst nach, als die Stadt hinter ihnen lag.

Von nun an wählte Rafe an jedem Abend abgelegene Stellen zum Kampieren. Er hielt wachsam nach Indianern Ausschau, sah jedoch nichts, was auf ihre Anwesenheit in dieser Gegend hinwies. Immer wenn sie das Glück hatten, in der Nähe eines Gewässers zu lagern, spülten sie den Staub und den Schweiß des Rittes ab. In den meisten Nächten schliefen sie miteinander. Wenn sie dazu aber zu müde waren, hielt Rafe Angela nur in den Armen und fragte sich, wie lange das Schicksal es ihnen noch erlauben würde, zusammen zu sein.

Rafe hätte die Art Zufriedenheit, die er mit Angel empfand, nicht beschreiben können. Nichts an ihrem Zusammentreffen war normal gewesen. Sie hatte ihn gerettet, bevor der Lynchmob ihn hatte aufhängen können, und dann geheiratet, was keiner von ihnen wirklich gewollt hatte. Und inzwischen fühlte er sich in einer Weise an sie gebunden, wie er es früher nie für möglich gehalten hatte.

Eines Abends lagerten sie am Ufer des Arkansas River. Rafe kündigte an, dass sie den ganzen nächsten Tag rasten konnten, und so nutzte Angela die Mußezeit, um ihre getragene Kleidung zu waschen und über Büschen zum Trocknen aufzuhängen. Dann zog sie sich aus, wusch die Kleidung, die sie gerade getragen hatte, und tauchte selbst ins kühle Wasser.

Rafe gesellte sich kurze Zeit später zu ihr, nachdem er zwei Kaninchen für ihr Abendessen gefangen, ausgenommen und aufgespießt hatte. Er entledigte sich seiner Kleidung und watete in den Fluss, sodass das Wasser über seine breiten Schultern spritzte, bis er bei Angel war.

»Heute wird es mehr als Bohnen und Speck zum Abendessen geben«, kündigte er lächelnd an. »Ich habe zwei Kaninchen zum Braten neben das Feuer gelegt.«

»Mir läuft schon das Wasser im Mund zusammen«, antwortete Angela lächelnd.

Ja. So war es tatsächlich, doch das lag mehr am Anblick von Rafes Striptease als an der Vorfreude auf das Abendessen. Sie wurde es nie leid, ihn zu betrachten. Sie hatte einst in Topeka in einem Museum eine Statue gesehen, die Rafes herrlicher Statur nicht das Wasser hatte reichen können. Es gab kein Gramm überflüssiges Fett an seinem Körper. Und das Beste war, dass kein Feigenblatt seine Männlichkeit verdeckte, die erregender war, als eine kalte Marmorstatue es jemals sein konnte.

»Was denkst du?«, fragte Rafe. »Du bist so still. Überlegst du etwa noch immer, wie du mich zur Rückkehr überreden kannst?«

»Ich nehme an, wir sind an einen Punkt gelangt, an dem es keine Umkehr mehr gibt«, sagte Angela. »Ich habe mich damit abgefunden, dies durchzustehen – was immer du auch zu beweisen versuchst. Ich hoffe nur, dass du es nicht bereuen wirst.«

Rafe runzelte die Stirn. »Was bereuen? Dass ich dich mitgenommen habe oder dass ich versuche, meine Unschuld zu beweisen?«

»Beides«, erwiderte Angela. »Ich befürchte, du hast dir etwas vorgenommen, was du unmöglich bewältigen kannst. Du hättest verschwinden sollen, als du noch die Chance dazu hattest. Du hättest vielleicht nach California reiten sollen oder nach Norden, nach Montana. Irgendwohin, wo dich niemand finden kann.«

Er schüttelte den Kopf. »Ich muss *dir* etwas beweisen.«

»Aber zu welchem Preis? Ehrlich, Rafe, manchmal kannst du so stur sein, dass es mich erschreckt.«

Sie tauchte den Kopf ins Wasser und begann ihr langes Haar einzuseifen.

»Lass mich das machen«, sagte Rafe und schob ihre Hände zur Seite.

Ein leises Stöhnen kam über Angels Lippen, als sich Rafe nach der Kopfwäsche ihrem Körper widmete. Zuerst seifte er ihren Oberkörper ein, dann tauchte er hinab, um Seife über ihre Beine und den Unterleib zu verteilen. Als sie seine Hände an der Innenseite eines ihrer Beine hochgleiten spürte, stieg Erregung in ihr auf.

»Rafe! Benimm dich.«

Er blickte sie verrucht an, kein bisschen entschuldigend. »Wie kann ich mich benehmen, wenn ich von einem reizenden Engel verführt werde?«

»Du bist unersättlich! Nur zu deiner Information: Ich versuche nicht, dich zu verführen. Dreh dich um, damit ich deinen Rücken waschen kann.«

Rafe überreiche ihr die Seife und drehte sich gehorsam um. Nachdem sie seinen Rücken abgeschrubbt hatte, drehte sie ihn zu sich herum und seifte seine Brust ein. Sie spielte mit dem Gedanken, ihre Hände weiter an ihm hinabgleiten zu lassen, doch sie wusste, wohin das führen würde, und so drückte sie ihm die Seife in die Hand und forderte ihn auf, den Rest selbst zu erledigen. Er blickte sie so enttäuscht an, dass sie fast laut gelacht hätte.

»Geh noch nicht«, sagte Rafe, als sie zurück zum Ufer waten wollte.

»Sollten die Kaninchen nicht gewendet werden? Sie könnten verbrennen.«

Seine Stimme klang rau vor Verlangen, und seine silbergrauen Augen glänzten. »Zum Teufel mit den Kaninchen! Sie sind noch gar nicht auf dem Feuer. *Ich* bin es, der verbrennt.«

Sie sah ihn gespielt ärgerlich an. »Rafe, dies ist nicht der richtige Zeitpunkt, um …«

»Da bin ich ganz anderer Meinung, Angel. Dies ist genau der richtige Zeitpunkt. Es war nicht leicht, dich nur in den Armen zu halten, während du schliefst, aber ich wusste, dass du erschöpft warst. Mir ist klar, dass das ständige Reiten strapaziös für dich war. Deshalb habe ich entschieden, einen Tag zu rasten, bevor wir weiterreiten. Wenn ich dich heute Nacht liebe, kannst du morgen den ganzen Tag durchschlafen.«

Sie warf ihm einen koketten Blick über die Schulter zu und setzte den Weg ans Ufer fort. Er schüttelte sich, und Wassertropfen flogen in alle Richtungen. Dann verfolgte er sie und holte sie ein. Bald wurde es eine fröhliche Balgerei. Sie beide brauchten dieses neckische Spiel, um die Spannung loszuwerden, unter der sie seit dem Verlassen der Mine gestanden hatten. Er packte Angel am Knöchel, bevor sie aufs Flussufer krabbeln konnte, und zog sie ins Wasser zurück. Sie ging unter und tauchte prustend auf, als er sie an den Schultern aus dem Wasser hochzog.

»Rafe Gentry, willst du mich ertränken?«

»Ich habe etwas ganz anderes im Sinn, Liebling.«

Wie um zu beweisen, was er vorhatte, nahm er sie in die Arme und trug sie zu ihren Decken. Dann kniete er sich neben sie und leckte die Wassertropfen ab, die sich zwischen ihren Brüsten angesammelt hatten. Als er mit der Zunge ihre aufgerichteten Brustknospen umschmeichelte, stöhnte sie auf, umfasste seinen Kopf und drückte ihn an ihre Brüste.

»Rafe! Wir sind verrückt!«, keuchte sie. »Jedes Mal, wenn wir es tun, erhöhen wir die Möglichkeit, dass wir ein Baby machen.«

Er hob den Kopf und starrte sie an. »Wäre das so schlimm? Du bist schließlich meine Frau.«

»Aber es ist unvernünftig. Kinder brauchen einen Vater, der immer für sie da ist.«

Rafes Augen verengten sich, und er lehnte sich auf die Hacken zurück. »Du könntest bereits schwanger von mir sein.«

»Sag das nicht!«

Es war nicht der Gedanke, von Rafe ein Kind zu bekommen, der Angela Angst einjagte; es war die Unsicherheit von Rafes Zukunft – ihrer gemeinsamen Zukunft.

»Es tut mir leid, dass dich der Gedanke schockt, von mir ein Kind zu bekommen«, sagte Rafe gepresst.

»Das ist nicht das, was ich gemeint habe, und das

weißt du«, protestierte Angela. »Keiner von uns weiß, was die Zukunft bringen wird.«

»Deshalb sollten wir für die Gegenwart leben.«

»Und wenn ein Kind da ist?«

»Ich hoffe, dann bei dir zu sein, um es mit aufzuziehen.« Seine Augen verdunkelten sich. »Aber wenn ich nicht da bin, weiß ich, dass du die beste Mutter sein wirst, die ein Kind haben kann. Die Mine wird dir all die finanzielle Sicherheit geben, die du brauchst.«

Angela ließ sich auf die Knie nieder, und ihre Augen blitzten ihn herausfordernd an. »Zum Teufel mit dir, Rafe Gentry! Meinst du, mich interessiert finanzielle Sicherheit? Das sind nicht die Worte, die ich von dir hören will.«

»Und was willst du hören? Dass ich dich brauche? Also gut. Ich brauche dich. Bist du nun zufrieden?«

»Sag mir mehr«, flüsterte Angela.

»Du bist mein Schutzengel. Als wir uns begegneten, war eine Heirat das Letzte, was ich von dir wollte. Ich hätte auf meine innere Stimme hören sollen, bevor ich mich in deinem Netz verfing. Ich hätte fortreiten und nie zurückschauen sollen. Ich bin nicht gut genug für dich, Angel.«

Angela spürte, wie sich ihre Augen mit Tränen füllten, und sie wischte sie mit den Handrücken fort. Rafe brauchte sie; er liebte sie nicht. Das waren nicht die Worte, die sie hatte hören wollen. Er hatte fast verzweifelt geklungen, als ob Liebe etwas sei, das sein Leben komplizierte.

»Hast du mich einfach aus meinem Bett entführt, weil du mich brauchtest? Ist das alles, was du mir zu sagen hast?«

Er ballte die Hände zu Fäusten. »Ich … ich kann es nicht erklären. Ich konnte einfach nicht den Gedanken ertragen, dass Chandler dich hat. Du gehörst mir, Angel, ob ich dich verdiene oder nicht. Dich unbeschützt zurückzulassen war mir unmöglich, nachdem ich gesehen hatte, wie du Chandler geküsst hast. Dieser hinterlistige Bastard will dich gar nicht; er ist nur hinter deinem Geld her!«

Angela sprang auf. »Meinst du, das weiß ich nicht?« Sie starrte ihn wild an. »Willst du wissen, was ich für dich empfinde?«

Rafes Miene verfinsterte sich. »Ich weiß es bereits. Du hast mich geheiratet, weil du ein Engel bist, eine Frau, die es nicht übers Herz brachte, mich aufhängen zu lassen. Du hast nie vorgehabt, eine dauerhafte Ehe mit mir zu führen. Ich bin derjenige, der kleben geblieben ist, als ich dich hätte verlassen sollen. Du verdienst ein besseres Leben. Eines ohne mich.«

Angela schnaubte. »Typisch Mann. Wenn du das glaubst, dann bist du dümmer, als ich gedacht habe. Ich wollte beweisen, dass Chandler etwas mit Baxters Ermordung zu tun hat. Er könnte der Killer sein, aber du musstest mich ja von dort fortholen und meine Ermittlung beenden. Wie willst du ohne meine Hilfe deinen Namen reinwaschen? Gewiss weißt du inzwischen, dass ich dich … mag.«

Seine Augen glänzten wie reines Silber im schwindenden Licht. Seine Haltung straffte sich. Er schlang die Arme um sie, riss sie an sich, presste sie an seine weit gespreizten Schenkel. Er wollte sie in sich aufnehmen, spüren, wie sie unter ihm dahinschmolz, fühlen, wie sich ihre Weichheit seiner Härte anpasste. Er wollte hören, dass sie ihn liebte, obwohl er noch nicht das Recht hatte, ihr seine Liebe zu bekennen. Er war ein Gesetzloser, gesucht wegen mehrerer Verbrechen.

»Du magst mich nur? Wenn ich ein Optimist wäre, würde ich mehr aus diesen Worten heraushören.«

Er senkte den Mund auf ihren. Seine Zunge stieß zwischen ihre Lippen, und er küsste sie tief und sinnlich, bis ihre Knie nachgaben und er mit ihr tun konnte, was er wollte. Er schien den Moment ihrer Kapitulation zu erkennen, denn er sank mit ihr auf die Decken.

»Wie sehr magst du mich, Angel?«, fragte er grollend an ihren Lippen. »Ich weiß, dass dir der Sex mit mir gefällt. Aber sag mir, ob das alles ist.«

»Die Wahrheit ist, Rafe Gentry, dass du ein unausstehlicher, herrischer Despot bist, der keine Antwort verdient. Du solltest eigentlich spüren, was ich für dich empfinde. Ich würde keinem Mann diese Intimitäten erlauben, den ich nicht liebe. Von Anfang an fühlte ich mich zu dir hingezogen. Ich sah in deine Augen und wusste, dass du niemals jemanden ermorden könntest.«

»Aber du hast doch gedacht, ich hätte Baxter erschossen!«

Sie biss sich auf die Unterlippe. »Das war meine erste Reaktion. Nachdem ich Zeit zum Nachdenken hatte, wurde mir klar, dass ich dir Unrecht getan habe. Deshalb war ich so begierig darauf zu beweisen, dass du nichts mit Baxters Ermordnung zu tun hast. Ich liebe dich, Rafe. Ich weiß nicht, ob wir jemals zusammen glücklich sein können, aber du verdienst es zu wissen, dass ich dich liebe.«

Unglaubliche Freude erfüllte Rafe. Bis ihm klar wurde, wie sinnlos alles war. »O Gott, Angel, es tut mir so leid, dass unser Leben so ein Schlamassel ist. Du wärst besser dran, wenn wir uns nie begegnet wären. An dem Tag, an dem du mir das Leben gerettet hast, wurde ich bereits zweier Verbrechen beschuldigt. Und Baxters Tod machte alles nur noch schlimmer. Ich will meinen Namen reinwaschen. Die Rückkehr nach Dodge City ist der erste Schritt, dir zu beweisen, dass ich kein Bandit bin.«

Sie umfasste seinen Kopf und zog ihn an ihren Mund. Ihr Kuss war zart, verzehrend, tröstend.

»Du brauchst mir nichts zu beweisen, Rafe Gentry. Ich glaube dir. Eines Tages wirst du der Welt beweisen, dass du ein anständiger Mann bist.«

Sie sanken auf die Decken. Ihre Lippen öffneten sich für seine Zunge. Sie seufzte, bog den Kopf zurück, und mit einem heiseren Aufstöhnen küsste er ihren schlanken Hals hinab bis zum Ansatz. Sie bewegte sich an ihm, wie um das Prickeln ihrer Haut zu mildern, als er zu der feuchten Hitze zwischen ihren Schenkeln tastete. Er streichelte sanft ihre intimste Stelle, spreizte sie, schob sanft sein erigiertes Glied hinein – fast verrückt vor Verlangen, sie ganz zu besitzen.

Angel. Sein Engel. Sie liebte ihn.

Er drang langsam in sie ein. Sie lächelte ihn an, ein wissendes frauliches Lächeln, und öffnete sich weit, um ihn zu empfangen. Sie wiegte sich an ihm, hielt ihn mit Armen und Beinen fest, drängte ihn noch weiter in sich. Aber das war nicht genug für Rafe.

Er drehte sich mit ihr, zog sie auf sich, umfasste ihre Brüste und ließ Angela den Rhythmus bestimmen.

Gemeinsam sehnten sie sich nach der Erfüllung. Das Verlangen, das sie füreinander empfanden, wurde noch gesteigert durch ihre tiefen Küsse, und als sie von der höchsten Lust erfüllt wurden, ergoss sich Rafe tief in ihr, während sich ihre Finger in Ekstase in seine Schultern gruben. Sie erbebte mit einem lauten Aufschrei, ihr Körper spannte sich an, und sie warf den Kopf zurück, die Augen fest geschlossen.

Überwältigende Gefühle erfüllten Rafe, als er seinen Engel fest in den Armen hielt, während die Erregung langsam abklang. Er wusste, dass er alles tun würde, um seinen Namen reinzuwaschen und Angel das Leben zu bieten, das sie verdiente.

Am nächsten Tag ruhten sie sich aus, standen nur auf, um zu essen, sich zu lieben, zu baden und sich von neuem zu lieben. Nach dem Abendessen faltete Angel ihre frisch gewaschene Kleidung und packte ihre Satteltaschen

schen. Erst am darauf folgenden Morgen verließen sie ihr kleines Paradies.

Um nicht zu riskieren, in Ordway erkannt zu werden, schlugen sie einen weiten Bogen um die Stadt und setzten den Weg nach Kansas fort. Als sie durch eine kleine Siedlung ritten, stellte Rafe erfreut fest, dass keine Steckbriefe mit seinem Konterfei zu sehen waren. In diesem Ort gab es weder einen Sheriff noch einen anderen Gesetzeshüter. Aber es gab ein kleines Hotel.

»Was meinst du?«, fragte Rafe, als er das Hotel musterte. »Sollen wir die Nacht in einem richtigen Bett verbringen und anständig in einem Restaurant essen?«

»Ich sehe nur eine mexikanische Cantina«, bemerkte Angela.

»In Cantinas kann man manchmal ziemlich gutes Essen bekommen«, sagte Rafe. »Ich bin bereit, es zu versuchen, wenn du einverstanden bist.«

»Ein Bett klingt gut. Und ein Bad in warmem Wasser sogar noch besser. Meinst du, dass es sicher ist?«

»Ich bezweifle, dass jemand in diesem Kaff jemals einen Steckbrief gesehen hat«, meinte Rafe. »Es ist vielleicht unsere letzte Chance, in einem richtigen Bett zu schlafen, bevor wir in Dodge City sind.«

Rafe mietete sich im Siesta Hotel ein und erhielt den Schlüssel für ein Zimmer im Erdgeschoss. Offensichtlich waren sie die einzigen Gäste, denn der verschlafen aussehende Angestellte wirkte ziemlich erstaunt, als Rafe nach einem freien Zimmer fragte.

»Die sind alle frei, Mister«, sagte er. »Wählen Sie eines aus.«

»Hier kommen wohl nicht viele Besucher durch«, bemerkte Rafe.

»Nur wenige. Manchmal übernachten ein paar Cowboys hier, wenn sie eine Herde nach Norden getrieben haben und zur Ranch zurückreiten, aber nicht zu dieser Jahreszeit.«

»Wir hätten gern ein Bad mit heißem Wasser«, sagte Rafe.

»Das kostet extra, Mister, im Voraus. Ebenso die Stallbenutzung für Ihre Pferde.«

»Ich führe die Pferde in den Stall und bringe die Satteltaschen mit«, sagte Rafe zu Angela, während er in der Tasche nach Geld kramte, um zu bezahlen. Bevor sie ins Hotel gegangen waren, hatte er etwas von dem Bargeld aus Angelas Satteltaschen genommen und eingesteckt. »Warte hier auf mich.«

Ein paar Minuten später kehrte Rafe mit Angelas Satteltaschen vom Stall zurück und führte Angela durch die düstere Halle zu ihrem Zimmer. Es war zwar nur spärlich ausgestattet, doch Laken und Bettdecke wirkten ebenso sauber wie der Vorhang vor dem offenen Fenster, der in der Brise flatterte. Rafe blickte sehnsüchtig zum Bett, ließ die Satteltaschen auf den Boden fallen und warf sich mit einem übertriebenen Aufseufzen auf die Bettdecke. Er grinste und streckte Angela eine Hand entgegen.

Weitere Überredungsversuche waren nicht nötig. Angela legte sich zu ihm. Als er sie in die Arme nehmen wollte, schob sie ihn jedoch von sich.

»Nein, noch nicht. Zuerst das Bad, dann das Abendessen.«

»Du bist aber hart im Verhandeln, Mrs Gentry«, grollte Rafe. »Nun gut, machen wir es, wie du willst. Aber ich habe vor, das Bett heute Nacht intensiv zu benutzen.«

Nachdem beide gebadet hatten, gingen sie in die Cantina. Das Essen war überraschend gut. Der einzige Wermutstropfen war ein ziemlich grobschlächtig aussehender Typ in Wildleder-Kleidung, der Rafe auffällig anstarrte. Er war unrasiert, und sein Haar sah aus, als hätte es tagelang keinen Kamm gesehen. Angela musste seine Blicke ebenfalls bemerkt haben, denn sie bestand darauf, die Cantina zu verlassen, bevor Rafe seinen Kaffee ausgetrunken hatte.

»Mir gefällt nicht, wie dich dieser Mann angestarrt hat«, sagte sie, als sie in ihrem Zimmer waren.

»Er hat *dich* angeglotzt«, scherzte Rafe und versuchte sie zu beruhigen. Er hatte das auffällige Verhalten des Mannes ebenfalls bemerkt, und er hoffte, dass es kein Kopfgeldjäger war. Das war das Letzte, was sie jetzt gebrauchen konnten.

Rafe schloss die Tür ab. »Ich kann es kaum erwarten, dieses Bett zu benutzen.«

Rafe liebte Angela mit einer Heftigkeit, die ihn selbst überraschte. Der Gedanke an die Ungewissheit ihrer Zukunft trieb ihn dazu, die Gegenwart hemmungslos auszukosten, um der Frau, die sich liebend an ihn klammerte, so viel Glück wie möglich zu schenken. Für einen kurzen Moment vergaß er seine Sorgen, als er Angel aufschreien hörte und spürte, wie sie kam. Dann ließ er seiner eigenen Leidenschaft freien Lauf und entlud sich in ihr.

Er hielt Angel fest in den Armen, doch seine Gedanken schweiften wieder zu der Sorge ab, die ihn verfolgte, seit ihn der Mann in der Cantina angestarrt hatte. Von diesem Mann ging Gefahr aus. Warum hatte er, Rafe, nur geglaubt, er könne so mir nichts dir nichts seinen Namen von der Beschuldigung des Bankraubs reinwaschen. Es wurde ihm auch klar, dass es ein Fehler gewesen war, Angela mitzunehmen, denn statt sie zu beschützen, gefährdete er sie.

Je länger Rafe über den seltsamen Fremden in der Cantina nachdachte, desto mehr war er davon überzeugt, dass der Mann ihn erkannt hatte. Er blickte zu Angel. Sie schlief. Vorsichtig löste er sich von ihr, stand auf und zog sich an. Er war der Typ Mann, der sich der Gefahr sofort stellte, wenn er sie erkannt hatte.

Die Hotelhalle war verlassen, als Rafe am Empfang vorbei und zur Tür hinausging. Sein Ziel war die Cantina. Er rechnete damit, den Fremden am Tisch sitzend und mit einer Flasche Tequila anzutreffen. Aber er war nicht mehr da. Rafe war klar, dass der Mann nicht weggeritten wäre, wenn er ihn erkannt hätte.

Er verließ die Cantina und kehrte zum Hotel zurück. Vielleicht hatte er sich doch geirrt. Vielleicht hatte der Mann tatsächlich Angel angestarrt. Und vielleicht können Schweine fliegen, dachte Rafe ärgerlich. Irgendwie war er davon überzeugt, dass der Mann ein Kopfgeldjäger war.

»Rafe Gentry?«

Rafe wollte seinen Revolver ziehen, doch der Waffenlauf, der gegen seinen Rücken gedrückt wurde, war ein starkes Abschreckungsmittel.

»Es wäre ein Fehler, das Eisen zu ziehen, Mister«, sagte die Stimme hinter ihm. »Halte die Hände so, dass ich sie sehen kann.«

»Wer bist du?«

»Clyde Dudley.«

Rafe unterdrückte ein Aufstöhnen. Er kannte Dudley zwar nicht persönlich, aber er hatte schon oft von ihm gehört. Dudley hatte in Kansas mehr steckbrieflich Gesuchte abgeliefert als alle anderen Kopfgeldjäger dieses Staates zusammen.

»Was willst du?«, fragte Rafe, obwohl er die Antwort wusste.

»Ich habe auf dich gewartet. Ich wusste, dass du mich in der Cantina erkannt hast wie ich dich.«

Vorsichtig trat Dudley um Rafe herum, bis er ihm gegenüberstand. Dudley hielt seinen Revolver in einer Hand und ein verknittertes Blatt Papier in der anderen. Er hielt Rafe das Papier hin. Rafe nahm es, strich es glatt und sah sein Gesicht und das seiner Brüder auf dem Steckbrief.

»Ich bin unschuldig«, sagte Rafe. »Ebenso meine Brüder. Wir werden fälschlich beschuldigt.«

»Na klar«, erwiderte Dudley spöttisch. »Ich suche dich und deine Brüder seit langem. Wäre ein gelungener Streich, alle drei Gentrys auf einmal abzuliefern.«

Rafe wurde blass. »Du hast doch nicht … meine Brüder …«

»Sie sind noch auf freiem Fuß. Konnte sie noch nicht stellen. Hörte, dass du wegen anderer Verbrechen in Colorado gesucht wirst, und so machte ich mich auf den Weg in diese Richtung. Ich kann kaum glauben, dass ich dich in einem solchen Kaff gefunden habe. Wer ist die Nutte bei dir?«

Rafe versteifte sich bei der Beleidigung. »Lass sie aus dem Spiel.«

»Ich will ihren Namen hören«, verlangte Dudley. »Wird sie ebenfalls gesucht?«

»Angela ist meine Frau. Sie ist absolut unschuldig!«

Dudley lachte höhnisch. »Bestimmt ist sie das nicht, wenn sie dich geheiratet hat. Wo ist dein Pferd?«

»Im Stall hinter dem Hotel. Warum?«

»Den nächsten Sheriff gibt es in Garden City. Ich liefere dich dort ab und kassiere eine hübsche Belohnung für deine Gefangennahme.«

Vorsichtig zog Dudley Rafes Revolver aus den Halftern und steckte sie hinter seinen eigenen Revolvergurt. »Versuch bloß keine Tricks! Auf dem Steckbrief steht tot *oder* lebendig.«

Angela schreckte aus dem Schlaf hoch und stellte fest, dass Rafe nicht mehr neben ihr lag. Panik stieg in ihr auf. Ob es Intuition oder ihre besondere Beziehung zu Rafe war – Angela *wusste,* dass er sich in Schwierigkeiten befand. Sie stand schnell auf und kleidete sich an. Als sie fast an der Tür war, sagte sie sich, dass sie vielleicht eine Waffe brauchen würde. Sie entdeckte Rafes Gewehr neben seinen Satteltaschen und holte es.

Niemand hielt sich in der Halle auf, als sie aus dem Hotel schlüpfte. Sie hörte Stimmen und drückte sich gegen die Wand des Gebäudes. Im tiefen Schatten verborgen, hielt sie den Atem an, als zwei Männer an ihr vorbeigingen. Einer davon war Rafe.

Der Mann hinter Rafe bedroht ihn mit einer Waffe!

Angela erstarrte. Warum hatte Rafe das Bett verlassen? Wer war der Fremde, der einen Revolver auf ihn gerichtet hielt? Wohin gingen sie?

»Ich brauche meine Satteltaschen«, hörte sie Rafe sagen.

»Wo wir hingehen, wirst du gar nichts mehr brauchen«, antwortete der Mann. »Ich bin gut in meinem Job; du wirst mir nicht entkommen.«

»Ich will wenigstens meiner Frau sagen, was geschehen ist.« Rafes Stimme klang verzweifelt.

»Sie wird es sich auch so zusammenreimen.«

Angela hatte es sich tatsächlich zusammengereimt. Der Mann hinter Rafe war derselbe, den sie in der Cantina gesehen hatte. Sie hatte einiges über solche Männer gehört. Es waren Kopfgeldjäger. Angela blickte auf das Gewehr in ihren Händen und erbleichte. Sie wusste, wie mit einem Gewehr gezielt und gefeuert wurde, doch sie war sich nicht sicher, ob sie einen Menschen erschießen konnte. Aber man kann die Waffe auch anders einsetzen, sagte sie sich, als sie das Gewehr in den Händen wog.

Sie beobachtete die beiden und wagte kaum zu atmen, als Rafe und sein Entführer um die Ecke bogen und zum Stall hinter dem Hotel gingen. Sie folgte dichtauf, immer im Schatten der Häuser. Als beide Männer im Dunkel des Stalles verschwanden, huschte sie über die freie Fläche, zwängte sich durch die Stalltür, die einen Spalt offen stand, und duckte sich hinter einen Ballen Heu.

Eine Lampe flackerte auf. »Sattle deinen Gaul!«, hörte Angela den Kopfgeldjäger befehlen.

Sie hielt den Atem an und beobachtete, wie Rafe sich umdrehte. Sie betete, dass er nichts Dummes tun würde, bevor sie eine Möglichkeit sah, ihm zu helfen.

»Ich reite nirgendwohin, bevor ich mit meiner Frau gesprochen habe«, beharrte Rafe und verschränkte die Arme vor der Brust.

Dudley zuckte die Achseln. »Dann liefere ich dich eben als Leiche ab. Das ist ohnehin bequemer für mich. Einen Toten braucht man nicht durchzufüttern. Zum letzten Mal: Du sprichst mit niemandem.«

Er nahm einen Strick von seinem Sattelknauf. »Halte die Hände hinter dem Rücken. Du kannst auf dem Bauch nach Garden City reiten.«

Angela hörte Rafe etwas murmeln, als der Kopfgeldjäger ihn umdrehte und ihm die Hände auf den Rücken riss. Beide Männer standen jetzt von ihr abgewandt; sie musste sofort handeln! Sie holte tief Luft, trat hinter dem Heuballen hervor und schlich auf den Kopfgeldjäger zu, bis sie nah genug hinter ihm stand. Dann holte sie aus und schlug dem Kopfgeldjäger mit aller Kraft den Gewehrkolben auf den Hinterkopf.

Rafe sah eine schattenhafte Bewegung im Licht der Lampe an der Wand, und ihm stockte der Atem. Erschrocken fuhr er herum. Auch Dudley musste gespürt haben, dass etwas nicht stimmte, denn er warf einen nervösen Blick hinter sich. Doch es war zu spät. Das Gewehr krachte auf seinen Kopf.

Rafe sah Dudley zusammenbrechen. Dann war plötzlich Angela in seinen Armen und klammerte sich zitternd an ihn. Er hielt sie fest, küsste ihre Stirn, ihre Wangen, ihr Haar.

»Alles in Ordnung mit dir?«, fragte er und hielt sie auf Armlänge von sich, um sie ansehen zu können.

Sie nickte. »Und mit dir?«

»Mir geht's prima.« Er zog sie wieder an sich.

»Wer ist dieser Mann?«, fragte Angela und blickte auf die reglose Gestalt zu ihren Füßen.

»Er heißt Clyde Dudley. Ein Kopfgeldjäger. Einer der besten seiner üblen Zunft. Er erkannte mich auf einem Steckbrief, den er bei sich hatte, und wollte mich beim Sheriff in Garden City abliefern, um die Belohnung zu kassieren. Woher wusstest du, wo du mich finden konntest?«

»Ich wurde wach, und du warst weg. Irgendetwas sagte mir, dass du in Gefahr warst, und so nahm ich dein Gewehr und machte mich auf die Suche nach dir. Ich hatte gerade das Hotel verlassen, da hörte ich Stimmen und sah dich mit diesem Kopfgeldjäger.« Sie holte zitternd Luft. »Dann habe ich gewartet, bis ihr um die Ecke gebogen seid, und bin euch gefolgt. Danach brauchte ich nur Geduld, bis der richtige Moment zum Zuschlagen kam.«

»Du hast mir wieder einmal das Leben gerettet.« Er grinste sie schief an. »Du hast Mumm, Mrs Gentry, das muss man dir lassen.«

Sie erwiderte sein Lächeln. »Was machen wir mit ihm? Er ist doch nicht tot, oder?«

»Er atmet noch«, sagte Rafe mit einem Blick auf das stetige Heben und Senken der Brust des Bewusstlosen. »Gib mir diesen Strick, der dort an der Wand hängt, und ich fessele ihn. Dann werden wir höllisch schnell von hier verschwinden. Ich will weit fort sein, bevor er zu sich kommt. Dodge City ist die letzte Stadt, in der er nach uns suchen wird. Ich nehme an, er wird uns nicht mehr behelligen.«

»Willst du immer noch nach Dodge City?«, flüsterte Angela.

Rafe nickte entschlossen. »Und ob ich das will!«

14

Sie erreichten Dodge City ohne weiteren Zwischenfall. Rafe zügelte sein Pferd am Rande der Stadt. Nicht zum ersten Mal fragte er sich, ob er noch geistig normal war. Eine Rückkehr nach Dodge City, wo er auf Anhieb erkannt werden konnte, war wohl eine der dümmsten Ideen, die er jemals gehabt hatte.

Er hatte sich vorgenommen, Mr Wingate einfach zur Rede zu stellen und die Wahrheit über den Bankraub aus ihm herauszupressen. Es würde nicht leicht für den Bankier werden, seine ursprüngliche Lügengeschichte zu widerrufen, aber Rafe war entschlossen, es zu riskieren. Zu viel stand für ihn auf dem Spiel.

Rafe sah, dass Angela ihn forschend anschaute, und er setzte ein ermutigendes Lächeln auf. »Vielleicht solltest du hier auf mich warten.«

Angela schüttelte heftig den Kopf. »Nein. Vielleicht brauchst du mich.«

»Du weißt, was ich vorhabe, Liebling. Es kann passieren, dass ich sofort ins Gefängnis geworfen werde.«

»Wirst du zuerst mit dem Bankier sprechen?«

»Das ist meine Absicht. Ich hoffe, ich kann ihn überreden, seine Story von dem Bankraub zu widerrufen, bevor ich erkannt werde.«

»Sind keine Bürger der Stadt bereit, zu deinen Gunsten auszusagen?«

Rafe schnaubte verächtlich durch die Nase. »Wohl kaum. Meine Brüder und ich kämpften im Krieg auf der Seite der Verlierer. Als wir zurückkehrten, waren wir Ausgestoßene für die so genannten guten Bürger von

Dodge City. Kansas hat die Union unterstützt, Angel. Unsere gesamte Familie kämpfte für den Süden. Jess hängte sein Firmenschild auf, um als Arzt zu praktizieren, aber es kamen keine Patienten.«

»Aber der Krieg ist lange vorbei, Rafe«, erinnerte ihn Angela.

»Für einige Leute endet er nie. Es würde mich nicht wundern, wenn er noch in hundert Jahren ein Thema wäre.«

»Lass uns umkehren, bevor es zu spät ist«, drängte Angela mit zunehmender Panik.

»Ich bin zu weit geritten, um jetzt aufzugeben.«

»Dann gehe ich mit.«

Am Tage war von der Verruchtheit dieser Stadt wenig zu spüren. Die zerfurchten Straßen unterschieden sich nicht von denen in irgendeiner anderen Stadt im Grenzgebiet, die Rafe gesehen hatte. Die Geschäfte und Häuser boten in der Mittagssonne ein Bild des Friedens, doch Rafe wusste, wie es in Dodge City nach Sonnenuntergang aussah, wenn die Saloons und Straßen mit Cowboys und Büffeljägern überfüllt waren und jede Art von Kriminalität blühte. Manchmal dehnte sich die Gewalt auf den helllichten Tag aus, doch heute wirkte alles friedlich.

Rafe ritt die Main Street hinab und hielt vor der einzigen Bank der Stadt. »Warte auf mich«, bat er Angela. »Wenn du siehst, dass etwas Ungewöhnliches passiert, reite so schnell du kannst aus der Stadt.«

»Etwas Ungewöhnliches?«, fragte Angela.

»Du wirst es wissen, wenn du es siehst«, erwiderte Rafe grimmig. Er saß ab und überreichte Angela die Zügel. »Wünsch mir Glück.«

»Viel Glück, und sei vorsichtig«, rief Angela ihm nach.

Aber das Glück war offensichtlich nicht auf Rafes Seite. Er öffnete die Tür der Bank und lief Sheriff Diller geradewegs in die Arme. Rafe senkte den Kopf und versuchte, sich an dem Sheriff vorbeizumogeln, doch es sollte nicht sein.

»Das ist ja ein Ding!«, polterte Diller, sichtlich verblüfft. »Der Täter kommt zum Tatort zurück!«

Er zog seinen Revolver und richtete ihn lässig auf Rafe. »Hältst du nach weiterer leichter Beute Ausschau, Gentry? Diesmal wird es nicht klappen. Du wirst in einer Zelle warten, bis der Richter auf seiner Rundreise wieder hier durchkommt.«

»Sie irren sich, Sheriff«, versuchte Rafe zu erklären. »Ich bin nach Dodge City zurückgekehrt, um meinen Namen reinzuwaschen. Wenn ich nur mit Mr Wingate sprechen könnte, wird er bestimmt dieses Missverständnis aufklären.«

Diller nahm Rafe den Revolvergurt ab und schwang ihn über seine Schulter. »Du wirst deine Chance vor Gericht haben, Gentry. Hast du deine Brüder mitgebracht?«

»Ich bin allein hier«, antwortete Rafe und erwähnte absichtlich nichts von Angela.

»Komm mit!«, sagte Diller und stieß ihn auf die Straße.

Angela wollte nicht glauben, was sich soeben am Eingang zur Bank abgespielt hatte. Welch ein Pech! Sie musste etwas tun, aber was? Sie fing Rafes warnenden Blick auf, als er an ihr vorüberging, und überlegte keine fünf Sekunden lang, ob sie vorsichtig sein sollte oder nicht. Hastig sprang sie vom Pferd und eilte hinter Rafe und dem Sheriff her.

»Sheriff, halt! Rafe ist kein Bandit. Er ist nach Dodge City zurückgekehrt, um seine Unschuld zu beweisen.«

Sie hörte Rafe aufstöhnen.

»Und wer sind *Sie,* kleine Lady?«, fragte Diller.

»Ich bin Angela, Rafes Frau. Rafe hat nie die Bank beraubt. Es war alles ein Missverständnis.«

»Mr Wingate sagt aber etwas anderes. Ich weiß nicht, wie Gentry ein hübsches kleines Ding wie Sie überredet hat, ihn zu heiraten, obwohl er ein Verbrecher ist. Er hat Ihnen vermutlich etwas über seine kriminelle Vergangenheit vorgelogen, aber mich kann er nicht täuschen. Treten Sie zur Seite, Mrs Gentry, ich bringe Ihren Gatten ins Gefängnis.«

»Darf ich ihn besuchen?«

»Verdammt, Angel, du kannst gar nichts tun!«, schalt Rafe. »Ich hätte dich in der Golden Angel zurücklassen sollen.«

»Ich sehe keinen Grund, Ihnen den Besuch des Gefangenen zu verweigern«, sagte Diller. »Kommen Sie später ins Gefängnis, Mrs Gentry.«

»Gibt es ein Hotel in der Stadt?«, erkundigte sich Angela.

Er betrachtete sie mit abschätzendem Blick. »Das Dodge House ist das beste – falls Sie es sich leisten können.«

Angela nickte ihm knapp zu. »Danke.«

»Es tut mir leid.« Rafe formte die Worte unhörbar mit den Lippen, als ihn der Sheriff fortführte.

Angela tat es auch leid, und sie ärgerte sich darüber, dass sie es nicht geschafft hatte, Rafe von seinen törichten Absichten abzuhalten.

Rafe mochte hilflos sein, doch *sie* war es nicht. Angela wusste genau, was sie tun musste. Es würde nicht leicht sein, aber sie hatte die Gerechtigkeit auf ihrer Seite. Und die Liebe. Sie liebte Rafe zu sehr, um zuzulassen, dass sein Leben hinter Gittern endete.

Angela nahm sich ein Zimmer im Dodge House, badete und zog frische Kleidung an. Dann bestellte sie ein Essen und verzehrte es in ihrem Zimmer. Gestärkt verließ sie das Hotel und ging zum Gefängnis.

Sie entdeckte Rafe in dem Moment, in dem sie eintrat. Er befand sich in einer Zelle am Ende des Ganges hinter dem Büro des Sheriffs. Sein Kopf ruhte auf seinen Händen, als sei er zu müde, um ihn zu heben.

»Ich bin hier, um meinen Mann zu besuchen«, sagte Angela, darauf vorbereitet zu kämpfen, wenn ihr Wunsch abgelehnt werden sollte. Aus dem Augenwinkel sah sie, dass Rafe beim Klang ihrer Stimme den Kopf hob.

Zum Glück wies Sheriff Diller sie nicht ab. »Eine Viertelstunde, Mrs Gentry; mehr kann ich nicht erlauben.«

»Sehr gut. Können wir einen Augenblick allein sein?«

»Ich werde Sie allein mit ihm in der Zelle lassen, wenn Sie schwören, dass Sie keine Waffe bei sich haben. Aber kommen Sie nicht auf dumme Gedanken. Ich werde abschließen und den Schlüssel mitnehmen, und die Waffen befinden sich in einem abgeschlossenen Schrank.«

»Ich trage keine Waffen bei mir, Sheriff«, sagte Angela steif.

Diller blickte sie warnend an und verließ den Gang, an dem die Zellen lagen.

Angela eilte zu Rafe. Er umklammerte die Gitterstäbe so fest, dass seine Knöchel weiß hervortraten, und der gequälte Blick spiegelte die Traurigkeit seiner Seele wider.

»Du hattest Recht, und ich habe mich geirrt«, gab er ernst zu. »Wenn ich nicht versessen darauf gewesen wäre, meine Unschuld zu beweisen, wäre ich jetzt nicht in dieser misslichen Lage. Ich hätte das Weite suchen sollen, als ich noch die Möglichkeit dazu hatte.«

»Ich verstehe dich, Rafe«, sagte Angela. »Kein Mensch will seinen Ruf durch falsche Anschuldigungen ruinieren lassen. Was kann ich tun, um dir zu helfen?«

»Kauf dir eine Fahrkarte für die nächste Kutsche nach Canon City, solange du noch Geld hast«, riet Rafe. »Vergiss mich. Ich dachte, ich könnte dich beschützen, doch das kann ich nicht. Du hättest schon in Ordway zulassen sollen, dass man mich aufhängt.«

Angela stemmte die Hände in die Hüften und schüttelte heftig den Kopf. »Es passt nicht zu dir, kampflos aufzugeben, Rafe Gentry.«

»Es ist mir nichts mehr geblieben, womit ich kämpfen könnte. Welch ein arroganter Dummkopf war ich nur zu denken, die Leute würden mich anhören. Ich muss verrückt gewesen sein, dich zu zwingen, mich zu begleiten. Nein«, korrigierte er sich, »ich war eifersüchtig. Ich konnte nicht den Gedanken ertragen, dass Chandler dich hat. Du gehörst mir.«

Sein Blick war so gequält, dass es Angela fast das Herz brach.

»Kehr heim, Liebling«, wiederholte er eindringlich. »Hier gibt es nichts mehr für dich, und in Colorado wartet alles auf dich.«

»Ohne dich gehe ich nirgendwohin, Rafe Gentry«, beharrte Angela.

Er sah sie nachdenklich an. »Weißt du, was mir ein Rätsel ist?«

Angela schüttelte den Kopf.

»Der Sheriff hat kein Wort über den Postkutschenraub und die Morde in Colorado erwähnt. Vielleicht weiß man in Kansas noch nichts davon.«

»Gott sei Dank!«, sagte Angela mit tief empfundener Erleichterung. Sie umfasste seine Hand durch die Gitterstäbe. »Gib nicht auf, Rafe. Ich werde einen Weg finden, um dir zu helfen.«

Ein lang gezogenes, müdes Seufzen kam über Rafes Lippen. »Das Beste, was du für uns beide tun kannst, ist heimzukehren. Vergiss unsere Ehe. Es gibt keinen Beweis mehr dafür, dass wir jemals Mann und Frau waren. Finde einen Mann, der dir mehr bieten kann als ich.«

Die Tür zum Zellentrakt wurde geöffnet, und Sheriff Diller trat ein. »Die Zeit ist um, Mrs Gentry.«

»Ich werde wiederkommen«, wisperte Angela. Laut sagte sie: »Danke, Sheriff. Ich werde morgen wiederkommen, wenn ich darf.«

Rafe schaute Angela nach, als sie hinausging, und fragte sich, was in ihrem schlauen kleinen Köpfchen vorging. Er sah keine Möglichkeit, wie sein Engel ihm helfen konnte, ganz gleich wie begierig sie darauf war. Diesmal war er sich selbst überlassen. Das Schicksal hatte ihn zum Verlierer bestimmt.

Nach einer Nacht mit unruhigem Schlaf kleidete sich Angela sorgfältig für ihren Besuch bei Rufus Wingate, dem Mann, der Rafes Leben in der Hand hatte. Vor der Bank verharrte sie, rückte ihr neu gekauftes Hütchen zurecht, glättete ihr Kleid und trat dann ein. Sie ging an zwei Angestellten vorbei, die gerade Kunden bedienten, und schritt geradewegs zu der Tür mit der Aufschrift »Privat« und klopfte an.

»Ja, Stanley?«, rief eine Stimme.

Angela wertete das als Aufforderung, schob die Tür auf und trat ein. Dann wartete sie darauf, zur Kenntnis genommen zu werden.

»Was wollen Sie denn, Stanley? Sehen Sie nicht, dass ich beschäftigt bin?«, sagte Wingate unwirsch, ohne aufzublicken.

»Ich muss mit Ihnen reden, Mr Wingate.«

Wingates Kopf ruckte hoch. »Wie kommen Sie hier rein? Ich dachte, es wäre Stanley. Kenne ich Sie, junge Lady?«

»Nein, Sie kennen mich nicht. Verzeihen Sie, dass ich ohne Anmeldung hereinplatze, aber meine Angelegenheit ist dringend.«

»Meine Bank verleiht kein Geld an Frauen. Schicken Sie Ihren Mann, und ich werde sehen, was ich für ihn tun kann.« Nachdem er die Vorgehensweise der Bank erklärt hatte, nickte Wingate Angela knapp zu und widmete sich wieder dem Hauptbuch, in dem er gerade etwas überprüfte.

»Ich bin nicht wegen eines Kredits hier«, sagte Angela, die nicht vorhatte, sich so einfach abwimmeln zu lassen. »Ich wage zu sagen, dass ich Ihnen eine Bank kaufen könnte und dann immer noch viel Geld übrig behalten würde.«

Diese unverblümte Erklärung weckte Wingates Aufmerksamkeit. »Wie war noch einmal Ihr Name, junge Lady?«

»Den habe ich noch nicht genannt«, erwiderte Angela trocken. »Ich bin Mrs Rafe Gentry.«

»Nun, Mrs Gentry, warum nehmen Sie nicht Platz und erklären Ihr Anliegen …« Er verstummte und starrte sie an, als wäre sie eine Erscheinung aus der Hölle. »Sie sagten Mrs Rafe Gentry, nicht wahr?«

Angela nahm in aller Gemütsruhe auf dem angebotenen Stuhl Platz und strich ihren Rock glatt. »Sie haben richtig gehört. Meine Angelegenheit betrifft meinen Mann, Mr Wingate.«

Wingate wich Angelas Blick aus. »Sheriff Diller hat mich informiert, dass Gentry gestern nach Dodge zurückgekehrt ist. Er ist jetzt im Gefängnis, genau dort, wo er hingehört.«

»Rafe hat mir alles erzählt, was an jenem schicksalhaften Tag geschah. Ein Wort von Ihnen wird seinen Ruf wiederherstellen. Mr Wingate, Rafe und seine Brüder haben niemals Ihre Bank ausgeraubt, nicht wahr?«

»Die Gentry-Brüder sind Banditen«, behauptete Wingate. »Ich werde den Richter nicht anlügen. Ich muss meinen guten Namen wahren.«

»Und was ist mit Rafe und seinen Brüdern? Ihre Namen sind ruiniert, und zwar durch *Ihre* falschen Anschuldigungen!«

Wingate sprang so heftig auf, dass sein Stuhl umstürzte. »Ich weiß nicht, was Ihr Mann Ihnen erzählt hat und ob er wirklich Ihr Ehemann ist, aber nichts davon stimmt. Er und seine Brüder haben meine Bank beraubt! Gehen Sie jetzt, bevor Sie sich in einer Zelle mit Ihrem Mann wiederfinden.«

Unerschrocken und mit großer Würde erhob sich Angela. »Ich gehe, aber das ist nicht das Letzte, was Sie von mir gehört haben.«

Erst nachdem Angela die Bank verlassen hatte, ließ sie die Masche der überlegenen Gelassenheit fallen. Die Niederlage machte ihr schwer zu schaffen. Ihre Schultern sanken herab, und sie zitterte vor Zorn. Erst nach einer Weile wurde sie ruhiger und überlegte, wie sie Wingate dazu bringen konnte, die Wahrheit zu sagen.

Rafe ging in der Zelle unruhig auf und ab wie ein Tier im Käfig. Er hatte Angst, dass Angela sich in Schwierigkeiten bringen würde. Trotz ihrer guten Absichten schienen ihr die Probleme nachzulaufen. Er war erleichtert, als sie ihn später an diesem Tag besuchte. Sie nickte dem Sheriff zu, eilte zu seiner Zelle und ergriff durch die Gitterstäbe seine Hände.

»Hast du die Fahrkarte nach Canon City gekauft?«, fragte Rafe. »Wann fährt die Postkutsche ab?«

»Ich fahre nicht, Rafe.« Sie sah ihn prüfend an und ließ dann den Blick über seinen Körper gleiten. »Bekommst du ausreichend zu essen?«

»Ja, ja«, versicherte ihr Rafe. »Es ist sogar annehmbar. Der Sheriff sagt, dass der Richter etwa in drei Wochen in die Stadt kommt.«

»Bis dahin bist du längst weg«, sagte Angela mit einer Überzeugung, die sie nicht empfand. »Ich habe einen Plan ausgearbeitet.«

»Angel …«

»Mach kein Theater, Rafe. Kann ich irgendetwas für dich tun?«

»Ja: indem du gar nichts tust! Deine Pläne gehen meistens schief.«

»Tut mir leid, Rafe, daran hättest du denken sollen, bevor du mich hierher mitgeschleppt hast. Ich besuche dich morgen.«

»Angel, warte.« Sie hielten sich immer noch an den Händen. Er zog sie an sich heran, bis sie gegen die Gitterstäbe gepresst dastand. Dann umfasste er ihr Gesicht und küsste sie.

Sie erwiderte den Kuss mit einer solchen Zärtlichkeit, dass seine Augen verdächtig feucht wurden. Plötzlich gab er sie frei, schob sie sanft von sich und trat von den Gitterstäben zurück.

»Kehr zur Golden Angel zurück, Liebling. Wenn du dich selbst in Sicherheit bringst, tust du mehr für mich, als du hier für mich bewirken kannst.«

»Tut mir leid, Rafe, du bist nicht in der Position, mir zu sagen, was ich tun soll. Ich werde deine Unschuld beweisen, und wenn es das Letzte ist, was ich tue.«

In hoch erhobener Haltung schritt sie davon und nickte dem Sheriff grüßend zu, als sie sein Büro verließ.

Angelas Herz war schwer. Auf dem Weg zum Hotel überlegte sie angestrengt. Sie hatte keine Ahnung, was sie als Nächstes tun sollte. Wingate war von ihren Worten kein bisschen eingeschüchtert gewesen. Sein Stolz verlangte, dass er bei seiner Geschichte blieb, ganz gleich wie falsch oder schädlich sie für andere war.

In ihrem Zimmer zog sie einen Stuhl ans Fenster, setzte sich hinein und starrte auf die Straße hinaus. Ihre Gedanken jagten sich. Ideen kamen in schneller Folge, nur um ebenso schnell wieder verworfen zu werden. Rufus Wingate war der Einzige außer Rafe, der die Wahrheit über den angeblichen Bankraub wusste. Sie durfte jetzt nicht aufgeben! Entschlossen straffte sie die Schultern. Sie würde nicht aufgeben. Sie würde Wingate in die Enge treiben, bis er die Wahrheit zugab.

Angela aß auf ihrem Zimmer zu Abend und legte sich

früh schlafen. Am nächsten Morgen würde sie ihren Anwalt telegrafisch bitten, ihr Geld anweisen zu lassen. Für einen längeren Aufenthalt im Dodge House brauchte sie mehr Geld, als sie im Augenblick zur Verfügung hatte. Dann würde sie Wingate in seinem Büro besuchen und noch einmal versuchen, ihn zur Vernunft zu bringen.

Ein Donnerschlag weckte Angela am Morgen aus dem Schlaf. Sie hörte das Prasseln von Regen. Ein greller Blitz ließ sie zusammenzucken. Es hatte nicht den Anschein, als würde der Regen bald aufhören. Sie wusch sich, kleidete sich an und frühstückte im Speiseraum. Dann setzte sie sich in die Hotelhalle, klopfte mit dem Fuß den Rhythmus des stetigen Regens, während sie auf das Ende des Gewitters wartete.

Schließlich hörte der Regen auf. Kurz vor Mittag brach eine schwache Sonne durch die Wolken und belohnte Angelas Geduld. Sie musste etwas erledigen und konnte keine weitere kostbare Zeit mit Däumchendrehen vergeuden. Sie trat hinaus auf den hölzernen Gehsteig und stellte bestürzt fest, dass die Straße durch den Regen zu Morast geworden war. Leider musste sie die schlammige Main Street überqueren, um zum Telegrafenbüro und zur Bank zu gelangen.

Angela raffte ihre Röcke und trat vom Gehsteig auf die schlammige Straße. Sie hatte die Pfützen und den Schlamm zur Hälfte hinter sich, als sie eine Frau bemerkte, die große Probleme hatte, die Straße zu überqueren. Die Frau war hochschwanger, und sie schwankte unsicher, als sie einen Fuß aus dem Schlamm zog und versuchte, das Gleichgewicht zu bewahren.

Ein Gefühl sagte Angela, dass die Frau es nicht schaffen würde, ohne auf dem glitschigen Boden auszurutschen und zu stürzen. Sie schaute sich um, ob jemand sonst in der Nähe war, um der Frau zu helfen; aber die Straße war verlassen.

»Warten Sie, bleiben Sie dort stehen«, rief sie der Frau zu. »Ich helfe Ihnen.«

Angela watete durch den Matsch zu der Frau, umfasste ihren Leib und stützte sie, als sie mit ihr die Straße überquerte.

»Danke«, sagte die Frau. »Ich hätte nicht versuchen sollen, durch diesen Schlamm zu waten, aber ich möchte unbedingt meinen Vater besuchen, bevor ich mit meinem Mann zu unserer Ranch zurückkehre. Ich bin Delia Poppins. Sie sind neu in der Stadt, nicht wahr?«

»Ich bin Angela. Mein Mann und ich trafen gestern ein. Können Sie jetzt allein zurechtkommen?«

»Ja, vielen Dank. Ich wäre sicherlich ausgerutscht, wenn Sie mir nicht geholfen hätten. Außerdem gehe ich nur noch bis zur Bank.«

»Ich will auch in die Bank. Ich werde Sie begleiten.«

»Ted und ich sind wegen des Gewitters bei meinen Eltern in der Stadt geblieben«, erklärte Delia. »Papa ging heute früh in die Bank, bevor ich mich verabschieden konnte. Ich komme nicht oft in die Stadt. Ted kauft gerade Lebensmittel ein, deshalb ist er jetzt nicht bei mir.«

Angela war wie elektrisiert. »Ihr Vater arbeitet in der Bank?«

»Er ist der Besitzer«, sagte Delia stolz. »Sie haben vielleicht von ihm gehört. Rufus Wingate. Ich war Delia Wingate, bevor ich meinen Ted geheiratet habe.«

Angela schluckte. Dies war die Frau, die Wingate einem der Gentry-Brüder hatte aufzwingen wollen! Sie fragte sich, wie viel Delia über den schändlichen Plan ihres Vaters, sie mit demjenigen der Brüder zu verheiraten, der sie nehmen würde, wissen mochte. Offenbar waren Wingates Machenschaften voreilig gewesen, denn Delia wirkte sehr glücklich, mit ihrem Ted verheiratet zu sein. War Ted der Vater von Delias Kind?

»Welch ein Zufall«, sagte Angela. »Ich will ebenfalls Ihren Vater besuchen.«

»Dann gehen wir zusammen.« Delia hakte sich bei Angela ein. »Ich werde Sie nicht bei Ihren geschäftlichen Angelegenheiten stören. Ich verabschiede mich nur und gehe dann.«

Angela hatte nicht vor, Delia aus dem Büro ihres Vaters gehen zu lassen, bevor sie jede Einzelheit des Bankraubs erfahren hatte. Wenn Delia eine ehrbare Frau war, wie Angela annahm, würde sie entsetzt über den Plan ihres Vaters sein, sie einfach zu verheiraten, ohne sie zu fragen.

Gemeinsam betraten sie die Bank. Einer der Angestellten sah Angela mit Delia und eilte von seinem Schalter herbei, um sie abzufangen.

»Mrs Poppins, wenn Sie Ihren Vater besuchen wollen, können Sie nicht in sein Büro mit dieser ...«

Delia winkte ab. »Das geht schon in Ordnung, Stanley. Mein Vater wird mich empfangen. Und Angela hat geschäftlich mit ihm zu tun.«

»Aber Sie können nicht ... diese Frau ... ich habe Befehle ...«

Delia beachtete ihn gar nicht, als sie mit Angela an ihm vorbeischritt. Sie öffnete schwungvoll die Bürotür und führte Angela hinein.

»Hallo, Papa. Ich möchte mich nur verabschieden. Ted und ich verlassen die Stadt, sobald er eingekauft hat.«

Wingate blickte auf, und sein Begrüßungslächeln verschwand jäh, als er Angela neben seiner Tochter sah. »Was treibt diese Frau hier? Ich habe Anweisung gegeben, sie fern zu halten.«

»Das verstehe ich nicht.« Delia sah ihn verwirrt an. »Angela sagte, sie habe geschäftlich mit dir zu tun.«

»Ich habe bereits mit Mrs Gentry gesprochen. Ich kann nichts für sie tun.«

Angela trat vor, das Kinn kampflustig vorgestreckt. »Sie können sehr viel für mich tun, Mr Wingate. Zum Beispiel die Wahrheit sagen.«

»Gentry? Sie heißen Angela Gentry?« Delia musterte Angela neugierig. »Welchen der Brüder haben Sie geheiratet?«

»Rafe«, sagte Angela. »Er sitzt zur Zeit im Gefängnis wegen eines Verbrechens, das er nicht begangen hat. Er ist nach Dodge zurückgekehrt, weil er gehofft hat, Ihr Vater würde die Wahrheit über den angeblichen Bankraub erzählen und den Namen der Gentry-Brüder von einem Verbrechen reinwaschen, das sie nicht begangen haben.«

Delia, eine attraktive Frau mit aparten Gesichtszügen und großen braunen Augen, sah ihren Vater überrascht an.

»Wovon redet Angela da, Papa? Ich kenne die Gentry-Brüder. Keiner von ihnen hat jemals eine Neigung zum Kriminellen gezeigt. Deshalb war ich auch so schockiert, als du sie des Bankraubs beschuldigt hast.«

»Hör nicht auf die Frau, Delia. Offensichtlich ist sie eine Lügnerin und Unruhestifterin. Setz dich; du darfst dich in deinem Zustand nicht aufregen.«

»Ich bin nicht aufgeregt«, entgegnete Delia ruhig. »Wenn du es mir nicht sagen willst, dann werde ich es bestimmt von Angela erfahren.« Sie wandte sich Angela zu, die Augenbrauen fragend gehoben. »Wie kommen Sie auf den Gedanken, Papa hätte über den Bankraub gelogen? Was haben Sie damit zu gewinnen?«

Angela räusperte sich. Dies war ein heikles Thema, das Delia bestimmt nicht gefallen würde. Aber es musste zur Sprache gebracht werden. »Die Gentry-Brüder kamen zur Bank, um einen Kredit aufzunehmen, mit dem sie Steuern für ihre Farm bezahlen wollten. Sie hatten eine Pechsträhne gehabt und konnten das Geld nicht aufbringen. Ihr Vater verweigerte ihnen den Kredit.«

Delia blickte argwöhnisch zu ihrem Vater. »Papa kaufte die Farm der Gentrys, indem er den Steuerrückstand bezahlte, und schenkte sie mir und Ted zur Hochzeit.«

»Sie war ein Schnäppchen«, beeilte sich Wingate zu erklären. »Ich habe sie ehrlich gekauft.«

»Hat Ihr Vater Ihnen über den Handel erzählt, den er mit Rafe und seinen Brüdern machen wollte, bevor sie angeblich die Bank beraubten?«, fragte Angela.

Wingate sprang von seinem Stuhl auf. »Hör nicht auf sie! Sie versucht, dich gegen mich aufzuhetzen. Alles, was ich getan habe, geschah zu deinem Besten.«

»Was hast du denn getan?«, fragte Delia. Angespannte Stille folgte. »Da Papa nichts sagt, sollten *Sie* es mir erklären, Mrs Gentry.«

»Sehr gern. Die Gentry-Brüder baten Ihren Vater um einen Kredit. Ihr Vater verweigerte ihn, aber er bot ihnen einen Ausweg aus ihrer Schuldenmisere an. Er versprach, ihnen das Geld zu leihen, wenn einer von ihnen Sie heiraten und dem Kind einen Namen geben würde.«

»Was? Papa! Wie konntest du das tun? Du brauchtest mir keinen Mann zu kaufen. Ich liebte Ted. Ich wusste, dass er zurückkehren würde, wenn er erst Zeit genug haben würde, über seine Verpflichtung mir gegenüber nachzudenken. Ich war bereit, auf ihn zu warten. Warum konntest *du* nicht warten?«

»Ich … äh … ich …«, stammelte Wingate. »Wir haben einen guten Namen in der Stadt, den es aufrecht zu erhalten galt. Ich konnte nicht zulassen, dass meine Tochter ein uneheliches Kind zur Welt bringt. Ich war wütend, als die Gentrys mein Angebot ablehnten, und ich handelte … äh … gedankenlos.«

»So hast du sie des Bankraubs beschuldigt«, sagte Delia vorwurfsvoll. »Wie konntest du das nur tun, Papa? Deine Lügen haben das Leben dreier unschuldiger Männer ruiniert! Selbst wenn einer der Brüder auf dein schändliches Angebot eingegangen wäre, hätte ich nur Ted geheiratet. Ich bin nicht stolz auf alles, was ich in meinem Leben getan habe, aber in einem war ich mir sicher: Ich liebte Ted. Mama wird bestimmt fuchsteufelswild werden, wenn ich ihr erzähle, was du getan hast.«

Angela war erstaunt, als sich Wingate, ein großer und sonst so selbstsicher auftretender Mann, plötzlich vor Angst fast duckte.

»Schätzchen, das ist doch nun wirklich nicht nötig. Was geschehen ist, lässt sich nicht rückgängig machen.«

»Und ob sich das rückgängig machen lässt!«, widersprach Angela und fixierte Wingate. »Es ist nie zu spät, einen Fehler zu korrigieren.«

»Das musst du tun, Papa«, verlangte Delia. »Die Gentrys müssen auf jeden Fall von diesen falschen Anschuldigungen freigesprochen werden.«

»Aber Delia, denk an die Schande, an die Peinlichkeit, jetzt die Behauptung zu widerrufen.«

»Wenn du nicht auf der Stelle mit mir zum Sheriff gehst, informiere ich ihn allein«, erklärte Delia entschieden. »Auf Rafe und seine Brüder ist ein Kopfgeld ausgesetzt. Sie sind durch deine Schuld auf der Flucht vor dem Gesetz. Ich liebe dich, Papa, aber ich habe kein Verständnis für das, was du getan hast. Ich bin mir sicher, dass Mama meiner Meinung sein wird, wenn ich ihr alles erzähle.«

Wingate warf Angela einen mürrischen Blick zu. »Es ist alles Ihre Schuld, junge Frau. Nun gut, ich werde zum Sheriff gehen und die Sache richtig stellen.«

Unsagbare Erleichterung erfüllte Angela. Sie dankte Gott für ihr Glück, Delia Poppins begegnet zu sein. Ohne sie hätte sie es niemals geschafft, den arroganten Wingate umzustimmen.

Zum Glück mussten sie nicht die schlammige Straße überqueren, um zum Sheriff's Office zu gelangen. Sie brauchten nur die kurze Entfernung über den Gehsteig zurückzulegen. Wingate folgte ihnen zögernd und mit sichtlichem Widerstreben, doch Delia packte ihn entschlossen am Arm und zog ihn mit.

Sheriff Diller blickte bei ihrem Eintreten vom Schreibtisch auf. »Oh, welch netter Besuch! Was kann ich für Sie tun, Mr Wingate, Mrs Poppins? Was Mrs Gentry will, weiß ich. Ihr Mann läuft den ganzen Morgen nervös auf und ab und wartet auf ihren Besuch.«

Delia knuffte ihrem Vater in die Rippen. Wingate räusperte sich. »Da ist eine ziemlich … heikle Sache, über die ich mit Ihnen sprechen möchte, Sheriff.«

»Sehr gut, nehmen Sie bitte Platz. Betrifft dies auch Sie, Mrs Poppins?«

»Ja, das betrifft auch mich.« Delia nahm auf dem Stuhl Platz, den ihr Vater ihr hinschob. »Und Mrs Gentry ebenfalls.«

Dillers Augenbrauen ruckten hoch. Er starrte Angela an. Dann zog er einen anderen Stuhl für sie heran, setzte sich hinter seinen Schreibtisch und blickte erwartungsvoll von einem zum anderen.

»Vielleicht sollte Rafe uns Gesellschaft leisten«, schlug Angela vor. »Dies betrifft ihn so sehr wie uns.«

Jetzt war Diller endgültig verwirrt. »Würde mir bitte jemand erklären, was das alles zu bedeuten hat?«

Wingate und Delia tauschten vielsagende Blicke, doch es war Angela, die das Wort ergriff. »Mr Wingate ist hier, um Ihnen zu sagen, dass er in Bezug auf den Bankraub gelogen hat. Rafe und seine Brüder sind unschuldig. Es gab keinen Bankraub.«

»Nun, nun, das sind aber starke Anschuldigungen,

Mrs Gentry. Vielleicht sollten wir Mr Wingate für sich selbst sprechen lassen.«

Wingate sah verlegen drein und vermied es, den Sheriff anzusehen. »Ich … es ist nämlich so …«

»Papa, sag dem Sheriff die Wahrheit!«, drängte Delia.

Wingate blickte mit gequälter Miene zum Sheriff auf. »Ich … ich habe gelogen, Sheriff Diller. Es … gab keinen Bankraub. Ich war wütend auf die Brüder und habe sie … zu Unrecht beschuldigt.«

»Und das sagen Sie mir erst jetzt?« Diller schlug ärgerlich mit der Faust auf den Schreibtisch. »Guter Gott, Mann, wie konnten Sie nur so etwas tun?«

Wingate schaute zu seiner Tochter und heftete dann den Blick auf Angela. »Ich möchte mit Ihnen lieber unter vier Augen sprechen, Sheriff. Vielleicht haben Sie Verständnis für mich, wenn Sie meine Gründe hören.«

Angela blickte zu Rafes Zelle hinüber. Rafe drückte sich gegen die Gitterstäbe, die Stirn gefurcht, den Körper angespannt. »Ich werde Rafe sagen, was los ist, während Sie beide miteinander reden«, kündigte sie an und erhob sich.

»Ich begleite Sie«, sagte Delia. »Vielleicht nimmt er meine Entschuldigung an.«

Rafe konnte nicht hören, was im Büro gesprochen wurde, aber was es auch war, es musste den Sheriff schockiert haben, denn er wirkte äußerst aufgeregt. Als Angela und Delia zu ihm kamen, stockte ihm der Atem. Er bereitete sich auf schlechte Nachrichten vor. Seit seiner Rückkehr nach Denver war nichts Gutes geschehen. Warum sollte es jetzt anders sein?

Er ergriff sofort Angelas Hände, als sie bei ihm war. »Was ist, Angel? Was ist passiert?«

»Hallo, Rafe«, sagte Delia.

»Delia.« Rafe nickte ihr knapp zu.

Was, zum Teufel, macht Delia Wingate hier?, dachte er. Sie sah aus, als würde sie jeden Augenblick ihr Baby bekommen. Versuchte Wingate immer noch, einen Ehemann für sie zu finden? Delia war kein schlechtes Mädchen; er wünschte ihr, dass sie eines Tages den richtigen Mann finden würde. Vermutlich wusste sie nicht einmal etwas von den Plänen ihres Vaters, ihr einen Mann zu kaufen.

»Ich heiße jetzt Delia Poppins«, sagte Delia. »Du erinnerst dich an Ted Poppins, nicht wahr? Er umwarb mich vor einiger Zeit. Dann verließ er für eine Weile die Stadt, kehrte jedoch zurück. Kurz darauf heirateten wir.«

»Meinen Glückwunsch«, antwortete Rafe knapp. Seinen Steckbrief hatte er also der Tatsache zu verdanken, dass Delia damals schwanger gewesen war. Offenbar war Ted Poppins der Vater ihres Kindes. Es war gut, dass er Gewissensbisse bekommen hatte und zurückgekehrt war, um die Mutter seines Kindes zu heiraten.

»Was macht Wingate hier?«, wollte er wissen und wandte seine Aufmerksamkeit wieder Angela zu.

»Er ist hier, um seine Geschichte über den Bankraub zu widerrufen, Rafe«, erklärte Angela.

Rafe starrte sie verblüfft an. »Ich weiß nicht, wie du das immer wieder schaffst, Liebling.«

»Was schaffst?«

»Mir das Leben zu retten.«

15

»Wie hast du Wingate dazu gebracht, die Wahrheit zu sagen?«, fragte Rafe und blickte von Angela zu Delia.

»Es war Delias Verdienst«, erklärte Angela. »Ich begegnete ihr durch Zufall, als ich gerade auf dem Weg zur Bank war, um noch einmal mit Mr Wingate zu sprechen. Dabei kamen wir ins Gespräch, und als sie erfuhr, was er getan hatte, drängte sie ihn, seine Aussage zu widerrufen.«

»Ich habe Papa nie gebeten, einen Mann für mich zu suchen«, erklärte Delia. »Er handelte auf eigene Faust, als er euch Gentry-Brüdern diesen abscheulichen Vorschlag machte.« Sie errötete und blickte zu Boden. »Ich weiß, dass du und deine Brüder Schlechtes über mich denken müssen, aber als ich Ted kennen lernte und mich in ihn verliebte, wollte ich nur ihn haben.

»Ted war etwas … zögerlich, mich zu heiraten, als er von dem Baby erfuhr, das bald geboren wird«, fuhr sie fort. »In seiner Verwirrung verließ er die Stadt, aber ich wusste, dass er zurückkehren würde, wenn ihm seine Verantwortung mir und unserem Kind gegenüber klar werden würde. Es tut mir leid, Rafe. Ich habe das Gefühl, dass dies alles meine Schuld ist.«

»Du hast nicht wissen können, was dein Vater vorgehabt hat«, erwiderte Rafe. »Jetzt will ich nur Gerechtigkeit für mich und meine Brüder.«

»Die bekommen Sie«, sagte Sheriff Diller, der sich zu ihnen gesellte. Er schloss die Zellentür auf und öffnete sie. »Sie sind frei, Gentry.«

Rafe trat aus der Zelle und atmete tief durch. Dann

zog er Angela in seine Arme und küsste sie. »Hast du eigentlich niemals vor, auf mich zu hören?«, fragte er und betrachtete sie mit gespieltem Ärger.

»Nicht, wenn es um dein Leben geht«, erwiderte sie kess.

Rafe küsste sie von neuem. Als er sich dann von ihr löste, sah er, dass Delia ihren Vater zu ihm herüberzerrte.

»Papa möchte sich entschuldigen«, sagte Delia.

»Ich … äh … ja, so ist es. Ich hatte Sorge um den Ruf meiner Tochter und handelte … äh … unklug. Sie und Ihre Brüder hatten mich verärgert. Ich hätte nie gedacht, dass mein Angebot abgelehnt wird. Und als ich erst die Anschuldigung gemacht hatte, hinderte mich mein Stolz, sie zurückzunehmen.«

»Sie haben das Leben dreier Männer zur Hölle gemacht, Wingate«, sagte Rafe bitter. »Was ist mit der Farm unserer Familie geschehen?«

»Nun … äh … ich …«, stammelte Wingate.

»Er kaufte sie, indem er eure Steuerschuld beglich, und schenkte sie mir und Ted zur Hochzeit«, erklärte Delia an seiner Stelle. »Es tut mir leid, Rafe.«

»Sie können nichts tun, um die Farm zurückzubekommen«, behauptete Wingate. »Sie hätten sie auf jeden Fall verloren.«

»Inzwischen habe ich das Leben auf der Farm lieben gelernt, Rafe«, sagte Delia. »Ich bezweifle, dass ich sie aufgeben könnte, und Ted gibt sich alle Mühe, sie so produktiv zu machen, wie sie vor dem Krieg gewesen ist. Ich hoffe, es ist tröstlich für dich, dass sich Leute um das Farmland kümmern, die es lieben.«

»Ich habe mich bereits damit abgefunden, dass wir die Farm verloren haben«, gab Rafe zu. »Jess ist Arzt, kein Farmer, und Sam würde eher dem Regenbogen nachjagen, als an ein Stück Land gebunden zu sein. Und auch ich selbst –«, er warf Angela einen zärtlichen Blick zu, »– habe jetzt andere Interessen.«

»Hier sind Ihre Waffen, Gentry.« Diller überreichte Rafe seinen Gurt mit den Revolvern. Rafe schnallte ihn sofort um seine Hüften.

»Bevor ich gehe«, erklärte Rafe, »möchte ich eine offizielle Bestätigung darüber, dass die Gentry-Brüder nicht mehr wegen Bankraubs gesucht werden.«

Diller nickte. »Es wird ein paar Minuten dauern, um den Papierkram zu erledigen. Ich sorge dafür, dass die Steckbriefe aus dem Umlauf gezogen werden, damit Sie sich keine Sorgen deswegen zu machen brauchen. Allerdings könnte die Nachricht nicht jede Stadt erreichen, in der die Steckbriefe hängen, also verlieren Sie nicht das Dokument, das ich für Sie ausstellen werde.«

»Keine Sorge, Sheriff, ich werde es nicht aus den Augen lassen.«

Wingate und Delia waren bereits gegangen, als Rafe das gewünschte Dokument einsteckte, Angela am Arm ergriff und mit ihr das Gefängnis verließ.

»Ich habe ein Zimmer im Dodge House genommen«, sagte Angela und betrachtete beklommen die schlammige Straße zwischen ihnen und ihrem Ziel.

Ein Grinsen spielte um Rafes Lippen, als er sie auf seine Arme hob und galant wie ein Ritter über die Straße trug.

Er musste einer Postkutsche ausweichen, die soeben voller Passagiere in die Stadt rollte, und trug Angela weiter bis zum Hotel. Es war ihm gleichgültig, was die Leute dachten. Er war durch die Hölle gegangen, um das Recht zu haben, Angela in seinen Armen zu halten. Leider lag noch ein weiter Weg vor ihm, bevor er seinen Engel für sich beanspruchen konnte, ohne befürchten zu müssen, wegen Mordes aufgehängt zu werden.

Angela schmiegte das Gesicht gegen seine Brust und flüsterte ihre Zimmernummer, als Rafe mit ihr auf den Armen über den langen Gang schritt. Sie zog den Schlüssel aus ihrem Täschchen und schloss die Tür auf.

Rafe trug sie ins Zimmer und trat die Tür mit dem Stiefelabsatz zu. Dann ließ er sie auf die Füße hinab und küsste sie mit all dem Verlangen, das sich in ihm aufgestaut hatte.

Als sie an den Knöpfen seines Hemdes herumwerkelte, stöhnte Rafe an ihrem Mund auf. Ihre Berührung entflammte ihn. Das Blut pochte in seinen Lenden. Er verspürte den Wunsch, sie sofort aufs Bett zu werfen, ihre Röcke hochzuziehen und sie wild zu nehmen. Es kostete ihn all seine Beherrschung, um den Kuss zu beenden und ihre Hände von ihm fortzuschieben.

»Ich bin dreckig und brauche eine Rasur«, presste er hervor.

»Das macht mir nichts aus«, flüsterte Angela und zog ihn zum Bett. »Liebe mich, Rafe. Tu es jetzt mit mir.«

Sie sanken aufs Bett. Sein Verlangen wurde übermächtig. Es war sein Schicksal, Angel zu lieben. Er küsste ihren Mundwinkel, ihr Kinn, die empfindliche Stelle gerade unterhalb ihres Ohrs. Er knöpfte ihr Kleid auf, streifte es hastig über ihre Schultern und neigte den Mund über eine der Brustspitzen, saugte daran durch den dünnen Stoff ihres Unterhemdes. Er vergaß alles, was er ihr hatte sagen wollen, als sie sich ihm hingebungsvoll entgegenwölbte.

Rafe hob seinen Körper gerade genug an, um seinen Revolvergurt abzuschnallen und die Hose bis zu seinen Knöcheln hinabzustreifen. Dann nahm er sie in ihrem Kleid und den Unterröcken.

»Schnell, Rafe«, keuchte Angela.

Es blieb keine Zeit für Raffinessen, keine Zeit zu einem langen Vorspiel; sie brauchten es beide zu sehr. Seine Hand glitt hinab zwischen ihre Beine, in ihre feuchte Hitze. Als er seine Hand zurückzog, schlang Angela ihre Schenkel um seine Hüften, als er sich auf sie sinken ließ. Er küsste sie tief und langsam. Sie erwiderte seinen Kuss mit einer derartigen Leidenschaft, dass Rafe sein Verlangen nicht mehr zügeln konnte. Mit einem Aufstöhnen drang er in sie ein.

Er hörte, wie sie nach Luft schnappte, spürte, wie sie ihn aufnahm und tief in sich hineinzog, bis sie alles von ihm hatte. Seine Hüften hoben und senkten sich in heftigem Rhythmus, der sie beide zu einem atemberaubenden Höhepunkt brachte.

»Es tut mir leid«, sagte Rafe mit belegter Stimme, als sich seine keuchenden Atemzüge ein wenig normalisiert hatten. »Du verdienst Besseres.« Er tupfte liebevoll einen Kuss auf ihre Lippen. »Ich mache es besser, wenn ich zurückkehre.«

»Wohin willst du?«

»Zum Badehaus. Es wird nicht lange dauern.« Er zog seine Hosen an und schnallte den Revolvergurt um. »Warte auf mich.«

Rafe sank mit einem wohligen Seufzen in das warme Badewasser. Er wusch sich schnell, lehnte sich mit dem Kopf gegen den Rand der Wanne zurück und entspannte sich. Er musste eingedöst sein, denn plötzlich hörte er das Klicken eines Revolverhahns und schreckte hoch. Instinktiv tastete er nach dem Revolvergurt, den er neben der Wanne auf den Boden gelegt hatte, doch er war nicht da. Er blickte auf und sah den Mann, den er am allerwenigsten in Dodge City erwartet hätte.

»Desmond Kent! Was, zum Teufel, machen Sie hier?«

»Chandler telegrafierte mir, dass Angela verschwunden ist. Ich hielt es für meine Pflicht als ihr nächster Angehöriger, zur Golden Angel Mine zurückzukehren und mir anzusehen, wie die Mine floriert. Ich stieg in Topeka in eine Kutsche und wollte nach Canon City fahren. Aber als die Postkutsche die Haltestelle in Dodge City ansteuerte, sah ich, wie Sie meine Stieftochter über die

Straße trugen. Tja, Zufälle gibt's ... Ich dachte schon, Sie hätten mich entdeckt, aber Sie hatten nur Augen für Angela.«

»Nehmen Sie das Eisen von meinem Gesicht weg!«, verlangte Rafe.

»O nein, diesmal kommen Sie nicht davon, Gentry. Neuigkeiten verbreiten sich schnell in einer Stadt dieser Größe. Während ich noch überlegte, wie es weitergehen soll, hörte ich, dass der Bankier den Bankraub nur erfunden hat und dass die Gentry-Brüder nicht mehr wegen dieses Verbrechens gesucht werden.«

»Das stimmt«, sagte Rafe argwöhnisch.

»Was meinen Sie, wie der Sheriff reagieren wird, wenn er erfährt, dass Rafe Gentry in Colorado wegen Mordes gesucht wird?«

Rafe stieß einen Fluch aus. »Verdammt, Kent, was wollen Sie von mir? Warum sind Sie so entschlossen, Ihrer Stieftochter Schaden zuzufügen?«

»Angela war stets ein hochmütiges kleines Weibsstück. Ich blieb nur bei ihrer Mutter, weil ich wusste, dass Angela eines Tages von ihrem Vater eine Menge Zaster erben würde. Ich wählte Chandler als zukünftigen Ehemann für sie aus, und er musste versprechen, den Reichtum mit mir zu teilen. Aber dann riss das kleine Luder aus und reiste auf eigene Faust nach Colorado. Aber das ist noch nicht alles. Sie kamen ins Spiel und versauten mir alles. Doch als ich Sie heute mit Angela auf der Straße sah, wusste ich schlagartig, dass meine Pechsträhne zu Ende ist. Steigen Sie aus der Wanne und ziehen Sie sich an!«

Rafe protestierte nicht. Er trocknete sich schnell ab und zog sich an. Den Gurt mit den Revolvern hatte Kent von der Wanne fortgeschoben. Als Rafe blitzschnell danach greifen wollte, spürte er den Druck einer Revolvermündung im Rücken und verharrte mitten in der Bewegung.

»Anscheinend haben Sie alle Trümpfe in der Hand, Kent«, sagte Rafe gedehnt.

»So ist es.«

»Was wollen Sie von mir?«

»Sie kehren zum Hotel zurück, verlangen Papier und Bleistift und schreiben eine Nachricht an Angela.«

»Und was genau soll in der Nachricht stehen?«

»Sie schreiben, dass Sie es sich überlegt haben und von hier aus allein weiterreiten. Sie teilen Angela mit, dass Sie niemals mehr von diesen Mordanklagen loskommen und dass es ungesund für Sie ist, nach Colorado zurückzukehren. Schreiben Sie, dass sie Ihnen im Weg wäre. Dann wünschen Sie ihr ein glückliches Leben.«

»Sie müssen verrückt sein, wenn Sie meinen, Angel würde das glauben.«

»Dann sollten Sie sie dazu bringen«, warnte Kent. »Oder wollen Sie Angela mit in den Dreck ziehen, wenn ich den Sheriff darüber informiere, dass Sie in Colorado als Mörder gesucht werden? Ich habe die Steckbriefe bei mir. Es kostet mich keine Mühe, sie dem Sheriff zu zeigen.

»Ich nehme an, Angela bildet sich ein, in Sie verknallt zu sein«, fuhr Kent fort. »Es wäre verheerend für das arme Mädchen, Sie mit einem Strick um den Hals baumeln zu sehen. Ihre verbrecherische Vergangenheit wird Sie eines Tages einholen; was wird dann aus Angela?«

»Sie wollen von Angel nur ihr Geld«, entgegnete Rafe. »Ihre Zukunft ist Ihnen völlig gleichgültig.«

»Das stimmt nicht. Ich werde dafür sorgen, dass sie gut heiratet und dass die Mine unter meiner Leitung floriert. Was können Sie schon für sie tun außer ihr Leben zu zerstören?«

»Ich kann sie zum Beispiel vor Ihnen beschützen«, erwiderte Rafe.

Kent sah ihn kalt an. »Wissen Sie«, sagte er nachdenklich, »ich könnte Sie jetzt erschießen und tot abliefern. Auf dem Steckbrief steht tot oder lebendig. Treffen Sie Ihre Wahl, Gentry. Schreiben Sie Angela diese Nachricht, oder Sie sterben.«

»Woher soll ich wissen, dass Sie mich nicht umlegen, wenn ich getan habe, was Sie verlangen?«, fragte Rafe.

»Ich bin kein gewalttätiger Mann. Ich werde Sie nur töten, wenn Sie mich dazu zwingen. Was das Kassieren der Belohnung anbetrifft, würde Angela wohl schlecht über mich denken, wenn ich Sie beim Sheriff abliefere. Wenn sie jedoch glaubt, dass Sie sie aus freien Stücken verlassen haben, wird sich ihre Empörung gegen *Sie* richten.«

»Sie sind ein hinterhältiger Bastard, Kent.«

»Ich habe keine Zeit, mit Ihnen zu streiten«, sagte Kent. »Es könnte jemand hier auftauchen, und dann werde ich gezwungen sein, Sie zu erschießen. Also, wie wollen Sie es nun, Gentry?«

»Sie lassen mir keine große Wahl, Kent. Ich schreibe den Brief.«

»Ich wusste, dass Sie vernünftig sind.« Kent grinste. »Gehen Sie neben mir und versuchen Sie keine Dummheiten. Ich habe einen gespannten Revolver in meiner Tasche.« Er hob den Revolvergurt auf und stieß Rafe zur Tür.

Sie verließen das Badehaus und überquerten die Straße zum Hotel. Dort bat Rafe am Empfang um Papier und Bleistift und ging zum Ende des Empfangspultes, um die Nachricht an Angela zu schreiben. Kent diktierte ihm den Text. Als Rafe fertig geschrieben hatte, riss Kent ihm die Nachricht aus der Hand, las sie und gab sie ihm zurück.

»Sagen Sie dem Portier, er soll das zu Ihrem Zimmer bringen«, befahl Kent.

Rafe faltete den Zettel, ging damit zu dem Hotelangestellten und wies ihn an, ihn persönlich bei Mrs Rafe Gentry abzuliefern. Kent fügte eine Fünf-Dollar Goldmünze hinzu, um eine sofortige Auslieferung zu erreichen.

»Und nun?«, fragte Rafe.

»Nun schaue ich mit großem Vergnügen zu, wie Sie in den Sonnenuntergang davonreiten. Wo ist Ihr Pferd?«

»Ich nehme an, im Mietstall.«

»Sehr gut, wir gehen gemeinsam zum Stall.«

Rafe wartete auf eine Chance, Kent zu überrumpeln oder zu flüchten, doch er bekam keine. Ständig spürte er die Mündung von Kents Revolver an der Seite und wusste, dass Kent nicht zögern würde zu schießen. Mord war ein Kapitalverbrechen; und niemand würde es Kent verübeln, wenn er einen steckbrieflich gesuchten Mörder erschoss. Es erschien ihm fast unmöglich, seine Unschuld in zwei verschiedenen Mordfällen zu beweisen. Vermutlich tat er Angel einen Gefallen, wenn er aus ihrem Leben verschwand.

Seelenqual peinigte ihn. Schon zweimal hatte er versucht, Angel zu verlassen, jedoch ohne Erfolg. Etwas Stärkeres als der Überlebenswille in ihm hatte ihn wieder zu seinem Engel zurückkehren lassen. Es war nicht Kents gespannter Revolver, der Rafe zwang, weiter zum Mietstall zu gehen. Es war die Hoffnungslosigkeit seiner Lage. Kent hatte Recht, was seine trostlose Zukunft betraf. Wahrscheinlich würde er an einem Strick baumeln, sobald er nach Ordway zurückkehrte. Denn seinen Unschuldsbeteuerungen würde natürlich niemand glauben.

Sie waren am Mietstall angekommen. Rafe ging zu seinem Pferd und wartete, während es der Stallbursche sattelte. Als Rafe seinen Wallach aus dem Stall führen wollte, sagte der Stallbursche: »Das macht zwei Dollar, Mr Gentry. Einen Dollar pro Tag.«

Rafe drehte seine leeren Taschen um und zuckte die Achseln. »*Sie* sind es, der will, dass ich die Stadt verlasse, Kent. Also bezahlen Sie.«

Kent murmelte einen Fluch, klaubte zwei verknitterte Dollarscheine aus seiner Tasche und gab sie dem Mann.

»Meine Waffen«, verlangte Rafe und streckte die Hand aus. Sie wollen mich doch nicht wehrlos in die Prärie schicken, oder?«

Kent dachte darüber nach und überreichte Rafe seinen Gurt mit den Revolvern. »Ich nehme an, Sie setzen Ihre Freiheit nicht aufs Spiel, indem Sie auf mich schießen. Es wäre sinnlos.«

Rafe schnallte mit grimmiger Miene den Revolvergurt um die Hüften. »Was ist schon ein weiterer Mord für einen Mann, der bereits so viele begangen hat?«

Kent wurde blass und wich zurück. Rafe lachte ihm ins Gesicht. »Feigling! Wenn ich geübt darin wäre, Menschen kaltblütig zu erschießen, wären Sie der Erste, der mein Blei schlucken würde.«

»Bastard!«, zischte Kent, als Rafe aufsaß und antrabte. »Machen Sie sich keine Sorgen um Angela!«, rief Kent ihm nach. »Ich werde dafür sorgen, dass sie bekommt, was sie braucht.«

Rafe wandte all seine Willenskraft auf, um das Pferd nicht zu wenden und Kent zusammenzuschlagen. Er stellte sich Angels Miene beim Lesen seiner Botschaft vor. Zuerst würde sie vermutlich ihren Augen nicht trauen, dann würde sie gekränkt sein und schließlich wütend. Er betete, dass ihr Zorn groß genug sein würde, um ihr Kraft zu geben; denn dieses Mal gab es keine Umkehr für ihn. Er liebte sie zu sehr, um sie von Stadt zu Stadt zu schleppen – immer auf der Flucht vor irgendwelchen Verfolgern.

Angela ging unruhig in dem kleinen Zimmer auf und ab und wartete auf Kents Rückkehr aus dem Badehaus. Was hält ihn auf? Diese Frage stellte sie sich immer wieder. Er war so lange fort, dass sie überlegte, ob sie sich auf die Suche nach ihm machen sollte oder nicht.

So atmete sie erleichtert auf, als es an der Tür klopfte. Sie stolperte fast über ihre eigenen Füße, als sie zur Tür eilte, um sie zu öffnen.

»Rafe! Du warst so lange fort, dass ich … oh, Sie sind nicht …«

Der Hotelangestellte überreichte Angela ein gefaltetes Blatt Papier. »Ihr Gatte bat mich, dies bei Ihnen abzuliefern, Mrs Gentry.«

Angelas Hände zitterten, als sie auf die Botschaft starrte. »Da-danke«, stammelte sie, und als sich der Mann mit einem freundlichen Nicken entfernte, schloss sie die Tür.

Angela blickte wieder auf das Papier, von Furcht erfüllt. Ihr Gefühl sagte ihr, dass es schlimme Nachrichten enthielt. Sie ging mit der Botschaft zum Fenster, wo es heller war; aber sie brachte es nicht über sich zu lesen, was Rafe geschrieben hatte. Warum hatte er ihr überhaupt geschrieben? Warum konnte er ihr nicht einfach ins Gesicht sagen, was er ihr mitteilen wollte?

O Gott, sie konnte und wollte es nicht lesen! Die Botschaft fiel ihr aus der Hand und flatterte zu Boden. Sie starrte darauf, als sei es eine Giftschlange, die sie beißen wollte. Schließlich bückte sie sich doch und hob das Papier mit zitternder Hand auf. Dann entfaltete sie es langsam.

Sie las die gesamte Botschaft und zerknüllte sie dann. Eine Weile stand sie wie erstarrt da, doch dann lehnte sie den Kopf an den Fensterrahmen und ließ ihren Tränen freien Lauf. Sie wollte nicht glauben, was Rafe geschrieben hatte, und so glättete sie sorgsam das zerknüllte Papier und las Rafes schmerzliche Worte noch einmal.

Er verließ sie! Er wollte allein weiterreiten! Er wisse, er könne seine Unschuld an den Mordfällen nicht beweisen, und sie sei Ballast, den er nicht gebrauchen könne. Er habe vor, den Staat zu verlassen, um seinen Verfolgern zu entkommen. Angela schluchzte auf, als sie den letzten Satz las. Er ermunterte sie, ihn zu vergessen und zur Golden Angel Mine zurückzukehren.

Nein! schrie es in ihr. Diese kalten Worte konnte Rafe nicht geschrieben haben. Rafe liebte sie; er würde sie niemals so verletzen. Sie hatten vor weniger als zwei Stunden auf dem Bett dort gelegen und sich wieder geliebt. Nach seiner Rückkehr hatten sie es wieder tun wollen. Die Qual, die seine Worte auslösten, war unermesslich.

Als sich die Dämmerung über das Land senkte, verschwanden allmählich ihr Schmerz und ihre Fassungslosigkeit. Dann, wie ein verheerender Sturm, stieg Zorn in ihrem Herzen auf.

Wie konnte Rafe so herzlos sein? Wie konnte er sie verlassen ohne ein liebes Abschiedswort? So ein gemeiner Kerl! Wie konnte er es wagen! Sie hatte ihm mehr als einmal das Leben gerettet, und auf diese Weise dankte er es ihr? Indem er sie einfach verließ? Sie hatte ihm all ihre Liebe geschenkt. Gemeinsam hätten sie Wunder bewirken können. Stattdessen hielt er sie für Ballast und ließ sie allein!

Nun, sie war nicht hilflos. Sie brauchte Rafe nicht. Ihr Weg war klar. Sie würde mit der nächsten Kutsche nach Canon City fahren und sich um ihr Erbe kümmern. Sie besaß die Golden Angel Mine; nichts sonst brauchte sie für ihr Wohlergehen. Nicht einmal Rafe Gentry.

Soll das ein Scherz sein? Was redest du dir da ein?, tadelte eine leise innere Stimme. In ihrem Herzen wusste sie, dass sie mit keinem Mann jemals so viel Erfüllung finden würde wie mit Rafe Gentry; kein Mann würde je seinen Platz in ihrem Herzen einnehmen können.

»Ich werde prima ohne ihn zurechtkommen«, sagte Angela laut. Die Worte hallten hohl in ihrem Kopf nach, aber ihre grimmige Entschlossenheit, ohne Rafe zu überleben, übertraf den Schmerz der Abweisung.

Wie in Trance bestellte Angela ein Abendessen, das sie jedoch nicht anrührte. Sie ging früh zu Bett, konnte aber – gepeinigt von jagenden Gedanken – lange nicht einschlafen. Als sie am nächsten Morgen erwachte, war der Himmel trist und grau, was perfekt zu ihrer Stimmung passte. Die gestrigen Ereignisse, die sie zu vergessen versucht hatte, stürmten plötzlich wieder auf sie ein. Die Seelenqual war fast unerträglich. Sie konzentrierte sich darauf, sich zu waschen und anzukleiden, doch ihre Gedanken schweiften immer wieder zu dem hartherzigen Schuft ab, der sie verlassen hatte.

Als erstes entschied sich Angela, ihr Pferd zu verkaufen und von dem Erlös eine Fahrkarte für die Kutsche nach Canon City zu kaufen. Gestern hatte sie in all der Aufregung vergessen, Anwalt Goodman zu telegrafieren und um Geld zu bitten, und sie wollte keine Sekunde länger als nötig in Dodge City bleiben.

Sie hatte ihren Entschluss gerade gefasst, als es an der Tür klopfte. Obwohl ihr der Verstand sagte, dass unmöglich Rafe vor der Tür stehen konnte, rannte sie freudig hin und riss sie auf.

Das Lächeln erstarb auf ihren Lippen. »Du! Was treibst du denn hier?«

»Hallo, Angela«, sagte Desmond Kent. »Deine Begrüßung lässt sehr zu wünschen übrig.«

»Was erwartest du von mir, nachdem du versucht hast, mich mit einem Mann zu verheiraten, den ich verabscheue? Du weißt, dass ich dich verachte. Was machst du hier?«

»Chandler telegrafierte mir, dass du verschwunden

seist. Ich hatte den Verdacht, dass Gentry irgendwie darin verwickelt ist. So kaufte ich eine Fahrkarte für die Postkutsche nach Canon City. Ich wollte während deiner Abwesenheit in der Mine helfen. Du kannst dir nicht vorstellen, wie überrascht ich war, als ich dich gestern von der Kutsche aus sah. Wo ist Gentry?«

»Nicht hier, wie du siehst. Warum bist du hier in Dodge ausgestiegen?«

»Ich entschied mich, die nächste Kutsche zu nehmen. Wie ich hörte, wird Gentry und seinen Brüdern der Bankraub nicht mehr zur Last gelegt. Ich frage mich, warum der Sheriff anscheinend nichts von den Morden in Colorado weiß.«

»Wenn das alles ist, was du zu sagen hast, kannst du gleich wieder gehen«, sagte Angela kühl.

Kent ignorierte die Bemerkung. »Wie sind deine Pläne, meine Liebe?«

»Ich kehre zur Golden Angel zurück, um den Betrieb zu führen. Aber das geht dich nichts an.«

»Ohne Gentry?«, reizte er sie scheinheilig.

»Siehst du ihn hier irgendwo?«

»Nein, ich sah ihn gestern aus der Stadt reiten. Das ist ein weiterer Grund, weshalb ich hier geblieben bin. Ich habe mir erlaubt, für dich eine Fahrkarte für die Nachmittagskutsche zu kaufen.«

»Ich kann mir selbst eine Fahrkarte kaufen«, entgegnete Angela.

»Selbstverständlich, meine Liebe. Ich habe dir nur die Mühe erspart. Da Gentry fort ist, habe ich angenommen, dass dich nichts mehr hier hält. Der undankbare Schuft verdankt dir sein Leben! Er hätte sich niemals aus dem Staub machen und dich ganz allein lassen dürfen. Soviel ich weiß …«

»Du weißt überhaupt nichts!«, fuhr Angela ihn an. Sie senkte den Kopf, weil sie nicht wollte, dass Kent ihr den Kummer ansah.

»Vielleicht hast du Recht, Angela. Schließen wir einen Waffenstillstand. Wenn Chandler dich immer noch heiraten will, dann steht ihm das frei. Ich werde mich da nicht einmischen. Ich will dir wirklich helfen.«

Angela glaubte ihm keinen Augenblick. Aber vielleicht konnte sie ihn dazu benutzen, um die Wahrheit über Brady Baxters Ermordung aus Chandler herauszubekommen. So gierig wie Kent war, würde er wohl allem zustimmen, um in ihrer Gunst zu stehen.

»In Ordnung, ein Waffenstillstand«, stimmte Angela zu. »Aber unter einer Bedingung.«

»Und die wäre?«, fragte Kent vorsichtig.

»Ich will nicht, dass du dich in meine Angelegenheiten einmischst, ob es nun um die Mine oder um Anson Chandler geht.«

Obwohl Rafe sie verlassen hatte, wollte sie immer noch herausfinden, wer Brady Baxter ermordet hatte. Wenn sie Rafes Unschuld bewies, würde sie wenigstens ihren Glauben an ihre Menschenkenntnis wiedergewinnen.

Kents Augenbrauen ruckten hoch. »Heißt das, du denkst ernsthaft an eine Ehe mit Chandler?«

»Das heißt nichts anderes, als dass Anson und ich gegenwärtig immer noch befreundet sind. Oder es waren, bis ich von Rafe entführt wurde.«

»Gentry hat dich entführt?«

Angela hätte sich die Zunge abbeißen können. Das hatte sie überhaupt nicht sagen wollen. »Das habe ich falsch ausgedrückt«, korrigierte sie sich. »Es war keine Gewalt im Spiel. Ich verließ die Mine mit Rafe aus freiem Willen.«

»Ich hoffe, du hast deine Lektion gelernt«, meinte Kent. »Nun gut, ich akzeptiere deine Bedingungen. Die Kutsche fährt heute um fünfzehn Uhr. Ich werde dich am Wells Fargo Büro erwarten.«

Angela verließ das Hotel lange vor der Abfahrt der

Kutsche. Sie brauchte fast eine Stunde, um eine Reisetasche zu kaufen, ihre Sachen darin zu verstauen, ihr Pferd und den Sattel zu verkaufen und im Hotel zu bezahlen. Das Gepäck der Passagiere wurde bereits verladen, als sie an der Wells Fargo Station eintraf.

»Ich dachte schon, du hättest es dir anders überlegt«, sagte Kent, offensichtlich erleichtert, sie zu sehen.

»Es gibt keinen Grund für mich, in Dodge City zu bleiben«, erwiderte Angela, als Kent ihre Reisetasche dem Fahrer gab und ihr in die Kutsche half.

Dann fuhren sie los. Angela saß eingezwängt zwischen ihrem Stiefvater und einem reisenden Vertreter, der sie mit unverhohlener Bewunderung anstarrte. Angela freute sich nicht gerade auf die lange Fahrt nach Canon City. Sie blickte durch das Heckfenster der Kutsche zurück. Dodge City würde sie immer als die Stadt in Erinnerung behalten, in der sie von einem Gefühl ins andere getaumelt war: von größter Glückseligkeit in Traurigkeit und Zorn.

Angela versuchte, sich eine Zukunft ohne Rafe vorzustellen, aber sie sah nur ein graues Nichts. Der Sonnenschein verlor plötzlich seinen Glanz, und die Wolken, die am Himmel trieben, wurden dunkel und bedrohlich.

16

Rafe näherte sich Ordway und war fest entschlossen, einen weiten Bogen um die Stadt zu schlagen. Leider entwickelten sich die Dinge anders, als von ihm geplant. Er kampierte für die Nacht in einiger Entfernung von der Stadt und aß gerade ein Kaninchen, das er zum Abendessen geschossen hatte, als er unerwarteten Besuch bekam. Er hörte Reiter im Wald und legte die Hand auf den Revolvergriff, als sie sich näherten. Angespannt beobachtete er, wie zwei Männer an den Rand der Lichtung ritten, auf der er sein Lager aufgeschlagen hatte, und sich von den Pferden schwangen.

»Hallo, Mister. Dürfen wir an Ihr Feuer?«, fragte einer der Männer. »Wir haben eigenes Essen dabei.«

Verdammt! Rafe fluchte lautlos über sein Pech. Sheriff Tattersal und einer seiner Deputys. Ausgerechnet. Er zog seinen Hut tiefer in die Stirn und senkte den Kopf, sodass sein Gesicht nicht so leicht zu erkennen war.

»Hallo. Willkommen an meinem Feuer. Ich bin im Augenblick etwas knapp an Proviant. Wenn Sie also Kaffee trinken möchten, müssen Sie Ihren eigenen machen.«

»Ich bin Sheriff Tattersal und dies ist Deputy Wilton. Wir haben genügend Proviant dabei. Wir verfolgen einen Banditen, der eine Kutsche überfallen und einen Mann erschossen hat. Ist Ihnen heute jemand auf der Straße begegnet?«

»Keine Menschenseele, Sheriff«, erwiderte Rafe.

»Reiten Sie nach Osten oder Westen?«

»Westen. Habe vor ein paar Tagen Dodge City verlassen.«

»Verdammt! Sieht aus, als folgten wir einer kalten Spur, Wilton. Ich nehme an, wir sollten nach Ordway zurückkehren und warten, bis wir einen neuen Hinweis bekommen.«

»Ich kann diese Spur hier weiter verfolgen, wenn Sie wollen«, bot Wilton an.

»Nein, früher oder später fassen wir ihn. Wir waren schon viel zu lange aus der Stadt weg«, sagte Tattersal.

Die beiden Männer packten ihren Proviant aus, schütteten Wasser aus ihren Feldflaschen in eine Blechkanne und kochten Kaffee.

Rafe missfiel die Art, wie ihn der Sheriff weiterhin anstarrte. Wenn er erkannt worden war, bedeutete es sein Ende. In der angespannten Stille hielt Rafe den Atem an. Sein Verdacht wurde bestätigt, als Tattersal sagte: »Hey, ich kenne Sie. Sie sind Rafe Gentry.«

Rafes angestauter Atem entwich mit einem zischenden Laut. Seine Hand stieß zum Revolver, als Tattersal fortfuhr: »Ich habe gehofft, dass Sie eines Tages zurückkehren, damit ich mich entschuldigen kann, weil ich Sie des Postkutschenraubs und des Mordes beschuldigt habe. Ich hätte nicht auf das Wort eines Mannes hören sollen, den ich nicht kannte. Ich hätte wissen sollen, dass Schwester Angela nicht lügen würde. Aber als Desmond Kent in die Stadt kam und wilde Geschichten über Sie erzählte, gelangte ich zu falschen Schlüssen.«

»Entschuldigen?«, sagte Rafe entgeistert.

»Wir haben vor fünf Tagen einen der Banditen gefasst, die diese Morde begangen haben. Er und sein Kumpan überfielen eine andere Kutsche und töteten den Fahrer. Einer der Kerle war selbst schwer verletzt worden und wurde zur Stadt gebracht. Bevor er starb, gestand er, dass er zusammen mit seinem Kumpan die fünf Leute bei dem ersten Überfall ermordet hat. Ich nehme an, er wollte sein Gewissen erleichtern, bevor er vor seinen Schöpfer trat.«

»Sie meinen, ich bin entlastet?«, fragte Rafe, und seine Ungläubigkeit wandelte sich in Freude. Am liebsten wäre er aufgesprungen und hätte gejubelt, doch er beherrschte sich.

»Vollkommen«, bestätigte Tattersal. »Ich habe bereits die entsprechenden Behörden benachrichtigt und die Steckbriefe einziehen lassen, auf denen Sie des mehrfachen Mordes bezichtigt werden. Natürlich«, fügte er ernst hinzu, »werden Sie immer noch als Bankräuber gesucht.«

»Nicht mehr.« Rafe grinste. »Ich bin entlastet worden und habe ein Dokument als Beweis bei mir.«

Rafe zog das Schriftstück hervor, das ihm Sheriff Diller in Dodge City ausgestellt hatte, und reichte es Tattersal. Der Sheriff las es und gab es zurück.

»Herzlichen Glückwunsch. Ich hoffe, Sie nehmen meine Entschuldigung an. Diese falschen Beschuldigungen haben sicherlich Ihr Leben kompliziert.«

Rafe lachte bitter auf. Sein Leben kompliziert? Sie hatten es nahezu ruiniert. Wegen all dieser Beschuldigungen hatte er Angela verloren. Aber nun würde sich alles ändern.

»Wie geht es dieser hübschen kleinen Schwester Angela?«, erkundigte sich Wilton. »Haben Sie sie in Canon City gelassen?«

»Nein, sie ist … äh … in Dodge City. Sie kehrt mit der Kutsche nach Canon City zurück.«

Der Sheriff und sein Deputy verfielen in Schweigen, während sie ihren Proviant verzehrten und ihren Kaffee tranken. Rafe bediente sich ebenfalls mit Kaffee und nippte nachdenklich daran.

»Sie sagten, Sie kehren morgen nach Ordway zurück, habe ich das richtig verstanden?«, fragte Rafe.

»Klar habe ich das gesagt«, antwortete Tattersal.

»Darf ich Sie begleiten? Angelas Stiefvater behauptet, wir hätten niemals geheiratet. Sowohl Reverend Conrads Aufzeichnungen als auch unsere Hochzeitsurkunde wurden vernichtet. Es existiert kein schriftlicher Beweis unserer Eheschließung. Viele Bürger Ihrer Stadt waren bei der Trauung anwesend, und Sie können mir vielleicht helfen, die Unterschriften derjenigen zu bekommen, die bereit sind zu beeiden, dass die Trauung stattgefunden hat.«

»Mein Name wird als erster auf der Liste stehen«, versprach Tattersal.

»Und meiner als nächster«, fügte Wilton hinzu.

»Ich wollte Sie ohnehin bitten, uns zu begleiten«, erklärte Tattersal. »Sie werden eine Bescheinigung haben wollen, als Beweis, dass Sie nicht mehr wegen Mordes gesucht werden.«

»Ja, ich würde mich über ein Schriftstück freuen, das bestätigt, dass ich mit dem Postkutschenüberfall und den Morden nichts zu tun habe«, sagte Rafe dankbar.

Nur noch ein Verbrechen, das man mir fälschlich vorwirft, dachte Rafe. Zum ersten Mal seit langer Zeit hatte er Grund, optimistisch zu sein. Aber er befürchtete, dass es zu spät war. Er war gezwungen gewesen, Angel schwer zu kränken. Würde sie ihm jemals verzeihen?

Am nächsten Tag ritt Rafe mit Tattersal und Wilton nach Ordway. Tattersal bescheinigte ihm, dass er zu Unrecht beschuldigt worden war, und Rafe verbrachte die meiste Zeit des Tages damit, Unterschriften von Leuten zu sammeln, die Zeugen bei seiner Trauung mit Angel gewesen waren. Er wusste nicht, warum er das für so wichtig hielt, denn vermutlich hasste sie ihn jetzt, doch aus dem gleichen Grund wollte er unbedingt beweisen, dass er und Angel rechtsgültig verheiratet waren. Sollte Angel ein Kind von ihm bekommen, konnte niemand dessen Legitimität in Frage stellen, wenn eine gültige Ehe bestand.

Als er am nächsten Tag Ordway verließ, besaß er den Beweis, dass er nichts mit dem Postkutschenüberfall und den mehrfachen Morden zu tun hatte. Außerdem steckte ein Dokument in seiner Tasche, auf dem viele Bürger von Ordway mit ihrer Unterschrift bezeugten, dass er mit Angela getraut worden war. Vor der Begegnung mit Tattersal hatte Rafe nach Norden reiten wollen, weil er gehofft hatte, seinen Bruder Jess zu finden. Rafe wusste, dass Jess überglücklich darüber sein würde, dass er nicht mehr steckbrieflich gesucht wurde. Was seinen jüngsten Bruder Sam anbetraf, so hatte Rafe keine Ahnung, wo er ihn finden konnte. Der Teufelskerl konnte überall sein.

So vieles hatte sich jetzt verändert. Rafe war von dem Gefühl befreit, den Atem des Henkers im Nacken zu spüren. Zwei Anschuldigungen gegen ihn waren fallen gelassen worden, und er brauchte nur noch zu beweisen, dass er Baxter nicht ermordet hatte. Dann würde er versuchen, Angels Liebe wiederzugewinnen. Mit diesem Ziel ritt Rafe nach Canon City. Er hatte viele Meilen vor sich und Zeit genug, um alle Möglichkeiten durchzudenken, wie er seinen Namen völlig reinwaschen konnte.

Rafe wusste, dass keine leichte Aufgabe vor ihm lag. Baxters Tod war ein völliges Rätsel. Angela glaubte, dass Chandler irgendwie in Baxters Ermordung verwickelt war, doch es würde sehr schwierig sein, das zu beweisen. Rafe konnte in die Stadt reiten und dem Sheriff die entlastenden Dokumente zeigen, doch das bedeutete nicht, dass dieser ihn nicht mehr wegen des Mordes an Baxter festnehmen würde. Nein, die Bescheinigungen, die ihn von den anderen Verbrechen freisprachen, würden in diesem Fall nicht helfen. Die einzige Möglichkeit, die Wahrheit herauszufinden, bestand darin, sich versteckt zu halten, und darauf zu warten, dass der wahre Mörder einen Fehler beging und sich selbst verriet. Und ein Gefühl sagte ihm, dass Anson Chandler derjenige war, den er genauer aufs Korn nehmen sollte.

Müde und mit einem Kummer, der tief in ihrer Seele schmerzte, stieg Angela in Ordway aus der Postkutsche, um sich die Beine zu vertreten und etwas zu essen.

Sie hatte keinen Appetit, aber sie wusste, dass sie etwas essen musste, um bei Kräften zu bleiben und die Strapazen auf den restlichen Meilen überstehen zu können. Sie war in Gedanken versunken und erschrak, als jemand sie am Arm packte. Dann sah sie Kent und entspannte sich etwas, blieb jedoch auf der Hut. »Da drüben ist ein Restaurant«, sagte Kent. »Wir haben eine Stunde Zeit, bis die Kutsche weiterfährt.«

Angela nickte knapp und riss sich aus Kents Griff los. Sie konnte seine Berührung nicht ertragen; sie bekam davon eine Gänsehaut. Sie hatte die Straße überquert und wandte sich zum Restaurant, als jemand ihren Namen rief.

»Schwester Angela, haben Sie einen Augenblick Zeit?«

Angela wandte sich um und sah Sheriff Tattersal auf sie zueilen. Was wollte der Sheriff? Hatte es etwas mit Rafe zu tun?

»Sheriff Tattersal, wie schön, Sie wiederzusehen.«

»Ich freue mich ebenfalls, Sie zu sehen, Schwester Angela.«

»Sie erinnern sich an meinen Stiefvater, nicht wahr?«

Tattersal blickte Kent finster an. »Und ob. Mit ihm möchte ich ebenfalls sprechen.« Er wandte sich wieder Angela zu und lächelte sie an. »Ich habe vor zwei Tagen Ihren Mann gesehen.«

Angela wurde blass. »Meinen Mann?«

»Ja, Rafe Gentry. Er sagte, Sie kämen mit der Kutsche hier durch. Allerdings erwähnte er nichts davon, dass Sie von Ihrem Stiefvater begleitet würden. Ich wage zu bezweifeln, dass Sie in Mr Kents Gesellschaft bleiben wollen, wenn ich Ihnen sage, was er Ihnen und Mr Gentry angetan hat.«

»Nun hören Sie mal!«, empörte sich Kent.

»Nein, *Sie* hören mir mal gut zu, Mr Kent«, entgegnete Tattersal und stieß ihm seinen Zeigefinger gegen die Brust. »Sie haben mir eingeredet, dass Mr Gentry ein Bandit sei, obwohl er in Wirklichkeit genau das war, was Schwester Angela behauptet hat, nämlich Verlobter. Sie erfanden sogar einen anderen Mann als ihren Zukünftigen.«

»Aber Gentry *ist* ein Bandit«, wandte Kent ein. »Was ist mit dem Postkutschenüberfall? Und mit den unschuldigen Leuten, die er abgeknallt hat?«

»Wir haben einen der Täter geschnappt«, erklärte Tattersal. »Er legte auf dem Sterbebett ein Geständnis ab. Ich bin sicher, dass wir sehr bald auch den anderen Täter verhaften können. Übrigens besitzt Gentry jetzt eine Bescheinigung darüber, dass er den Bankraub in Dodge City nicht begangen hat. Zweifellos ein weiterer Fall von falscher Beschuldigung.«

»Zweifellos«, wiederholte Kent trocken. »Aber da bleibt immer noch dieser Mord …«

Angela stieß Kent in die Rippen und ermahnte ihn mit einem eisigen Blick zu schweigen, wenn er nicht wieder in Ungnade bei ihr fallen wollte. »Mein Stiefvater meint die Morde bei dem Postkutschenüberfall. Aber Sie sagten doch, der Mordvorwurf sei aufgehoben worden, oder?«

»Da haben Sie richtig gehört, Schwester Angela. Aber an Ihrer Stelle wäre ich vorsichtiger, wem ich in Zukunft vertraue. Ihr Stiefvater hat anscheinend nicht ihr Bestes im Sinn.«

»Ich bin mir der Schwächen meines Stiefvaters völlig

bewusst, Sheriff«, entgegnete Angela, »trotzdem danke für die Warnung.«

»Nun, Ma'am. Ich mache am besten mit meiner Arbeit weiter. Ich wünsche Ihnen eine gute Fahrt.« Er tippte sich an die Hutkrempe und schritt davon.

»Gentry muss das Glück des Teufels haben«, murmelte Kent ärgerlich.

»Es freut mich für ihn, obwohl ich keine tiefen Gefühle mehr für den Mann empfinde«, behauptete Angela. »Er bedeutet mir nichts mehr.«

»Du bist klug, meine Liebe. Gentry ist deiner unwürdig. Nur ein Dreckskerl würde dich allein in einer fremden Stadt zurücklassen. Was wäre gewesen wenn ich nicht als Begleiter für die Rückfahrt zur Golden Angel zur Verfügung gestanden hätte?«

»Ich nehme an, ich hätte es überlebt«, erwiderte Angela trocken.

Ihre Bemerkung verärgerte Kent, doch er behielt seine Gedanken für sich. Sie betraten das Restaurant und bestellten ihre Mahlzeit. Angela stocherte lustlos in ihrem Essen herum, bis es an der Zeit war, für die nächste Etappe der Reise in die Kutsche zu steigen.

Das Schaukeln der Kutsche und das Stampfen der Pferdehufe hielten Angela davon ab, in der heißen Kutsche zu dösen, wie es die anderen Passagiere taten. Sie lehnte sich mit dem Kopf gegen das Polster, sah aus dem Fenster und rief sich die kalten Worte von Rafes Botschaft in Erinnerung. Mit ein paar kurzen, herzlosen Worten hatte er ihr Leben zerstört. Wenn er morgen auftauchen würde, um sie um Verzeihung zu bitten, würde sie ihn abweisen. Niemals würde sie ihm die Genugtuung geben zu erfahren, wie sehr er sie gekränkt hatte. Sie war so dumm gewesen zu denken, Rafe brauche sie. Von Anfang an hatte sie gewusst, dass er kein

Mann zum Heiraten war. Sie hatte ihn gezwungen, sie zu heiraten. Wie hatte sie erwarten können, dass er bei ihr bleiben würde, wenn er genug von ihr hatte?

Trotz ihrer verletzten Gefühle freute es sie, dass sich die Beschuldigungen gegen ihn als unberechtigt erwiesen hatten. Kein Mensch verdiente es, fälschlich beschuldigt zu werden. Kein Christ konnte das zulassen. Ja, Christenpflicht war ihr einziger Antrieb herauszufinden, wer Baxter umgebracht hatte. Auch wenn sie Rafe niemals wiedersehen sollte, würde es eine Befriedigung sein zu wissen, dass er seine Freiheit ihrer Findigkeit und Beharrlichkeit zu verdanken hatte.

Anson Chandler erwartete die Postkutsche, als sie in Canon City eintraf. Kent hatte ihm von Pueblo aus telegrafiert und ihn über die Ankunftszeit der Kutsche informiert.

»Ich hätte nie gedacht, dass du und Angela zusammen in derselben Kutsche sitzt«, sagte Chandler statt einer Begrüßung. »Wohin hast du dich davongemacht, Angela?«

»Das ist eine lange Geschichte, Anson. Ich werde sie dir später erzählen«, sagte Kent. »Bist du mit dem leichten Wagen hier?«

»Natürlich«, sagte Chandler. »Ich bin so froh, dass du dich entschieden hast zurückzukehren, Angela.« Seine Stimme klang spöttisch.

»Wie läuft es in der Mine?«, fragte Angela und ignorierte den Sarkasmus.

»Könnte nicht besser sein. Ich glaube, ich habe ein Talent für dieses Geschäft.«

»Zu schade, dass du kein Talent als Freier hast«, murmelte Kent spöttisch. Angela biss sich auf die Lippe, um nicht laut zu lachen. Offenbar hatten Anson und ihr Stiefvater immer noch Hoffnungen, sich ihr Geld teilen zu können. Sie konnten glauben, was sie wollten, aber das würde nicht geschehen. Sie duldete Chandler nur, weil sie einen Mordfall aufklären musste und Chandler der Hauptverdächtige war.

Chandler lud das Gepäck auf den Wagen und kletterte auf den Fahrersitz. Kent war Angela beim Aufsteigen behilflich und setzte sich neben sie.

»Ich möchte im Büro von Anwalt Goodman vorbeischauen, bevor ich zur Mine fahre«, erklärte Angela, als Chandler durch die Stadt fuhr.

»Warum?«, fragte Chandler scharf.

»Weiß Mr Goodman, dass ich die Stadt verlassen hatte?«

»Ich habe ihn und den Sheriff über dein Verschwinden informiert. Du hast uns wirklich einen Schrecken eingejagt, Angela.« Chandler sah sie vorwurfsvoll an. »Der Sheriff stellte einen Suchtrupp auf, aber er gab nach ein paar Tagen auf. Es lag auf der Hand, dass du mit Rafe Gentry abgehauen bist. Aber ich wusste, dass du zurückkehren würdest, denn die Golden Angel bedeutet dir zu viel. Du würdest die Mine niemals aufgeben. Wir hatten Recht, wie? Du bist mit Gentry durchgebrannt, nicht wahr?«

Angelas Antwort milderte seinen Ärger nicht. »Ich bin dir keine Rechenschaft schuldig, Anson.«

»Ich will nicht, dass meine zukünftige Frau mit einem Verbrecher herumhurt«, schnauzte er sie an.

»Mann, Mann, Anson, du solltest besser deine Zunge hüten«, tadelte Kent. »Ich schlage vor, du entschuldigst dich bei ihr.«

Chandler musste die Warnung verstanden haben, denn er wandte sich Angela zu und sagte: »Verzeih mir, Angela, aber du hast gewiss Verständnis für meine Sorge, als ich feststellen musste, dass du mitten in der Nacht verschwunden warst.«

»Mir ist gleichgültig, was du über mich denkst, Anson«,

erwiderte Angela mit erzwungener Ruhe. »Ich ertrage deine Anwesenheit in der Mine nur, weil die Arbeiter eine Frau als Boss ablehnen.«

»Ich bin entschlossen, dafür zu sorgen, dass du dich anders besinnst«, sagte Anson. »Ich will dich als Frau, und du brauchst einen Mann, der sich um dich kümmert.«

»Oh, das ist Mr Goodmans Büro«, sagte Angela mit offensichtlicher Erleichterung. »Er wird froh sein zu erfahren, dass ich sicher zurückgekehrt bin.«

Chandlers eingebildetes Verhalten ging Angela auf die Nerven. Er kann glauben, was er will, dachte sie trotzig. Die Wahrheit war, dass sie keinen Mann brauchte. Sobald das Rätsel von Baxters Ermordung gelöst war, würde sie Anson und ihren Stiefvater nicht mehr ertragen müssen.

Angela hatte während der langen Fahrt von Dodge City gründlich über die Minenarbeiter und ihre Weigerung, für eine Frau tätig zu sein, nachgedacht und war zu einer Lösung gekommen. Sie hatte vor, den doppelten Preis eines normalen Tageslohns anzubieten. Für Geld würden sie ihre Vorurteile vergessen. Sie rechnete damit, dass Minenarbeiter in Scharen herbeiströmen würden, um ihr großzügiges Angebot zu nutzen. Aber im Augenblick musste sie noch auf Zeit spielen.

Anwalt Goodman war erfreut, Angela gesund und munter zu sehen, als sie sein Büro betrat. Er sprang auf und begrüßte sie überschwänglich.

»Meine liebe Angela, Sie können sich nicht vorstellen, wie besorgt ich war, seit Mr Chandler mir von Ihrem Verschwinden erzählte. Er behauptete, Sie seien mit Mr Gentry ›abgehauen‹, wie er es formulierte. Ich wusste nicht, was ich denken sollte. Ich wollte nur, dass Sie sicher und glücklich sind. Hatte Chandler Recht? Sind Sie mit Rafe ›abgehauen‹?«

»Das bin ich, wenn auch nicht freiwillig.«

Goodman forschte in ihrem Gesicht. »Er hat ihnen doch nichts angetan, oder?«

Nur meinem Herzen, dachte sie. »Nein, mir geht's prima.«

»Sie wirken betrübt. Wie kann ich Ihnen helfen?«

Mr Goodmans Besorgnis rührte Angela zutiefst. Sie gab ihr Mut, offen zu sprechen.

»Was ich Ihnen jetzt sage, muss streng vertraulich bleiben, Mr Goodman. Versprechen Sie mir das?«

»Selbstverständlich, meine Liebe, Ihre Geheimnisse sind bei mir sicher aufgehoben.«

»Die Wahrheit ist, dass Rafe mich gezwungen hat, ihn zu begleiten, und mich dann in Dodge City verlassen hat. Er … hat kein Interesse mehr an mir. Ich brauche unbedingt einen juristischen Rat bezüglich unserer Ehe.«

Der Anwalt nickte schweigend, und Angela fuhr fort: »Wie Sie wissen, wurden Rafe und ich in Ordway von Reverend Conrad getraut. Leider existiert nichts Schriftliches mehr über die Heirat. Aber es waren Dutzende Leute bei der Trauung anwesend. Ich möchte wissen, was ich machen soll. Ist unter diesen Umständen eine Scheidung nötig?«

»Sind Sie sich ganz sicher, dass Sie eine Trennung von Mr Gentry wünschen, meine Liebe?«

»Ja«, antwortete Angela nach kurzem Zögern. »Ich will nicht mit einem Mann verheiratet sein – wenn ich das tatsächlich bin –, der mich nicht haben will. Wie soll ich vorgehen? Was ist mit meiner Ehe mit Brady Baxter?«

»Um Ihre Ehe mit Gentry rechtsgültig aufzulösen, ist eine Scheidung nötig«, beriet sie der Anwalt. »Sie sagten, die Eheschließung fand in der Öffentlichkeit statt, und viele Zeugen waren anwesend. Diese Zeugen können für einen Nachweis so wertvoll sein wie ein Heiratsdokument. Und ihre Ehe mit Baxter war ungültig, aber da er nicht mehr lebt, ist das ein rein theoretisches Problem.«

»Werden Sie die Einzelheiten für mich abwickeln?«

»Wenn Sie es wünschen, werde ich die Schriftsätze aufsetzen. Ich kann verstehen, dass Sie nicht gewillt sind, mit einem Banditen verheiratet zu bleiben, obwohl es mir schwer fällt, zu glauben, dass Rafe eine Bank beraubt oder kaltblütig gemordet hat. Kommen sie nächste Woche zu mir, um die Dokumente zu unterschreiben, und ich werde mich um den Rest kümmern.«

»Danke, aber da ist noch etwas, das Sie wissen sollten. Rafe ist von diesen Verbrechen freigesprochen worden. Alle Anklagen wurden fallen gelassen. Der Bankraub war eine Erfindung des Bankiers, der zugegeben hat, gelogen zu haben; und die wahren Killer haben den Banküberfall und die Morde bei Ordway gestanden. Es gibt nur noch ein Verbrechen, das Rafe vorgeworfen wird, die Ermordung von Brady Baxter, und ich bin der festen Überzeugung, dass Rafe unschuldig ist.«

»Sie haben viel Vertrauen zu dem Mann, der Sie verlassen hat«, bemerkte Goodman.

»Als Christin würde ich das Gleiche für jeden Menschen empfinden, der fälschlich beschuldigt wird«, behauptete Angela. »Deshalb hoffe ich, beweisen zu können, dass Rafe Brady Baxter nicht ermordet hat.«

»Wollen Sie diesen Chandler heiraten, nachdem Sie geschieden sind?«

»Guter Gott, nein! Ich habe Grund zu der Annahme, dass Chandler Brady Baxter umgebracht hat, und ich will das beweisen. Ich dachte, dass jemand, dem ich vertraue, von meinen Plänen wissen sollte.«

»Sie könnten mit dem Feuer spielen, meine Liebe. Warum überlassen Sie die Sache nicht dem Sheriff?«

»Nein, ich will dies alleine schaffen.«

»Seien Sie vorsichtig, Angela. Ich mag Sie inzwischen sehr.« Er seufzte wehmütig. »Wenn meine eigene Tochter nicht an Fieber gestorben wäre, hätte sie jetzt ungefähr Ihr Alter. Sie starb noch vor meiner geliebten Frau.«

Angela hatte Mitleid mit ihm. Wie einsam musste er sein! »Es tut mir leid.«

»Nicht nötig, meine Liebe. Es geschah vor langer Zeit. Ich habe gelernt, mit meiner Trauer zu leben. Sie sind es, um die ich mir Sorgen mache. Sie werden vorsichtig sein, ja?«

»Das werde ich. Wenn Anson Chandler ein Mörder ist, sollte er vor Gericht kommen.«

»Irgendetwas sagt mir, dass Rafe Gentry Ihnen mehr bedeutet, als Sie zugeben.«

Angela hob trotzig das Kinn. »Ich habe Rafe geliebt, aber er hat alle Gefühle getötet, die ich für ihn hatte. Ich will jetzt nur, dass ihm Gerechtigkeit widerfährt. Ich komme nächste Woche wieder und unterschreibe diese Papiere. Auf Wiedersehen, Sir.«

»Besser noch, ich bringe sie zu Ihnen, sobald sie geschrieben sind. Ich fühle mich für Ihr Wohlergehen verantwortlich.«

Impulsiv gab ihm Angela einen Kuss auf die Wange. »Sehr gut! Dann bis bald.«

»Es wird auch Zeit«, beschwerte sich Kent, als Angela zum Wagen zurückkehrte. »Ein Gewitter zieht auf. Ich möchte nicht hineingeraten.«

Sie trafen nur Minuten vor dem Ausbruch des Unwetters bei der Mine ein. Der Winter begann früh in den Bergen. Die Espen hatten bereits ihre goldenen Blätter abgeworfen, und eine weiße Schicht bedeckte die Berggipfel.

Kent sprang vom Wagen und hob Angela herunter.

»Es gibt einen Wetterumschwung«, sagte er fröstelnd. »Wir müssen die Mine sehr bald für den Winter schließen. Ich meine, du solltest während dieser kalten Monate in die Stadt ziehen, meine Liebe.«

»Vater kam hier oben das ganze Jahr über ziemlich gut zurecht, und so wird es auch bei mir sein«, erklärte Angela. »Wenn ich das nächste Mal zur Stadt fahre, werde ich einen Lebensmittelvorrat für eine paar Monate kaufen. Du und Anson, ihr könnt in die Stadt ziehen, wenn ihr möchtet.«

»Jemand muss hier bleiben, um dich zu beschützen«, warf Chandler ein. »Du bist viel zu eigensinnig und impulsiv. Du erkennst eine Gefahr erst, wenn es zu spät ist, denn du achtest nur auf das Äußere von Menschen.«

»Da irrst du dich, Anson«, widersprach Angela. »Ich sehe die Leute genau wie sie sind.« *Du bist ein geldgieriger Kerl und vermutlich sogar ein Mörder,* fügte sie in Gedanken hinzu.

Chandler hob ihre Reisetasche vom Wagen. »Ich begleite dich in die Hütte und mache Feuer im Kamin.«

»Bitte, wenn du darauf bestehst. Ich hoffe, es macht dir nichts aus, deine Hütte mit Desmond zu teilen. Es wird wohl nicht für lange sein. Er ist es nicht gewöhnt, auf Komfort zu verzichten. Du hast ihn kommen lassen, nicht wahr?«

Chandler warf Kent einen warnenden Blick zu. »Ich habe deinen Stiefvater nur darüber informiert, dass du vermisst wirst. Er ist dein nächster Angehöriger und hatte ein Recht darauf, das zu erfahren. Die Reise hierher war seine eigene Idee. Zum Glück für dich, denn sonst hätte er dich nicht zur Golden Angel begleiten können, nachdem Gentry dich verlassen hatte.«

Angela betrat ihre Hütte, gefolgt von Chandler. »Ich nehme an, Desmond hat dir alles erzählt, während ich bei Mr Goodman war.«

»Er hat mir genug erzählt«, sagte Chandler. »Ich hatte mir bereits das meiste zusammengereimt. Ich hoffe, du hast Gentry jetzt satt.«

»Keine Sorge, Anson, ich glaube, wir beide sehen Rafe Gentry nicht wieder.«

»Gut, dass wir den los sind«, murmelte Chandler. »Gentry mag von diesen Anklagen der Fälle in Dodge City und Ordway freigesprochen worden sein, aber er wird noch wegen des Mordes an Brady Baxter gesucht.«

»Das habe ich nicht vergessen«, sagte Angela. »Bradys Killer wird nicht ungestraft davonkommen, das verspreche ich dir.«

Chandler warf ihr einen merkwürdigen Blick zu, sagte jedoch nichts, als er Brennholz und Zündmaterial in den Kamin stapelte. Als er damit fertig war, machte er keine Anstalten zu gehen.

»Danke«, sagte Angela. »Ich sehe dich dann morgen. Die Reise war anstrengend, und ich bin müde.«

»Ich kann länger bleiben, wenn du mich brauchst«, bot Chandler an, der offenbar den Wink nicht verstanden hatte.

»Danke nein. Ich möchte allein sein.«

»Nun gut.« Chandler war sichtlich verärgert. »Aber eins will ich dir noch sagen. Ich bin entschlossen, dich zu heiraten, Angela. Ich weiß, du betrachtest dich noch als Gentrys Ehefrau, aber für mich existiert diese Ehe nicht.«

»Und was ist mit all diesen Zeugen in Ordway?«, entgegnete Angela. »Es werden sich bestimmt Leute finden, die bereit sind zu beeiden, dass eine legale Trauung stattgefunden hat.«

Chandler packte sie an den Schultern und schüttelte sie grob. »Gib zu, dass du froh darüber bist, dass Baxter tot ist. Sein Tod hat eine Menge Probleme gelöst. Ich weiß, dass du Baxter nur geheiratet hast, um Gentrys Haut zu retten.«

Angela riss sich los und schob ihn von sich. »Das kannst du nur wissen, wenn du …«

Chandler erstarrte. »Ich weiß, was du denkst, aber da liegst du schief. Ich rate dir ernsthaft, deine blöden Vermutungen für dich zu behalten.«

»Willst du mir drohen, Anson?«

»Was für eine dumme Gans du bist!« Chandler lachte auf. »Ich habe keinen Grund, dir zu drohen. Gute Nacht, meine Liebe.«

»Gute Nacht, Anson. Morgen werden wir über alles sprechen, was sich während meiner Abwesenheit in der Mine abgespielt hat. Ich erwarte einen ausführlichen Bericht.«

Chandler bedachte sie mit einem drohenden Blick, machte auf dem Absatz kehrt, verließ die Hütte und knallte die Tür hinter sich zu. Angela legte schnell den Riegel vor und lehnte sich gegen die Tür. Sie zitterte vor unterdrückter Wut und ein wenig Furcht.

Niemals hatte sie sich so einsam gefühlt. Sie war von Menschen umgeben, die nichts für sie übrig hatten und sie nur benutzen wollten. Sogar Rafe hatte sie nur benutzt … und sie hatte es zugelassen.

Die nächsten beiden Tage waren für Angela arbeitsreich. Eine genaue Überprüfung der Bücher enthüllte Diskrepanzen in Chandlers Auflistung von gefördertem Gold und Geld, das in der Bank auf ihr Konto eingezahlt worden war, und sie nahm an, dass sich Chandler auf ihre Kosten bereichert hatte. Sie ließ es im Augenblick auf sich beruhen, nahm sich jedoch vor, mit Mr Goodman darüber zu sprechen.

Unterdessen wurden Maßnahmen zur Schließung der Mine für den bevorstehenden Winter getroffen.

Eines Tages kam Angela beim Sammeln von Brennholz zufällig an Chandlers Hütte vorbei und vernahm

Stimmen durch das offene Fenster. Sie verharrte abrupt, als sie ihren Namen hörte.

»Du erreichst nichts bei Angela«, schalt Kent.

»Sie ist ein stures Weib, Kent«, erwiderte Chandler mürrisch. »Und du tust nichts, um mir zu helfen.«

»Angela und ich haben einen Waffenstillstand geschlossen. Ich habe ihr versprochen, mich nicht in ihre Angelegenheiten einzumischen, und als Gegenleistung habe ich das Vergnügen, in dieser gottverlassenen Gegend in solch einer primitiven Bude herumzugammeln.« Er lachte freudlos auf. »Wenn es nicht um ihr Geld ginge, würde ich nicht wie ein Einsiedler am Rande der Zivilisation leben. Heirate um Himmels willen dieses Weibsstück, damit wir uns ihr Geld teilen können. Es stinkt mir, nett zu ihr zu sein.«

»Ich habe mehr getan, als du ahnst«, sagte Chandler.

Angela war überzeugt, dass er in diesem Augenblick hämisch grinste, obwohl sie es nicht sehen konnte. Sie schlich sich näher ans Fenster heran, denn Chandler hatte die Stimme gesenkt.

»Wovon, zur Hölle, laberst du?«, wollte Kent wissen.

»Brady Baxters Ermordung war ein ziemliches Glück für uns, findest du nicht auch?«, fuhr Chandler fort. »Ich war in der Nacht, als er gekillt wurde, dort draußen.«

»Du hast gesehen, wie Gentry Baxter umgelegt hat?«, fragte Kent ungläubig.

»Nicht so laut«, zischte Chandler.

Angela ging zurück in Deckung, als das Fenster geschlossen wurde. Verdammt! Gerade jetzt schien es interessant zu werden. Noch ein paar Sekunden, und sie hätte ein Geständnis von Chandler gehört – mit Kent als Zeugen. Kent mochte sich weigern, gegen Chandler auszusagen, doch Angela war überzeugt, dass eine gewisse Geldsumme seine Zunge lockern würde, wenn er erst erkannte, dass er Chandler nicht mehr benutzen konnte, um sich ihren Reichtum unter den Nagel zu reißen.

Das Geld war Angela gleichgültig. Sie würde ihre Erbschaft freudig mit einem Mann teilen, der sie wirklich liebte. Aber Chandler war dieser Mann nicht, und Kent war nicht der Typ Stiefvater, der es verdiente, von ihr finanziell berücksichtigt zu werden. Nicht nach dem schmutzigen Spiel, das er gegen sie angezettelt hatte.

Angela schlich zurück zu ihrer Hütte und legte das Brennholz in die Holzkiste. Flüchtig fragte sie sich, wann Mr Goodman mit den Scheidungspapieren eintreffen und sie ihr zur Unterschrift vorlegen würde. Sie spielte mit dem Gedanken, zur Stadt zu fahren, um die Sache zu beschleunigen. Vielleicht brauchte sie die offizielle Beendigung ihrer Ehe, um Rafe aus ihren Gedanken zu verbannen und ihr Leben ohne ihn weiterführen zu können.

An diesem Abend war es Angel schwer ums Herz, als sie zu Bett ging. Sie versuchte, nicht an Rafe zu denken, doch ihr Körper erinnerte sich daran, wie sehr ihr seine Berührung fehlte. Ihre Brustspitzen wurden steif, als sie sich daran erinnerte, wie sehr er sie erregt hatte. Sie lächelte bitter. Das Gefühl der Leere in ihr war etwas, mit dem sie den Rest ihres Lebens würde leben müssen.

Als sie endlich Schlaf fand, war er von Träumen erfüllt. Sie spürte Rafes Hände auf ihrem Körper, seine Küsse auf dem Mund. Sie nahm seinen männlichen Geruch wahr, schmeckte ihn auf der Zunge. Sie war nicht allein! Das Klingeln von Sporen. Ein Schatten an der Wand. Das stetige Klopfen eines anderen Herzens. Ob real oder eingebildet, sie spürte seinen Herzschlag in ihrer eigenen Brust. Ihr Körper prickelte. Plötzlich erschrak sie.

»Wer ist da?«

»Hallo, Angel.«

»Nein! Geh weg!«

17

Rafe trat ins Mondlicht, das durch das Fenster fiel. Angela konnte jetzt sein Gesicht sehen. Seine Züge wirkten im Spiel von Licht und Schatten wie gemeißelt. Der Mondschein modellierte sein markantes Kinn, ließ das Glitzern seiner Augen erkennen, in denen sich Sinnlichkeit widerspiegelte, die so sehr Teil von ihm war. Sie schloss die Augen, wie um den Anblick zu verbannen, doch als sie sie öffnete, war er immer noch da, und seine kräftige Gestalt schien das Zimmer zu beherrschen. »Dies kann nicht sein – nicht schon wieder.«

»Ich bin kein Geist, Angel; hör auf, mich so sonderbar anzusehen.«

»Gerade wenn ich denke, ich würde dich niemals wiedersehen, tauchst du auf. Was willst du von mir, Rafe Gentry?«

Er kam näher. Panik stieg in ihr auf.

»Die Dinge haben sich geändert«, sagte er. »Ich werde nicht mehr wegen dieser Morde in Ordway gesucht. Einer der wahren Killer hat ein Geständnis abgelegt.«

»Ich weiß. Die Kutsche hatte Aufenthalt in Ordway, und Sheriff Tattersal hat mir alles darüber erzählt. Aber das ändert nichts. Dein Abschiedsbrief erklärt deine Gefühle für mich hinreichend. Was machst du hier? Warum quälst du mich immer noch?«

Er setzte sich auf die Bettkante; sie wich zur anderen Seite.

»Weil du nie aufgehört hast, *mich* zu quälen. Es vergeht kein Tag und keine Nacht, ohne dass ich fast verrückt werde und mich frage, was du tust, mit wem du zusammen bist und ob du in Sicherheit bist.«

»Du hast dir das selbst zuzuschreiben, Rafe. Ich dachte, die Dinge stimmen zwischen uns. Dann hast du mich verlassen. Ich bin es leid, deine Haut zu retten. Der Tag, an dem du mich in Dodge City verlassen hast, war der Tag, an dem meine Gefühle für dich gestorben sind.«

Rafe zündete die Lampe mit einem Streichholz an. Der gelbliche Lichtschein erhellte ihr Gesicht, verstärkte den Glanz ihrer blauen Augen, fiel auf ihre zarte Haut. Rafe berührte ihre Wange. Sie zuckte fort, und Rafe wünschte sehnlich, er könnte den Schaden rückgängig machen, den er mit dieser verdammten Nachricht verursacht hatte.

Er schloss die Augen und atmete den süßen Duft seiner Frau ein: Lavendelseife und Sonnenschein und ihr eigener besonderer Duft. In seinen Lenden pochte es, und Verlangen stieg in ihm auf. Seine Hände handelten wie aus eigenem Willen, wider seinen Verstand, und er ergriff Angela an den Schultern und zog sie an sich. Er hatte sie nicht berühren wollen, sondern ihr nur sein Handeln an jenem Tag in Dodge City erklären wollen. Und natürlich hatte er gehofft, dass sie ihm verzeihen würde.

Rafe spürte ihren Widerstand, ihre Abneigung, ihre Furcht, und er wusste, dass er ihren Zorn verdient hatte. Gott, wie er sich danach sehnte, sie zu küssen!

»Du wirst mich nicht mehr täuschen, Rafe Gentry«, stieß Angela hervor. »Wie kannst du es wagen, zu denken, du könntest in mein Leben hereinplatzen, wie es dir gerade gefällt! Meinst du, ich bin ein Spielzeug, das du dir nehmen kannst, wenn es dir passt?«

»Verdammt, Angel, natürlich meine ich das nicht! Hörst du mich endlich an?«

»Warum? Ich werde dir nicht glauben«, zischte Angela. »Ich war dumm, was dich anbetraf, Rafe. Gerade als ich entschlossen war, dich niemals wiederzusehen, tauchst du auf wie ein Albtraum. Ich will deine Erklärung nicht hören. Nichts, was du mir erzählst, wird meine Meinung über dich ändern.«

»Hast du dich mit deinem Stiefvater wieder versöhnt?«

Angela starrte ihn an. »Woher weißt du, dass Desmond hier ist? Hast du mir etwa wieder nachspioniert?«

»Es spielt keine Rolle, woher ich es weiß.« Rafe erkannte, dass Angel nicht in der Stimmung war, ihn jetzt anzuhören.

»Bevor du gehst, solltest du noch etwas wissen«, sagte Angela. »Ich reiche die Scheidung ein. Mr Goodman bereitet Schriftsätze vor, die ich unterschreiben werde.«

Rafe wich unwillkürlich einen Schritt zurück und starrte sie an. »Hätte ich gewusst, dass du dich von mir scheiden lassen willst, dann hätte ich mir nicht die Mühe gemacht, die Unterschriften von Leuten zu sammeln, die Zeugen unserer Trauung waren.«

Sie blickte verwirrt drein. »Das hast du getan? Warum?«

»Ist das nicht offenkundig?«

»Nichts ist offenkundig, was dich anbetrifft, Rafe. Du bist der verwirrendste Mann, den ich jemals kennen gelernt habe. Bei Desmond und Anson weiß ich wenigstens, woran ich bin.«

»Und zwar, Angel?«, fragte Rafe verächtlich. »Hast du vor, Chandler zu heiraten?«

»Nicht, dass es dich etwas anginge, aber Anson würde ich nicht heiraten – und wenn er der letzte Mann auf der Erde wäre.«

»Und warum ist er dann immer noch hier?

»Weil ich beweisen will, dass er Brady Baxter umgebracht hat!«

Rafe starrte sie verblüfft an. »Ich dachte, es ist dir gleichgültig, was mit mir passiert.«

Sie hob trotzig das Kinn. »Das ist es auch.«

Er grinste schief. »Warum bist du dann so erpicht darauf, meine Unschuld zu beweisen?«

»Das kann ich dir sagen: Ich kann es nicht ertragen, dass ein Unschuldiger fälschlich eines Verbrechens beschuldigt wird. Reverend Conrad hat mich gelehrt, dass jeder Mensch nicht nur für sich selbst, sondern auch für seine Mitmenschen verantwortlich ist. Ich weiß, dass du kein Killer bist, Rafe.«

»Deine Reinheit und Frömmigkeit beschämen mich, Angel. Ich verdiene dich nicht.«

»Das ist richtig«, entgegnete Angela. »Außerdem kann mein Herz nicht noch mehr Schmerz ertragen.«

Diesmal versteifte sie sich nur leicht, als er sie in seine Arme zog. Sie wusste, dass sie es bereuen würde, aber diesem Mann zu widerstehen war ihr einfach unmöglich. Der gesunde Menschenverstand sagte ihr, dass er ihr wieder das Herz brechen würde … und wieder, dass sie sich von ihm abwenden und nicht zurückblicken sollte. Doch dieser gesunde Menschenverstand setzte aus, als sie Rafes Mund auf ihrem Ohr spürte und er heftig atmend ihren Namen flüsterte. Er küsste ihre Lider, ihre Wangen. Er streifte ihr Nachthemd von ihren Schultern und tupfte Küsse auf ihre nackte Schulter und den Hals.

Ihr Nachthemd fiel zu den Hüften hinab, und seine Zunge folgte ihm hinab und hinterließ eine feurige Spur bis zwischen ihre Brüste. Sie wölbte sich ihm entgegen, schob sich selbst in die Hitze seiner Liebkosung.

Sie stöhnte unbewusst protestierend auf, als er sich ihr entzog. Plötzlich erkannte sie, dass sie es ihm zu leicht machte, und irgendwie fand sie die Kraft, ihn von sich wegzuschieben. Rafe wurde davon überrascht, fiel rücklings vom Bett und landete auf dem Gesäß.

»Was, zum Teufel, soll das?«, fragte er, als er sich aufrappelte.

Angelas Atmung beruhigte sich. »Zum Denken habe ich keine Willenskraft, wenn es dich betrifft.«

Er grinste, schnallte seinen Revolvergurt ab und ließ ihn auf den Boden fallen. Dann riss er sein Hemd auf. Knöpfe sprangen ab.

»Die Sache mit der Willenskraft gefällt mir.«

Er öffnete seinen Gürtel und knöpfte die Hose auf. Angela schnappte nach Luft, als der Rest seiner Kleidung fiel. Sein Glied war voll erigiert, dick und pulsierend vor seinem muskulösen Leib. Sie krallte unbewusst die Hände in die Laken und wollte wegsehen, doch sie war so schwach – so völlig in den Bann geschlagen von diesem Mann.

Sie kämpfte gegen ihre wachsende Erregung an und schob sich zur Seite, um ihm Platz zu machen, als er sich aufs Bett sinken ließ. Langsam umfasste er mit beiden Händen ihre Taille und zog sie näher an sich. Dann küsste er sie leidenschaftlich.

Zugleich spürte sie seine Hände auf ihren Brüsten, und ihr Herz schlug schneller. Ihre Lippen öffneten sich seiner Zunge. Zu schnell beendete er den Kuss und forschte heftig atmend in ihrem Gesicht. »Du willst mich so sehr wie ich dich, Angel, gib es zu.«

»Du weißt, dass ich schwach bin, was dich anbetrifft. Aber ich verabscheue es, dass du meine Schwäche gegen mich benutzt.«

»Das Einzige, was ich gegen dich benutzen will, ist dies«, sagte er und zog ihre Hand zu seinem Glied.

Angela starrte ihm ins Gesicht und sah wildes Verlangen in seinen silbergrauen Augen. Und noch etwas anderes. Ein Gefühl, das aus der Tiefe seiner Seele kam. Er überwältigte sie mit seinem Verlangen, seinen Worten und diesen unglaublich ausdrucksstarken Augen.

Er hielt sie mit seinem Blick gefangen, legte eine Hand auf ihren Leib und streichelte sie. Seine Berührungen lösten Empfindungen in ihr aus, die sie alles vergessen ließen außer Rafe, den Mann, den sie liebte … nein hasste. Sie war so durcheinander.

Ihre Gedanken stockten, als sie seine Hand zwischen den Schenkeln spürte. Sie schloss die Augen und spreizte die Beine für ihn. Sie sehnte sich nach ihm, und es ärgerte sie, dass er es wusste. Er küsste sie wieder, und ihre Körper verschmolzen miteinander. Sie spürte, wie sich seine Muskeln anspannten, als sein Verlangen übermächtig wurde.

Seine Finger öffneten sie, streichelten sie erregend. Ihr Körper schrie förmlich nach der Erfüllung, und ihre Hand glitt ungeduldig an dem Beweis seiner Erregung auf und ab, während sie versuchte, ihn in sich zu ziehen. Er zog seine Hand aufstöhnend von ihr fort und drang in sie ein. Der Sturm seiner Leidenschaft schien sie emporzutragen, immer höher hinauf zum Gipfel der Lust.

Sie krallte die Hände in die Muskeln seiner Oberarme und sah in seine Augen. Trotz ihrer Erregtheit schien Rafe es mit seinem eigenen Höhepunkt nicht eilig zu haben, denn er trieb sie noch weiter in Ekstase, bis sie sich in ihrer Erfüllung verlor.

Rafe betrachtete sie genau, ohne langsamer zu werden, als sie kam. Dann machte er weiter, suchte seine eigene Lust. Er blickte sie verwundert an, als er spürte, wie sie sich wieder regte, seine Schultern umklammerte und sich seinem Rhythmus anpasste.

»Kannst du noch einmal kommen, Liebling?«

Angela war nicht in der Lage, zusammenhängend zu sprechen, und es überraschte sie selbst, dass sie erneut von einer Woge der Lust erfasst zu werden glaubte. Der Geruch von Sex und Schweiß war wie ein starkes Aphrodisiakum. Seine Muskeln spannten sich, und er glaubte es nicht mehr aushalten zu können. Wenn sie nicht bald … Dann hörte er sie aufschreien, spürte, wie sich ihr Körper in Intervallen verkrampfte, und entspannte und schrie selbst seine Lust hinaus, als er mit ihr zum Höhepunkt kam.

»Bist du jetzt glücklich?«, flüsterte Angela, als die Erregung langsam abklang.

Lange waren nur ihre und Rafes heftige Atemzüge zu hören. »Ich will, dass wir beide glücklich sind«, antwortete er schließlich.

Angela drehte den Kopf zur Seite. »Das wünschte ich auch, aber es wird nicht geschehen.«

»Es war nicht meine Idee, Dodge City zu verlassen.«

Sie brauchte einen Moment, um seine Worte zu verarbeiten. Dann lachte sie bitter auf. »Ich nehme an, du willst mir weismachen, dass jemand dich mit vorgehaltener Waffe gezwungen hat, diesen abscheulichen Abschiedsbrief zu schreiben.«

Er blickte sie sonderbar an »Genauso war es.«

»Also wirklich, Rafe! Ich bin nicht blöde.«

»Keineswegs. Aber ich lüge nicht. Kent überraschte mich an jenem Tag im Badehaus. Er war der Letzte, den ich in Dodge City erwartet hätte. Er zwang mich mit Waffengewalt, diese Nachricht zu schreiben. Wenn ich nicht getan hätte, was er verlangte, hätte er mich erschossen und die Belohnung kassiert. Es gab immer noch diese Steckbriefe wegen der Morde in Colorado, von denen Sheriff Diller anscheinend nichts wusste.

Ich war gerade vom Vorwurf des Bankraubs freigesprochen worden, und du hast im Hotel auf mich gewartet. Es wäre mir nie in den Sinn gekommen, dich zu verlassen, doch Kent änderte meine Pläne nur zu schnell. Meine Lage war absolut hoffnungslos. Ich wollte nur das Beste für dich, auch wenn es bedeutete, dass ich dich verlassen musste. Ich sagte mir, du wärest besser dran, wenn du nicht mit mir von Stadt zu Stadt hetzen müsstest – immer nur einen Schritt vor den Verfolgern.«

»Und was hat deine Meinung geändert?«

»Als ich erfuhr, dass ich nicht mehr wegen dieser

Morde in Ordway steckbrieflich gesucht werde, schöpfte ich neue Hoffnung. Ich war überzeugt, dass ich Baxters Mörder finden und in Zukunft als freier Mann leben würde. Aber das waren nicht die einzigen Gründe. Ich konnte nicht ohne dich leben, Angel. Wir sind füreinander bestimmt, ob du es nun wahrhaben willst oder nicht.«

Sie war unschlüssig, wich dann seinem Blick aus. »Ich möchte dir glauben, Rafe, wirklich.«

»Aber …«

»Ich habe Angst, wieder verletzt zu werden. Ich würde mich immer fragen, wann du wieder verschwindest.«

»Nie!«, sagte Rafe, und es klang wie ein Schwur. »Ich werde dich nie wieder verlassen.« Er hatte nicht vorgehabt, sich in Angel zu verlieben, als sie ihn als ihren Verlobten ausgegeben hatte, aber sie hatte sich wie eine Diebin in der Nacht in seine Gefühle geschlichen und ihm das Herz gestohlen. Leider war er immer noch nicht frei, um seine Liebe zu erklären, und so hielt er den Mund.

»Warum sollte ich dir glauben, Rafe?«

Rafe runzelte die Stirn und blickte fort. »Ich weiß, ich habe dir in der letzten Zeit genügend Gründe gegeben, um mir zu misstrauen. Ich hatte nie das Gefühl, der Richtige für dich zu sein, weil ich einer Frau, die alles hat, nichts zu bieten habe.«

»Alles, was ich jemals haben wollte, warst du. Ich hätte alles aufgegeben, um dich sagen zu hören …« Sie verstummte, und biss sich auf die Zunge.

Rafe hätte sie am liebsten in die Arme genommen. Er musste sich zwingen, ihr nicht zu sagen, dass er sie liebte. In ihrer derzeitigen Verfassung würde sie ihm vermutlich ohnehin nicht glauben.

»Ach, was hat es überhaupt für einen Zweck«, seufzte sie. Die Verzweiflung in ihrer Stimme brach Rafe fast das Herz.

»Angel, hör mir zu, Liebste. Ich weiß, was du hören willst, aber ich kann es erst sagen, wenn ich ein freier Mann bin. Bis dahin musst du Geduld haben und mir vertrauen.«

»Wie ich dir in der Vergangenheit vertraut habe?«

»Ich weiß, ich verlange viel von dir, aber ich werde immer noch steckbrieflich gesucht. Ich kann dir nicht einmal einen guten Namen bieten.«

»Ich habe bereits deinen Namen«, erinnerte Angela. »Aber das wird sich bald ändern.«

Ihre Worte versetzten ihm einen Stich. »Verdammt, Angel, ich will nicht, dass du dich von mir scheiden lässt.«

»Und was *willst* du, Rafe?«

»Ich dachte, das habe ich klargemacht. Ich will *dich*. Ich bin entschlossen, Baxters Mörder zu finden, und danach werde ich frei sein und dir sagen, was ich für dich empfinde.«

Sein Blick war gequält. »Ich bitte dich, mir zu vertrauen, Angel. Ich muss bald losreiten. Keiner darf wissen, dass ich hier bin.«

»Hast du einen Plan?«

»Noch nicht, aber ich habe nicht aufgegeben.«

»Lass mich dir helfen.«

Rafe schüttelte entschieden den Kopf. »Kommt nicht in Frage! Wir haben es mit zwei gierigen, gemeinen Männern zu tun. Du könntest in große Gefahr geraten.«

In ihren blauen Augen glitzerte es. »Du hast keine Wahl. Auch wenn du nicht zurückgekehrt wärst, hätte ich dies weitergeführt. Ich habe belauscht, wie Anson fast zugegeben hat, dass er Baxter umgebracht hat. Ich habe eine Idee, wie ich seine Schuld beweisen kann, aber ich muss noch eine Weile darüber nachdenken.«

»Denk, was du willst, Liebling, ich erlaube dir einfach nicht, dich darin verwickeln zu lassen. Es ist zu gefährlich.«

Angela entschied sich, das Thema zu wechseln. Es führte zu nichts, sich mit Rafe zu streiten. »Hast du Hunger?«

Sein Magen knurrte allein bei dem Gedanken an Essen. »Und wie! Ich habe mich von den spärlichen Resten in meinen Satteltaschen und gelegentlich von Wild ernährt, wenn ich das Glück hatte, welches zu erlegen.«

Angela erhob sich vom Bett und zog einen Morgenrock an. »Ich mache dir etwas zu essen. Dann packe ich, was ich an Proviant da habe, für dich zum Mitnehmen ein. Wie steht es mit Decken? Du versteckst dich in der Höhle, nicht wahr? Das ist nicht besonders bequem.«

»Ich komme zurecht.«

Angela eilte in die Küche und zündete eine Lampe an. Als Rafe sich angezogen hatte und sich zu ihr gesellte, hatte sie Feuer im Herd gemacht, Speck in Streifen geschnitten und Kaffee gekocht.

»Es wird bald hell«, sagte Rafe nach einem Blick aus dem Fenster.

»Das Essen ist gleich fertig.«

»Angel, es war mir ernst, als ich sagte, du sollst dich aus Schwierigkeiten heraushalten«, sagte Rafe, als Angela Eier in die Pfanne schlug und dicke Scheiben von dem Brotlaib abschnitt, den sie am vergangenen Morgen gebacken hatte.

»Du hast mich gebeten, dir zu vertrauen, Rafe. Jetzt bist du an der Reihe, mir zu vertrauen.«

Sie stellte den Teller vor ihn hin, und er machte sich über das Essen her. Angela musste über seinen gesunden Appetit lächeln. Während er aß, häufte sie einen Brotlaib, einige Konserven, den Rest des Specks, Kartoffeln und was sie sonst für nützlich hielt auf den Tisch. Sie verließ die Küche und kehrte mit zwei dicken Wolldecken zurück, die sie neben die Lebensmittel legte.

»Heißt das, du verzeihst mir?«, fragte Rafe zwischen zwei Bissen.

»Es heißt, ich denke darüber nach«, erwiderte Angela. Sie war einmal zu oft von diesem verführerischen Mann gekränkt worden.

»Ich muss jetzt gehen«, sagte Rafe und schob den leeren Teller von sich. Er blickte auf den Proviant, den Angela bereitgelegt hatte. »Wie soll ich das alles transportieren?«

»Darin«, sagte Angela und schüttelte den Kissenbezug aus, den sie aus dem Schlafzimmer mitgebracht hatte.

Als der Kissenbezug prall gefüllt war, stellte Rafe ihn auf den Tisch und zog Angela zu sich heran. »Ich werde wiederkommen, Angel.« Seine Augen spiegelten verzweifeltes Verlangen wieder, doch seinen Humor hatte er nicht verloren. »Es würde helfen, wenn du die Hintertür nicht abschließt. Ich werde zu alt, um durch Fenster zu klettern.«

»Du *sagst*, dass du wiederkommst, Rafe, aber ich weiß nicht, ob ich dir glauben kann.«

»Glaube dies«, sagte Rafe und presste die Lippen besitzergreifend auf ihre. Sein Mund war warm und schmeckte nach Kaffee und Rafe. Sie schmiegte sich an ihn, genoss es, von diesem einzigartigen Mann geküsst zu werden, und war sich schmerzlich bewusst, wie leicht er sie verführt hatte.

Er beendete den Kuss. »Wenn ich jetzt nicht gehe, werde ich es nie schaffen«, stöhnte er an ihren Lippen. »Versprich mir, dass du dich aus Schwierigkeiten heraushältst, während ich eine Lösung für unser Problem suche.«

Angela schaute ihn unschuldig an. »Rafe Gentry, ich gerate niemals in Schwierigkeiten, sondern gehöre zu denen, die andere Leute aus Schwierigkeiten *herausholen.*«

»Ich weiß, Liebling, du bist mein Schutzengel«, sagte er mit einer Zärtlichkeit, die Angela tief bewegte. »Aber diesmal hast du es mit Teufeln wie Kent und Chandler zu tun. Lass mich das auf meine Weise erledigen.«

»Selbstverständlich«, sagte Angela und kreuzte die Finger hinter dem Rücken. Sie schob ihn zur Tür. »Die Sonne geht auf. Beeil dich, bevor dich jemand sieht.«

»Noch eines«, sagte Rafe. »Vergiss diese Scheidung. Ich lasse dich nicht gehen, Angel.«

Angela wünschte sich sehnlichst, ihm glauben zu können, und kämpfte gegen Tränen an, als Rafe seinen Proviant nahm, ihr einen Abschiedskuss gab und durch die Tür hinausschlüpfte. Sie beobachtete vom Fenster aus, wie ihn die purpurnen Schatten aufnahmen und er am bewaldeten Berghang verschwand.

Angela wandte sich vom Fenster ab, schenkte sich Kaffee ein und setzte sich an den Tisch, um über Rafes unerwartete Rückkehr nachzudenken. Konnte sie ihm diesmal vertrauen? Hatte Desmond ihn tatsächlich gezwungen, Dodge City ohne sie zu verlassen?

Eigentlich ergab alles einen Sinn. Weder Rafe noch Desmond hatten gewusst, dass er nicht mehr wegen der Morde in Ordway gesucht wurde. Wenn Desmond Sheriff Diller den Steckbrief gezeigt hätte, wäre Rafe wieder eingesperrt worden. Vor die Wahl gestellt, zu fliehen oder am Galgen zu enden, hätte Angela denselben Ausweg gewählt wie Rafe. Und Rafe war ja zurückgekehrt, um alles zu erklären.

Er war nicht nur zurückgekehrt, er hatte ihr auch höchste Wonnen bereitet, als ob er sie wirklich von ganzem Herzen liebte. Er hatte alles getan, um sie glücklich zu machen, jedoch nicht die Worte ausgesprochen, die ihr sagen würden, wie viel sie ihm bedeutete. Tief in ihrem Inneren wusste Angela, das er diese Worte sagen würde, wenn kein Kopfgeld mehr auf ihn ausgesetzt sein würde. Der Rafe, den sie kannte, war weder ein Mörder noch ein Bandit. Er war ein Mann, der zu Unrecht beschuldigt wurde.

Rafe Gentry war ein verdammter Sturkopf, manchmal ein wenig ungehobelt und oft besitzergreifend, doch Angela wollte ihn nicht anders haben. Selbst wenn sie glaubte, ihn zu hassen, liebte sie ihn.

Ganz gleich, was Rafe Gentry sagte, sie würde ihm helfen, Baxters Mörder zu entlarven. Sie war in einer weitaus günstigeren Position, ihm zu helfen, als er selbst. Außerdem hatte sie bereits einen Plan und wollte ihn in die Tat umsetzen.

An diesem Morgen widmete sich Angela ihren täglichen Aufgaben wie gewöhnlich. Es hatte noch nicht geschneit, und in der Mine wurde noch gearbeitet. Angela fand kaum Gelegenheit, mit Kent unter vier Augen zu sprechen. Deshalb wartete sie ab und hielt Augen und Ohren offen.

Am Abend stellte sie einen Teller mit Essen warm, schloss die Hintertür auf und wartete auf Rafe. Er kam kurz nach Mitternacht. Sie ging mit ihm in die Küche, schenkte ihm Kaffee ein und schaute zu, wie er das Essen verschlang. Danach nahm er sie an der Hand und führte sie ins Schlafzimmer.

Was folgte, war eine Wiederholung der Nacht zuvor, doch ihr Sex war nicht so animalisch wie beim letzten Mal. Diesmal machte Rafe einen gemächlichen Angriff auf ihre Sinne und erregte sie langsam wie ein Geliebter, der alle Zeit der Welt hat, bis sie beide zum Höhepunkt kamen.

Danach schliefen sie ein wenig. Sie erwachten vor dem Tagesanbruch und liebten sich ein zweites Mal, bevor Rafe sie schlafen ließ und zu seinem Versteck in der Höhle zurückkehrte.

Als Angela erwachte, war sie entschlossener denn je, Chandler wegen Baxters Ermordung vor Gericht zu bringen. Es war unerträglich, dass es Rafe nicht wagen konnte, sich bei Tageslicht zu zeigen. Wenn sie jemals erwartete, eine Zukunft mit Rafe zu teilen, musste etwas geschehen, und zwar schnell. Ihr war klar, dass Anson ihr niemals die Wahrheit über Baxters Tod preisgeben würde. Aber sie war sich fast sicher, dass er Desmond davon erzählt hatte. Desmond war geldgierig. Deshalb leuchtete es ein, dass er mit genügend Geld geködert werden konnte, um Anson Chandler zu verraten.

Als ob ihre Gedanken an Chandler ein Stichwort gewesen wären, besuchte er sie kurz darauf in ihrer Hütte.

»Es wird Zeit, die Mine für den Winter zu schließen, Angela«, sagte Chandler, als er hereinspazierte und es sich gemütlich machte. »Wir haben Oktober. Die Arbeiter befürchten, in einen plötzlichen Schneesturm zu geraten und nicht mehr zu ihren Familien zurückkehren zu können.«

»Da haben sie vielleicht Recht«, stimmte Angela zu. »Sie kennen dieses Land besser als du oder ich. Informiere die Männer, dass dies bis zur Schneeschmelze des Frühjahrs ihr letzter Arbeitstag ist. Ich werde die Lohnschecks für sie vorbereiten.«

Kaum war Chandler fortgegangen, um die Minenarbeiter zu informieren, als Anwalt Goodman eintraf und die Scheidungspapiere zum Unterzeichnen mitbrachte.

»Sie sollten in die Stadt umziehen«, sagte Goodman nach einer herzlichen Begrüßung. »Die Winter in Colorado sind hart, besonders hier oben in den Bergen.«

»Ich weiß«, pflichtete Angela ihm bei. »Ich erinnere mich daran. Dies war einer der Gründe, weshalb Mama sich von Papa scheiden ließ. Sie hasste die Einsamkeit in den winterlichen Bergen. Aber ich bin nicht Mama. Ich werde hier zurechtkommen. Kommen Sie mit in die Küche und essen Sie mit mir zu Mittag. Ich habe gerade frischen Kaffee gekocht.«

»Kaffee und ein Mittagessen wären prima«, sagte Goodman. »Wie laufen die Dinge, Angela? Machen Ihnen Ihr Stiefvater oder Chandler Probleme?«

»Anson ist immer noch entschlossen, mich zu heiraten, aber Desmond benimmt sich im Augenblick ganz passabel.«

Nach dem Essen legte Goodman Angela den Schriftsatz zur Unterschrift vor, den er für die Scheidung aufgesetzt hatte.

»Sie werden alles in Ordnung finden«, sagte er und wies ans Ende des Dokuments. »Unterschreiben Sie bitte hier. Ich hoffe, Sie verstehen, dass ich keine schnelle Auflösung Ihrer Ehe versprechen kann. Diese Dinge brauchen Zeit, wissen Sie.«

Angela starrte einen Moment auf das Schriftstück und zerriss es dann in kleine Stücke. »Ich habe es mir anders überlegt.«

Goodman wirkte überhaupt nicht überrascht. »Darf ich fragen, warum?«

»Ich habe Rafe getroffen. Er erklärte mir den Grund, weshalb er mich in Dodge City verlassen hat.«

Sie berichtete eine verkürzte Version der Geschichte, die Rafe ihr erzählt hatte.

»Und Sie haben ihm geglaubt?«

»Zuerst nicht. Er brauchte lange, um mich zu überzeugen. Rafe mag vieles sein, aber er ist kein Lügner. Ich bin entschlossen zu beweisen, dass er nicht der Mörder von Brady Baxter ist.«

»Wo ist Mr Gentry jetzt?«

»In der Nähe«, sagte Angela, die Rafes Versteck keinem verraten wollte, nicht einmal dem Mann, dem sie vertraute.

»Wie kann ich helfen?«

»Indem Sie für sich behalten, was ich Ihnen soeben gesagt habe.«

»Da können Sie unbesorgt sein, meine Liebe. Sind Sie immer noch von Chandlers Schuld überzeugt?«

»Mehr denn je. Ich nehme an, er hat seine Schuld Desmond gegenüber zugegeben. Und ich habe eine

Idee, wie ich Desmond dazu bringen kann, beim Sheriff auszupacken. Ich kenne Desmond. Für Geld würde er seine eigene Mutter verraten.«

»Weiß Rafe, was Sie vorhaben?«

Angela senkte den Blick. »Nicht genau.«

»Das habe ich mir gedacht. Ich möchte dabei sein, wenn Sie Ihrem Stiefvater gegenübertreten.«

»Ich muss es auf meine Weise durchziehen und den richtigen Augenblick abwarten.«

»Das gefällt mir nicht, Angela. Was ist, wenn Chandler Wind davon bekommt?«

»Das wird nicht geschehen. Ich verspreche, vorsichtig zu sein. Wenn Desmond mit meinen Bedingungen einverstanden ist, werden wir sofort in die Stadt zum Sheriff fahren. Rafe und ich können nur eine gemeinsame Zukunft haben, wenn Baxters Mörder vor Gericht kommt.«

»Nun gut, meine Liebe. Ich werde mich bis auf weiteres heraushalten. Wann wollen Sie die Mine für den Winter schließen?«

»Heute ist der letzte volle Arbeitstag. Die Minenarbeiter bringen die Arbeitsgeräte ins Lager und bereiten alles für ihre Rückkehr im nächsten Frühjahr vor.«

»Wissen Sie was? Wenn ich Sie und Kent nicht in der Stadt sehe, sagen wir … in den nächsten drei Tagen, dann komme ich her und bringe Sie selbst zur Stadt. Sie können es sich leisten, im besten Hotel zu wohnen, das die Stadt zu bieten hat.«

»Das ist zu früh. Sagen wir in fünf Tagen. Abgemacht?«

Wenn sie Desmond nicht in fünf Tagen überreden konnte, Chandler zu verraten, dann würde sie es niemals schaffen. Sollte sie scheitern, dann konnten sie und Rafe fliehen und irgendwo leben, wo niemand sie kannte. Sie hatte genug Geld, um sie beide für den Rest ihres Lebens zu versorgen. Sie konnten eine Ranch in

Montana kaufen. Oder eine Farm in California. Rafe war ihr wichtiger als die Mine. Es hatte eine Weile gedauert, bis sie das erkannt hatte, aber jetzt wusste sie ohne den geringsten Zweifel, dass sie jederzeit bereit war, Rafe der Mine vorzuziehen.

Mit sichtlichem Widerstreben verabschiedete sich Goodman. Angela nahm die Lohnschecks für die Arbeiter, zog sich warm an und machte sich auf die Suche nach Chandler. Sie fand ihn beim Mineneingang.

»Ich habe die Schecks für die Arbeiter mitgebracht«, sagte sie und gab sie Chandler zum Verteilen. »Für jeden Mann habe ich eine Extraprämie hinzugefügt. Sag ihnen, dass ich im kommenden Frühjahr Arbeiter brauche und hoffe, dass sie alle zurückkehren. Dein Scheck ist ebenfalls dabei, Anson. Du solltest dir eine Unterkunft in der Stadt suchen.«

»Kommt überhaupt nicht in Frage«, erwiderte Chandler. »Wenn die Mine jetzt geschlossen ist, kann ich dir mehr Zeit widmen. Was hältst du von einer Hochzeit zu Weihnachten?«

»Diese Frage solltest du der Frau stellen, die dich heiraten will. Hast du meinen Stiefvater gesehen? Ich muss mit ihm sprechen.«

Chandler presste kurz die Lippen aufeinander. »Verdammt, Angela, du weißt, dass unsere Heirat unumgänglich ist. Du brauchst mich.«

»Du irrst dich, Anson. Ich brauche dich nicht.« Sie machte auf dem Absatz kehrt und schritt davon.

Drei Tage vergingen, bis sie mit Kent unter vier Augen sprechen konnte. Sie begegnete ihm, als er aus dem Abort kam, und fragte ihn, ob er auf ein Gespräch mit ihr in die Hütte kommen könne.

»Was soll das, Angela? Ich weiß, dass vor kurzem dein Anwalt hier war. Hättest du mich nicht hinzurufen sollen, damit ich deine Interessen vertrete?«

»Ich kann meine Interessen ganz gut selbst vertreten,

vielen Dank. Meine Geschäfte mit Mr Goodman sind meine Privatsache.«

»Soso«, Kent rang mühsam um Fassung. »Du warst stets eine gerissene kleine … Hexe. Doch davon abgesehen, ich will für den Winter in die Stadt ziehen, aber ich bin ein bisschen knapp bei Kasse. Es ist nicht richtig, dass du mir den Geldhahn zudrehst.«

»Wenn dir Geld fehlt, Desmond, glaube ich, eine Lösung für dein Problem zu haben.«

Kents Miene hellte sich auf. »Du bist einverstanden, Chandler zu heiraten?«

»Wohl kaum. Komm in meine Hütte, wo wir miteinander plaudern können, ohne von Anson gestört zu werden.«

»Wenn das irgendein Trick sein soll, Tochter, kannst du den vergessen. Ich bin immer noch dein Vormund und bestimme …«

»Wenn einer bestimmt, dann mein Ehemann, und ich bin nicht deine Tochter«, entgegnete Angela.

»Du hast keinen Ehemann.«

»Die ganze Stadt Ordway kann bezeugen, dass ich einen habe. Kommst du nun mit oder nicht?«

»Nur, wenn ich einen Anteil von deinem Geld bekomme.«

»Ich verspreche, dass du von meiner Großzügigkeit nicht enttäuscht sein wirst, Desmond – sofern du mit meinem Bedingungen einverstanden bist.«

18

»Nimm Platz, Desmond«, forderte Angela ihren Stiefvater auf, als sie die Hütte betraten.

Weder sie noch Kent hatten bemerkt, dass Anson Chandler sie beobachtet hatte und ihnen dann neugierig in sicherer Entfernung gefolgt war. Sie sahen auch nicht, dass er hinter die Hütte schlich und durch die Hintertür hineinschlüpfte. Er drückte sich gegen die Küchenwand und belauschte angespannt ihre Unterhaltung.

»Sag einfach, was du sagen willst, und gib mir das Geld, damit ich in die Stadt fahren kann«, verlangte Desmond und wärmte seine Hände am Kaminfeuer. »Wenn du und Chandler klug seid, würdet ihr meinem Beispiel folgen und in der Stadt überwintern.«

»Vielleicht werde ich das tun«, erwiderte Angela, ohne sich festzulegen. »Ich habe dich zu einem Gespräch unter vier Augen gebeten, um dir zu sagen, dass Anson seine Taschen mit meinem Gold füllt.«

»Woher weißt du das?«, fragte Kent verwundert.

»Die Zahlen in den Büchern stimmen nicht überein. Anson irrt sich, wenn er meint, ich sei blöde. Ich bin sehr gut im Addieren und Subtrahieren.«

»Der Bastard hat auch mich gelinkt«, murmelte Kent ärgerlich. »Schöner Freund. Na, er wird mit mir teilen müssen, wenn ihr verheiratet seid.«

»Zum letzten Mal, Desmond: Ich werde Anson *nicht* heiraten.«

Kent kniff die Augen zu Schlitzen zusammen. »Manchmal passieren Unfälle, weißt du. Das Gleiche, was deinem Vater widerfahren ist, könnte auch dir passieren. Als dein nächster Angehöriger werde ich dich beerben.«

»Deine Drohungen schrecken mich nicht. Du hast vorhin gefragt, was Anwalt Goodmans Besuch zu bedeuten hatte, nicht wahr? Er hat ein Testament für mich aufgesetzt und mich unterschreiben lassen.«

Kent wurde blass. »Ein Testament? Warum brauchst du denn ein Testament?«

»Aus demselben Grund, aus dem jedermann eines braucht. Dieses Testament hat eine besondere Bestimmung. Sollte mir etwas Unvorhergesehenes passieren und ich ohne direkte Nachkommen sterben, soll die Mine verkauft und der Erlös einer wohltätigen Einrichtung gegeben werden. Das Geld auf meinem Bankkonto soll für ein Waisenhaus und den Bau einer Kirche gestiftet werden. Kein Penny wird an dich oder Anson gehen.«

Die Idee, ein nicht existierendes Testament zu erfinden, war Angela gerade erst gekommen. Und sie passte zufällig schön zu Mr Goodmans Besuch. Wenn Anson oder Desmond – oder beide – daran gedacht hatten, ihr etwas anzutun, würde das Testament eine starke Abschreckung sein. Eigentlich war es in jedem Fall eine gute Idee, ein Testament zu machen. Sie wünschte, dass Rafe alles bekommen würde, was ihr gehörte.

»Du verdammtes Weibsstück!«, brüllte Kent. »Ich hätte wissen sollen, dass du eine Möglichkeit findest, um meine Pläne zu durchkreuzen.« Er sprang auf und ging wütend auf und ab.

»Setz dich wieder, Desmond«, sagte Angela. »Ich sagte ja, ich helfe dir, und ich werde mein Wort halten.«

Kent musterte sie misstrauisch und setzte sich auf die Kante eines Stuhls. »Welche Hinterhältigkeit hast du im Sinn, Angela?«

Angela neigte sich vor und senkte die Stimme zum

Flüsterton. »Ich gebe dir zehntausend Dollar, wenn du dem Sheriff sagst, was du über Brady Baxters Tod weißt.«

»Was?«, polterte er. »Jeder weiß, dass Rafe Gentry Baxter gekillt hat. Ich war nicht einmal dort, als es geschah.«

»Aber wir beide wissen, dass Rafe Baxter nicht getötet hat.«

»Ich weiß gar nichts.«

»Ich habe ein Gespräch zwischen dir und Anson belauscht, als ich beim Brennholzsammeln zufällig hinter deiner Hütte vorbeiging. Ich hatte immer den Verdacht, dass Anson Baxter ermordet hat, konnte es jedoch nicht beweisen. Jetzt habe ich einen Zeugen für sein Geständnis. Dich.«

»Was? Wie kannst du es wagen, uns zu belauschen! Außerdem –«, fuhr er ruhiger fort, »– irrst du dich. Ich kann mich an solch ein Gespräch nicht erinnern.«

»Hör genau zu, Desmond«, sagte Angela. »Ich habe alles so geregelt, dass du nie einen Cent meiner Erbschaft bekommen wirst. Du verfügst über kein eigenes Geld. Du bist völlig auf meinen guten Willen angewiesen.«

»Das war nicht immer so«, sagte Kent. »Ich habe einen profitablen Familienbetrieb geführt und konnte nichts dafür, dass sich ein paar Investitionen als unklug erwiesen. Wenigstens war ich klug genug, zu verkaufen und mit einem hübschen Profit davonzukommen. Leider erschöpfte die Krankheit deiner Mutter all meine Mittel.«

»Gib der Krankheit meiner Mutter nicht die Schuld an deiner Verarmung!«, fuhr Angela ihn an. »Du hast zu viel Geld am Spieltisch verzockt, und du warst zu blöde bei deinen Investitionen. Der Familienbetrieb war nur profitabel, bis dein Vater starb und du frei schalten und walten konntest. Du bist kein Geschäftsmann, Desmond. Deshalb hast du diesen schändlichen Plan ausgeheckt, mich mit Anson zu verheiraten, um an meine Erbschaft heranzukommen. Das hat nicht geklappt, und jetzt hast du gar nichts. Nimm meine Bedingungen an, und du wirst wieder genügend Geld haben, um das Leben zu führen, das du wünschst.«

»Von lumpigen zehntausend Dollar?« Kent lachte. »Gewiss ist mein Verrat mehr wert.«

Angela kannte Desmonds gewinnsüchtige Art, und sie hatte bereits erwogen, den Köder zu versüßen. Sie konnte es sich gut erlauben. »Also gut, Anson, dies ist mein letztes Angebot. Fünfundzwanzigtausend in Gold. Du sagst dem Sheriff, was du weißt, kassierst das Gold und verlässt die Stadt. Ich will nie wieder etwas von dir hören oder sehen.«

»Und was ist, wenn ich das ›großzügige‹ Angebot ablehne?«, grollte Desmond.

»Das kannst du dir nicht leisten. Anson hat nichts getan, um deine Loyalität zu verdienen. Es gibt keine Möglichkeit – legal oder illegal – wie du und Anson auch nur einen Cent von meiner Erbschaft in die Hände bekommen könntet.«

»Ich hätte dich windelweich prügeln sollen, als du ein Kind warst«, murmelte Kent. »Vielleicht wärst du dann jetzt fügsamer.«

Angelas Geduld war am Ende. »Was ist nun, Desmond? Entscheide dich. Willst du ein bequemes Leben mit meinem Geschenk führen oder auf Arbeitssuche gehen?«

»Du kannst verdammt gut feilschen, Tochter.«

»Ich wahre meine Interessen. Meine und die von Rafe.«

»Gentry? Der ist fort.»

»Ist er das?«

»Dieser Bastard! Ich hätte wissen sollen, dass er darin verwickelt ist.«

»Dies ist ganz allein meine Idee, Desmond. Wenn es nach Rafe ginge, bekämst du keinen Cent von meinem Geld. Was ist nun? Abgemacht?«

Desmond sah aus, als wolle er jemanden ermorden. Er schaute sie hasserfüllt an. »Du hast mich in die Enge getrieben. Mir bleibt nichts anderes übrig, als deine Bedingungen anzunehmen. Wann willst du den Ausflug zur Stadt machen?«

Angela war zum Jubeln zumute. Endlich würde Rafe ein freier Mann sein. Frei, um sie zu lieben und eine Zukunft mit ihr zu planen.

»Morgen früh.«

»Und wann bekomme ich mein Gold?«

»Gleich nach unserem Gespräch mit dem Sheriff.«

»Ich will möglichst weit von Canon City entfernt sein, wenn Chandler erfährt, dass ich ihn verpfiffen habe.«

»Keine Sorge, er wird hinter Gittern sein und sich nicht an dir rächen können. Hol mich morgen um zehn Uhr mit dem Wagen ab. Wenn Anson Fragen stellt, sag ihm, dass du mich in die Stadt bringst, um Lebensmittel zu kaufen.«

Kent nickte knapp. »Wenn das alles ist, gehe ich jetzt. Ich muss Pläne machen und meine Sachen packen.«

Er ging zur Tür und Angela sah ihm mit triumphierendem Blick nach. *Bald,* versprach sie sich selbst, *bald wird Rafe frei sein, um mich zu lieben.*

Kalter Wind zerzauste Kents Haar, als er langsam zu der Hütte ging, die er mit Chandler teilte. Bald habe ich das Geld, das ich so dringend brauche, dachte er. Was war schon dabei, wenn er Chandler verriet? Schließlich hatte der nichts für ihn getan. Er hatte es nicht einmal geschafft, Angela zum Heiraten zu überreden. Darüber hinaus hatte Chandler einen Mann kaltblütig ermordet.

Kent erschauerte. Hätte er nicht Chandlers Geständnis mit eigenen Ohren gehört, dann hätte er nicht geglaubt, dass er dazu fähig war, einen Mann zu töten, der gefesselt und geknebelt war und sich nicht wehren konnte. Er wusste wenig über die Einzelheiten. Chandler hatte ihm nur gesagt, er sei zur rechten Zeit am richtigen Ort gewesen und habe die Lage zu seinem Vorteil ausgenutzt.

Die Hütte war leer, als Kent eintraf. Das Feuer im Kamin war heruntergebrannt, und Kent legte Holz nach, bis die Flammen hoch loderten. Der Winter hatte noch nicht begonnen, und doch war es bereits eisig kalt. Kent konnte es kaum erwarten, das Bergland zu verlassen und endlich wieder die Zivilisation zu genießen. Er nahm eine Reisetasche und begann seine Habe zu verpacken.

Kurz darauf wurde die Tür geöffnet, und Chandler trat mit einem Schwall eisigen Windes ein.

»Was hast du mit Angela besprochen?«, fragte Chandler und ging ans Feuer, um sich aufzuwärmen. »Ich sah euch beide in ihre Hütte gehen.« Sein Blick heftete sich auf die Reisetasche. »Willst du irgendwohin?«

»Ich dachte mir, ich ziehe für den Winter in die Stadt um«, erwiderte Kent und vermied, Chandler in die Augen zu sehen. »Angela und ich haben soeben darüber gesprochen.«

»Ich könnte deine Hilfe brauchen, bevor du weggehst. Ich möchte, dass du mich in die Mine begleitest und mit mir alle Werkzeuge aufsammelst, die von den Arbeitern zurückgelassen wurden. Vier Hände schaffen mehr als zwei.«

»Kannst du das nicht alleine erledigen? Ich mache uns etwas zu essen, während du fort bist.«

»Ich brauche dich wirklich, Kent. Es wird auch nicht lange dauern, wenn wir zu zweit sind.«

»Also gut, aber du weißt, dass ich nicht gern in die Mine gehe.«

Chandler ignorierte Kents Einwand und drängte ihn aus der Hütte. Am Mineneingang zündete Chandler eine Laterne an und schob Kent vor sich her in den Stollen.

Eine halbe Stunde später kehrte nur ein Mann aus der Mine zurück. Er ging zu der Hütte und verließ sie wenig später mit einer Reisetasche. Er ging damit in die Mine, und bald darauf kehrte er mit leeren Händen zurück.

Angela konnte Rafes Besuch in dieser Nacht kaum erwarten. Sie war überzeugt, dass er begeistert sein würde, wenn er erfuhr, was sie trotz seiner Mahnung, sich nicht einzumischen, erreicht hatte. Die freudige Botschaft, dass er morgen ein freier Mann sein würde, beruhigte ihn gewiss.

Rafe traf kurz nach Einbruch der Dunkelheit ein, ein paar Stunden früher als gewöhnlich. Er wirkte aufgeregt, als er sie mit einer Umarmung und mit einem Kuss begrüßte.

»Ich habe mich zum Handeln entschlossen«, kündigte er an.

»Rafe, das ist nicht nötig«, begann Angela, »ich habe bereits ...«

»Unterbrich mich nicht, Liebling. Ich bin entschlossen, dieses verfluchte Warten ein für alle Mal zu beenden.«

»Aber Rafe, lass mich erklären ...«

»Du, Chandler und Kent seid allein hier, da die Mine jetzt geschlossen ist«, fuhr Rafe fort und ignorierte Angelas Erklärungsversuche. »Bitte morgen Kent, dich zum Einkaufen in die Stadt zu fahren, und überlass Chandler dann mir.«

»Aber, Rafe ...«

»Deine Aufgabe wird es sein, den Sheriff herzubringen. Mir ist es gleichgültig, wie du das schaffst; tu es einfach. Überlass alles andere mir. Wenn ich mit Chandler fertig bin, wird er begierig darauf sein, Bradys Ermordung zu gestehen.«

»Aber … Rafe …«

»Nein, ich weiß, was du sagen willst. Du befürchtest, ich könnte Chandler nicht zum Reden bringen. Nun, da irrst du dich. Du wirst es erleben.«

»Aber …«

»Versuche nicht, mir dies auszureden, Angel. Ich bin es leid, immer auf der Flucht zu sein. Ich will mich ohne Angst in der Öffentlichkeit zeigen und als freier Mann durch die Straßen gehen können.«

»Ich weiß«, sagte Angela mitfühlend. »Das habe ich dir doch zu sagen versucht. Ich habe Desmond überredet, gegen Anson auszusagen. Wir fahren morgen in die Stadt zum Sheriff.«

»Du hast – was? Ich habe dir gesagt, du sollst dich nicht in Gefahr begeben! Mein Gott, Angel, dieser Schuss hätte nach hinten losgehen können! Kent hätte es Chandler erzählen können.« Er erschauerte. »Beide hätten sich gegen dich wenden können.«

»Es hat geklappt, Rafe. Desmond braucht unbedingt Geld. Er weiß, dass ich Anson niemals heiraten werde. Und weil er nicht alles verlieren will, hat er zugestimmt, beim Sheriff auszusagen, dass Anson ihm den Mord an Baxter gestanden hat.«

Rafe blickte sie durchdringend an. »Wie viel hat dich das gekostet?«

»Ich kann es mir leisten. Freust du dich nicht? Morgen wirst du ein freier Mann sein.«

»Es scheint zu verdammt leicht zu sein. Hör zu, Angel, ich würde mich an deiner Stelle nicht darauf verlassen, dass Desmond sein Wort hält.«

Angela wollte es einfach nicht glauben. All ihre Hoffnungen und Träume beruhten auf Desmonds Aussage beim Sheriff. »Du wirst sehen, es wird alles klappen. Desmond kann man vertrauen, wenn Geld im Spiel ist. Hast du Hunger?«

»Hunger auf dich.« Rafe presste sie an sich. »Lass uns ins Bett gehen. Ich will die ganze Nacht lang mit dir in den Armen schlafen. Ich hoffe, dass ich dich im Morgengrauen zum letzten Mal verlassen muss. Ich wünsche mir ein Zuhause, eine Familie.« Er forschte in ihrem Gesicht. »Was hältst du von Kindern?«

»Ich würde unsere Kinder lieben.«

Er legte eine Hand auf ihren Bauch. »Du bist doch nicht …«

Angela legte ihre Hand über seine und lächelte geheimnisvoll. »Ich weiß es noch nicht genau, aber es ist durchaus möglich.«

Er umarmte sie fest. »Wenn Kent sein Wort bricht, werde ich einen Weg finden, wie ich meinen Namen reinwasche, damit wir ein gemeinsames Leben führen können. Unsere Kinder werden keinen Verbrecher als Vater haben, das schwöre ich dir.«

Damit hob er sie auf die Arme und trug sie ins Schlafzimmer. Ihre Kleidungsstücke flogen in alle Richtungen, als sie sich gegenseitig auszogen. Sie sanken aufs Bett, beide so erregt, dass kein Vorspiel nötig war. Rafe drang schnell in sie ein. Sie erreichte fast sofort den Höhepunkt und dann ein zweites Mal, als Rafe seine eigene Lust suchte.

Danach schliefen sie, liebten sich von neuem und schliefen wieder. Kurz vor der Morgendämmerung rüttelte Rafe Angela wach. »Ich muss gehen, Liebling.«

»Schon?«, fragte Angela schläfrig. »Du bist doch gerade erst hergekommen.«

»Ich bin stundenlang hier gewesen.« Er küsste ihre Nasenspitze und strich zärtlich eine seidige Strähne des zerzausten blonden Haares aus ihrer Stirn. »Schlaf weiter, Angel. Kent holt dich erst in ein paar Stunden ab.

Du wirst nicht allein sein. Ich werde euch folgen, um sicherzustellen, dass nichts schief geht.«

»Ich bin so glücklich«, murmelte Angela schläfrig. »Alles wird schließlich gut.«

Angela schlief bereits wieder ein, und Rafe schlich auf Zehenspitzen durch die Hintertür hinaus in die kalte, graue Dämmerung. Er wünschte, so zuversichtlich wie Angela über den Verlauf des heutigen Tages sein zu können. Was war, wenn der Sheriff Kent nicht glaubte? Was, wenn Kent sich nicht an sein Wort hielt und nicht aussagte? Rafe schüttelte den Kopf und versuchte, positiv zu denken und seine schlimmen Befürchtungen zu verdrängen.

Angela erwachte spät. Es war ein strahlender Tag, und sie war aufgeregt und von Hoffnung erfüllt. Ab heute würde Rafe kein Gejagter mehr sein. Sie sang ihr Lieblingslied, als sie aufstand und Feuer im Herd machte. Sie sang stets, wenn sie glücklich war, und heute gab es so vieles, das sie dankbar machte. Angela kleidete sich sorgfältig an. Sie wählte einen blauen Rock aus Serge mit breitem Bund, der ihre schmale Taille betonte, und eine weiße Bluse mit Spitzenbesatz an Kragen und Ärmeln. Sie war zu aufgeregt für ein ausgiebiges Frühstück, und so trank sie nur zwei Tassen Kaffee und knabberte an einem Brötchen. Punkt zehn Uhr trat sie aus der Hütte und hielt erwartungsvoll nach Kent Ausschau. Alarmiert sah sie, dass Anson Chandler neben dem leichten Wagen wartete.

»Wo ist Desmond?«, fragte Angela mit belegter Stimme.

Chandlers falsches Lächeln war alles andere als beruhigend für sie. »Ich habe ihn im Morgengrauen zur Stadt gebracht. Er hat die Morgenkutsche genommen.« Chandler zog seine Taschenuhr hervor. »Inzwischen ist er längst unterwegs. Er bat mich, dich heute zur Stadt zu fahren, weil du Proviant einkaufen willst.«

Angela konnte es nicht fassen. Nein, das durfte nicht wahr sein! »Desmond hat mir gegenüber nichts davon erwähnt, dass er wegfahren will. Du lügst.«

»Aus welchem Grund sollte ich lügen?«

In Angela stieg Verzweiflung auf. »Desmond hatte kein Geld.«

Die Sonne verschwand plötzlich hinter einer Wolke, und der verheißungsvolle Tag hatte mit einem Mal seinen Glanz verloren. Aber das war nichts im Vergleich zu der Trostlosigkeit in Angelas Herzen. Warum tat Gott ihr dies an?

»Ich hatte etwas Geld gespart«, sagte Chandler. »Desmond wollte unbedingt heimreisen, und so gab ich es ihm.«

Ansons selbstgefälliges Grinsen verriet, dass er etwas über den Handel wusste, den sie mit Desmond gemacht hatte. Hatte Desmond sie verraten? Was sollte sie jetzt tun?

»Bist du bereit für die Fahrt zur Stadt? Ich habe dort selbst etwas zu erledigen.«

Angela wich zurück. »Ich … ich habe es mir anders überlegt. Ich fahre erst morgen. Aber du kannst ruhig jetzt fahren. Such dir dort eine Unterkunft. Ich kann dich nicht mehr gebrauchen, weder jetzt noch in Zukunft.«

Chandler trat drohend zwei Schritte auf sie zu. »So leicht kannst du mich nicht wegschicken, Angela. Ich habe mit dir und der Mine zu viel Zeit vertrödelt, um jetzt aufzugeben.«

»So?«, erwiderte Angela. »Wir werden hören, was der Sheriff dazu zu sagen hat. Von diesem Moment an hältst du dich unbefugt auf meinem Besitz auf. Geh vom Wagen weg, ich kann allein fahren.«

»Du fährst nirgendwohin«, sagte Chandler drohend.

»Denk daran, dass wir hier draußen praktisch allein sind. Bald werden wir hier eingeschneit sein. Du und ich … allein.«

»Nie!«, stieß sie hervor.

Ihr Protest zeigte wenig Wirkung bei Chandler. »Weißt du, was geschehen wird, Angela?«

Angela schwieg. Sie hatte nicht die leiseste Ahnung, was Chandler meinte. Aber sie brauchte nicht lange zu warten, um die Antwort zu erfahren.

»Ich werde in deine Hütte einziehen und mit dir das Bett teilen. Wenn du von meinem Kind einen dicken Bauch bekommst, wirst du mich heiraten *müssen.«*

»Du bist irre! Ich werde dich niemals in mein Bett lassen. Ich habe … Freunde. Du wirst nicht ungestraft davonkommen.«

»Freunde?« Er lachte laut. »Du meinst diesen Winkeladvokaten? Der wird dir verdammt wenig nutzen.«

Angela erinnerte sich an Mr Goodmans Versprechen, zur Mine zu kommen und sie zur Stadt zu bringen, wenn er binnen fünf Tagen nichts von ihr hörte. Bis zu seinem Eintreffen musste sie also nur noch zwei Tage warten. Aber noch ermutigender war, dass sich Rafe in der Nähe befand. Sie wusste, dass er sie beobachtete, und wenn er sie und Desmond nicht zusammen mit dem Wagen wegfahren sah, würde er Verdacht schöpfen.

Wirklich enttäuschend für Angela war, dass es jetzt praktisch keine Hoffnung mehr gab, Rafes Unschuld zu beweisen. Anson mochte ihr gegenüber die Tat zugeben, doch das würde ohne Zeugen bedeutungslos sein.

»Bist du jetzt sprachlos, meine Liebe?«, höhnte Chandler. Er schob sich näher an sie heran. »Kann ich hoffen, dass du dich auf mich freust? Es ist lange her, seit du es mit diesem Banditen getrieben hast. Du brauchst es vermutlich jetzt wieder.« Er berührte lüstern eine ihrer Brüste. »Ich werde dich nicht enttäuschen.«

Angela schnappte empört nach Luft und schlug Chandlers Hand fort. »Wie kannst du es wagen! Du hast kein Recht, mich anzufassen. Von deiner Berührung wird mir übel!«

»Hure!«, schnarrte Chandler. »Es wird mir Spaß machen, dich zu zähmen. Du wirst es jede Nacht mit mir tun, bis dein Bauch mit meinem Kind dick wird.«

Angelas Blick schweifte an Chandler vorbei zum Berghang oberhalb der Mine. »Da wäre ich mir an deiner Stelle nicht so sicher.«

»Geh in die Küche und mach mir was zu essen«, grollte Chandler. »Ich habe meinen eigenen Fraß satt. Und Kents jämmerliche Kochversuche waren noch schlechter als meine.«

»Koch dir selbst was«, gab Angela zurück. »Ich fahre zur Stadt, um den Sheriff zu informieren. Wenn du klug bist, verschwindest du von hier, bevor ich zurückkehre.«

Sie versuchte, an Chandler vorbeizugehen, doch er blockierte ihr den Weg.

»Du gehst nirgendwohin. Sieh zum Himmel. Da tanzen Schneeflocken, wenn ich mich nicht irre.«

»Dann sollte ich mich beeilen, um in die Stadt zu kommen, bevor die Straßen unpassierbar werden.« Sie schob sich an ihm vorbei. »Geh mir aus dem Weg!«

Er packte sie am Arm und hielt sie fest. »Du gehst nirgendwohin, Angela; nur in diese Hütte, um auf mich im Bett zu warten. Ich liebe Roastbeef. Wir können uns den Nachmittag über amüsieren, während das Fleisch gart. Es gibt nichts in der Mine zu tun, niemand ist hier und nichts hält uns davon ab, uns miteinander zu vergnügen.«

»Brat dir dein eigenes Roastbeef!«, fuhr Angela ihn an und riss sich los. »Ich fahre zur Stadt.«

Sie lief an ihm vorbei zum Wagen, kam jedoch nicht weit. Als er sie diesmal packte, bog er ihr den Arm auf den Rücken. »Au, du tust mir weh!«

»Das ist meine Absicht. Ich habe es satt, den lieben Freier zu spielen. Es ist an der Zeit, dass du mich ernst nimmst. Ich bin kein Lolly, den du herumschieben kannst.«

»Wann hast du dich jemals wie ein lieber Freier benommen?«, zischte Angela.

Er verdrehte ihr den Arm noch mehr. Angela wurde auf die Zehenspitzen gerissen, und der Druck war so stark, dass sie vor Schmerzen aufschrie.

»Mit einem gebrochenen Arm kann ich kein Essen machen!«

»So ist's schon besser«, sagte Chandler und lockerte den Druck. »Geh in die Hütte und warte auf mich, während ich die Pferde ausschirre und meine Sachen packe, um hier einzuziehen. Übrigens liebe ich Kartoffelbrei zum Roastbeef«, rief er über die Schulter.

»Ich würde dir am liebsten Gift zum Roastbeef servieren«, murmelte Angela.

Das ist absurd, dachte sie, als sie in ihre Hütte ging. Wenn Anson Roastbeef essen wollte, würde er es sich selbst braten müssen.

Als erstes holte Angela den Revolver, den sie in der Stadt gekauft hatte, aus dem Schlafzimmerschrank. Sie lud ihn und steckte ihn in ihre Rocktasche. Chandler war verrückt, wenn er glaubte, sie würde sich von ihm ein Kind machen lassen. Bei diesem Gedanken spielte ein leichtes Lächeln um ihre Lippen. Sie war überzeugt, bereits ein Kind von Rafe zu bekommen.

Angela verließ das Schlafzimmer. und die Waffe in ihrer Rocktasche verlieh ihr ein beruhigendes Gefühl.

Sie spähte aus dem Wohnzimmerfenster und ließ den Blick zum Berghang oberhalb der Mine schweifen. Während sie über ihre heikle Lage nachdachte, fragte sie sich, ob Rafe wohl in der Nähe war.

Sie hatte keine Ahnung, weshalb Kent sich am frühen Morgen fluchtartig davongemacht hatte. Er war ein

Feigling, so viel stand fest. Offensichtlich war seine Angst vor Chandler größer als seine Geldgier.

Wo war Rafe? Wartete er an der Straße darauf, dass sie und Kent vorbeifuhren? Zu viele Rätsel, zu wenige Lösungen. Sie hatte sich gerade vom Fenster abgewandt, als Chandler in die Hütte stürzte.

»Da kommt dieser verdammte Anwalt die Straße herauf. Was, zum Teufel, will er hier?«

Erleichterung durchflutete Angela. Aber sie war nur von kurzer Dauer, denn Chandler sagte: »Schick ihn weg, wenn dir sein Leben lieb ist. Es wäre nicht schwierig, einen Unfall zu arrangieren. Diese Berge sind voller Gefahren. Und er ist nun mal ein alter Mann, der darin leicht umkommen könnte.«

Angela erbleichte. »Das würdest du nicht wagen!«

»Nicht?«

Die Frage hing noch unheilvoll in der Luft, als es an der Tür klopfte. Angela wollte hingehen, um zu öffnen. Chandler riss sie zurück. »Sag nur ja nichts, das ihn misstrauisch machen könnte.«

»Angela, sind Sie da?«

»Er wird ungeduldig«, zischte Angela. »Lass mich los!«

Zögernd ließ er sie frei, und sie rannte zur Tür, um sie zu öffnen.

»Mr Goodman, was bringt Sie bei diesem schlechten Wetter her?«, fragte Angela heiter. »Kommen Sie herein und wärmen Sie sich am Kaminfeuer auf.«

Er folgte ihr ins Wohnzimmer und ließ sich in einen Sessel neben dem Kamin sinken. »Ich habe ihnen angekündigt, dass ich zurückkehren werde, meine Liebe. Wegen der Aussicht auf Schnee bin ich ein, zwei Tage eher gekommen. Sind Sie bereit, um …« Er bemerkte Chandler. »Störe ich?«

»Eigentlich sind Sie zu einem guten Zeitpunkt gekommen«, sagte Chandler, legte einen Arm um Angelas

Taille und zog sie an sich. »Wissen Sie, Angela hat soeben erklärt, dass sie mich heiraten will.«

Goodmans buschige Augenbrauen ruckten hoch, und er blickte verwundert zu Angela. »Sind Glückwünsche angebracht, Angela?«

Angela bemühte sich, ihre Nervosität unter Kontrolle zu bringen. Wenn sie die Wahrheit sagte, konnte Chandler seine Drohung wahrmachen. Aber ebenso wenig konnte sie bestätigen, dass sie Anson Chandler heiraten wollte.

»Ich habe gar nichts erklärt«, sagte sie schließlich. »Ich befürchte, Anson ist etwas voreilig. Meine Scheidung ist noch nicht offiziell, es wird vielleicht noch lange dauern, bis sie vollzogen ist.«

Bei dem Wort *Scheidung* ruckten Chandlers Augenbrauen hoch. »Scheidung? Welche Scheidung?«

Goodmans Blick verriet Angela, dass er die Lage verstand.

»Ich habe Angela geraten, sich von Mr Gentry scheiden zu lassen«, sagte Goodman. »Sie konnte nicht behaupten, dass die Heirat nie stattgefunden hat, wenn Dutzende von Leuten bei der Trauung Zeugen waren. So ein Scheidungsprozess kann sich manchmal lange hinziehen.«

Angela sah, dass Chandler fieberhaft überlegte.

»Ich kann warten«, sagte er schließlich. »Wir sind beide begierig darauf, unsere Beziehung mit einem Kind zu festigen. Es ist durchaus möglich, dass wir nicht auf die Erledigung der Formalitäten warten, um eine Familie zu gründen. Es wird ein langer Winter werden.«

»Ich verstehe.« Goodman strich sich nachdenklich über das Kinn. Er wusste genau, dass Angela den Schriftsatz zur Erwirkung der Scheidung zerrissen hatte. Offensichtlich stimmte hier irgendetwas nicht.

»Ich versprach Angela, als ich sie vor einigen Tagen sah, ihr zu helfen, für den Winter eine Unterkunft in der

Stadt zu suchen. Sie haben sich doch nicht anders besonnen, meine Liebe, oder?«

»Das kommt nicht in Frage«, erklärte Chandler. »Angela und ich bleiben den Winter über hier. Machen Sie sich keine Sorgen, ich werde mich gut um sie kümmern. Schließlich ist sie fast meine Frau.«

»Wenn Sie keine anderen Anweisungen für mich haben, meine Liebe, dann werde ich jetzt fahren«, sagte Goodman und erhob sich. »Das Wetter verschlechtert sich.«

Goodman war nicht über Angelas Hast überrascht, mit der sie ihn durch die Tür hinausschob; er wusste, dass sie einen Moment allein mit ihm sein wollte. Mit einem Blick über die Schulter sah er, dass Chandler ihnen folgte.

»Was ist los?«, flüsterte er Angela zu. »Können Sie mir das sagen?«

»Suchen Sie Rafe!«, raunte sie ihm zu. »Er versteckt sich in einer Höhle oberhalb der Mine. Kent ist verschwunden. Anson will mich ...«

»Worüber tuschelt ihr beiden?«, fragte Chandler scharf.

»Mr Goodman hat mich gerade nach Desmond gefragt«, log Angela. »Ich habe ihm gesagt, dass mein Stiefvater mit der Morgenkutsche nach Topeka zurückgekehrt ist.«

»War das alles?« Chandler sah sie lauernd an.

Angela sah ihn unschuldig an. »Natürlich. Was sollte denn sonst noch sein?«

»Ich sage Ihnen beiden auf Wiedersehen«, verabschiedete sich Goodman. Er ließ Angela äußerst ungern mit einem Mann allein, der möglicherweise ein Verbrecher war, doch im Augenblick blieb ihm nichts anderes übrig. Es war höchste Zeit, den Sheriff über Angelas Verdacht zu informieren, damit er sich um den Fall kümmerte.

Graupel und Schnee verhinderten, dass Goodman Rafe oder die Höhle entdeckte. Nachdem er über eine Stunde durch das Schneetreiben herumgeirrt war, schleppte sich der alte Mann den Berg hinab. Schneebedeckt und wie betäubt vor Kälte, wankte er in das Büro des Sheriffs und schilderte eine Geschichte, die mehr nach Erfindung als nach Realität klang.

»Das klingt für mich ziemlich weit hergeholt, Mr Goodman«, meinte der Sheriff und kratzte sich am Kopf. »Sind Sie sicher, dass Sie alles richtig auf die Reihe gekriegt haben?«

»Jede Anklage gegen Rafe Gentry außer der einen, die sich auf Brady Baxters Ermordung bezieht, sind fallen gelassen worden«, sagte Goodman mit klappernden Zähnen. »Rafe Gentry ist kein Killer. Jemand anders hat Brady Baxter kaltblütig ermordet, und Mrs Gentry hat ausreichende Indizien, um zu beweisen, dass Anson Chandler der Killer ist. Sie ist in der Golden Angel Mine allein mit Chandler. Sie müssen so schnell wie möglich dort hinauf! Ich fürchte um ihr Leben.«

»Dann sollten wir alle für sie beten, Mr Goodman. Denn selbst der Tapferste würde sich heute Nacht nicht in diese Berge hinaufwagen.«

19

»Es war klug von dir, den Alten wegzuschicken«, sagte Chandler, nachdem Goodman fort war. »Hast du mit dem Braten des Roastbeefs angefangen?«

»Nur Bohnen und Kartoffeln sind im Speiseschrank«, antwortete Angela. »Warum wollte ich wohl in die Stadt fahren, um Lebensmittel einzukaufen?«

Chandler rümpfte angewidert die Nase. »Ich brauche dich nicht zum Einkaufen.«

»Das war mein nächster Vorschlag. Du bist selbst dazu in der Lage, dir etwas zu kochen. Ich gehe in mein Zimmer.«

»Du meinst wohl *unser* Zimmer.« Er grinste sie lüstern an. »Ich komme mit.«

»Andererseits«, fügte Angela hastig hinzu, »habe ich Hunger.«

»Ich auch. Mach ein Essen aus dem, was immer du zur Verfügung hast. Durch das Auftauchen des Advokaten bin ich beim Packen gestört worden. Ich kehre in meine Hütte zurück und bringe den Rest meiner Sachen hier herüber, bevor wir eingeschneit sind.«

Der Wind trieb Pulverschnee in die Hütte, als Chandler nach draußen trat. Angela starrte für einen Moment auf die Tür und ging dann in die Küche, um etwas zu essen zu machen. Das Wissen um die Waffe in ihrer Rocktasche gab ihr ein wenig Trost, als sie eine Dose Bohnen öffnete und die Zutaten für Brötchen anrührte. Sie hatte die Brötchen gerade aus dem Ofen genommen, als Chandler zurückkehrte.

»Welch ein hundsmiserables Wetter«, klagte er,

schüttelte den Schnee von seinem Hut und stellte seine Reisetasche neben der Tür ab. »Aber das soll uns nicht stören, denn wir werden es warm und gemütlich in unserem Bett haben.«

Angela legte die Brötchen auf den Tisch, stellte ein Glas Marmelade dazu und häufte Bohnen auf einen Teller. Dann setzte sie sich hin, um zu essen.

»Und was ist mit mir?«, fragte Chandler.

»Du kannst haben, was übrig bleibt.«

Chandler blickt sie missmutig an, bediente sich dann jedoch mit Bohnen und Brötchen.

Angela verzehrte die letzten Bohnen von ihrem Teller. Mit äußerlicher Ruhe stellte sie den leeren Teller in das Spülbecken und verließ die Küche.

»Wohin willst du?«

»In mein Zimmer.«

Chandler sprang auf und holte sie ein. »Prima, ich gehe mit. Es wird Zeit, dass ich erlebe, was dieser Bandit so unwiderstehlich an dir fand. Du musst verdammt gut im Bett sein, wenn er deinetwegen zurückgekommen ist.«

Er packte sie an den Schultern und schob sie durch die Schlafzimmertür. Dann knallte er die Tür hinter sich zu.

»Zieh dich aus!«

»Nein.« *Rafe, wo bist du*?, flehte sie lautlos. Wunderte es ihn nicht, dass sie und Desmond niemals die Mine verlassen hatten?

»Verdammt, Angela, wenn es sein muss, werde ich dich fesseln, um zu bekommen, was ich will. Es wäre leichter für uns beide, wenn du freiwillig mitmachst.«

Sie wandte ihm den Rücken zu und erkannte zu spät, dass dies ein Fehler war. Einer Giftschlange darf man niemals den Rücken zuwenden. Er war binnen Sekunden bei ihr, riss sie herum und zerrte sie zum Bett. Sie biss ihn in den Hals. Reflexartig ließ er ihren rechten

Arm los und schlug sie; dann drängte er grob sein Knie zwischen ihre Beine und zog ihren Rock bis zu den Hüften hoch.

Angela brauchte einen Moment, um zu erkennen, dass ihr rechter Arm frei war, und einen weiteren, um sich an die Waffe in ihrer Rocktasche zu erinnern. Als Chandler seine Hüften anhob, um den Revolvergurt abzuschnallen und die Hose herunterzulassen, zog Angela die Waffe hervor. Und als Chandler seinen nackten Unterleib gegen ihren presste, stieß sie ihm den kalten Stahl zwischen die Beine und spannte den Revolverhahn.

Er jaulte auf. »Verdammt, was soll das?«

»Runter von mir!«, zischte Angela.

»Woher hast du das Eisen?«

»Ich habe es in der Stadt gekauft. Meinst du, ich wäre wehrlos hergekommen?«

Er blickte sehnsüchtig zu seinem abgelegten Revolvergurt, den er nicht schnell genug erreichen konnte.

»Denk nur ja nicht daran!«, warnte Angela. »Und jetzt verschwinde von hier!«

Er zog seine Hosen hoch und wich einige Schritte zurück.

»Ganz raus!«

Sie erhob sich langsam vom Bett, zielte mit ruhiger Hand auf ihn und trat seinen Revolvergurt unter das Bett. Dann zwang sie ihn mit ihrem schussbereiten Revolver zum Rückzug durch die Zimmertür.

»Geh zurück in deine eigene Hütte. Nein, besser noch, verschwinde von der Golden Angel. Du gehörst nicht hierhin.«

»Du magst jetzt Oberwasser haben, aber ich bin stärker und schlauer als du«, höhnte Chandler. »Was meinst du, wie lange du gegen mich bestehen kannst?«

»So lange wie es sein muss«, versprach Angela. »Verschwinde!«

Eisiger Wind wallte Chandler entgegen, als er die Außentür öffnete. »Ich habe keinen Mantel.«

»Daran hättest du denken sollen, bevor du mich vergewaltigen wolltest.« Sie zielte mit dem Revolver auf seine Genitalien. Chandler blickte auf ihre ruhige Hand und trat in die Kälte hinaus. Angela knallte die Tür hinter ihm zu und verriegelte sie hastig.

Ihr Puls raste immer noch, als sie die Waffe sinken ließ und sich gegen die Tür lehnte. Sie holte tief Luft, und dann erschrak sie, als ihr klar wurde, dass sie erst sicher sein würde, wenn sie jedes Fenster fest verschlossen und auch die Hintertür verriegelt haben würde. Die Furcht verlieh ihr Flügel, und in Windeseile war alles verschlossen. In der Hütte war es jetzt dunkel bis auf das schwache Glühen des Feuers im Herd. Angela zündete eine Lampe an und schätzte ab, wie groß ihre Vorräte waren. Dank ihres Sammelns im Wald hatte sie genügend Brennholz für ein paar Tage. Auch mit den noch vorhandenen Lebensmitteln konnte sie einige Zeit auskommen. Der Schneefall hatte in diesem Jahr zu früh eingesetzt und würde nicht länger als ein, zwei Tage andauern, und sie war überzeugt, dass sie sich auf Mr Goodman verlassen konnte und er Hilfe herbeiholte. Ob er Rafe gefunden hatte? Offenbar nicht, denn sonst wäre Rafe ihr längst zu Hilfe geeilt. Sie setzte sich hin und starrte in das Feuer. Irgendwie würde sie überleben, bis Goodman oder Rafe zurückkehrten.

Rafe schob sich mühsam Zentimeter für Zentimeter weiter durch den wirbelnden Schnee den Berghang hinab. Schmerzen, die so stark waren, dass sie ihm den Atem verschlugen, verlangsamten sein Vorankommen. Die betäubende Kälte, die sich durch seine Kleidung und in seine Knochen fraß, war die geringste seiner Sorgen. Die Kälte war praktisch ein Segen, denn sie betäubte den Schmerz, den ihm sein gebrochenes Bein verursachte.

Welch ein verdammtes Pech, dachte er, als er sich gegen einen eisbedeckten Baumstumpf lehnte, um zu Atem zu kommen. Ein gebrochenes Bein war das Letzte, womit er gerechnet hätte, als er mit dem Abstieg über den Berg hinab zur Mine begonnen hatte. Er hatte geahnt, dass etwas schief gegangen war, als Angel und Kent die Mine nicht verlassen hatten. Geduckt oberhalb des Mineneingangs, hatte er stundenlang auf das Auftauchen des Wagens gewartet, bis das Schneegestöber die Sicht verdeckt hatte. Die Angst um Angel hatte ihn aus seinem Versteck getrieben, und er war durch Schnee und Eis den Berghang hinabgerutscht.

Dabei war er auf eine vereiste Fläche getreten und Hals über Kopf abgestürzt. Er war hart aufgeprallt, sein rechtes Bein hatte in sonderbarem Winkel von ihm abgestanden, und dann war ihm schwarz vor Augen geworden. Mit unerträglichen Schmerzen war er zu sich gekommen, überzeugt davon, dass sein Bein gebrochen war.

Rafe war durch den Schnee gekrochen, hatte einen starken Ast gefunden und hinter sich hergeschleift, bis er eine Stelle entdeckt hatte, an der zwei junge Bäume dicht nebeneinander standen. Es hatte ihn lange, qualvolle Minuten gekostet, den Fuß seines gebrochenen Beines zwischen die beiden Baumstämme zu zwängen und festzukeilen. Flach auf dem Boden liegend, hatte er hinter sich gegriffen und sich an einem anderen Baumstamm festgehalten. Dann hatte er mit aller Kraft gezogen, bis er gehört hatte, dass sich der Knochen an der Bruchstelle gerichtet hatte. Er erinnerte sich, dass er geschrien hatte, bevor er bewusstlos geworden war.

Als er zu sich gekommen war, hatte er seinen Gürtel aus der Hose gezogen und sein Bein an den Ast gebunden, den er für diesen Zweck mitgeschleift hatte. Das

Bein war nicht fachmännisch geschient, wie es sein Bruder Jess getan hätte, aber die provisorische Versorgung musste reichen.

Rafe kroch zentimeterweise durch den Schnee, und so gelangte er langsam, jedoch stetig den Berghang hinab. Sein Gefühl sagte ihm, dass Angel ihn brauchte. Sie war mit zwei gemeinen Kerlen allein, die alles daran setzen würden zu bekommen, was sie wollten. Warum war sie nicht mit Kent in die Stadt gefahren wie geplant? Die Frage hing unheilvoll in der Luft und erinnerte ihn an Angels Verletzlichkeit.

Betäubt vom Schmerz schweiften Rafes Gedanken ab. Er erinnerte sich an jene Tage nach dem Krieg, als er erfahren hatte, dass seine beiden Brüder überlebt hatten. Er erinnerte sich an die Trauer über den Tod seines Vaters und den Verlust seiner Mutter kurz nach ihrer glücklichen Heimkehr.

Wind heulte ringsum. Eisige Böen erfassten ihn, und die Kälte durchdrang langsam den Schmerz. Er konnte nicht mehr weiter. Er würde erfrieren, bevor er zu seinem geliebten Engel gelangen konnte. Im Frühjahr würde man seine Leiche in den Bergen finden.

Dann hörte er etwas und lauschte angestrengt. Es war die sanfte Melodie eines Kirchenliedes. Angelas liebliche Stimme drang durch den Nebel seines betäubten Verstandes und gab ihm die Kraft und den Willen, sich weiterzuschleppen. Neuer Lebensmut erfüllte ihn, als er sich durch den Schnee kämpfte, um zu der engelhaften Stimme zu gelangen, die ihn zu rufen schien.

Er zog sein primitiv geschientes Bein hinter sich her und rutschte den Hang hinab, nur von dem Wunsch getrieben, zu Angel zu gelangen. Unter unsäglichen Schmerzen konzentrierte er sich unbeirrbar, um zu seinem Ziel zu gelangen.

Angel.

Er nahm nicht wahr, wie die Zeit verging; es konnten

Stunden oder Tage vergangen sein, als er schließlich den Fuß des Berges erreichte. Er verharrte und ruhte sich erschöpft aus, und er stöhnte vor Enttäuschung auf, als ihm klar wurde, dass er keine Kraft mehr hatte, um weiterzukriechen. Dann wehte der eisige Wind von neuem Angels Stimme herüber. Sie sang irgendetwas, an das er sich aus der Kindheit erinnerte. Der faszinierende Klang ihrer Stimme gab ihm neue Kraft, und er schaffte es, bis zu ihrer Hütte zu kriechen. Völlig verausgabt starrte er auf die verschlossene Hintertür, die für ihn ein unüberwindliches Hindernis darstellte. Wenn er es nicht schaffte, sich bemerkbar zu machen, würde er hier – vor ihrer Hütte – erfrieren.

Angela saß auf einem Stuhl beim Feuer, den Revolver auf dem Schoß, und kämpfte gegen die Müdigkeit an. Sie musste unbedingt wach bleiben. Von Zeit zu Zeit ging sie zum Fenster und spähte durch eine Ritze im Laden, um zu prüfen, wie die Wetterlage war. Der Schneefall hatte anscheinend nachgelassen, doch der Wind heulte noch immer durch den Kamin. Sie betete, dass morgen die Sonne scheinen und der Schnee schmelzen würde, damit die Straße zur Mine passierbar wurde.

Angela war überzeugt davon, dass Goodman ihre Botschaft verstanden hatte, und sie hoffte, dass er bald mit Hilfe eintreffen würde.

Sie lehnte den Kopf gegen die hohe Lehne des Stuhls und begann leise zu singen. Das Singen in Stress-Situationen hatte sie stets beruhigt. Sie sang, um wach zu bleiben, zuerst einige Kirchenlieder, dann ein Wiegenlied, das ihr aus ihrer Kindheit in Erinnerung geblieben war. Es erinnerte sie an glücklichere Zeiten, als ihre Mutter ihr vor dem Einschlafen ein Lied vorgesungen hatte, und es linderte irgendwie ihre Einsamkeit.

Angela sang, bis ihre Kehle trocken wurde. Sie erinnerte sich an den Eimer mit Quellwasser, den sie ins Haus getragen hatte, bevor all der Ärger begonnen hatte, und ging in die Küche, um etwas Wasser zu trinken. Es schmeckte gut und war kühl und tat ihrer Kehle gut. Sie wollte ins Wohnzimmer und zu der lockenden Wärme des Kaminfeuers zurückkehren, als sie plötzlich stehen blieb und auf die Hintertür starrte.

Die Tür war immer noch verriegelt, aber da war etwas, das sie sich nicht erklären konnte. Ihr erster Gedanke war, das Anson draußen lauerte und sich auf sie stürzen würde, wenn sie öffnete, aber diesen Gedanken verbannte sie schnell. Sie bezweifelte, dass Anson ohne Mantel lange in der Kälte herumstehen würde. Nein, es musste etwas anderes sein. Dann hörte sie es. Ein schabendes Geräusch, als ob Fingernägel über Holz kratzten.

Sie neigte ihr Ohr gegen die Tür, aber sie hörte nur den Wind um die Ecken der Hütte pfeifen. *Dummes Mädchen!*, schalt sie sich. *Es wäre töricht, die Tür zu öffnen. Ich würde nicht nur die Kälte hereinlassen, sondern vielleicht auch Anson.* Sie wandte sich ab, doch sie wurde wieder von einem leisen Flehen angezogen, dass sie womöglich nur in ihrem Kopf hörte – ein Geräusch, das nichts mit dem Wind zu tun hatte. Sie lauschte abermals, hörte jedoch nichts mehr. *Du bildest dir das ein,* sagte sie sich und kehrte ins Wohnzimmer zurück.

Angela nickte vor sich hin, und dann ruckte ihr Kopf plötzlich hoch. Irgendetwas zog sie magisch zurück zu der Hintertür. Obwohl sie sich des Risikos bewusst war, das sie einging, entriegelte sie die Tür. Sie holte tief Luft und öffnete sie. Ein Schrei des Erschreckens entfuhr ihr, als ihr eine reglose Gestalt entgegenkippte.

Es war ein Mann, und er war von Kopf bis Fuß mit Schnee bedeckt. Eis haftete an seinen Augenbrauen und Wimpern, und sein Mund war vor Schmerzen verzerrt.

Rafe! O Gott, war er tot?

Er schien bewusstlos zu sein, und so packte sie ihn an den Schultern und versuchte, ihn in die Hütte zu ziehen, damit sie die Tür schließen und verriegeln konnte. Als sie an ihm herumzerrte, kam ein Aufschrei über seine blutleeren Lippen.

»Rafe, was ist passiert?«

Sein Kopf pendelte von einer Seite zur anderen. Dann sah sie, dass sein rechtes Bein primitiv geschient war. Er musste unsagbare Qualen erlitten haben und noch leiden. Ihre Augen füllten sich mit Tränen.

»Rafe, ich kann dich nicht so liegen lassen. Es tut mir leid, mein Liebster, aber ich muss dich irgendwie in die Hütte bugsieren.« Sie packte ihn wieder an den Schultern und zog ihn so langsam und vorsichtig, wie sie konnte, in die Hütte. Dann schloss sie schnell die Tür und verriegelte sie. Als sie sich zu Rafe umwandte, zitterte er. Sie hatte nicht die Kraft, um ihn in die Wärme zu bringen, und so lief sie ins Schlafzimmer und holte Kissen und Decken. Als sie es ihm damit bequemer gemacht hatte, hockte sie sich neben ihn auf den Boden und wischte ihm behutsam den Schnee aus dem Gesicht.

Sie war erleichtert, als er die Augen öffnete und zu lächeln versuchte.

»Bin ich im Himmel?«

»Du bist zu stur, um zu sterben«, sagte Angela und lächelte unter Tränen.

»Ich sehe einen Engel, ich muss im Himmel sein«, krächzte er mit klappernden Zähnen. »Ich wusste nicht, dass es im Himmel so verdammt kalt ist.«

»Du musst sehr lange in der Kälte gewesen sein«, antwortete Angela und zog die Decke bis zu seinem Kinn hinauf.

Er versuchte, sich zu bewegen, und verzog das Gesicht vor Schmerzen. »Ich bin verletzt. Was ist passiert?«

»Sag du mir das. Ich fand dich an der Hintertür.«

Rafe furchte die Stirn und dachte konzentriert nach. Plötzlich setzte die Erinnerung ein. »Ist alles in Ordnung mit dir? Warum bist du nicht mit Kent in die Stadt gefahren, wie es geplant war? Ich hatte Angst, dass dir etwas Schreckliches passiert sei. Ich habe so lange gewartet, bis ich es einfach nicht mehr ausgehalten habe und den Berghang hinuntergestiegen bin, um nach dir zu sehen. In meiner Hast bin ich wohl etwas unvorsichtig gewesen, denn ich verlor den Halt und stürzte ab. Tja, und dabei habe ich mir das Bein gebrochen.«

»Wer hat dir das Bein gerichtet?«

»Ich.«

Sie starrte ihn erstaunt an. »*Du* selbst? Du brauchst einen Arzt. Sobald die Straße passierbar ist, bringe ich dich mit dem Wagen in die Stadt.«

»Vergiss es. Warum bist du nicht mit Kent zum Sheriff gefahren?«

»Desmond ist fort. Anson behauptet, er habe ihn heute Morgen in aller Frühe zur Stadt gefahren, damit er die Kutsche nach Topeka erwischen konnte. Ich weiß nicht, ob ich die Geschichte glauben soll. Es passt einfach nicht zu Desmond, auf eine so große Geldsumme zu verzichten.«

»Ich habe dir gesagt, dass du dich nicht auf Kent verlassen sollst«, erinnerte Rafe.

»Aber ich war meiner Sache so sicher. Mir gefällt das nicht, Rafe. Ich war felsenfest davon überzeugt, dass Desmond sein Wort hält. Irgendetwas stimmt da nicht.«

Sie entschied sich, ihm nichts von ihrem Problem mit Anson zu erzählen, denn er hatte im Augenblick genug andere Probleme.

Rafe runzelte die Stirn. »Warum liege ich am Boden?«

»Ich konnte dich nicht tragen. Und es hätte dir zu wehgetan, wenn ich dich über den Boden geschleift hätte. Dein Bein muss behandelt werden. Eine bessere Schiene wird deine Schmerzen vielleicht etwas lindern.«

»Da stimme ich dir zu. Hilf mir auf. Ich kann auf einem Bein zum Bett humpeln, während du etwas Passenderes als diesen Ast für eine Schiene suchst.«

Angela nahm all ihre Kräfte zusammen, als Rafe sich auf ihre Schultern gestützt hochstemmte. Sein Gesicht war aschfahl, und sie befürchtete, er würde ohnmächtig werden, doch er klammerte sich zäh an ihr fest, bis er auf einem Bein stand. Dann schlang sie einen Arm um seine Hüfte und stützte ihn auf dem kurzen Weg ins Schlafzimmer. Als sie ihn behutsam auf das Bett sinken ließ und seine Beine auf die Matratze hob, seufzte Rafe auf und verlor das Bewusstsein.

Angela nutzte Rafes Bewusstlosigkeit, um eine Lampe anzuzünden und das verletzte Bein genau zu betrachten. Als erstes musste sie die primitive Schiene durch etwas Solideres ersetzen. Sie kramte in der Holzkiste und fand einige Äste aus Espenholz, die etwa einen halben Meter lang waren. Dann schälte sie die Rinde von zwei Ästen und trug sie ins Schlafzimmer. Rafe war noch bewusstlos, als sie seinen Gürtel losband und vorsichtig den Ast von seinem Bein entfernte.

Mit dem Messer schlitzte sie die Hose bis zum Oberschenkel auf und schnitt den Stiefel von seinem Fuß. Dann tastete sie behutsam über die Bruchstelle. Die Haut war nicht durchstoßen, und der Knochen war wieder zusammengefügt. Behutsam brachte sie die vorbereiteten Äste zum Schienen an und begann, Streifen aus einem Laken zu reißen. Rafe kam zu sich, als sie gerade versuchte, den letzten Stoffstreifen zu befestigen.

»Es tut mir leid«, entschuldigte er sich.

»Warum?«

»Weil ich ohnmächtig geworden bin. Ich hasse es, schwach zu sein.«

»Schwach? Du bezeichnest einen Mann, der selbst sein gebrochenes Bein gerichtet hat, als schwach? Die Tatsache, dass du es bis hierhin geschafft hast, beweist, wie stark du bist. Ist dir jetzt etwas wärmer?«

»Nicht viel.» Er klopfte aufs Bett. »Leg dich zu mir, Angel. Halt mich warm.«

»Wie wäre es zuerst mit einem heißen Kaffee?«

»Körperwärme«, entgegnete er. »Ich brauche deine Körperwärme.«

Angela konnte ihm seine Bitte nicht abschlagen, und sie wollte es auch nicht. »Lass uns deine nassen Sachen ausziehen.« Sie zog ihm die Jacke aus, dann seine Weste und das Hemd.

»Ich muss dir deine Hose ganz wegschneiden.« Sie schnallte vorsichtig seinen Revolvergurt ab, nahm das Messer und entfernte den Rest seiner Hose.

»Du hast ja meinen Stiefel vom Fuß geschnitten«, sagte Rafe, als er bemerkte, dass sein rechter Fuß nackt war.

»Es blieb mir nichts anderes übrig.« Sie zog ihm den anderen Stiefel aus und ließ ihn auf den Boden fallen. »Ich hole Decken aus der Küche«, kündigte sie an und eilte davon.

Rafe zitterte immer noch, als Angela mit ein paar Decken zurückkehrte und ihn damit zudeckte.

»K-k-körper-wärme, Angel«, wiederholte Rafe. »N-n-nur die h-h-hilft mir.«

Ohne Zögern zog sich Angela schnell aus und legte sich zu Rafe unter die Decken, wobei sie sorgfältig darauf achtete, sein verletztes Bein nicht zu berühren. Er schlang die Arme um sie, und sie kuschelte sich an ihn und fühlte sich zum ersten Mal nach langer Zeit sicher und geborgen.

Rafe spürte, wie die Wärme von Angelas Körper

durch seine Poren drang und die Kälte aus ihm vertrieb. Wenn nicht die Schmerzen in seinem Bein gewesen wären, wäre er ein zufriedener Mann gewesen. Doch leider war er jetzt nicht in der Verfassung für Sex mit seinem Engel. Angel nur in den Armen zu halten war für ihn besser als jede Arznei, die ein Doktor ihm verschreiben konnte. Er seufzte, fühlte sich hineingezogen in eine traumlose, süße Leere. Aber etwas holte ihn zurück, eine wichtige Information, die ihm fehlte.

Er zwang sich nachzudenken, und schließlich fiel ihm ein, was er Angel hatte fragen wollen.

»Du hast mir nicht alles erzählt, nicht wahr?«

Lange Stille folgte.

«Angel, etwas beunruhigt dich. Ist es Chandler?«

»Ich wollte es dir noch nicht sagen. Du bist nicht in der Verfassung, um irgendetwas gegen Anson zu unternehmen.«

Rafe versteifte sich. »Du solltest mir erzählen, was er getan hat.«

»Na ja ... nachdem Kent weg war, erklärte er mir, er wolle mit mir ... das Bett teilen. Er sagte, ich *müsse* ihn heiraten, wenn er mir erst ein Kind gemacht habe. Er ist verzweifelt, Rafe. Er sagte, er hätte zu viel Zeit und Energie für mich und die Mine aufgewandt und würde nicht hinnehmen, alles wegen einer sturen Frau zu verlieren.«

»Wo ist mein Revolver? Wenn er dich angerührt hat, bringe ich ihn um.«

»Er hatte keine Chance. Ich hatte mir doch in der Stadt einen Revolver gekauft, und so habe ich ihn mit Waffengewalt aus der Hütte getrieben und ausgesperrt. Mr Goodman kam gestern zur Mine, bevor es zu schneien begann, und ich schaffte es, ihm eine Botschaft zu übermitteln. Ich rechne damit, dass er Hilfe bringt, sobald die Straße passierbar ist.«

»Weshalb kam Goodman hier herauf?«

»Ich hatte niemanden sonst, dem ich mich anvertrauen konnte, und so erzählte ich ihm von meinem Plan, deinen Namen reinzuwaschen. Er hielt den Plan zwar für gefährlich, gab mir jedoch fünf Tage, um Kent dazu zu bringen, gegen Anson auszusagen. Ich musste ihm versprechen, in die Stadt zu ziehen, wenn mein Plan nicht klappt.

Gott sei Dank wartete er keine fünf Tage, sondern tauchte vorzeitig auf, weil er befürchtete, das Wetter könnte sich verschlechtern. Er wollte mich in die Stadt mitnehmen. Anson war hier, als Mr Goodman eintraf, und er hatte die Frechheit, dem Anwalt zu sagen, wir würden heiraten.«

»Dieser Bastard!«, zischte Rafe.

»Nicht nur das«, fuhr Angela fort. »Anson sagte Mr Goodman, wir würden nicht bis zur Hochzeit warten, um ein Kind zu zeugen. Ich schaffte es, einen Moment allein mit Mr Goodman zu sprechen, bevor er wegfuhr. Und bei der Gelegenheit habe ich ihm gesagt, wo er dich finden kann, doch offenbar hat der Schnee seine Suche behindert. Ich erwarte, dass er morgen mit dem Sheriff eintrifft, wenn das Wetter es erlaubt.«

»Manchmal bist du eher ein Tiger als ein Engel«, sagte Rafe und brachte trotz seiner Schmerzen ein Grinsen zustande. »Du würdest vermutlich einen Weg finden, um den Teufel persönlich zu besiegen, wenn er dich herausforderte. Du siehst aus und singst wie ein Engel, aber du hast die Kraft und den Mut eines Kriegers. Wusstest du, dass dein Gesang mir die Kraft gab weiterzumachen, als ich aufgeben wollte?«

Angela sah ihn verwundert an. »Du kannst meinen Gesang nicht gehört haben.«

»Du *hast* gesungen, nicht wahr?«

Sie starrte ihn an. »Ich … ja. Ich habe gesungen, aber niemand außerhalb der Hütte kann mich gehört haben.«

Rafe wusste es besser. Selbst wenn er auf halbem Weg zur Hölle gewesen wäre, hätte ihn ihre Stimme zurückgeholt.

»Du hast mir das Leben gerettet, Angel. Wie oft schon? Ich kann es bald nicht mehr zählen. Jetzt bin ich an der Reihe, dir zu helfen. Ich werde nicht zulassen, dass dir irgendetwas passiert. Ein gebrochenes Bein wird mich nicht daran hindern, meinen Revolver zu ziehen. Ich werde Chandler töten, bevor er dir etwas antun kann. Geh schlafen. Es sind immer noch ein paar Stunden bis zum Morgengrauen.«

»Hast du Schmerzen? Ich glaube, ich habe in Vaters Medizinschränkchen eine Flasche Laudanum gesehen.«

»Die Schmerzen kann ich aushalten«, erwiderte Rafe. »Ich will nichts einnehmen, was meine Treffsicherheit beeinträchtigt.«

»Keine Schießerei, Rafe. Es darf keine weitere Anklage gegen dich geben.«

»Lass das mal meine Sorge sein. Geh schlafen.«

Rafe wartete, bis Angela eingeschlafen war. Dann nahm er seine Waffen. Er zog sie aus den Halftern des Revolvergurts und legte sie unter sein Kissen. Erst dann entspannte er sich und schlief ein.

Er erwachte als Erster. Sonnenschein fiel durch die Ritzen der Fensterläden. Es hatte den Anschein, als hätte sich der frühe Schneesturm ausgetobt, denn der Himmel war wolkenlos und klar. Rafe rüttelte Angela wach.

»Wach auf, Liebling. Es ist heller Tag.«

Angela streckte sich, spürte die Wärme von Rafes Körper neben sich und lächelte.

»Ich hoffe, dieses Lächeln gilt mir.«

Sie öffnete die Augen. »Ich dachte, ich hätte von dir geträumt.«

»Leider bin ich real aufgetaucht. Öffne die Fensterläden.«

Angela warf die Decke zurück und schnappte nach

Luft, als die kalte Luft auf ihre warme Haut traf. »Oh, es ist eisig!«

Sie zog einen Morgenmantel und Pantoffeln an. Dann ging sie zu den Fenstern und öffnete die Läden.

»Oh, sieh mal! Die Sonne scheint, und der Schnee beginnt zu schmelzen!«

Rafe stemmte sich auf einen Ellenbogen und blickte aus dem Fenster. Der gestrige Schneesturm war eine Laune der Natur gewesen. »Ich wette, wir bekommen ein paar Tage Indianersommer, bevor der Winter mit Macht hereinbricht.«

»Meinst du, die Straße zur Mine wird wieder befahrbar?«

»Sie wird vielleicht schlammig, aber durchaus passierbar sein. Bist du sicher, dass Goodman mit dem Sheriff eintreffen wird?«

»Absolut sicher! Aber sie wissen natürlich nicht, dass du hier bist. Niemand weiß das. Du bist nur sicher, solange du im Schlafzimmer bleibst.«

»Was wirst du dem Sheriff sagen?«

»Die Wahrheit über Bradys Ermordung, soweit ich sie kenne. Er muss mir glauben. Wenn nur Desmond hier geblieben wäre! Er wirkte begierig darauf, das Geld zu bekommen, das ich ihm angeboten habe.«

»Vielleicht ist er nicht freiwillig verschwunden«, überlegte Rafe.

»Du meinst doch nicht, er …«

Sie verstummte mitten im Satz, als sie an der Vordertür Geräusche hörte.

»Es ist Anson«, flüsterte sie.

Ansons Stimme, begleitet von lautem Klopfen, schallte von draußen herein.

»Ich bin gekommen, um mich zu entschuldigen«, rief er durch die Tür. »Gestern habe ich mich vergessen. Mach auf. Gib mir noch eine Chance zu beweisen, dass ich der richtige Mann bin, den du brauchst.«

»Ich bin nicht angezogen, Anson«, rief Angela zurück.

»Ich werde warten, Angela. Ich möchte mich von Angesicht zu Angesicht bei dir entschuldigen.«

»Was soll ich tun?«, wisperte Angela Rafe zu.

»Halte ihn hin. Sage ihm irgendetwas.«

»Angela, bitte. Ich verspreche, mich tadellos zu benehmen!«, rief Chandler.

Angela ging zur Tür. »Komm später wieder, Anson, nachdem ich mich anständig angezogen und zurechtgemacht habe.«

»Du willst mich nur hinhalten.«

»Bestimmt nicht. Außerdem … woher soll ich wissen, dass du dich anständig benimmst, wenn ich dich hereinlasse?«

»Du hast mein Wort. Gib mir eine Chance, dich zu überzeugen, dass es das Beste für dich und die Golden Angel ist, mich zu heiraten. Ich werde um dich werben, bis deine Scheidung durch ist, und ich werde dich zu nichts zwingen, falls du das befürchtest. Mir war nie klar, dass du so stur sein kannst. Es war blöde von mir, deine Entschlossenheit zu unterschätzen.«

»Sag ihm, du wirst ihn anhören, wenn er zurückkehrt, aber er sollte dir genügend Zeit geben.«

Angela gab die Worte an Anson weiter.

»Wenn du darauf bestehst«, antwortete Anson verdrossen.

»Vergiss nicht«, fügte Angela hinzu, »ich habe immer noch meine Waffe und kann damit umgehen.«

»Das werde ich ganz sicher nicht vergessen«, erwiderte Anson mürrisch. Dann entfernten sich seine Schritte.

»Er ist weg«, sagte Angela und ging von der Tür fort. »Ich mache Feuer im Herd und etwas zu essen. Wir können uns entscheiden, was wir tun, während wir frühstücken.«

Angela aß in der Küche und bereitete ein Tablett mit

Frühstück für Rafe zu. Während er aß, holte sie ein Hemd und eine Hose für ihn, die ihrem Vater gehört hatten. Sie schnitt das rechte Hosenbein ab, damit das geschiente Bein Platz hatte, und half Rafe beim Anziehen.

»Ich weiß, was ich tun muss«, sagte Rafe, nachdem er seine Kaffeetasse leer getrunken hatte.

Angela gefiel weder sein grimmiger Tonfall noch die Art, wie er die Lippen aufeinander presste. »Und das wäre?«

»Wenn du Chandler hereinlässt, werde ich ihn mit beiden Waffen im Anschlag empfangen und vom Minengelände verweisen.«

»Und wenn er sich weigert?«

»Das ist sein Problem«, erwiderte Rafe. »Ich werde tun, was sein muss, um sicherzustellen, dass er dich nicht mehr belästigt. Ich kann zielen und treffen, auch wenn ich nicht gehen kann.«

»Nein! Wenn du Anson tötest, können wir deine Unschuld nicht beweisen. Es muss einen anderen Weg geben.«

»Es gibt keinen anderen, Angel.«

»Ich werde nicht zulassen, dass du wieder ins Gefängnis kommst.«

Rafe lächelte müde. »Ich habe es satt davonzulaufen, Angel. Mr Goodman ist ein fähiger Anwalt; ich werde ihn bitten, mein Verteidiger zu sein. Es ist ein Risiko, das ich eingehen muss, um dich vor Chandler zu beschützen.«

Angelas Mundwinkel sanken herab. Sie konnte unmöglich zulassen, dass Rafe so unklug handelte. Sie würde sich etwas ausdenken, um das zu verhindern. Sie *musste* es einfach!

20

Angela war bereit, als Chandler kurze Zeit später wieder an die Tür klopfte. Als sie in die Küche zurückgekehrt war, um Rafe noch eine Tasse Kaffee zu holen, hatte sie eine starke Dosis Laudanum hineingegeben. Er war mitten im Satz eingeschlafen. Sie wusste, dass er beim Erwachen fuchsteufelswild sein würde, aber es war die einzige Möglichkeit, wie sie verhindern konnte, dass er jemanden tötete oder selbst getötet wurde.

»Lässt du mich jetzt rein, Angela?«, rief Chandler drängend durch die geschlossene Tür.

»Nur, wenn du dich benimmst«, entgegnete Angela.

»Das habe ich doch gesagt.«

Angela warf besorgt einen Blick zu der geschlossenen Schlafzimmertür und betete, dass sie Rafe genügend Laudanum gegeben hatte, um ihn von einer Einmischung abzuhalten.

»Also gut.«

Sie klopfte auf ihre Rocktasche, um sich zu vergewissern, dass ihr Revolver immer noch darin war, und öffnete die Tür, um Chandler einzulassen. Sie hatte keinen bestimmten Plan, aber alles war besser, als eine Konfrontation zwischen Anson und Rafe zuzulassen.

»Wird auch Zeit«, maulte Chandler, als er eintrat.

»Worüber wolltest du mit mir reden?«, fragte Angela.

»Mach mir nichts vor, meine Liebe. Du brauchst einen Mann, der dich beschützt – jemanden, der die Minenarbeiter unter Kontrolle halten kann, wenn sie im Frühjahr zurückkommen. Du weißt aus Erfahrung, wie widerwillig sie für eine Frau arbeiten. Hier gibt es genug Reichtum zu teilen. Unsere Ehe wird ein positiver Schritt für uns beide sein.«

»Ich bin noch mit Rafe verheiratet.«

Er packte sie an den Schultern und schüttelte sie grob. »Ich kann nicht auf die Zeremonie warten. Wie ich schon sagte, es ist wichtiger, dir ein Kind zu machen.«

Angela riss sich los und wich unwillkürlich von ihm fort. »Wenn du mich anrührst, ist das dein Tod.«

Chandler wich einen Schritt zurück. »Hast du immer noch das verdammte Eisen?«

»Ich hätte dich nicht hereingelassen, wenn ich unbewaffnet wäre. Setz dich. Reden wir wie zivilisierte Leute miteinander.«

»Ich bin aber nicht zivilisiert«, grollte Chandler und ließ sich auf den nächsten Stuhl sinken. »Du hast keine Ahnung, was ich alles getan habe, um zu bekommen, was ich will.«

Angela stockte der Atem. »Erzähl mir, was du getan hast, Anson«, sagte sie in freundlichem Tonfall. »Vielleicht schätze ich dich mehr, wenn ich weiß, was du getan hast, um dein Ziel zu erreichen. Starke Männer faszinieren mich.«

Chandler blickte sie misstrauisch an, doch Angela wusste, dass sie den richtigen Nerv getroffen hatte.

»Du hältst mich für einen starken Mann?« Er grinste eitel. »Komisch, dass du mir das noch nie gesagt hast.«

»Ja, du bist tatsächlich ein starker Mann. Du hast bei mir nie aufgegeben. Das ist mehr, als ich über Rafe Gentry sagen kann. Sag mir, Anson«, flüsterte sie verführerisch, »wie sehr du mich begehrst. Was hast du getan oder bist du bereit zu tun, um mich zu bekommen?«

Chandler grinste sie unterwürfig an. »Wenn du nur wüsstest.«

»Was wüsstest?«, fragte Angela herausfordernd. Auch

wenn niemand sonst Ansons Geständnis hörte, würde ihr Wort etwas zählen.

Anson starrte sie an, als sei er unschlüssig, ob er ihrem plötzlichen Interesse trauen konnte oder nicht. »Warum sollte ich es dir sagen?«

»Warum nicht? Wir sind allein. Niemand kann hören, was du sagst. Außerdem könnte es meine Meinung über eine Ehe mit dir ändern.«

Während Angela versuchte, Chandler ein Geständnis zu entlocken, näherten sich zwei Reiter der Mine.

»Sie sollten genau wissen, wovon Sie reden«, sagte Sheriff Dixon zu seinem Begleiter. »Sind Sie wirklich sicher, dass Mrs Gentry in Gefahr ist?«

»So sicher, wie ich hier auf diesem Pferd sitze«, erklärte Mr Goodman. »Angelas gestrige Botschaft war unmissverständlich. Gott sei Dank hat der Schneesturm aufgehört, und die Straßen sind in besserem Zustand, als wir dachten.«

»Hm«, murmelte Dixon und strich sich übers Kinn. »Wenn Sie Recht haben, möchte ich nicht hier hereinplatzen und das Leben der Frau gefährden. Wir lassen unsere Pferde hier zurück und gehen zu Fuß zur Mine. So können wir uns unbemerkt umsehen, ohne die Aufmerksamkeit auf uns zu lenken.«

»Gute Idee«, stimmte Goodman zu und saß ab. »Es gibt jede Menge Deckung rings um die Hütten.«

»Sie sagten, Mrs Gentry sei mit Anson Chandler allein hier, nicht wahr?«

»So ist es.« Goodman nickte. »Ich habe Ihnen erzählt, dass er nicht auf eine Hochzeit warten will, um mit Angela ein Baby zu bekommen. Und Sie wissen natürlich, dass Angela Chandler für Brady Baxters Mörder hält. Ich glaube, dass Chandler eine große Gefahr für Angela darstellt.«

»Dann sollten wir herausfinden, was hier los ist«, meinte Dixon. »Gehen wir.«

Angela spürte, dass Anson drauf und dran war, ihr alles zu erzählen. So ein Pech, dass niemand außer ihr da war, um sein Geständnis zu hören. Wenn nur … Während sie über ihr Dilemma grübelte, schweifte ihr Blick zum Fenster, und ihr stockte der Atem, als sie zwei Gesichter sah, die sich an die Scheibe drückten, um in die Hütte zu spähen. Sheriff Dixon und Mr Goodman! Voller Furcht, dass Anson die beiden sehen könnte, sprang Angela auf und ging zur Küche, um seine Aufmerksamkeit vom Fenster abzulenken.

»Wohin gehst du?«, fragte Chandler und überlegte, ob er ihr folgen sollte. »Ich dachte, du willst hören, was ich zu sagen habe.«

»Ich hatte gerade frischen Kaffee gemacht«, improvisierte Angela. »Ich dachte, du möchtest welchen, bevor wir uns weiter unterhalten.«

»Oh, danke, Angela! Kaffee klingt wunderbar. Mein eigener schmeckt wie Spülwasser.« Er runzelte die Stirn. »Du denkst doch nicht daran, durch die Hintertür abzuhauen, oder?«

»Nein. Ich habe nicht vor, von dir fortzugehen. Ich bin viel zu neugierig auf das, was du zu sagen hast.« Sie blickte verstohlen zum Fenster und stellte erleichtert fest, dass die Gesichter dort verschwunden waren. »Ich komme sofort mit dem Kaffee zurück.«

Chandler schien von irgendetwas abgelenkt zu sein, und so schlich Angela schnell zur Hintertür und betete, dass sie nicht knarren würde, wenn sie sie öffnete. Ihre Gebete wurden erhört. Sheriff Dixon und Goodman schlüpften lautlos herein. Angela legte den Zeigefinger auf die Lippen, um ihnen zu signalisieren, dass sie sich still verhalten sollten.

»Angela, bist du noch da?«

Chandlers Stimme ertönte ungeduldig aus dem Wohnzimmer, und Angela beeilte sich zu antworten. »Natürlich bin ich noch da, Anson.« Sie schenkte Kaffee in zwei Tassen ein. »Möchtest du Zucker in deinen Kaffee?«

»Zwei Löffel. Was machst du denn so lange?«

»Ich komme sofort.«

»Sind Sie in Gefahr?«, flüsterte der Sheriff Angela zu.

»Bleiben Sie bei der Tür und hören Sie zu«, wisperte Angela, nahm die Kaffeetassen und ging ins Wohnzimmer hinüber.

»Ah, da bist du ja«, sagte Chandler. »Ich wollte dich gerade holen.« Er nahm die Tasse entgegen und nippte vorsichtig an dem heißen Kaffee. »Nun, wo waren wir, bevor wir die Unterhaltung unterbrochen haben?«

»Du wolltest mir einige der Dinge erzählen, die du meinetwegen getan hast, Anson. Ich muss wissen, wie stark und klug du wirklich bist.«

»Jedenfalls klüger als Brady Baxter«, schnaubte Chandler. »Ich weiß, warum du ihn geheiratet hast. Ich bin dir und Baxter nach dieser lächerlichen Trauung nach Hause gefolgt. Ich dachte mir schon, dass es ein komischer Handel war, als ich hörte, dass du diesen Mann geheiratet hast. Ich bin dir und Baxter in die Mine gefolgt und habe euch belauscht.«

»Du wusstest also, dass Brady Rafe überwältigt, ihn gefesselt und in die Mine verschleppt hatte?«, fragte Angela mit gespielter Überraschung. »Und du wusstest auch, dass Baxter gedroht hatte, Rafe zu erschießen, wenn ich ihn nicht heirate?«

»All das und mehr«, sagte Chandler selbstgefällig. »Ich habe gesehen, wie du Baxter niedergeschlagen und zusammen mit Gentry gefesselt hast.«

»Du hast Brady ermordet!«, entfuhr es Angela. Obwohl sie es die ganze Zeit über vermutet hatte, war sie schockiert darüber, wie ruhig er indirekt zugab, einen Menschen ermordet zu haben.

»Ja, aber das wusstest du bereits, nicht wahr? Gib zu, dass ich die Sache ziemlich schlau eingefädelt habe! Ich wusste, dass man Gentry die Schuld geben würde und dass ihm keine andere Wahl bleiben würde, als zu flüchten und dich mir zu überlassen.«

»Ich hatte zwar den Verdacht, dass du Brady umgebracht hast, aber keinen Beweis«, sagte Angela.

Er grinste hämisch. »Den hast du auch jetzt nicht. Ich bin ein starker Mann, Angela. Stark genug, um mir die Konkurrenz vom Hals zu schaffen.«

»Die Ermordung eines wehrlosen Mannes kann man wirklich nur als Zeichen von Stärke betrachten«, sagte Angela mit beißendem Sarkasmus. Chandler schien ihre Verachtung überhaupt nicht zu bemerken.

»Ja, nun, du musst zugeben, dass ich ein Ärgernis elegant beseitigt habe. Zwei, wenn du Gentry mitzählst. Drei, wenn du Kent mitzählst.«

Angela schaltete schnell und ging auf Chandlers Bemerkung ein. »Kent? Was ist denn mit dem? Wie hast du ihn dazu gebracht, die Mine so schnell zu verlassen?«

Chandler brach in hämisches Gelächter aus. »Ich hatte deine Unterhaltung mit Kent belauscht und wusste somit, dass du mich des Mordes an Baxter verdächtigst. Und als du Kent Geld angeboten hast, damit er dem Sheriff sagt, was er weiß, ergriff ich Maßnahmen, um ihn zum Schweigen zu bringen.«

»Du hast ihm mehr Geld angeboten?«, fragte Angela, nicht sicher, worauf er hinauswollte. Kents Verschwinden war nicht ganz geklärt worden, und sie hatte auch nicht viel darüber nachgedacht. Aber jetzt hatte Chandler ein Thema angeschnitten, dass unbedingt geklärt werden musste.

»Als ob ich genügend Geld hätte, um dich für seine Loyalität zu überbieten!«, spottete Chandler.

Plötzlich fiel es Angela wie Schuppen von den Augen. »Mein Gott, du hast Desmond umgebracht!«

»Er war ein Narr. Ich bin nicht Kents Stiefellecker – falls du das gedacht hast. Da du jetzt alles weißt, will ich dein Wort haben, dass du mich heiratest, sobald du geschieden bist. Und bilde dir nicht ein, du könntest mein ›Geständnis‹ gegen mich benutzen, denn ich werde alles abstreiten.«

Plötzlich flog die Schlafzimmertür auf, und Rafe humpelte auf einem Bein herein. Dass er in seinem betäubten Zustand die Kraft gefunden hatte, sich aus dem Bett zu schleppen, verblüffte Angela, aber sie sah an seinem weißen Gesicht und den schmerzverzerrten Zügen, dass er unsägliche Qualen erlitt. Er lehnte sich gegen den Türrahmen, einen Revolver fest in einer Hand, während er mit der anderen das Gleichgewicht wahrte.

»Ich habe es gehört, Chandler. Jedes verdammte Wort.«

Angela wollte zu Rafe laufen, doch Chandler schlang einen Arm um ihren Hals und zog eine Waffe, die er irgendwo versteckt am Körper getragen hatte. »Na, wen haben wir denn da? Wenn das nicht Rafe Gentry ist!«, höhnte Chandler. »Welcher üble Wind hat dich denn zur Golden Angel geblasen?«

»Gib Angel frei und geh von ihr weg!«, forderte Rafe.

»Nie im Leben«, erwiderte Chandler und drückte die Mündung seines Revolvers nur noch fester gegen Angelas Hals.

»Damit wirst du nicht durchkommen«, sagte Rafe. »Du hast kaltblütig zwei Menschen ermordet.«

Chandler lachte gehässig. »Du bist ein Schwachkopf, wenn du meinst, der Sheriff wird dir glauben. Ich bin kein gesuchter Bandit, Gentry, *du* bist einer.«

Plötzlich trat Anwalt Goodman aus der Küche ins Wohnzimmer. Angela wartete auf Sheriff Dixons Auftauchen, und als er nicht kam, fragte sie sich, was mit ihm geschehen sein mochte.

»Ich habe ebenfalls alles gehört, Chandler«, sagte Goodman. »Sie sollten aufgeben und sich stellen.«

»Was, zur Hölle, treibst du hier, alter Mann?«, schimpfte Chandler.

»Haben Sie tatsächlich geglaubt, ich hätte Ihnen diese Lügengeschichte, dass Sie und Angela heiraten wollen, abgenommen? Ihre Tage in Freiheit sind vorüber.«

Chandler fluchte wild. »Ich gehe, und ich nehme Angela mit. Wenn einer von euch beiden mir zu folgen versucht, wird Angela sterben. Auf einen Mord mehr oder weniger kommt es jetzt auch nicht mehr an!«

Rafe spürte, wie seine Kräfte schwanden und seine Benommenheit zunahm. Er konnte sich nicht erklären, was ihm so zugesetzt hatte, aber er vermutete, dass Angel ihn betäubt hatte. Sie hatte eine Konfrontation zwischen ihm und Chandler verhindern wollen. Möglicherweise hatte sie ihm etwas in den Kaffee getan. Verdammt! Warum hatte sie ihm nicht vertraut?

Wie aus weiter Ferne nahm er wahr, wie Chandler Angel zur Vordertür zerrte. Er fühlte sich so verdammt hilflos, wie gelähmt … und er konnte nur zuschauen und gegen die drohende Ohnmacht ankämpfen.

Dann sah er, dass Angela Chandler auf den Fuß trat. Rafe stöhnte entsetzt auf, als Chandler ihr daraufhin mit dem Waffenlauf auf den Kopf schlug. Bewusstlos sank sie in Chandlers Arme, und Rafe empfand solchen Zorn, dass er sein gebrochenes Bein vergaß und sich auf den Verbrecher stürzen wollte. Sein empörter Aufschrei ging in ein schmerzerfülltes Stöhnen über, als er zu Boden stürzte. Er hörte Chandlers gemeines Gelächter und sah hilflos durch einen Schleier von Schmerzen und Benommenheit, wie Chandler Angels schlaffe Gestalt zur Vordertür schleifte.

»Sie werden nicht weit kommen, Chandler«, sagte

Goodman, als er zu Rafe ging und ihm half, sich aufzusetzen.

»Willst du alter Knacker mich etwa aufhalten?«, höhnte Chandler.

»Nein, aber ich. Lassen Sie die Waffe fallen, Chandler!«

Als Sheriff Dixon erkannt hatte, dass Chandler Angela als Geisel nehmen wollte, hatte er Goodman angewiesen, Chandler abzulenken. Er selbst war währenddessen durch die Hintertür hinausgeschlichen, um Chandler den Fluchtweg abzuschneiden.

Chandler blickte über seine Schulter und stieß einen Fluch aus. »Wo kommst du denn her?«

»Ich bin schon lange hier und habe Ihr Geständnis gehört. Lassen Sie die Waffe fallen, Chandler! Ich verhafte Sie wegen Mordes an Brady Baxter und Desmond Kent.«

»Du kannst zum Teufel gehen!«, stieß Chandler hervor. »*Ich* habe hier das Sagen.« Er drückte die Revolvermündung noch fester gegen Angelas Hals. »Komm nur einen Schritt näher, und ich knall sie ab!«

»Sie werden nicht weit kommen«, warnte Dixon.

»Das werden wir ja sehen. Geh von der Tür weg!«

Angela kam plötzlich zu sich und handelte völlig überraschend für Chandler. Sie rammte ihm den Ellenbogen in die Rippen, und der Schlag war hart genug, um ihn benommen zu machen. Unwillkürlich ließ Chandler den Revolver sinken und lockerte seine Umklammerung, und Angela konnte sich von ihm losreißen. Blitzschnell griff Sheriff Dixon ein. Er packte Chandlers Arm, entwand ihm die Waffe und drehte ihm den Arm auf den Rücken.

»Ich brauche einen Strick!«, rief er, während er mit Chandler rang.

»Ein Strick hängt draußen vor der Küchentür«, sagte Angela.

»Ich hole ihn.« Goodman lief an ihr vorbei. Nur Sekunden später kehrte er zurück und half Dixon, den tobenden Chandler zu bändigen und zu fesseln.

Während die beiden mit Chandler beschäftigt waren, widmete Angela sich Rafe. Er saß auf dem Boden, den Rücken gegen die Wand gelehnt; sein Gesicht war aschfahl. Angela fiel neben ihm auf die Knie.

»Alles in Ordnung mit dir?«

»Ich werde es überleben«, stieß er hervor und presste die Zähne aufeinander. Er hob eine Hand und streichelte liebevoll ihr Gesicht. »Und was ist mit dir? Ich wollte Chandler umbringen, als er dich geschlagen hat. Leider gehorchte mein Körper nicht so, wie ich wollte.«

Angela legte eine Hand auf seine Brust, glücklich darüber, seinen gleichmäßigen Herzschlag zu spüren. »Es ist vorüber«, sagte sie bewegt. »Es ist Gott sei Dank alles vorüber. Du bist frei, Rafe. Du kannst gehen, wohin es dir beliebt und tun, was du willst, ohne ständig über die Schulter blicken und befürchten zu müssen, dass jemand dich verfolgt.«

»Das habe ich dir zu verdanken – meinem Schutzengel«, erwiderte Rafe mit belegter Stimme.

Angela sah zu ihm auf und war überrascht, als sie seine feuchten Augen sah. Auch ihre Augen schwammen in Tränen.

»Ist mit euch beiden alles in Ordnung?«, fragte Sheriff Dixon. Er und Goodman hatten Chandler gebändigt und gefesselt auf den Boden gelegt.

»Mir geht es prima – bis auf die ziemlich große Beule auf meinem Kopf«, sagte Angela, »aber Rafe braucht einen Arzt, der sich um sein Bein kümmert.«

»Ich schicke den Doc her, sobald wir in der Stadt eintreffen«, versprach Dixon. Er wies auf Chandler. »Ich werde den Kerl ins Gefängnis bringen. Würde mich nicht überraschen, ihn wegen seiner Verbrechen hängen zu sehen, aber das überlassen wir dem Urteil des

Richters und der Geschworenen. Kann ich Ihnen ins Bett zurückhelfen, Mr Gentry?«

Rafe ließ sich von Dixon aufhelfen, und auf ihn gestützt, humpelte er ins Schlafzimmer. Angela half ihm, sich aufs Bett niederzulassen.

»Es tut mir leid, dass Sie all diese Probleme hatten«, fuhr Dixon fort. »Es ist eine verdammte Schande, wenn jemand fälschlich beschuldigt wird. Sie sind ein freier Mann, Gentry und werden keine Probleme mehr wegen dieser Sache haben.« Er lächelte und fügte scherzhaft hinzu: »Sofern Sie nicht mit dem Revolver in der Hand bei Banken Geld abheben oder Nonnen vergewaltigen.« Er zwinkerte Rafe vergnügt zu, als er Angelas empörte Miene sah. »Wenn Sie und die Lady jemals meine Hilfe brauchen sollten, scheuen Sie nicht davor zurück, sich an mich zu wenden.«

»Vielen Dank, Sheriff«, sagte Rafe. »Sie können sich nicht vorstellen, wie befreit ich mich fühle. Ich wünschte nur, ich könnte Kontakt mit meinen Brüdern aufnehmen und sie darüber informieren, dass sie nicht mehr steckbrieflich gesucht werden.«

»Nun, wenn ich irgendetwas tun kann, lassen Sie es mich wissen. Und jetzt sollte ich diesen Abschaum hinter Gitter bringen und den Doc zu Ihnen schicken, damit er sich um Ihr Bein kümmert.«

»Ich verabschiede mich ebenfalls«, sagte Goodman von der Tür her.

»Ich kann Ihnen nicht genug danken, Mr Goodman«, sagte Angela. »Ich weiß nicht, was ich getan hätte, wenn Sie meine Botschaft nicht richtig verstanden hätten, als Sie gestern hier waren. Bei dem Gedanken, was hätte passieren können, wenn Sie und der Sheriff nicht eingetroffen wären, bekomme ich jetzt noch eine Gänsehaut.«

»Es ist alles überstanden, meine Liebe«, sagte Goodman. »Sie und Ihr Mann haben ein Leben in Freiheit vor sich. Vergeuden Sie keinen Moment davon.«

Angela küsste Mr Goodman auf die Wange. »Kommen Sie wieder und besuchen Sie uns oft.«

Goodman betastete seine Wange und strahlte. »Die Einladung nehme ich nur zu gerne an.«

Gleichmütig beobachtete Angela von der Türschwelle aus, wie Chandler auf sein Pferd gehoben und von Sheriff Dixon weggeführt wurde. Obwohl sie wusste, dass sie nichts mehr von Chandler zu befürchten hatte, zuckte sie zusammen, als er sie hasserfüllt ansah. Sie erschauerte und eilte zu Rafe zurück.

Rafe breitete für seinen Engel die Arme aus. Sie sank glücklich hinein und schmiegte sich an ihn. Sein Bein schmerzte höllisch, doch er brauchte das Gefühl, sie an sich zu spüren. Er liebte sie so sehr, und endlich konnte er ihr genau sagen, was er für sie empfand. Er war ein freier Mann. Frei, um zu leben, wie es ihm gefiel. Frei, um seinen Engel zu lieben. Frei, um mit Angel eine Familie zu gründen.

»Was denkst du?«, fragte Angela. »Hast du Schmerzen? Soll ich dir etwas Laudanum geben?«

Rafe blickte sie finster an. »Davon hatte ich schon genug! Danke. Warum hast du mich betäubt?«

»Ich hatte Angst, du könntest Anson töten oder er würde dich töten, und das konnte ich nicht zulassen. Bist du mir böse?«

Er ergriff ihre Hand und küsste sie zärtlich. »Ich kann dir nie sehr lange böse sein, Angel. Mich regt nur auf, dass du dich selbst in Lebensgefahr gebracht hast. Du meinst immer, du könntest jede Situation meistern, und das erschreckt mich. Ich werde ein Leben lang ständig auf deine Sicherheit aufpassen müssen.«

»Ein Leben lang?«, fragte Angela atemlos. »Heißt das …?«

»Du glaubst doch wohl nicht, ich könnte jetzt von dir wegreiten, oder?«, fragte Rafe lächelnd. »Ich liebe dich, Angel. Ich habe dich immer geliebt.«

»So? Warum hast du mir das nicht schon eher gesagt?«

»Ich war nicht frei, um es dir zu sagen, weil ich steckbrieflich gesucht wurde. Ich hatte kein Recht auf deine Liebe.«

»Du hattest meine Liebe seit langem, Rafe. Ich habe mich schon vor langem rettungslos in dich verliebt.«

»Ich wünschte …«

»Was wünschst du?«

»Ich muss immer wieder an meine Brüder denken. Jess ist ein guter Arzt. Solange er glaubt, polizeilich gesucht zu werden, kann er seinen Beruf nicht ausüben. Und dann ist da Sam. Er ist ein Heißsporn, und wer weiß, in welche Schwierigkeiten er sich bringt. Wenn es nur eine Möglichkeit gäbe, ihnen mitzuteilen, dass sie nicht mehr gesucht werden.«

»Weißt du, wo du sie finden kannst?«

»Ich wünschte, ich wüsste es. Wir haben abgemacht, uns ein Jahr nach dem Tag, an dem wir Dodge verließen, in Denver zu treffen. Jess ritt nach Norden und Sam nach Süden. Sie könnten überall sein. Ich kann nur hoffen und beten, dass sie von den guten Neuigkeiten hören.«

»Was ist mit uns, Rafe? Was sind deine Pläne für die Zukunft?«

»Du liebst mich, und ich liebe dich; das reicht für den Augenblick.«

»Und die Mine?«, fragte Angela. »Ich weiß, dass dich der Gedanke an das Minengeschäft nicht gerade begeistert.«

»Die Mine gehört dir, Liebling. Du entscheidest, was du damit tun willst, und ich werde deine Entscheidung akzeptieren. Wir haben den ganzen Winter vor uns, um Pläne zu schmieden. Und im Frühjahr … nun, dann sehen wir weiter.«

Angela lächelte ihn keck an. »Im Frühjahr wird sich zweifellos etwas ändern.«

»Wieso?«, fragte Rafe neugierig.

Sie ergriff seine Hand und legte sie auf ihren flachen Bauch. »Du kannst es noch nicht spüren, aber ich bin mir ziemlich sicher, dass unser Kind in mir wächst. Ich hoffe, du bist darüber so glücklich wie ich.«

Rafes Hand spannte sich um ihre. »Was?! Wie lange weißt du es schon?«

»Lange genug.«

»Wie konntest du nur dein Leben gefährden, wenn du wusstest, dass du schwanger bist? Verdammt, Angel, ich sollte dich übers Knie legen und verhauen.« Er schauderte. »Guter Gott, ich hätte dich verlieren können! Mein Leben wäre ohne dich nicht mehr lebenswert.«

»Rafe, du zerquetschst noch meine Hand. Ich dachte, du würdest dich freuen.«

Rafe ließ sie sofort los. »Verzeih mir, Liebes. Ich freue mich. Ich bin *glücklich.* Ich kann nicht mit Worten beschreiben, wie ich mich fühle, weil ich mit dir eine Familie gründen kann. Ich habe davon geträumt, es jedoch immer für eine Illusion gehalten.« Seine Augen wurden feucht. »Ein Baby! Ich hoffe, es wird ein Mädchen. Ich möchte, dass es genau wie du aussieht – unsere kleine Nachtigall.«

Angela seufzte glücklich.

»Wir werden für den Winter in die Stadt ziehen«, sagte Rafe entschieden. »Ich gehe keine unnötigen Risiken mit deiner Gesundheit ein. Solltest du einen Arzt brauchen, will ich dort sein, wo einer uns erreichen kann.«

»Ich nehme an, du hast Recht«, stimmte Angela zu. »Ich bin eine wohlhabende Frau. Wir können uns das beste Haus in der Stadt mieten.«

Rafe versteifte sich. »Ich bin nicht der Typ Mann, der bereit ist, sich von seiner Frau aushalten zu lassen, Angel. Wenn dieses Bein erst verheilt ist, suche ich mir eine Arbeit. Ich habe mir immer gewünscht, Rancher zu sein und Pferde zu züchten. Ich möchte mir irgendwo hier in Colorado eine Ranch kaufen, wenn ich einen Kredit bekommen kann. Was hältst du davon? Colorado ist ein schönes Land. Ich möchte gern dort leben, wenn das für dich akzeptabel ist.«

»Hm, eine Ranch klingt nach einem wundervollen Platz für unsere Kinder. Ich liebe die Gegend hier ebenfalls, und ich weiß seit langem, dass ich vom Minengeschäft nicht begeistert bin. Diese Mine enthält Erinnerungen für mich, einige gute aus meiner Jugendzeit und einige schlechte aus der Gegenwart. Ich glaube, Vater würde verstehen, wenn ich die Mine verkaufe und die Frau eines Ranchers werde.«

»Gott, ich liebe dich.« Rafe nahm sie in die Arme und drückte sie an sich. »Weißt du, wie sehr ich mir wünsche, in diesem Augenblick in dir zu sein?«

»Fast so sehr, wie ich es mir wünsche«, erwiderte Angela mit belegter Stimme. »Vergiss es, Rafe. Du bist im Augenblick nicht in der Verfassung für so etwas.«

Rafes silbergraue Augen funkelten, und er sah sie gespielt verrucht an. »Wollen wir wetten?«

Seine Hand glitt zum Ausschnitt ihres Kleides. »Zieh das aus.«

»Aber, Rafe …«

»Tu, was ich sage, Liebling.«

»Dein Bein …«

»Ich liebe nicht mit dem Bein.«

Rafe ließ ihre Proteste nicht gelten, sondern knöpfte ihr Mieder auf und band die Schnüre ihres Unterhemds los. Als er sich über sie neigte und eine ihrer Brustspitzen in den Mund nahm, schmolz Angelas Willenskraft dahin. Sie umfasste seinen Kopf mit beiden Händen, hielt ihn auf ihrem Busen und bäumte sich zu ihm auf.

»Deine … Kleidung«, stöhnte Rafe und zerrte an dem hinderlichen Stoff, der ihm den völligen Zugang zu ihrem erhitzten Körper verwehrte.

Von heißer Begierde erfüllt, riss sich Angela die Sachen vom Leib und warf sie achtlos beiseite. Sie konnte es kaum erwarten, die Erfüllung ihrer Sehnsucht zu finden. Rafes Kleidung war nicht so leicht zu entfernen. Es bedurfte ihrer beider Geschicklichkeit, ihn zu entkleiden, ohne an sein gebrochenes Bein zu stoßen.

»Bist du sicher, dass es geht?«, fragte Angela und sah ihn zweifelnd an. »Es macht mir nichts aus zu warten, Rafe.«

Rafes Augen funkelten. »Aber *mir* macht es was aus. Ich brauche dich, Angel. Lehn dich über mich, sodass ich deine Brüste mit dem Mund erreichen kann.«

Angela gehorchte begierig, und es dauerte nicht lange, bis sie feststellte, welch köstliche Wonnen ihr Rafe trotz seines gebrochenen Beins und seiner offensichtlichen Schmerzen bereiten konnte.

Sie liebten sich langsam und einfühlsam, erregten einander mit den Händen und dem Mund, bis sie schweißbedeckt waren und ihre Leidenschaft an Ekstase grenzte.

Als Rafe es nicht mehr erwarten konnte, hob er Angel auf sich, spreizte ihre Beine und drang in sie ein. Er hörte sie nach Luft schnappen, spürte, wie sie sich um ihn spannte, und füllte sie ganz aus.

»Rafe!«

Rafe seufzte schwer atmend. Nie hatte sich etwas so wunderbar angefühlt, so verdammt gut. »Du hast jetzt alles von mir, mein Engel. Ich gehöre ganz dir, und du kannst mit mir machen, was du willst.«

Zuerst bewegte sich Angela langsam, als befürchte sie, ihm wehzutun, doch Rafe schien unempfindlich gegen Schmerzen zu sein, als er bei jeder von Angelas Abwärtsbewegungen die Hüften emporstieß. Er krallte die Hände in die Bettdecke und biss die Zähne aufeinander, um diese köstliche Folter nicht zu schnell enden zu lassen. Aber als Angels Bewegungen ekstatisch wurden, ließ er seiner kaum gezügelten Leidenschaft freien Lauf.

Er umfasste ihren Po mit beiden Händen, führte ihre Bewegungen, getrieben von dem wilden Verlangen, sich in ihr zu verausgaben. Als er den Kopf hob, um an ihren Brustspitzen zu saugen, schrie Angela seinen Namen und erreichte den Gipfel der Lust. Rafe folgte ihr sofort. Zwei weitere Stöße, und er war da … mit einem heiseren Schrei der Lust.

»Habe ich dir wehgetan?«, fragte Angela besorgt.

»Du kannst mir nur wehtun, Angela, indem du mich verlässt.«

»Ich werde dich niemals verlassen, Rafe. Das Schicksal hat uns zusammengefügt, und unsere Liebe wird uns zusammenhalten.«

»Für immer«, schwor Rafe.

»Für immer«, echote Angela.

Epilog

Angela blickte bewundernd aus dem Fenster zu der Herde prächtiger Pferde, die auf den Berghängen graste. So weit sie sehen konnte, gehörte das Land ihr und Rafe. Sie konnte sich nicht erinnern, jemals so glücklich gewesen zu sein. In ein paar Wochen würden sie ein Kind haben. Sie konnte es kaum erwarten, ihren Sohn oder ihre Tochter in den Armen zu halten. Sie ging zu dem Klavier, das Rafe aus Denver hatte anliefern lassen, setzte sich auf den Hocker und begann zu spielen.

Sie testete ihre Stimme mit einem Kirchenlied und ging dann gleich in ein Wiegenlied über, das sie für ihr Baby zu singen hoffte. Ihre Stimme hob sich und schwoll klar an, als die liebliche Melodie aus ihrer Kehle drang. Der letzte Ton hing noch in der Luft, als Rafe ins Wohnzimmer kam und ihr die Hände auf die Schultern legte.

»Wusstest du, das ich mich damals in deine Stimme verliebt habe?«, fragte er. »Sie schenkte mir großen Trost, als ich in dieser Gefängniszelle hockte und auf den Tod wartete.«

Ein Schauer lief ihr über den Rücken. »Ich konnte nicht zulassen, dass man dich aufhängte, obwohl ich dich nicht gut genug kannte, um einzuschätzen, ob du schuldig oder unschuldig warst. Aber als ich in deine Augen blickte, sah ich einen Mann, der niemals einen Mord begehen würde.«

Er half ihr von der Bank und zog sie zärtlich in die Arme. »Solltest du dich nicht ausruhen?«

Sie verzog das Gesicht. »Mir geht's prima, ehrlich. Wann musst du weg?«

Rafe seufzte. »Ich will überhaupt nicht weg. Nicht jetzt, wenn du so kurz vor der Niederkunft bist.«

»So kurz ist es gar nicht«, wandte Angela ein. »Es dauert noch Wochen.«

Zweifelnd betrachtete er ihren gewölbten Bauch. »Danach sieht das aber nicht aus.«

Sie gab ihm einen spielerischen Klaps auf die Schulter. »Wie ungalant von dir, meinen dicken Bauch zu erwähnen.«

Seine Augen wurden eine Spur dunkler. »Du hast für mich nie schöner ausgesehen als jetzt. Ich will nicht wegreiten, und ich muss es auch nicht.«

»Natürlich musst du es. Du hast deinen Brüdern versprochen, dich mit ihnen nach einem Jahr in Denver zu treffen. Sie werden auf dich warten. Ich weiß, dass du dir Sorgen um sie gemacht hast. Ich werde gut zurechtkommen. Wir sind nicht weit von der Stadt entfernt; ich kann leicht einen Arzt erreichen, wenn ich einen brauchen sollte. Und Bessie ist ein Gottesgeschenk. Wir hatten Glück, sie zu bekommen. Sie ist sowohl Haushälterin als auch eine liebe Gefährtin. Und sie weiß, was in einer Krise zu tun ist, obwohl ich bezweifle, dass es eine geben wird.«

»Ich weiß nicht.« Rafe war unschlüssig. »Ich hasse es, die Geburt unserer ersten Tochter zu verpassen.«

»Vertraue mir, das wirst du nicht. Außerdem, woher weißt du, dass das Baby ein Mädchen sein wird?«

»Wunschdenken, nehme ich an.«

Er hob zärtlich ihr Kinn und küsste sie leicht auf die Lippen. »Wenn du so erpicht darauf bist, mich loszuwerden, reite ich morgen früh. Ich werde früh genug vor der Geburt zurück sein.«

»Ich hoffe, deinen Brüdern ist es in diesem vergangenen Jahr gut gegangen«, sagte Angela nachdenklich.

»So gut wie uns. Mit dem Verkauf der Golden Angel an diese Minengesellschaft aus dem Osten haben wir ein Vermögen verdient.«

»Übrigens«, sagte Rafe, »ich habe wieder eine Rate des Geldes abbezahlt, das du mir zum Kauf der Ranch geliehen hast. Ich habe die Summe gestern auf dein Bankkonto eingezahlt.«

Angela sah ihn ärgerlich an. »Das Geld hat immer dir gehört, Rafe. Du warst einfach zu stur, um zu erkennen, dass du es jederzeit hättest haben können, wenn du es gewollt hättest.«

»So läuft das bei mir nicht, Liebling. Es ist nicht meine Art, vom Geld meiner Frau zu leben. Jetzt ist die Ranch allmählich ein profitables Unternehmen, und ich fühle mich nicht mehr so schuldig, dein Geld zu benutzen.«

»*Unser* Geld«, korrigierte ihn Angela.

»Unser Geld«, pflichtete Rafe ihr bei. »Wie wäre es mit einem weiteren Lied? Ich möchte den Klang deiner süßen Stimme mit mir nach Denver nehmen.«

Angela kehrte zum Klavier zurück. Sie verharrte mit den Händen über den Tasten, blickte zu Rafe und sagte: »Ich hoffe, du triffst deine beiden Brüder wohlauf an.«

»Das hoffe ich auch, Liebling.«

Er legte die Hände auf ihre Schultern, starrte aus dem Fenster, und seine Gedanken kehrten zu jenem schicksalhaften Tag zurück, an dem er und seine Brüder in verschiedene Richtungen davongeritten waren. Würden seine Brüder sich wie versprochen in Denver einfinden?

»Mach dir keine Sorgen«, sagte Angela und tätschelte liebevoll seine Hand. »Wenn deine Brüder dir ähneln, werden sie in Denver warten. Wer weiß, vielleicht haben sie sich in große Abenteuer gestürzt. Vielleicht haben sie sogar Frauen gefunden, die sie lieben.«

»Wenn ja, dann hätten sie fast so viel Glück gehabt wie ich.« Er küsste ihr Haar. »Es gibt nur einen Engel auf dieser Welt, nämlich dich, Angel; und du gehörst mir. Du wirst mir fehlen.«

»Nicht so sehr, wie du mir fehlen wirst. Geh jetzt nach oben und pack deine Sachen. Ich weiß, wie begierig du darauf bist, deine Brüder wiederzusehen.«

Rafe ging langsam die Treppe ihres weitläufigen, zweigeschossigen Ranchhauses hinauf. Angels liebliche Stimme schallte herauf. Er würde sie schrecklich vermissen, und dies war ein sehr schlechter Zeitpunkt, um sie allein zu lassen, aber er musste wissen, wie es seinen Brüdern ergangen war … falls sie überlebt hatten. Bis Denver war es nur ein kurzer Ritt von höchstens zwei Tagen. Und er würde zurück sein, ehe Angel die Trennung richtig spürte.

In letzter Zeit hatte er oft an Jess und Sam denken müssen. Bald, sehr bald, würde er erfahren, wie das Schicksal mit seinen Brüdern umgegangen war.

Anmerkung der Autorin

Ich hoffe, Rafes Geschichte hat Ihnen gefallen. Ich hielt ihn und Angela für ein perfektes Paar – vom Schicksal füreinander bestimmt. Lesen Sie die Geschichte seines Bruders Jess. Sein Weg führt ihn nach Deadwood, South Dakota, wo er einer Kopfgeldjägerin namens Meg begegnet. Dieses schicksalhafte Treffen gibt seinem Leben eine interessante Wendung.

Die Geschichte von Rafes Bruder Sam wird dann im Sommer 2002 erscheinen. Der Heißsporn Sam gerät in noch größere Schwierigkeiten als seine Brüder. Ich hoffe, Sie verfolgen das Treffen des Gentry-Clans in Denver und den befriedigenden Abschluss der Trilogie.

Michaela Denton arbeitet als Spionin für die Amerikaner im Kampf um die Unabhängigkeit von England. Als sie eine dringende Nachricht überbringen will, begegnet sie Rein Montegomery, einem legendären englischen Kapitän. Obwohl er ihr Feind ist, fühlt sie sich magisch zu ihm hingezogen.
Rein entdeckt, dass Michaela die Spionin ist, die von den Engländern schon lange gesucht wird. Er weiß, dass er gehängt wird, wenn er sie versteckt, aber er kann sich ihrer verlockenden Ausstrahlung nicht entziehen. Die einzige Möglichkeit, ihrer beider Leben zu retten, ist, Michaela zu entführen ...

3–404–18280-4

BASTEI LÜBBE